Le futur futur

Du même auteur

Politique
Éditions de l'Olivier, 2004
Points n° P1288

L'Évasion
Éditions de l'Olivier, 2010
Points n° P2545

Le Livre multiple
Éditions de l'Olivier, 2014

Candide et lubrique
Éditions de l'Olivier, 2016
Points n° P4566

ADAM THIRLWELL

Le futur futur

Traduit de l'anglais
par Nicolas Richard

ÉDITIONS DE L'OLIVIER

L'édition originale de cet ouvrage
a paru chez Jonathan Cape en 2023,
sous le titre : *The Future future.*

ISBN 978.2.8236.2023.8

Pour Alison
Pour Rosa Sailor

Sommaire

Un

1

Tout commença avec l'écriture. Un soir, un pamphlet s'était retrouvé entre les mains d'une femme à Paris. Le texte imprimé sur cette brochure était baveux. Sous le titre était représentée une femme à demi nue dans un lit – une image célèbre de celle qui lisait à présent ledit pamphlet. Ni la copie ni l'original ne lui ressemblaient le moins du monde.

Un pamphlet peut être très court et insaisissable, comme un morceau de code. Elle le regarda un long moment, essayant de le comprendre – pendant si longtemps, en fait, qu'elle était maintenant en retard pour une fête. Elle ne savait pas qui était à l'origine de ce pamphlet, de son illustration et de sa publication. Il avait été produit de l'autre côté de la frontière. C'était une de ces séries pornographiques émergentes, imprimées dans des villes d'avant-garde – à Londres, Anvers, Genève. Ce semblait être un projet international, quelque chose du genre samizdat et 24 / 24.

Elle jeta le pamphlet, mais continua ensuite à l'observer dans la poubelle, au milieu des journaux et magazines, des factures, des chèques annulés et des messages. Impossible de détourner le regard.

Les siècles se succèdent, mais tout arrive dans l'instant présent.

Puis elle en vint à une nouvelle conclusion. Elle récupéra le pamphlet, et sortit dans la nuit.

2

Elle s'appelait Céline. Ces derniers mois, une série de fictions anonymes était apparue, s'en prenant à sa vie sexuelle, ses habitudes et ses opinions politiques – en même temps que de nombreux pamphlets similaires sur d'autres femmes de sa connaissance. Mais c'étaient les pamphlets sur Céline qui, pour des raisons qu'elle n'avait jamais entièrement comprises, étaient devenus de modestes best-sellers. Bientôt, elle avait été transformée en signe, ou en personnage. Les gens voulaient savoir *ce qui allait se passer ensuite* dans la série en cours.

Au-dessus de tout le monde, le ciel était bleu puis rose, puis rose puis bleu. Tout semblait doux. Par les fenêtres ouvertes des salons de thé apparaissaient des senteurs de jasmin et de lavande. Dans les faubourgs des grandes villes poussaient de profondes forêts et de minuscules champignons. Dans les océans, des pieuvres folâtraient sous l'eau, laissant leurs nombreux bras-jambes traîner délicieusement et recueillir des informations. Sur toute la planète, des pirates commerçaient avec d'autres pirates. Et pendant ce temps, beaucoup de gens croyaient connaître Céline sans la connaître du tout.

Au début, Céline avait lu chaque pamphlet dès sa parution, mais très vite les mots l'avaient trop contrariée. Elle avait essayé d'expliquer ses sentiments à ses amis. Elle avait l'impression que tout était cochon ou étalé partout. C'était comme si le monde était flou. Elle ne savait pas exactement ce qu'elle voulait dire en employant ces expressions. Plus jeune, elle avait pensé que le monde serait un vaste cosmos qui s'ouvrirait à elle en une succession de scènes excitantes, et maintenant il se révélait très exigu, lugubre, il était impossible de s'y déplacer. Elle continuait à aller aux fêtes mais préférait rester dans sa chambre, les rideaux à demi tirés. Dans le même temps, elle comptait sur ses amis pour paraphraser un peu les textes écrits à son sujet, qui s'entassaient désormais dans sa maison. Les mots émergeaient de nulle part, comme des insectes. C'était comme si le papier voulait recouvrir toute surface – les consoles et les lits, les comptoirs des bars et les zones de rafraîchissement des spas et des saunas – et c'était une sensation très perturbante. Sa maison était emplie de la puanteur du papier – vanillée et poussiéreuse.

La fille dans les histoires à son sujet n'était pas une fille qu'elle connaissait.

Céline tenait de son éducation un désir de plaire aux gens. Sa mère et son père venaient d'un petit pays de l'autre côté de la frontière. La nervosité et la prudence propre aux immigrants lui avaient toujours déplu chez ses parents. Ils étaient intellectuels mais aussi d'un conformisme angoissé. Ils la critiquaient souvent, pour son orthographe et son arithmétique – de la même façon, supposait-elle, que toutes les filles étaient critiquées dans les moindres détails. Ils lui avaient appris à apprécier la surface des choses et elle n'avait jamais aimé ce genre d'instruction, elle avait tenté de la rejeter en fait. Et maintenant il était dit dans ces pamphlets écrits par des hommes que, précisément à cause de cette instruction, elle était superficielle, voire dangereuse.

Apparemment les autres femmes sur lesquelles on écrivait de cette façon n'avaient rien contre ce genre de notoriété. Elles considéraient simplement que c'était normal ou du moins irréversible, comme si les voix de leurs parents ou les voix dans leur tête opéraient désormais aussi dans le monde extérieur, et c'était un développement que n'importe qui aurait pu prédire. Alors peut-être Céline était-elle la seule à trouver la situation injuste, voire terrifiante – comme si, avait-elle une fois essayé d'expliquer, elle s'était soudain rendu compte qu'elle vivait dans une histoire de monstres dont toute l'intrigue était en réalité l'œuvre des *monstres eux-mêmes*. La seule forme de résistance qu'elle avait jusqu'à présent imaginée, cependant, était de s'habiller avec une vigilance accrue, l'idée qu'elle se faisait d'une armure. Elle avait commencé à coudre de petits slogans aux manches de ses robes – des fragments tels que COMME SI ou S'IL LE FAUT – ou à ajouter des plis et des boucles supplémentaires, multipliant un système de fausses ouvertures.

C'est dans une de ces tenues punk que Céline à présent faisait son entrée à la fête, regardant autour d'elle en quête d'une alliée.

3

Pourquoi Céline n'en faisait-elle pas davantage ? se demandait-elle souvent. Mais c'était un monde, comme il en existe beaucoup, où votre pouvoir semblait déterminé par vos rapports aux autres. Pour une femme, cela signifiait habituellement son mari. Sauf que le mari de Céline, c'était Sasha, un fasciste mineur mais assassin – secrétaire personnel du ministre en chef.

Elle avait épousé Sasha un an plus tôt, elle avait alors dix-huit ans et lui quarante-cinq, et elle ne l'avait rencontré qu'une seule fois avant son mariage, en présence de leurs parents respectifs et de quinze avocats. Il n'empêche, après cette première rencontre elle avait cru l'aimer. En privé il avait un sens de l'humour loufoque. Ils aimaient l'un et l'autre jouer aux dames. Mais depuis le début des pamphlets, leurs conversations étaient devenues plus difficiles. Ils se disputaient davantage, de petits dialogues à propos d'argent, de sexe et du temps. Plus les pamphlets prenaient de l'ampleur, plus ils vivaient séparés. Sasha avait commencé à dormir à son bureau. Il se faisait livrer à manger et des caisses de vin entre deux rendez-vous où l'on discutait des guerres internationales en cours. Une rumeur courait selon laquelle il couchait avec n'importe qui.

Autrement dit, son mari était une absence. Et ses parents étaient ailleurs, à la campagne. Sa mère lui écrivait des lettres, lui disant combien la vie était calme, et qu'ils pensaient tous à elle en faisant leur couture et leurs lectures. Les conférences de son père à l'université avaient été reportées d'un semestre. Dans les lettres qu'elle leur envoyait en retour, Céline s'abstenait de mentionner les pamphlets. Elle ne pouvait voir ses parents comme un petit abri, quelque chose à emporter par tout temps. Ils étaient quelque chose qu'elle avait laissé derrière elle depuis longtemps. C'était comme si sa solitude était un objet, ou comme si elle s'était transformée en objet et que cet objet s'appelait solitude. La seule présence constante près d'elle était Caton. Caton était potelé, morose, âgé de quinze ans. Il était arrivé en ville quelques mois plus tôt avec une escorte diplomatique d'une république indienne, et Céline lui avait demandé s'il voulait rester avec elle en tant qu'assistant personnel. C'est elle qui, d'une certaine manière, lui avait donné le nom de Caton, et un salaire extravagant. Il avait rapidement développé sa façon à lui de parler sa langue à elle : une sorte de dialecte personnel qui mêlait grand art et inhabituelles disparités de registre. Le soir, Caton travaillait à ses mémoires sur des femmes qu'il observait – notes qu'il laissait en toute sécurité n'importe où dans la maison car personne n'était capable de déchiffrer son écriture ni de comprendre les mots proprement dits. Et c'était heureux, parce que les mots illisibles étaient de petits affronts, des questions d'attrait relatif, de philosophie révolutionnaire…

Au lieu d'un mari ou d'une famille, Céline avait ses amies : Julia et Marta. Elles s'envoyaient des messages toutes les heures, de petites phrases et des mots. C'était une façon de s'offrir de l'espoir les unes aux autres.

L'univers se désintègre en un nuage de chaleur, il tombe inévitablement dans un tourbillon d'entropie, mais à l'intérieur de ce processus irréversible, il peut y avoir des zones d'ordre, des portions d'existence qui tendent vers une forme dans laquelle il est peut-être possible de discerner un dessein – et l'un d'eux était cette histoire de Céline et de ses amies.

4

Céline trouva Marta près du bar à crèmes glacées. Elle lui montra un aperçu du dernier pamphlet, qu'elle dissimula ensuite très vite dans une poche cachée.

– Ah : *ouais*, dit Marta.

Elles allèrent se cacher derrière une plante tropicale importée, pour une discussion en privé.

Céline aimait Marta parce qu'elle était petite et intense, elle avait souvent les ongles noirs de boue, de peinture et d'autres crasses, un sens de l'humour ordurier, des traits étirés, disproportionnés, mais aussi magiquement séduisants, et elle fumait encore plus que Céline.

Ce nouveau pamphlet, dit Marta, dressait une liste d'aventures pornographiques entre Céline et diverses femmes célèbres, des ministres du gouvernement et moult personnages mineurs. Il y avait aussi beaucoup de considérations politiques, poursuivit-elle, comme la corruption, l'extorsion et la conspiration contre le gouvernement. Et cela se terminait par un accord entre Céline et plusieurs milliardaires juifs visant à négocier avec des puissances étrangères et à prendre le contrôle en Amérique, qu'ils célébraient ensuite, ajouta Marta, dans toutes sortes de positions sexuelles vraiment barbares.

Céline crut qu'elle allait vomir – non pas tant à cause d'un détail précis dans ce portrait mais parce qu'il y avait bien plus d'autres images d'elle dans l'esprit des gens que ce qu'elle pouvait supporter.

– Ne continue pas, dit-elle.

– Non mais c'est à peu près tout, en fait, dit Marta.

Une lune vide gravitait très loin autour de leur planète, de la même manière que les conversations continuaient de graviter.

– J'ai grandi parmi des femmes, intervint un homme, parlant très près de Céline.

Son haleine avait une odeur aigre de chocolat.

– Je suis *hyper attentif* aux conversations entre femmes, ajouta-t-il.

– Mais vous n'avez jamais entendu ce genre de conversations, dit-elle. Par définition.

– Mais je peux essayer, dit-il.

Tout le monde aimait le plaisir. Et peut-être que l'homme épouvantable qui lui parlait était sincèrement attentif à ses propres sentiments vis-à-vis des femmes, mais Céline en doutait. De plus en plus, pour Céline et ses amies, le plaisir semblait compliqué.

Céline s'échappa dans une pièce adjacente, dans laquelle se trouvaient quelques vases disposés au sol pour que les femmes pissent dedans. Elle commença à pisser elle aussi. C'était une opération délicate et il y eut quelques éclaboussures sur le rebord, qui tachèrent l'ourlet de sa robe.

Quelqu'un qu'elle aimait lui avait dit une fois : On dirait une fête, il y a une ambiance de fête, une odeur de fête. Mais ne t'y trompe pas. Ce n'est pas une fête. C'est du *pouvoir*, baby.

Céline se mit à pleurer, puis s'arrêta. Puis elle revint dans la salle.

5

Le lendemain soir, Céline était dans son appartement avec Marta et Julia. Le climat général dehors était une chaleur intense. Céline portait un vieux débardeur et un caleçon. Julia, qui avait tendance à arborer l'attirail de l'ultra-féminité, était sur le sofa pendant que Marta lui faisait une nouvelle coiffure, avec de multiples attaches et épingles. Elles se livraient à leur passe-temps habituel – à savoir essayer de comprendre le monde. Elles faisaient cela parfois avec des cartes de tarot, parfois en discutant. Et Céline observait vaguement Julia, s'interrogeant sur son look, son corps tout en longueur, sa chevelure, la séduisante pâleur de sa peau, la façon dont elle se déguisait pour les hommes dans ces tenues vaporeuses alors qu'en fait elle aurait dû se présenter avec une cravache ou une chaîne.

Puis Sasha les interrompit, et ce fut comme si tout le plaisir disparaissait d'un coup – à la façon dont une salle se désintègre au terme d'une soirée disco quand quelqu'un allume les néons et que toutes les plantes sont écrasées.

– Putain c'est quoi ça ? dit Sasha.

Il avait un pamphlet à la main, tellement mal imprimé et baveux qu'il était impossible de voir si c'était un nouveau ou un ancien.

– C'est le plus récent ? demanda Marta.

– Puis-je parler avec ma femme ? dit Sasha. C'est la famille, là.

– Tu disais ? fit Céline, l'ignorant.

– C'est nouveau, dit-il.

– Nouveau comment ? demanda Céline.

Sasha la saisit alors à la gorge et lui étala le pamphlet sur le visage, comme si cela pouvait l'aider à le lire. Il était très rare qu'une si grande violence soit si présente dans une pièce, cela rendait tout oppressant, comme si tous se retrouvaient aplatis contre un mur. Il se mit à réciter, ou paraphraser – impossible à dire. Elle essaya de parler mais il la serrait trop fort à la gorge et elle était effrayée, en partie à cause de ce que Sasha faisait mais aussi en raison de la violence des mots qui lui étaient cités à la figure. Elle avait pris l'habitude de ne jamais entendre les mots employés pour la décrire et l'effet à présent était très moche.

Quand Sasha eut fini, elle avait une ligne en dents de scie rouge vif autour de la gorge. Elle essaya de prendre une vieille cigarette sur le plateau où celle-ci se désagrégeait lentement en cendres, mais ses mains tremblaient trop. Aussi Marta prit-elle ce mégot, le ralluma et le plaça dans la bouche de Céline. Il y avait tant de tendresse dans ce petit geste que cela redonna brièvement courage à Céline.

– Attends, tu veux dire que tu *crois* à ça ? dit Céline.

En réaction, Sasha lui assena un coup de poing au-dessus de la joue. Le choc fut presque aussi fabuleux que la douleur à l'intérieur de son œil et de son crâne mou. Elle eut l'impression de perdre l'équilibre et comprit très vaguement que ses jambes échouaient à la soutenir jusqu'à ce qu'elle se retrouve soudain affalée au sol. Très lentement elle se releva, se tenant à un pied du sofa, puis à la soie de son coussin. Il y avait une vieille carte de tarot égarée sous une chaise. Son oreille lui faisait très mal, elle la toucha, et vit une légère traînée de sang sur le bout de son doigt.

Sasha respirait très vite. Il dit que c'était humiliant, ou qu'il était humilié, ou qu'elle était humiliante : elle n'entendait pas parfaitement et ne voulut pas lui demander de répéter la phrase. Pendant quelques instants, il resta là, à souffler. Puis il sortit de la pièce.

Lentement Céline s'approcha d'un miroir. Elle avait aussi du sang au coin de l'œil, et, avec le recul d'un futur lointain, Céline aurait l'impression que cet instant où son reflet l'avait regardée d'un air ébahi avait été l'instant où elle avait découvert la loi fondamentale de son monde de carton-pâte – que toute personne en suspension au-dessus du vide restera en suspension jusqu'à prendre conscience de sa situation, point à partir duquel elle chutera.

Elle avait une marque violette sur la joue, informe, comme une araignée ou un crachat est informe.

– Hé, regarde, dit Julia. Ton cinglé de mari a fait tomber quelque chose.

Elle ramassa alors un bout de papier qu'elle tendit à Céline.

6

Céline s'était toujours demandé pourquoi elle n'en faisait pas davantage. Apparemment tout le monde considérait qu'il n'y avait rien à faire. Mais autour d'elle de nombreux hommes pensaient pouvoir faire des projets, de nombreux hommes partout complotaient, conspiraient, passaient à l'action, et Céline avait le sentiment qu'elle aussi aurait dû être capable de passer à l'action. Il fallait juste qu'elle fasse des calculs.

Au matin Céline reçut de multiples messages de Marta – lui disant qu'elle n'avait pas échappé à la gueule de bois, qu'elle voulait tuer quelqu'un et qu'elle la rejoignait immédiatement pour discuter de leur fabuleuse opération.

Marta avait grandi dans les provinces éloignées, dans une propriété située sur des terres plus ou moins marécageuses. Son père était très riche mais mort, sa mère était par conséquent très riche mais ivrogne, déprimée ou les deux, et, enfant, Marta tirait des lapins et des cerfs, et écoutait les orages. Puis elle avait été adoptée par sa tante qui habitait une plus grande maison à la campagne et lui avait appris les règles de la bienséance. Dès leur première rencontre, Céline l'avait immédiatement aimée. Ce n'était pas quelqu'un, s'était dit Céline, qui risquait de *se pâmer*. Marta était exigeante et sans pitié, et, rien que pour ces qualités, Céline l'aurait adorée, même sans sa beauté tapageuse et brutale. Marta était aussi extrême dans l'attention qu'elle portait à ses amies. Dans une société faite de mots et d'images circulant à tout-va, tous consacrés à la désinformation, il était très difficile de trouver la moindre sécurité personnelle, et une forme minuscule n'était peut-être que cette forme intense d'amitié entre deux femmes.

– Je vais mourir, dit Céline. Pourquoi ne m'aime-t-il pas ? Que suis-je censée faire ?

– Tu ne mourras pas, dit Marta.

– Que dit ton mari ? demanda Céline. A-t-il dit quoi que ce soit ? A-t-il discuté avec Sasha ?

– Tu veux qu'on parle de mon *mari* ? dit Marta.

– Chouette, ta robe, dit Céline.

Marta portait une tenue très vive, avec d'immenses manches arc-en-ciel. Elle paraissait très jeune, songeait Céline, quand bien même elle était plus âgée qu'elle. C'était peut-être leur problème – d'être si jeunes, ou de sembler l'être. Être si jeune donnait aux gens l'impression que vous pouviez être perpétuellement attaquée. Il y avait tant de haine ! Elle était là, en embuscade, exprimée par des chapelets de mots, et peut-être cette haine était-elle la raison pour laquelle elles ne pouvaient voir le cosmos ensoleillé qu'elles escomptaient, mais seulement des corridors et des impasses.

Marta sourit, enleva quelques épaisseurs et se cala dans le lit à côté de son amie. Il y avait près du lit un gâteau rassis qu'elle mangea.

– Qu'est-ce que je fais à propos de ces gens ? dit Céline. Il faut que j'en fasse davantage.

– Tu ne peux pas t'inquiéter de ce que pensent des gens qui interprètent de travers, dit Marta.

– Mais toi, ça t'est égal, dit Céline, quand les gens parlent de toi ? Je ne supporte pas. J'ai une impression de mort, l'impression d'une transformation. Et ensuite que ce soit mon *mari* qui soit en colère…

Tout langage était dégoûtant, dit Marta. Mais les gens semblaient adorer. C'était comme le fait que les gens adoraient lire ces romans épistolaires. Comme si tout existait dans le but de s'achever en mots ! Alors que la plupart des sentiments, ou du moins les plus intéressants, dit-elle, évitaient entièrement le langage. Puis Marta se pencha pour verser une partie du contenu d'une bouteille dans une tasse sale.

Pendant ce temps, la planète continuait de virevolter autour d'un soleil vrombissant.

– Je veux me venger, dit Céline.

– Il faut que tu les cernes bien, dit Marta. Si tu veux faire peur à ces hommes, tu dois avoir quelque chose qu'ils veulent.

– Mais je n'ai rien, dit Céline. Mon mari me déteste. Et si je n'ai pas de mari, je n'ai rien.

– Je ne suis pas en train de minimiser ta peine, ou quoi, dit Marta, mais non : je refuse cela.

Elles avaient la fenêtre ouverte. Le bruit des cours en contrebas montait jusqu'à elles : perruches lointaines, hennissements étouffés. Elle devait admettre qu'il était toujours délicieux d'être au lit en pleine journée quand le monde travaillait, même quand on n'avait pas le moral.

– Genre : il y avait quoi dans le message ? demanda Marta. Celui qu'il a laissé tomber.

– Oh le message, dit Céline. Ouais, c'était un message de son patron, le ministre en chef, qui disait des conneries sur Marie-Antoinette. Tu imagines ? Et puis, il était codé. Mais tu sais ce qui montre à quel point ils sont abrutis ? *Il y avait le code pour le déchiffrer avec.*

– Ma foi… dit Marta. Alors dans ce cas on a quelque chose.

– Pourquoi ? dit Céline. Qu'est-ce que je peux faire avec une lettre ?

– Elle raconte des conneries sur Antoinette, dit Marta. Personne ne dit de conneries sur la première dame. Donne-la à Ulises.

– Ulises ? Le petit diplomate ?

– Bien sûr, le petit Portugais, dit Marta. Celui qui a le drôle de pénis qui pointe. Non, pardon, l'Espagnol.

Pendant un court instant, aucune des deux ne parla.

– Ouais, dit Céline. Mais ça ne nous suffit pas. *Il faut que je prenne le contrôle.*

Il était tellement perturbant de perdre un monde, se dit Céline, ou même de se rendre compte qu'un monde pouvait être perdu. Toutes les briques, les enfants, les cimes d'arbres, tout ce qu'elle pouvait voir de sa fenêtre, semblait désormais éloigné, distant. Dans ce type de situation, tout ce qu'elle avait pour sa survie était ce qui était à portée de main. Et le plaisir persistant de sa vie, c'étaient ses discussions entre amies, peut-être parce qu'une conversation était le dernier endroit où les mots pouvaient encore être de tendres choses. Elle aimait le fait qu'une conversation pût produire des créatures imprévues – des concepts auxquels elle n'était pas sûre de croire, ou auxquels elle n'était pas consciente de croire – et ensuite soudain il lui apparaissait que cette beauté de la conversation pouvait être improvisée afin d'atteindre un but autre.

– Quel est notre point fort ? demanda Céline.

Marta haussa un sourcil plein de sous-entendus.

– *La discussion*, la corrigea Céline.

Elle ne pouvait pas quitter son mari, parce que, sans argent à elle, elle dépendrait de l'hospitalité d'autres personnes. Il était vrai qu'à tout moment il était possible de séduire un autre homme et d'acquérir ainsi quelque influence sur lui, mais ce pouvoir semblait limité et précaire – être une fois de plus dépendante des caprices d'un homme. Tout, par conséquent, comme cela a toujours été le cas pour ceux qui n'ont pas d'argent à eux, et pas de moyen évident d'en gagner, était très restreint et limité. Mais le pouvoir qui l'avait détruite, se disait-elle soudain, serait peut-être le pouvoir qui pourrait aussi l'aider. Elle avait cette vision d'un groupe d'écrivains et d'artistes autour d'elle, qui la récompenseraient pour ses réceptions et ses amuse-gueules avec leurs propres controverses et fictions – un champ d'influence, pareil à un nuage et enveloppant.

– Il nous faut des écrivains, dit Céline.

– Mais c'est que les écrivains, nous ne les avons pas, dit Marta.

– Je veux dire qu'il nous faut d'*autres* écrivains, dit Céline. Organisons des soirées.

Mais, s'inquiéta Céline, il n'était pas évident de savoir comment s'y prendre pour organiser une soirée que des écrivains trouveraient cool. Elle était toujours très complexe, la question du cool, et elle semblait intéresser les écrivains par-dessus tout.

– Des *écrivains* ? dit Marta. Tu es sérieuse, là ? Tu n'as donc jamais rencontré un écrivain ? On leur donne de l'alcool et des chicas. On leur donne du *glamour*.

Céline regarda Marta. À la lumière du soleil qui entrait par la fenêtre, ses anciennes cicatrices d'acné étaient davantage visibles. Elle était très attirante. Il était soudain possible, se dit Céline, d'avoir bon espoir.

Dans l'histoire du monde, dit Marta, les plus corruptibles, les plus fatals et les plus innocents avaient toujours été les écrivains.

7

La littérature était partout. Le monde était une jungle appelée *écriture*. En ce monde, les écrivains devenaient politiciens et les politiciens écrivaient pour les journaux, et pendant ce temps, les uns et les autres s'écrivaient chaque jour, comme si une expérience n'en était pas une tant qu'elle n'avait pas acquis sa propre image en mots. Les mots étaient imprimés sur des feuilles de journaux, gribouillés sur des bouts de calepins et des lettres, amassés en archives, collés sur des murs ou reliés ensemble en petites plaquettes pour être distribués dans les galeries. Le papier qu'il fallait utiliser était rêche, il était lourd et taché et il se déchirait très facilement, mais les mots eux-mêmes, semblait-il, devenaient de plus en plus légers, des symboles vite esquissés pour attraper l'univers dans un délicat filet ineffable. Et plus un filet est ineffable, plus il est impossible d'y échapper.

L'impression que cela donnait dans le monde ordinaire était que chacun montait des spectacles, lançait des magazines ou développait des toquades pour des types particuliers d'écriture. Ensuite, ils allaient dans des bars pour parler de ces spectacles et magazines, se disputaient à propos de la mise en page de l'ours, du choix de la typographie et du côté rétrograde de l'écriture actuelle. C'était une nouvelle ère de la publication, tout le monde s'en rendait compte petit à petit, avec étonnement, en se promenant dans les ruelles, les bois et les salles de concert – à la manière dont on pourrait entrer à un défilé de mode et découvrir lentement et avec étonnement que le décor entier, y compris la chaise sur laquelle on est assis, est constitué de fleurs. Et peut-être que dorénavant il n'y aurait pas d'autre ère – jusqu'à ce que les éruptions solaires et les astéroïdes finissent par tout détruire. Les histoires se multipliaient très vite, à la manière dont des microbes ou des spores émanaient de n'importe quelle chose en décomposition, tandis qu'à l'extérieur rôdaient les chiens calamiteux. Les gens voulaient composer leurs propres crônicas, ou des commentaires sur les écrits d'autres personnes, n'interrompant leur écriture que pour lire davantage, ce qui menait à encore plus d'écriture. C'était comme si l'écriture était un narcotique ou du moins une obsession, et personne ne songeait réellement aux effets inhérents à la production de tant de mots – ni sur ceux que les mots décrivaient, ni sur ceux qui produisaient les mots, ni sur un monde dans lequel existaient tant de mots.

Un monde dans lequel l'écriture est partout est en réalité un monde de lecture. Chacun écrivait – mais cela signifiait que chacun lisait, et ensuite souffrait d'une profonde maladie de la lecture.

Et parmi ces mots et ces articles se trouvaient les écrits diffamatoires sur Céline et ses amies, ainsi que sur nombre d'autres femmes qui se trouvaient décrites avec malveillance comme *célèbres*. Diffamer, calomnier, traquer et attaquer n'avait jamais été aussi facile : c'était l'âge d'or de la psychose. Ces productions étaient entièrement anonymes et l'anonymat semblait leur conférer leur impunité, à la manière dont tout le monde avait saccagé la fête organisée pour les dix-sept ans de Céline. Cela donnait à ces écrivains le sentiment d'être invincibles et invisibles, et peut-être les deux états étaient-ils identiques.

Céline comprenait tout cela mais continuait de penser que c'était dégoûtant. Elle craignait qu'il n'y ait peut-être pas seulement un glissement mais une disparition du sens, et cela se produisait parce qu'il n'y avait désormais plus d'authentique source d'information. Une quantité faramineuse d'informations était diffusée en temps réel, des informations locales et non locales, et le tout était faussé. Chaque phrase prolongeait les objets ou les gens au-delà de leur habitat naturel, créant des images et des rumeurs – à la manière d'une ombre qu'on détacherait d'une personne pour la convertir en silhouette.

Et pourtant, personne d'autre, en cela bien sûr elle entendait personne parmi les hommes, ne semblait partager sa colère, ou être conscient de la violence révélée par cette manie de l'écriture. *Ouais, bon, d'accord*, disaient-ils, si elle essayait d'en parler, *mais est-ce que tu as vu ce qu'ils ont écrit sur Antoinette ?* C'était comme si elle avait été choisie pour comprendre les choses avant que d'autres personnes ne les comprennent, précisément en étant transformée en pornographie de pacotille. Être exposée de la sorte, c'était exister dans un état totalement lamentable – sans rien pour la protéger d'être inventée par des gens moins imaginatifs ou intelligents qu'elle. Mais cela lui donnait une connaissance que personne d'autre ne possédait. Les gens semblaient croire qu'ils avaient le pouvoir de déterminer leur propre image. Ils ne se rendaient pas compte, songeait Céline, qu'ils étaient déterminés par d'autres personnes et par les mots d'autres personnes.

Les forêts, les calmars, les lévriers, tout avait été englouti par le monde littéraire, à la manière dont un serpent enveloppera un éléphant. Ce monde, bien entendu, existe partout où il existe des représentations des gens, et son essence est le compromis, la terreur, la vanité, la mode et la mort – car dans le domaine des représentations, toute valeur est subjective, et par conséquent éphémère, et par conséquent établie exclusivement par la force. Néanmoins, les proportions entre ce monde et l'autre monde gigantesque sont très fluctuantes et défaillantes. À tout moment, s'avérait-il, le vieux monde pouvait disparaître entièrement et devenir de petits cordons numériques de symboles, se volatilisant dans l'air blanc.

8

Elle avait tout prévu pour sa première fête avec Marta et Julia. Cela leur avait pris deux semaines. Elles avaient embauché des extras pour la soirée, afin qu'ils préparent les boissons ou continuent d'apporter des plateaux du Balthazar, le restaurant situé à trois rues de chez elle, que tout le monde appréciait pour son glamour à l'ancienne. Elles dressèrent des listes de gens intéressants, elles réfléchirent aux types de nourriture que l'on pouvait manger sans interrompre la conversation. C'était une opération et elles appréciaient ce genre de machination précise. Comme toute opération, elle eut ses ratés, les fleurs envoyées à la mauvaise adresse le matin de la fête, les travaux de voirie soudain apparus devant la maison, rendant la rue impraticable aux véhicules. Et puis personne ne trouvait de glace.

Le grand soir arriva enfin et Céline se retrouva à attendre toute seule avec Marta. Il n'y eut tout d'abord que de la nervosité dans l'atmosphère, quelque chose de minuscule mais survolté qui faisait paraître particulièrement irréels les plateaux d'amuse-gueules autour d'elles et les extras désœuvrés, à la manière dont toute chose paraît irréelle tant que l'événement proprement dit n'a pas débuté – comme quand les gens qui attendent que le patron rejoigne une téléconférence épineuse pour qu'elle puisse commencer s'emploieront à entretenir une conversation sémillante à propos de leurs enfants, laquelle sera en fait anxieuse et distraite. Et quand Caton émergea enfin pour annoncer une nouvelle arrivée, ce n'était que Julia, qui faisait partie de la famille et donc ne comptait pas du tout en tant que convive.

Pendant quelques heures, elles restèrent toutes trois assises, à manger les croissants fourrés à la confiture qu'elles avaient commandés. Puis elles passèrent à la vodka et à d'autres alcools forts.

Sur les coups de onze heures, leur premier invité arriva. Il s'agissait de Rosen, un milliardaire, grand ponte de la finance. C'était un ami de son père, que l'on disait juif, même si Rosen lui-même n'avait jamais fait état de sa judéité ou de sa non-judéité, et il habitait dans le petit pays de l'autre côté de la frontière parce que, de là, il était toujours plus facile de faire entrer et sortir de l'argent de différents espaces. Il était de passage en ville et venait lui rendre visite, a-t-il dit. Il ignorait totalement qu'il y avait une soirée. Il était délicat, gentil, et pendant un moment Céline eut l'impression que son père était là, mais d'une certaine manière transformé en quelque chose de plus solide ou de plus élégant que son vrai père, et elle se sentit blessée par une espèce de nostalgie. Ce qui arrivait tout le temps, quand elle voyait Rosen, c'était qu'elle devait penser à sa taille, car il était grand, ce dont, curieusement, elle ne se souvenait jamais, si bien que chaque fois que d'autres personnes faisaient des commentaires sur cette taille, elle devait redéfinir sa propre perception, et se demandait si cette disparité tenait au fait qu'avec d'autres gens il pouvait être sévère, voire brutal, mais qu'avec elle il était simplement très gentil. Elle était contente qu'il soit là, dit-elle. En réalité il était juste venu dire bonjour, dit-il. Il allait seulement s'asseoir dans un coin et lire.

Et c'est vraiment ce qu'il fit. Il s'assit dans un coin et sortit un livre, et bientôt ce fut comme s'il n'était pas là du tout.

Puis, juste après minuit, le deuxième et dernier convive arriva : le célèbre producteur Hernandez. Hernandez avait un beau et doux visage de bébé, les cheveux légèrement hirsutes. Il aimait vous saluer en prenant votre visage entre ses mains puis en vous embrassant solennellement sur le front. L'effet était en quelque sorte excitant, paternel et sarcastique à la fois. Il s'habillait au-dessus de ses moyens. Ce soir il portait quelque chose de cintré en velours. Il aimait les femmes, mais plus que tout il aimait la conspiration. Il avisa la salle vide, adressa un hochement de tête à Rosen, qui ne lui répondit pas, puis se tourna de nouveau vers Céline. C'était à peu près ce dont il s'était douté, dit-il. Sasha avait dit à tout le monde que quiconque irait à la fête de Céline serait considéré comme mort à ses yeux. Alors bien sûr, ajouta Hernandez avec un sourire, il n'avait pu s'empêcher de venir. Hernandez opérait toujours en minigroupes, personne ne sachant exactement avec qui il travaillait ni l'étendue de ses amitiés. Sa façon d'échanger préférée consistait à dire à quelqu'un, en privé, que si tous les autres pensaient *ceci*, ils savaient tous deux qu'en réalité c'était *cela*. En public, néanmoins, il habitait un flou constant.

– Même si je ouais je pensais que Beaumarchais avait dit qu'il serait là ? dit Hernandez. Il a dit qu'il me retrouverait ici j'ai cru ?

– Qui est Beaumarchais ? dit Céline.

– Le diabétique ? dit Marta.

– Diabétique ? dit Hernandez. Je veux dire, je ne crois pas.

Hernandez lança un regard circulaire, aux murs de velours rouge foncé, comme un cinéma.

– À moins que tout le monde soit déjà reparti ? demanda-t-il. Est-ce le matin ? Est-ce une de ces histoires bizarres où on monte dans un taxi et où ensuite le temps s'arrête ? Ai-je passé sept heures dans un taxi ?

9

Le lendemain, Céline demanda à Hernandez de lui envoyer des notes sur la scène artistique actuelle. Si quelqu'un doit passer à l'action, il faut que ces actes aient du poids, se disait-elle. Après le désastre mondain, il lui fallait davantage d'informations.

Selon Hernandez, tout ce qu'il fallait savoir concernant les écrivains et les artistes, c'est qu'ils aimaient se déplacer en groupes. Certains d'entre eux étaient fascistes, certains étaient radicaux. D'autres voulaient exister complètement en dehors de toute considération politique. Chacun était persuadé que ça c'était le vrai, que ça c'était le faux. De l'extérieur, il paraissait impossible de comprendre les raisons de ces distinctions.

Par exemple, dit Hernandez, considérons les carrières récentes de deux écrivains : Beaumarchais et Jacob. Jacob était actuellement un philosophe radical mais il s'essayait aussi aux dialogues, à l'essai et au roman. Il était toujours à la lisière d'une renommée majeure. Toutefois, elle lui échappait. Ils étaient censés être amis, mais Beaumarchais venait d'écrire un essai retentissant à propos de Jacob, dit Hernandez, dans lequel il décrivait Jacob comme quelqu'un d'à la fois poltron et froid. La pureté pour laquelle nombre de journalistes louaient Jacob, écrivait Beaumarchais, était en réalité son propre orgueil et la peur qui l'empêchaient de jamais passer à l'action. Céline demanda à Hernandez si cela signifiait qu'il aimait davantage Beaumarchais. Hernandez n'était pas sûr, dit-il, qu'on eût pu dire de quiconque qu'il *aimait* Beaumarchais. Il était très intelligent, mais aussi manipulateur. Il était souvent difficile de comprendre précisément ce qu'il disait parce qu'il marmonnait plus ou moins. Absolument sournois, égoïste, arnaqueur, il était aussi capable, termina Hernandez, d'une grande bonté et d'une grande gentillesse. Comme tout le monde, il recherchait la gloire.

Ce qu'Hernandez voulait dire, ajouta-t-il, c'est que dans le fond Beaumarchais était un vide, ou peut-être une valise – que la vie allait petit à petit défaire.

Céline était épuisée par la situation dans laquelle elle se trouvait et l'échec de sa première soirée, et c'était un sentiment difficile parce qu'il était constitué de nombreux sentiments, pas uniquement de la peur ou de l'insécurité mais aussi, elle savait cela, la déprime de voir sa vanité à ce point trahie.

L'invitation suivante, elle l'envoya à Beaumarchais et ses amis.

10

Et donc, une semaine plus tard, un groupe d'écrivains inconnus se réunissait chez Céline pour sa seconde première soirée, avec les mêmes assistants réembauchés et la même nourriture acheminée du Balthazar. Ces écrivains avaient fait cela malgré la désapprobation fasciste générale associée à Céline – essentiellement parce qu'ils étaient écrivains, parce qu'ils étaient amis, et parce que, tellement inconnus, ils étaient à l'abri de l'idée que la colère de Sasha puisse les blesser. Ils s'habillaient tous étrangement – chaussures de tennis et chemise sale, comme une personne se remettant d'une longue maladie.

Beaumarchais écrivait pour le théâtre. Son regard était brisé mais plein d'espoir. Cela surprenait souvent les gens, quand ils le rencontraient, de le voir si grand et si imposant, sachant combien son écriture paraissait légère et miniature. Personne n'aurait dit qu'il était bel homme mais lorsqu'il souriait une étrange beauté émanait de son visage et c'était très touchant. Il essayait encore de faire jouer son premier texte – une petite farce à base de doubles, de quiproquos et de coïncidences imprévues. L'historique de sa production était pénible. D'abord, la Comédie l'avait refusé, puis cinq autres studios. Ensuite, Hernandez l'avait approuvé et deux semaines plus tard la Comédie lui envoyait un message comme quoi ils envisageraient de le prendre si Beaumarchais pouvait amputer le script d'une vingtaine de pages. Une fois ces coupes effectuées, le script avait été envoyé au bureau de la censure de l'État, où il avait été suspendu jusqu'à une date indéterminée. Et Beaumarchais en était encore là – en développement. Il avait de plus en plus de mal à obtenir d'Hernandez qu'il réponde à ses messages. Il ne cessait d'entendre des rumeurs selon lesquelles Hernandez travaillait avec d'autres auteurs.

Il était possible, se disait-il, qu'il meure de malnutrition. Il se disait qu'il souffrait peut-être de quelque mal interne. Il avait récemment essayé de commencer l'écriture d'un journal mais avait arrêté parce qu'il détestait écrire en son nom, sans la démultiplication du dialogue.

Peut-être était-ce pour cela que Céline l'appréciait, ou du moins éprouvait de la compassion pour lui. À un moment donné ce soir-là, se souviendrait Céline, à jamais, elle s'était tenue contre un mur, se contentant d'écouter les petits bruits de la conversation, d'observer le groupe qu'elle avait réuni. L'atmosphère était vagabonde et clandestine, tandis que ces hommes tâchaient de décrire des futurs non imaginés ou des mondes non imaginés – et ils formaient une assemblée très compacte comme toutes les compositions de groupes, si bien qu'en essayant de faire le yoyo entre eux il était difficile de dire où se trouvaient les connexions. Il n'y avait que de petits fragments et indices : *il faut que tu goûtes les stupéfiants de Martinique – longue révolution – c'est…*

Tout était départ, saut, finesse, passage, un vol vers l'extérieur.

C'était un nouveau style de langage pour elle, et par conséquent séduisant. Beaumarchais, par exemple, lui expliquait d'un air malheureux sa théorie selon laquelle il ne comprenait pas pourquoi tant d'efforts avaient été déployés pour le créer, lui, si ces efforts devaient être gâchés. Il avait presque quarante ans, expliquait-il, et il était aussi un être hautement précieux et fragile, un objet dont la création avait nécessité beaucoup de préparation et d'éducation – pas seulement de l'éducation mais des voyages, même les maladies avaient participé de cette préparation, et il regrettait beaucoup que, comme elle pouvait le voir, jusqu'à maintenant cet effort n'eût pas réalisé son potentiel. Il avait dit cela avec tant de sincérité et d'austérité que Céline se rendit compte qu'elle l'aimait bien.

– Quelle est l'ambition ultime ici ? dit Céline.

– Avec moi ? dit Beaumarchais. C'est *parti*. Beaumarchais a un truc que tout le monde veut, je le sais.

– Il faut juste que l'occasion se présente, dit Céline.

Beaumarchais se tut et la regarda avec une chaleureuse et profonde gratitude.

– Exactement, dit-il. Même si, d'abord, j'ai besoin d'un bain et de me faire couper les cheveux, et d'un petit somme d'une semaine.

Ils étaient obsédés par la nouveauté et l'originalité. Ils parlaient avec violence de l'écriture de tous les autres, et elle comprit que la seule chose les empêchant de parler avec violence de l'écriture des personnes présentes était précisément le fait qu'elles soient présentes. Il était possible que ce n'ait été que jalousie, et par conséquent dégoûtant, mais il était aussi possible qu'ils éprouvent un attachement passionné à la littérature comme un idéal. Peut-être les deux états n'en faisaient-ils qu'un seul. Ils semblaient croire qu'il était éventuellement possible qu'une œuvre survive de nombreuses années, voire pour l'éternité, comme si une œuvre qui ne survivait pas était de ce fait dénuée de valeur, et il était très étrange de prendre conscience de la passion avec laquelle ils croyaient cela, que toute valeur était liée à l'éternité. Pour eux tous, il y avait quelque chose de très romantique dans l'idée du futur, et ils croyaient que le moyen d'entrer dans une existence future était la production d'œuvres. Seule une œuvre pouvait exister au-delà de la durée de votre vie. Quand une personne mentionnait un roman qu'elle était en train d'écrire, Beaumarchais demandait si ce qu'elle écrivait était de *l'écriture carrément à fond*. Il voulait que tout y figure, dit Beaumarchais, car si ce n'était pas une question de vie ou de mort pour l'écrivain, son œuvre ne serait jamais éternelle. Quelqu'un d'autre intervint, demandant dans ce cas ce que Beaumarchais pensait de la forme. Oh, la forme, répondit Beaumarchais, il voulait ça aussi. Il voulait tout.

Il était difficile de dire, songea Céline, si elle était en train d'acquérir du pouvoir ou pas.

11

Pendant quelques semaines, seuls Beaumarchais et la bande de ses associés vinrent chez Céline pour discuter. Ils se considéraient tous comme des penseurs supérieurs et peut-être dans leur amour de la justice étaient-ils réellement supérieurs – mais n'avaient pas conscience du fait que Céline voulait la justice plus que tout. C'est toujours magnifique d'avoir vingt ans, écrivit l'un d'eux, bien plus tard, dans un mémoire publié après la mort de la plupart d'entre eux, mais avoir vingt ans à cette époque rendait les gens doublement bénis et heureux – car sentir que l'on forme le futur est une forme de corruption très facile. Les soirées qu'ils appréciaient étaient épiques. Quand Céline avait imaginé ce stratagème avec Marta, sa vision de ces soirées était quelque chose d'élégant et chic. Au lieu de quoi elles se désintégraient toujours en pagaille, jalousie et déception, florales et rayées par l'échec, et elle se rendit compte qu'elle appréciait encore plus cette atmosphère.

Et puis quelque chose de nouveau commença à se produire. Il était tellement rare pour Beaumarchais et ses amis d'appartenir à une scène qu'ils se mirent par conséquent à faire état auprès de tous ceux qu'ils rencontraient des multiples contacts qu'ils établissaient. Petit à petit ses soirées devinrent un peu réputées – juste assez réputées pour que la célébrité et la notoriété contrebalancent le danger dans l'esprit des gens. Ça se mit à se bousculer et ça devint acerbe dans la salle. On commença à avoir du mal à entendre ce que les autres disaient. Véritablement il était dur de voir ses amis. On pouvait les perdre dans l'atmosphère. Parfois il fallait se contenter de faire avec ceux qui étaient là en espérant qu'ils parleraient votre langue.

Un ensemble commença à se former : quelque chose de collectif et de déroutant. Chez elle vinrent des romanciers, des auteurs de théâtre, des starlettes, des combinards, des schlemiels, des essayistes, des collectionneurs, des marchands d'art, des universitaires, des agents, des librettistes, de jeunes peintres revenus de voyages, des philosophes, des chanteurs, des connards de poètes. Certains d'entre eux apportaient leur propre nourriture. Un soldat émigré de Pologne apporta son propre samovar car, dit-il, il ne faisait pas confiance aux gens d'ici pour savoir comment on préparait le thé. Il était compliqué de parler beaucoup plus avec lui parce qu'il trouvait la langue difficile. Il s'approcha de Céline, hocha la tête et dit : *l'extrême présent*. Elle trouva ça imprécis, voire incompréhensible, mais aussi impossible à oublier.

C'était charmant et déroutant, un parc pour que les histoires se développent. Un soir, Céline vit Ulises passer, le petit diplomate madrilène que Marta avait mentionné comme possible acteur utile dans leurs plans. Céline lui chuchota à l'oreille quelque chose qu'en fait il ne comprit jamais, avant de sortir de sa robe le message de Sasha, avec les propos compromettants à propos d'Antoinette, et le lui tendit – puis s'éclipsa, laissant Ulises déconcerté et debout à côté d'un théoricien politique, en silence, essayant de trouver un moyen de jeter un œil au document que Céline venait de lui transmettre, le bout de papier qui, espérait-il, serait une sorte de message sexuel, tandis que le théoricien le regardait fixement, morose, les doigts roses du glaçage du gâteau.

En lançant ses soirées, Céline avait cru qu'il y aurait moyen de trouver ainsi des écrivains qui écriraient des textes pour sa défense ou de s'exprimer plus publiquement. Elle voulait créer sa propre image, pour que celle-ci ne soit pas créée par d'autres. Très vite elle avait compris que l'image que des inconnus avaient d'elle était bien plus vaste que n'importe quelle image que ces écrivains pourraient inventer eux-mêmes. Mais entretemps elle découvrit qu'elle avait par inadvertance acquis un pouvoir encore plus grand et imprévisible – non pas une seule image mais un moyen d'expression, un endroit où pouvaient vivre des images.

L'univers miniature sur lequel elle régnait était infiniment séduisant – à la manière dont n'importe quelle boîte de nuit est séduisante lorsque seul un nombre limité de personnes y est admis. À un niveau individuel, s'accordaient à dire les gens, ses soirées semblaient toujours se terminer en catastrophe, mais collectivement elles créaient quelque chose de beau et permanent, parce qu'elles produisaient une réalité. Les conversations créées à ces soirées formaient des impressions d'autres gens qui étaient indélébiles, et par conséquent il n'était pas nécessaire d'*écrire* quoi que ce soit. Comme la fois où tout le monde but jusqu'à environ six heures du matin. Et quand Caton descendit au magasin chercher des provisions de café, l'ami de Beaumarchais et ennemi de Jacob se leva et commença à réciter un monologue extrait d'une vieille pièce. Même sans sa beauté sombre, ç'aurait été merveilleux juste pour la façon dont il arrivait à continuer, après avoir tant bu. Jacob était menu, nerveux, n'avait physiquement rien de remarquable et il savait cela. Il avait des cheveux d'un châtain moyen, un nez moyen, une taille moyenne et un petit ventre moyen pour aller avec. C'était une situation très triste pour lui, avait-il coutume de se lamenter ! Il pensait que cela avait pour effet que les gens ne prenaient pas son écriture au sérieux, ce manque de présence excessive, aussi essayait-il de faire en sorte que les gens ignorent cela en compensant par la théâtralité de sa façon de parler. Il était quelque part au milieu de son monologue quand Caton revint, chuchotant que les Américains venaient de se faire massacrer par les Britanniques. En entendant cela, ils se levèrent tous et partirent, sauf Jacob, oublieux des nouvelles ou simplement en colère d'avoir perdu son auditoire. Quand il s'évanouit – parce que durant les seize heures écoulées il avait survécu en carburant uniquement à l'alcool et aux cigarettes – il ne restait plus que

Caton, qui soigneusement appliqua un pansement à Jacob dont la tête saignait abondamment.

Si bien que finalement ces soirées n'étaient pas juste des soirées pour écrivains et artistes mais aussi pour d'autres personnes qui opéraient dans des secteurs plus vastes du monde – dirigeants d'entreprises, bureaucrates, bailleurs en assurances, ennemis fascistes de Sasha, banquiers, publicitaires, radicaux issus de riches familles. Marta et Julia avaient coutume de se tenir dans la chaleur de la pièce, à écouter, avec des marques de transpiration ovales aux aisselles de leurs robes et l'effet était étonnamment attirant, ou du moins excitant, se disait Céline, qui commençait à apprécier de plus en plus ses sensations fugaces. Partout dans la salle de nombreux mots étaient prononcés rapidement.

La fête était une forme artistique de la même manière que la conversation était une forme artistique, en vint à penser Céline : absolue, exigeante – et sous-estimée, car c'était une forme artistique développée par des femmes. Vingt ans plus tard, dans le nord de l'État de New York, destitué et en exil, quelqu'un ayant aussi été là lui dirait que ses soirées avaient été splendides parce que survoltées : tout le monde parlait de territoires aux frontières, de systèmes postaux et d'alliances internationales. Elle voyait cela un peu différemment, dirait Céline. Sa vie à l'époque avait été une sorte d'éveil lent. C'était la vie d'une personne se réveillant et très lentement se rendant compte du *cadre dans lequel ils étaient.*

Les soirées avaient été des cours du soir, dirait Céline.

12

Du temps passa encore, cependant, et Céline sentit son excitation se dissoudre un tout petit peu. C'était un été très chaud qui donnait une impression plus ou moins de suspens, comme si peut-être rien de plus ne pouvait se produire ou qu'elle ne pourrait pas accomplir d'effet plus grandiose. C'était acceptable, supposait-elle, mais c'était aussi décevant. Jusqu'à ce qu'un soir toutes ces paroles soudain fassent surgir Lenoir, le chef de la police. Elle fut très magique, cette apparition ! Et Céline eut soudain le sentiment qu'elle pourrait avoir accès à la véritable source.

Lenoir devait sa célébrité à la répression non seulement d'une ville mais de lui-même, cependant il s'avéra que cela ne voulait pas dire qu'il n'aimait pas surveiller. Et maintenant il était là. Il aimait s'asseoir tout seul au bar, rouler des cigarettes. Céline vint lui parler. Il aimait parler de lui, de son enfance en province. Ils avaient été pauvres mais honnêtes et heureux, dit-il. Céline répondit qu'elle n'avait pas beaucoup de souvenirs de son enfance. Ils n'étaient pas riches non plus, dit-elle. Elle se souvenait que sa mère jouait du piano, dans une salle pleine de vapeur émanant des vêtements qui séchaient sur le poêle. Exactement, dit Lenoir, alors elle comprit. Il avait financé ses études à l'école de police en vendant des magazines scientifiques. Il continuait de retourner voir ses parents chaque mois.

Lenoir semblait apprécier Céline.

– Je voulais dire, dit Lenoir. Je voulais vous dire que je vous soutiens complètement. Les choses que les gens écrivent sur vous. Je n'y ai jamais cru.

– Beaucoup de gens me disent ça, dit Céline. Je veux dire, ils me disent ça *en privé*.

Lenoir semblait troublé par ce que sous-entendait Céline.

– Si je pouvais faire quoi que ce soit, dit-il. Si je pouvais arrêter ça d'une manière ou d'une autre…

– Vous êtes le chef de la police, insista-t-elle. Vous gérez cette ville.

– Mais ils ne sont pas *dans* cette ville, dit Lenoir. Je veux dire, les écrivains.

– Et donc ? dit Céline.

Elle semblait l'avoir blessé, à la manière dont les hommes pouvaient si facilement être blessés par les femmes, comme si les hommes étaient des pêches. Elle était accoutumée à la situation mais c'était toujours troublant. Ils contemplèrent ensemble la soirée, essayant d'atteindre à la tranquillité. Une femme examinait une grosse ecchymose sur son bras, à côté de son bracelet en platine.

– Vous vous plaisez ici ? dit Céline.

– Je ne me plais nulle part, dit Lenoir.

13

C'est peut-être une semaine plus tard que Lenoir revint la voir en privé. La pièce était un cube crépusculaire étouffant. Il semblait que l'image de Céline le hantait, qu'elle lui avait donné envie de faire quelque chose pour elle.

Beaucoup de gens, dit-il, n'aimaient pas ces écrits sur elle, cette pornographie. Il avait par conséquent commencé à élaborer une stratégie pour trouver les écrivains qui écrivaient d'aussi horribles choses. Ils avaient remarqué certains schémas de distribution dans le système postal : des liens ténus entre certains libraires et les autorités portuaires. Par exemple, il semblait y avoir un nœud particulier d'activité en provenance de Londres. Ils avaient des espions disant qu'il y avait là des centres de production. Mais il était difficile d'infiltrer ces centres. Dès qu'un centre de production était découvert, une presse typographique ou une librairie, il fermait et rouvrait ailleurs. Ils avaient donc besoin de ses conseils à elle, dit-il.

– Mes conseils ? dit-elle.

Il était néanmoins évident que pour Lenoir cela représentait une prise de parole décisive, aussi ne répondit-il pas immédiatement. Il avait apporté en cadeau une crème glacée vert pâle géante. Elle était déjà en train de fondre et de s'affaisser. Il avait un pansement collé en travers du front. Vraisemblablement, se dit Céline, c'était le genre de chose qui arrivait quand on essayait de préserver un État par la violence, alors que la vraie raison était que la nuit précédente, en rentrant tard chez lui de la station de taxis, Lenoir s'était cogné au coin pointu d'une étagère de sa bibliothèque auquel il ne pensait plus dans son nouvel appartement en location, si bien qu'il avait maintenant une impressionnante coupure au-dessus du front – impressionnante mais très nette, comme s'il s'était pris un coup de stylet.

– Je déteste avoir affaire à la littérature, dit-il.

– Qui ne déteste pas ? enchérit Céline.

Elle avait l'impression que sa robe était collante. Un plateau de pâtisseries était rassis. Un bol de pici cacio e pepe coagulés était par terre, léché par le chien de Marta – que Marta avait laissé alors qu'elle était partie en voyage pour un certain temps. Dans des caisses en bois autour d'elle se trouvait un service de porcelaine récemment livré, un assortiment de ronds et de rectangles, peints gravement dans un bleu international, qui attendait d'être disposé sur des étagères blanches. Tout cela pour dire que les réflexions de Céline étaient un nuage très abstrait dans lequel quelque part elle se demandait si peut-être la personne dont elle avait eu besoin depuis le début n'était pas Lenoir. Après tout, elle voulait se venger d'une manière pas seulement cosmique mais aussi personnelle.

Lenoir mit de côté la crème glacée tiède.

Sa stratégie, dit Lenoir, était d'envoyer un écrivain à Londres : un écrivain en qui ils pourraient avoir confiance, mais en qui les auteurs de pamphlets là-bas auraient confiance également. C'était pourquoi aucun agent de police, aucun espion au sens conventionnel ne serait utile. La mission consistait à trouver les gens produisant ces pamphlets, puis à acheter tous les exemplaires et les détruire. Le problème, continua Lenoir, était la folie des écrivains. Ils n'étaient pas fiables. Ils suivaient minutieusement leurs activités respectives dans les magazines et affirmaient aussi ne jamais travailler que dans la solitude. Les meurtriers étaient plus compréhensibles à ses yeux.

– Vous devriez envoyer Beaumarchais, dit rapidement Céline.

C'était comme si la vie était sur le point de découvrir des petits points de convergence et des interfaces entre des plans apparemment sans rapport, et présentement Beaumarchais était un point d'intersection. Beaumarchais ? Beaumarchais ne leur était pas inconnu, dit Lenoir. Il eut l'air déçu par la proposition, peu convaincu. Carrément, poursuivit Céline. Il était dramaturge. Il n'était ni jeune ni couronné de succès. En conséquence de quoi tous les auteurs l'appréciaient. Et puis, il recherchait le pouvoir et ferait tout pour l'acquérir.

– Alors vous devriez envoyer Beaumarchais, dit-elle.

14

Céline n'avait pas songé à ce que feraient les autres si elle devenait un jour puissante. Toutes les réflexions qu'elle s'était faites au sujet du pouvoir avaient été qu'elle acquerrait peut-être une certaine liberté pour elle et ses amies. Elle voulait quitter l'endroit que d'autres lui avaient assigné. Mais maintenant que cela arrivait, elle constatait que cela la rendait plus séduisante – de nouvelles personnes voulaient la connaître, mais aussi des gens qui la connaissaient de longue date semblaient excités par elle d'une nouvelle manière, si bien que des événements singuliers se produisaient soudain plus régulièrement et avec plus d'intensité.

Quelques jours plus tard, après que Lenoir avait envoyé Beaumarchais à Londres, son vieil ami Claude vint la voir. C'était un scientifique qui voyageait dans des pays lointains pour recueillir de la matière. Ses expériences et théories lui avaient fait entamer un long dialogue avec le père de Céline. Céline par conséquent le connaissait depuis toujours, depuis l'âge de douze ans, Claude en avait alors vingt-cinq. Il avait passé les dernières années à voyager dans l'océan Pacifique. Et il était de retour en ville, accompagné du fameux Titere, un interprète d'urgence avec qui il s'était lié d'amitié sur l'une des îles qu'il avait visitées, lequel était désormais une célébrité exotique et super charmante.

Tout juste revenu de sa dernière escapade, Claude vint la voir, et c'était intéressant parce qu'elle s'était toujours sentie nerveuse en sa présence mais désormais c'était lui qui semblait l'être devant elle. Il voulait, dit Claude, voir à quoi ressemblaient ses soirées – mais il arrivait au mauvais moment, il n'y avait personne ce jour-là. Comme toujours, elle appréciait son énergie débridée, tout en le jugeant indigne de confiance. Claude n'était jamais immobile. Il était obstiné, mélancolique, ne tenait jamais en place. Il surprenait constamment avec ses informations venues d'ailleurs.

Il y avait une chose à laquelle il était incapable de cesser de penser, dit Claude. Il voulait lui raconter cette histoire parce qu'il n'arrivait pas à la comprendre, mais peut-être qu'elle la comprendrait. À un moment donné lors de son dernier périple, il était parvenu à un archipel, au milieu de l'océan. Ils avaient l'impression d'avoir interrompu une sorte de violence entre différents groupes sur l'île, voire entre différentes îles. C'était très perturbant, le simple fait d'être là. Il avait voulu partir immédiatement. Et puis, juste avant qu'ils partent, dit Claude, un étrange événement s'était produit. Une femme avait choisi un homme et une fillette, leur avait expliqué quelque chose, puis les avait tous deux conduits sur la plage, devant Claude et ses marins, où l'homme avait étendu la fillette et avait commencé à la déshabiller. Cette fille ne montrait aucun enthousiasme. Son visage était inexpressif. Pendant ce temps la femme se tenait sur une haute plateforme jonchée de cannes de vétiver, tout en regardant un groupe d'autochtones, qui se tenaient non loin, dans l'écume. L'air était d'une sorte de bleu pastel, et la ligne d'horizon était une coulure verte sur la mer. Puis l'homme s'allongea sur la fille. Ils n'émirent pas de bruits de plaisir. Il régnait un sérieux général et un malaise continu. Il avait essayé de parler de ça avec Titere, mais Titere n'avait été d'aucune aide. Titere avait seulement dit que toute signification que Claude avait cru percevoir n'était pas correcte, ni même possible. En fait, avait ajouté Titere, dit Claude, il pensait que s'il y avait eu une signification, elle n'était pas du tout destinée ni à lui ni à ses marins.

Claude était arrivé avec une bouteille d'alcool et un cadeau enveloppé dans une écharpe en lin, et avec Céline il était en train de boire ferme l'alcool.

Comprenait-elle cela ? Céline n'en était pas certaine. Il semblait qu'elle ne pouvait pas du tout prétendre comprendre.

Mais avant de pouvoir continuer de penser à cette histoire, Claude fut distrait par le cadeau qu'il lui avait apporté, qu'il lui tendit avec excitation – et elle s'employa à extraire du tissu un hameçon petit mais mortel, fait d'os et de métal, délicatement ouvragé. Il l'avait lui-même reçu en cadeau, dit Claude, de la part de Titere, son ami des îles. Et maintenant, il voulait que ce soit elle qui l'ait, ce cadeau qu'il lui faisait. C'était cérémoniel, dit-il. Il avait son propre pouvoir.

L'hameçon était étonnamment lourd dans les mains de Céline. Immédiatement, il lui plut, à la manière dont certains objets font qu'on les aime et que l'on a envie de s'occuper d'eux. Elle le posa sur un coussin, puis se servit un autre verre.

C'était comme si l'hameçon avait une aura mystérieuse. Elle sentait son esprit devenir très léger et très agile en présence de cet objet d'un autre monde, comme si l'objet était une antenne. Quand on est jeune, se disait-elle peu à peu, tout ce que l'on sait n'est su que par le truchement d'images, mais on grandit en considérant que peu à peu on verra tout réellement – et il faut du temps pour se rendre compte qu'en fait la plupart des choses, comme les volcans, les tigres ou les planètes, nous ne les connaîtrons absolument jamais réellement. Or c'était le réel qu'elle voulait le plus au monde.

Si bien qu'elle avait beau en général trouver l'idée d'un corps d'homme difficile et affreuse, Céline prenait conscience que ce qu'elle voulait faire était découvrir ce que Claude ressentait. Elle s'approcha de lui et l'embrassa. C'était comme si ce n'était pas véritablement Claude qu'elle voulait, même si elle l'aimait bien, mais une sensation particulière qui lui appartînt en propre, quelque chose d'intime et de jusqu'alors inaccessible. Timidement, Claude essaya de résister. Il n'était pas sûr, dit-il. Il l'appréciait tellement. Et donc, à moins qu'elle fût vraiment sérieuse à ce sujet, il n'était pas sûr. Céline lui dit de ne pas parler. Puis elle le déshabilla au minimum, juste le strict nécessaire. À côté d'eux gisait l'hameçon mortel. L'espace d'un instant vertigineux, elle imagina que c'était l'inverse, qu'elle entrait dans son corps à lui, qu'elle poussait quelque chose en lui.

Puis tout se termina très vite.

Ensuite, elle essaya de réfléchir à ses sentiments. Elle se sentait très exposée et sensible. Il y avait de nombreux mondes à l'intérieur d'un monde, et elle voulait comprendre ces mondes. C'était peut-être parce qu'elle était si consciente de sa position délicate dans ce qui semblait être un réseau de plus en plus géant. Elle était très consciente de sa propre complicité, mais aussi très consciente de son impuissance – et la complication que cela causait lui donnait envie d'une espèce de précision patiente de sa pensée. Elle ne voulait pas être décontractée, elle ne voulait pas être cool – à la façon dont elle appréciait le mari de Marta pour sa collection scientifique, le sérieux avec lequel il s'y adonnait. Il avait récemment entamé une correspondance avec George Washington, lui avait dit Marta – pas tant en raison des convictions politiques révolutionnaires de Washington, mais parce que Washington avait promis de lui envoyer des os d'un animal géant qu'il avait trouvés dans les forêts américaines. Il pensait que cette découverte représentait sans doute une révolution plus profonde, et à l'échelle d'un univers, se dit Céline, il était possible qu'il ait raison.

15

Céline était une femme qui s'éloignait pas à pas, elle était la femme qui s'en va. Mais il serait erroné de penser que ce mouvement était facile ou sans entrave. Chaque fois qu'elle faisait ses premiers pas dans un monde nouveau, ou un nouvel espace, son ancienne vie continuait de lui coller à la peau – à la manière dont une mouche vaillante sentira ses pattes retenues par du papier attrape-mouche.

Un soir, son mari Sasha entra dans ce qui était naguère leur maison, sans y avoir été invité. Céline était en pyjama, elle parlait à Marta. C'était la première fois depuis des semaines que Sasha venait voir Céline. En cette période de scandale et de mythe, il l'avait complètement évitée – il dormait sur un sofa dans son bureau.

Il portait une sorte de robe de chambre ou de cape – tellement foncée qu'elle semblait noire, tel un sorcier. Elle était très belle et lui donnait une allure farouche. Céline l'interrogea sur son accoutrement. Sasha dit qu'il était très tendu. Il ne pensait pas aux vêtements. Qui donc pensait aux vêtements ? Puis il changea de sujet abruptement.

– Alors comme ça tu baises avec Ulises maintenant ? dit-il à Céline.

– Ulises ? Celui de Madrid ? Bon, il est très *gentil*…

– Je le savais.

– Je ne baise pas avec Ulises. Pourquoi parles-tu de ça ?

– Oui, pourquoi, dit Marta, parlons-nous d'Ulises ?

– Parce qu'il vient de me détruire, dit Sasha, en même temps que le ministre en chef.

– Précise ce que tu entends par détruire, dit Céline.

– Renvoyer, mettre kaput, foutre dehors, dit Sasha.

– C'est probablement une simple petite rumeur, dit Marta. *Pourquoi crois-tu toujours tout ça ?*

– Comment ça, une rumeur ? Je reviens juste du bureau, dit Sasha.

– Et vous avez tous les deux été renvoyés ?

– Carrément, dit-il.

Pendant quelques secondes personne ne parla. La présence de la pièce autour d'eux devenait oppression de la décoration. Ils étaient entourés du nouveau service en porcelaine, qui avait désormais été retiré de ses caisses mais était empilé sur divers meubles, toujours dans l'attente d'être disposé sur les étagères : petites assiettes et grandes assiettes, bols à dessert et bols à soupe, tasses à café et soucoupes, tasses à double anse, pots avec couvercle, pots sans couvercle, pots à lait, soupières, seaux à glace, sucriers, théières, boîtes à thé…

– Mais comment, dit Céline, Ulises pourrait-il te détruire ? Qui écoute Ulises ?

– Parce que, dit Sasha, le ministre en chef a eu la bêtise de dire des saloperies sur Antoinette. Genre, treize secondes avant qu'elle devienne reine.

– À Ulises ? Il a dit des saloperies sur elle à Ulises ?

– À propos de sa façon de *jouer au théâtre*. Et pas à Ulises lui-même. C'était dans un message. Il a écrit un message disant qu'en faisant de *gros* efforts, Antoinette pourrait peut-être un jour devenir une comédienne médiocre.

– Ce qui est plutôt drôle.

– Il a envoyé ce message à Ulises ? demanda Marta.

– Mais non, dit Sasha. Dans un message qu'Ulises a montré à Antoinette. Et Antoinette, qui veut montrer que personne ne peut déconner avec elle, a montré que personne ne pouvait déconner avec elle.

– Je veux dire, dit Marta, lentement, s'adressant à Céline, est-il possible qu'Ulises soit amoureux de toi ? Depuis la fois où tu l'as laissé lécher ton…

Sasha s'avança et renversa sauvagement une table avec six piles d'assiettes, qui se brisèrent en un fatras dissonant. C'était comme si tout l'air était terrifié. Très calmement, Marta continua avec une grâce rêveuse :

– J'allais dire *gelato*, dit Marta.

C'est alors que Caton entra dans la pièce, inquiété par le vacarme, et immédiatement trop apeuré pour parler.

– Eh quoi, tu vas la protéger, toi aussi ? dit Sasha.

– Si je peux, dit Caton.

Sa réaction était modeste et par conséquent magnifique, ce qui eut pour effet de faire perdre à Sasha la rage qu'il éprouvait. Il se sentit soudain fatigué et interloqué face au monde, un état dans lequel quiconque peut se retrouver très souvent. Il se tenait là, silencieux et immobile – pendant que Céline, Caton et Marta contemplaient la scène à laquelle ils avaient été contraints de participer sans avoir rien demandé ni même avoir anticipé sa possibilité.

– Mais je ne comprends pas, dit Céline. Pourquoi rejettes-tu la responsabilité sur moi ?

Pendant un long moment, personne ne parla.

– J'ai égaré un message, dit Sasha. Il n'était pas adressé à Ulises. Il m'était adressé. Et je l'ai égaré.

Négligemment il prit une autre assiette et la fit tomber. Il regarda cette fragmentation et cette destruction sans entrain.

– Donc maintenant je suis en exil, dit-il.

– C'est tout simplement ta maison, dit Céline.

– Non, dit Sasha. Tu ne comprends pas. Je ne peux pas rester en ville, ils ont dit. Il faut que je sois parti ce soir.

Pendant un long moment, de nouveau, personne ne parla.

– Il faut qu'on s'en aille tous les deux ? dit Céline.

Sasha était très abattu, toute sa rage catastrophique l'avait quitté – et l'étrangeté, se dit Céline, était que cela l'avait rendu encore moins sympathique, et non pas plus, surtout avec sa tenue gothique de vague sorcier.

– Est-ce que tu en as envie ? dit-il.

– C'est que, non, dit Céline.

– Alors non, dit Sasha.

Il marqua un temps de silence avant de prononcer sa phrase finale.

– Je sais que c'était toi, dit-il. Et je te *ruinerai*, ma chérie.

16

Était-il étrange que Céline se sente survoltée ? Le danger dans lequel elle se trouvait la terrifiait mais il l'électrisait aussi. Et de fait, plus elle était en danger, plus elle voulait quelque chose de plus grandiose que la simple survie.

La malveillance et le malentendu sont constitutifs de tout univers, se dit-elle. Nous disons *un innocent malentendu* alors qu'en réalité tout malentendu est délibéré. Il est très rare de faire l'effort de comprendre quelqu'un. La plupart du temps nous sommes en colère et abattus et ne voulons pas du tout comprendre l'autre, pas même en correspondance avec quelqu'un que nous aimons – si bien que souvent c'est bien plus tard, parfois de nombreuses années plus tard, en cherchant autre chose dans les archives de ses messages, on relit une vieille carte postale et alors seulement on prend conscience de la blessure que telle personne essayait d'exprimer, de l'amour qu'elle offrait. Personne ne connaît qui que ce soit, ou du moins personne n'essaye. En guise de conversation, nous avons la rumeur, le boato, l'opinion, le journalisme, les préjugés, les potins : toutes les formes de langage qui n'ont pas le moindre poids. Et plus l'on passe de temps au milieu des potins, ce qui est pour la plupart d'entre nous la seule langue qu'on connaîtra jamais, plus on habite un nouveau royaume qui n'a pas encore été suffisamment exploré par la philosophie : un royaume qui n'est ni celui de l'apparence ni celui de la réalité mais quelque chose de chatoyant et fondant, à la manière dont l'air commence à fondre au-dessus du tarmac de quelque route déserte. Pour une fois, vous avez aboli le monde réel, pour reprendre l'idée défendue par Julia d'une voix avinée à une soirée, alors quel monde reste-t-il ? Celui qui est apparent peut-être ? Non ! Parce qu'avec le monde réel vous avez aussi aboli l'apparent. Et cela rend tout plus déroutant et plus doux.

Céline avait maintenant l'impression que si elle voulait survivre, alors tout dépendait d'une activité frénétique. Ses désirs étaient en expansion. Les vieux systèmes agonisaient mais Céline avait la sensation qu'il n'y avait rien pour prendre leur place. Et ainsi les gens couraient dans tant de directions à la fois. Certains choisissaient l'intemporalité, et ceux-là étaient artistes. Certains voulaient le pouvoir, et ceux-là étaient banquiers ou politiciens. D'autres voulaient le futur, et ceux-là étaient visionnaires. Tandis que l'initiative qu'elle voulait prendre était d'habiter le moment présent aussi urgemment que possible.

Mais plus elle pensait à ce qu'elle pouvait faire, plus la

profondeur de la force contre elle se révélait d'une immensité inattendue. Quand elle avait entamé ce processus, elle avait cru qu'il lui faudrait uniquement résister aux pamphlétaires et à leur pornographie, mais le problème semblait bien plus large qu'elle ne l'avait imaginé : pas seulement des scribouillards et des maris fascistes, mais toute une ribambelle d'hommes qui blablataient.

Autour de Céline, cette saison, les gens continuaient de blablater et blablater, et la conversation était toujours violence masculine ou perspective de violence masculine. Une nouvelle tendance consistait à enfermer les épouses à la campagne, totalement seules, pour les empêcher de voir d'autres personnes. Bien sûr il était entendu que c'était barbare, mais comme ils étaient barbares, les gens qui se plaignaient d'une telle barbarie ! Les hommes partout parlaient de valeurs universelles alors que les seules histoires universelles, semblait-il, étaient des histoires de femmes se faisant tuer, frapper, violer ou abandonner. Le cas dont tout le monde parlait était un procès pour meurtre où une gouvernante immigrée avait, en état de légitime défense, sauvagement tué un homme d'affaires, qui l'avait agressée après qu'elle avait résisté quand il avait tenté de la violer. Il semblait tout à fait évident aux yeux de Céline qu'aucun homme n'avait le droit de juger cette femme, aussi fou que le meurtre ait pu paraître, car elle participait d'un système organisé par les hommes eux-mêmes. Les personnes chez qui l'injustice s'était depuis toujours invitée ne pouvaient être forcées à s'en tenir à un certain code moral, et certainement ne pouvaient être tenues de respecter ce code par les gens qui causaient les injustices. De même qu'elles ne pouvaient pas être critiquées pour des moments où elles étaient complices de ce qu'elles prétendaient attaquer : la façon dont Julia lui avait une fois confessé combien elle aimait ça lorsque les hommes lui faisaient mal au lit. Toute résistance aurait dû naturellement emprunter à tout ce qu'elle attaquait. Mais si jamais elle disait cela, même à des intellectuels ou des poètes radicaux, ceux-ci lui expliquaient gentiment que cela allait à l'encontre de toute raison morale, et que la femme qui avait trucidé l'homme d'affaires était une psychopathe qui devait être à jamais éliminée.

Il y avait des histoires qui vous arrivaient à vous qui ne pouvaient par conséquent être racontées qu'à d'autres femmes. Un soir, par exemple, à cette époque où les jours semblaient se succéder sans la moindre différence de température ou de couleur, juste une brume ardente, et sans nouvelles de Beaumarchais à Londres, Céline dîna avec Hernandez. Elle ne rapporta cette histoire qu'à Marta et Julia. C'était un restaurant à proximité du fleuve, un dédale de petits box et de salles privées. Hernandez lui avait écrit, lui annonçant qu'il avait une proposition à lui faire. Elle avait essayé de le rencontrer un matin pour boire un café. Il avait dit qu'il était trop occupé. Il fallait que ce soit en soirée. Hernandez commença en disant combien il aimait les soirées qu'elle organisait. C'était un monde d'un nouveau genre, dit-il. Dans le fond, elle faisait de la production, comme lui. Aussi pensait-il, continua Hernandez, qu'il fallait qu'ils fassent quelque chose ensemble – peut-être coanimer une série de performances de lectures préparées par des comédiens vedettes. Cette proposition n'intéressait pas du tout Céline, le commerce des comédiens et du monde extérieur ou bien l'ennuyait ou bien la rendait perplexe, mais elle sentait aussi qu'elle avait besoin de poliment faire croire que c'était intrigant. Avant qu'elle pût inventer une phrase, cependant, Hernandez se pencha en avant pour l'embrasser, alors elle essaya farouchement de lui parler du costume qu'il portait. Au lieu de quoi, il la tint par le bras, comme pour la refréner. C'était une situation très effrayante. Elle se sentit vieillir ou devenir adulte et la sensation fut pénible, ce sentiment d'une expérience sédimentant dans son corps, pour ne plus jamais être effacée. S'il vous plaît, dit-elle. Elle ne voulait pas avoir à dire ce qu'elle allait dire. Hernandez la regarda avec un étonnement et une curiosité absolus.

– Dire quoi ? dit Hernandez.

– Que nous ne coucherons jamais ensemble, dit Céline.

Elle avait beau le penser vraiment, elle regrettait la violence de cette phrase et aurait essayé de l'adoucir ou de la réduire s'il y avait eu un moyen de le faire.

Hernandez se leva. Il était très agité.

– Tu te crois unique à ce point ? hurla Hernandez. Sois pas si dévote, putain.

Ce fut très abrupt, la façon dont il passa de l'élégance à la violence, dit-elle à Marta et Julia, en racontant cette histoire. Et elle avait eu beau avoir raison de le rejeter, elle s'était sentie absolument vulnérable, comme menacée par un pouvoir plus vaste.

Tout ce que Céline pouvait faire c'était attendre Beaumarchais et Lenoir. Mais le problème général, semblait-il, la situation globale, était bien plus vaste que tout ce que Beaumarchais ou un chef de police pourraient résoudre. C'était un système en expansion. Et il n'y avait, semblait-il, pas de solution immédiate pour un système.

17

Ceci bien sûr eut lieu à une époque où tout arrivait en même temps, parce que tout était raccordé à tout par de petits réseaux qui étaient voraces et étendus, mais tout le monde n'avait pas compris cela. Céline commençait à le comprendre, d'autres le comprenaient, mais ils étaient nombreux à continuer de croire que ce qui se passait n'arrivait qu'à eux.

De petits systèmes, néanmoins, étaient en expansion partout, entraînant des effets connexes. En Amérique, les Américains essayaient de tuer les Britanniques tout en essayant aussi de tuer quelques Iroquois et autres. Mais pour tuer autant de Britanniques qu'ils voulaient en tuer, les Américains avaient besoin des Iroquois comme alliés. Il y eut par conséquent de nombreuses rencontres de crise, et du résultat de ces conversations, qui étaient aussi des négociations, dépendaient de nombreux futurs, pas seulement pour les gens qui semblaient le plus directement impliqués, mais aussi pour ceux qui à ce moment-là pensaient que de tels événements ne les concernaient pas du tout. L'une de ces rencontres eut lieu dans une forêt à proximité de la rivière Ohio, dans une cabana bondée, entre George Washington, un général américain, et Louis Cook, un chef mohawk. Son ordre du jour était le futur de ce que certains appelaient Amérique et que d'autres appelaient les grands territoires de chasse. Il avait plu toute la journée. À l'intérieur, ça puait la vapeur de peau de bouc. Washington demandait l'aide d'une troupe de cent Indiens dans sa guerre de jungle. Ils allaient découvrir les conditions de Louis Cook.

Entre eux se trouvait Montour, l'interprète. Montour était un Mischling : moitié français, moitié mohawk. Il parlait cinq langues, dont l'anglais. Comme tant de gens, Washington avait été étonné par l'apparence de Montour la première fois qu'il l'avait rencontré, à la manière dont quelqu'un peut souvent être étonné quand il doit corriger l'image virtuelle qu'il s'était faite d'une personne d'après leur correspondance. Cela arrivait souvent à Montour. Son nom semblait français, et d'une certaine manière il était français, puisque son père était un trappeur français, mais sa mère était mohawk et donc Montour avait aussi un air mohawk.

S'il envoyait la troupe de cent Indiens, dit Louis, dit Montour, il voulait que les colons cessent de réclamer les terres à l'ouest de l'Hudson. Washington avait du mal à comprendre pourquoi Louis voulait tant ces terres, dit Washington, dit Montour. Ils ne les *cultivaient* pas. Les élans, répondit Louis Cook, très lentement, étaient leurs chevaux à eux, les bisons étaient leurs vaches à eux, les cerfs étaient leurs moutons à eux, et les Blancs ne les auraient jamais. Washington demanda à Montour ce qu'il racontait. C'était difficile, dit Montour. Puis Louis demanda à avoir une discussion en privé avec Montour. Ils se tinrent sur la véranda, sous une pluie fine. Le chef était très animé et beau, avec tout son maquillage bleu rayé de rouge, même si son bandeau était un peu crasseux et ses cheveux en fouillis. Il voulait que Washington sache que les Blancs étaient fous, dit-il. Récemment, dix-sept hommes blancs avaient surgi à cheval dans un village mohawk et s'étaient dirigés vers les cabanons. Seuls des femmes et quelques enfants étaient présents, parce que les hommes étaient à la chasse. Ils avaient commencé par mettre le feu aux huttes. Puis ils avaient tué les femmes et les enfants. *La civilisation ou la mort*, tel était leur slogan, dit Louis Cook. Maintenant, si les autorités en avaient vraiment eu l'autorité, elles auraient empêché ces gens. Mais ça n'avait pas été le cas. Alors pourquoi les croirait-il ? Quid de Sycamore Shoals, par exemple ?

Ils retournèrent à l'intérieur. Montour paraphrasa tout ceci pour Washington. Ce qui s'est passé à Sycamore Shoals, répondit Washington, dit Montour, n'était en aucun cas son idée. Mais quand même, dit Louis Cook. Ces enculés. Washington demanda ce que Louis venait de dire. Montour répondit que ce n'était rien. Washington, qui s'irritait facilement, se mit à hurler qu'il avait besoin de savoir tout ce qu'ils disaient.

Montour comprenait quelque chose que Céline, ainsi sans doute que d'autres petits groupes de gens sur cette planète, comprenait également. De plus en plus dans ce monde, qui était un monde de systèmes en expansion, ce métier d'interprète déplaisait à Montour. Il devait toujours trouver un moyen de paraphraser, une configuration de mots acceptable pour tout le monde. Mais il n'y arrivait pas. Même les noms étaient impossibles. Par exemple, l'homme que Washington appelait Louis Cook, il l'avait toujours connu sous le nom d'Akiatonharónkwen. Cela rendait le boulot très stressant. Washington demanda si Louis se souvenait aussi des os. Montour ne comprenait pas. Les os de mastodonte, expliqua Washington, qu'ils avaient trouvés à Dry Lick Spit. Ceux qu'il voulait pour ses recherches. Montour essaya d'expliquer cela à Louis, qui demanda pourquoi ce tueur lui parlait d'os. Laissez tomber les os, dit Montour, en langue kahnawake.

Pendant un long moment, tout le monde garda le silence. Louis Cook se sentait seul, sensation qui lui déplaisait. Ce qui lui manquait c'était la solidarité. Choisir une loyauté était toujours très dur. Finalement il fut d'accord pour dire marché conclu. Alors qu'ils sortaient, il dit quelque chose à Montour. Washington demanda ce qu'il avait dit. Après un instant de silence, Montour traduisit.

Akiatonharónkwen craignait pour le futur, dit Montour.

18

Plus Céline acquérait du pouvoir, plus elle se rendait compte du peu dont elle disposait. Il était possible, découvrait-elle, d'avoir du pouvoir dans un contexte, et, dans un autre contexte, de ne pas en avoir du tout. Passer à l'action était un processus très délicat.

Résister à l'intérieur de ce monde était trop précaire, semblait-il, sans la protection d'une influence de premier plan. Le pouvoir était une collaboration, c'était une série de causes abstraites et d'effets retard – et parce que c'était vrai, dit-elle un jour à Marta, elle commençait à se dire qu'il allait falloir qu'elles passent de nouveau à l'action. Même si Beaumarchais revenait de Londres couronné de succès, ce ne serait jamais suffisant. Il y aurait toujours de la violence à leur encontre. Passer à l'action comment ? dit Marta. Elle se sentait toujours excitée en écoutant Céline parler parce que cela lui donnait l'impression que le monde était peut-être plus disponible pour elles et plus ouvert à leur engagement. Elle reprenait espoir et l'espoir était ce qu'elle aimait par-dessus tout.

Maintenant que le ministre en chef était parti, dit Céline, il y avait une ouverture. Il était peut-être urgent de faire en sorte que le nouveau ministre en chef soit quelqu'un de leur entourage. Tout ça paraissait super politique, répliqua Marta, qui ne s'attendait guère à de telles réflexions de la part de son amie. Elle était impressionnée et avait presque peur parce que c'était comme si elle voyait son amie se durcir sous ses yeux, devenir quelque chose d'inattendu et nécessitant par conséquent des efforts pour être imaginé. Mais c'était le type de réflexions dont elles avaient à présent besoin, dit Céline. Le vrai processus de l'autodéfense était détaillé, à long terme et épuisant.

Pendant un long moment, Marta réfléchit à cela. Elle voulait être à la hauteur de son amie et de sa dureté nouvelle. Le problème était, fit-elle remarquer, que certes elles connaissaient beaucoup de gens, cependant il y en avait peu dont elles pouvaient dire qu'ils étaient leurs amis. Il y en avait très peu en qui elles pouvaient avoir confiance. Et la plupart d'entre eux étaient des écrivains. Mais que pensait-elle de Rosen, l'expert en finances ? dit Céline. Il était vrai que c'était la seule personne parmi leurs connaissances ayant véritablement du succès dans le monde adulte, mais peut-être était-il parfait. Il était sincère, généreux, intelligent, mais en même temps il semblait terrifier beaucoup d'hommes. Il était d'une taille impressionnante. Aussi, se disait-elle, très légèrement, peut-être sans connaître du tout la profondeur de ce sentiment, c'était comme si Rosen faisait partie du genre d'adultes parmi lesquels elle avait toujours voulu vivre, durant son enfance malheureuse. Elle adorait l'idée, dit Marta. Mais ensuite le problème, dit Marta, était de savoir comment lui dégoter le boulot. Les options étaient limitées. Leur pouvoir était entièrement verbal.

– Mais n'est-ce pas suffisant ? dit Céline.

Les hommes ont peut-être le luxe de comploter avec de grands gestes, des voyages internationaux et des ventes d'armes, dit-elle. Mais leur complot à elles pourrait être tout aussi efficace, même s'il paraissait bien plus subtil, parce qu'elles avaient ce moyen d'expression à elles qui était liquide mais explosif. Et très doucement, de manière presque flottante, c'est ainsi que la pensée émergea, elle se souvint de l'idée d'Hernandez de lectures de dialogues et de soirées représentations.

Elles ne devaient pas oublier qu'elles possédaient une scène, dit-elle – et une scène c'était toujours séduisant pour les autres. Il fallait qu'elles organisent une lecture de pièces. Marta se dit déconcertée. Non mais écoute, dit Céline. Qu'est-ce qu'Antoinette appréciait plus que tout ? Marta répondit que c'était assez évident, elle aimait le sexe plus que tout. Mais à part ça, dit Céline. Se déguiser, dit Marta. Le jeu de rôle. Et, dit Céline, Rosen finançait toujours secrètement des pièces théâtrales. Il aimait la littérature plus que les marchés qu'il passait avec les gouvernements et les sociétés. Par conséquent, ajouta-t-elle, avec toute l'excitation d'une inspiration majeure, c'est ainsi qu'elles pourraient s'arranger pour que Rosen et Antoinette se rencontrent. Ils pourraient participer ensemble à la lecture d'une pièce, dit-elle, et entamer une conversation sur l'écriture de pièces, à savoir ce qu'ils aimaient l'un et l'autre plus que tout, plus que l'amour, plus que l'argent. Ensuite Antoinette pourrait faire le reste elle-même, aux réunions de conseil et comités de nomination. Il fallait juste, dit Céline, qu'elles trouvent le bon texte – mais elle fut interrompue par de l'humidité sur sa pantoufle et elle baissa les yeux, pour voir la chienne de Marta accroupie sur son arrière-train, laissant une longue flaque de pisse sur le tapis d'une manière purement distraite, comme si elle n'avait pas du tout conscience du liquide émergeant de sous son ventre. Elle regarda Marta, qui haussa les épaules.

– C'est une bête, dit Marta. Elle ne comprend pas ce qu'est *l'intérieur.*

Céline essaya de se concentrer. À côté d'elle se trouvaient les rapports de Beaumarchais en provenance de Londres, de son écriture étonnamment belle. Et pourquoi pas Beaumarchais, dit-elle, et sa pièce interdite ? Marta s'inquiétait du fait qu'elles ne savaient pas du tout si Beaumarchais était capable d'écrire. Avait-elle lu son texte ? Céline haussa les épaules. Il y avait peut-être une raison s'il était toujours en cours d'élaboration ? Elle ne savait pas trop, répliqua Céline, si qui que ce soit savait écrire.

Marta sourit, étala un grain de mascara sous les yeux de Céline.

– Tu es la reine du bal, dit Marta.

Et cela fut comme si l'atmosphère entre elles chatoyait, sentit Céline, à la façon dont elle chatoie quand quelque chose commence à accéder à l'existence.

19

L'univers semblait vouloir s'adapter à cette nouvelle forme qu'elles étaient en train de créer, et lui trouver un domicile. Après une série de journées magnifiques Lenoir arriva pour annoncer que les pamphlets, c'était fini.

Céline et Lenoir sortirent marcher sur les bords du fleuve. Le fleuve était d'une couleur. Le ciel était d'une autre couleur aussi. C'était ce sur quoi se concentrait Céline. Dans le même temps Lenoir lui raconta comment Beaumarchais s'y était pris pour faire ce qu'il avait fait dans la ville de l'autre côté de l'océan, et, tout en lui parlant, il lui remit une lettre de Beaumarchais dans laquelle Beaumarchais écrivait des phrases confuses mais intéressantes sur la façon dont il avait commencé à croire que ce qui se passait ici était en fait un futur possible et éblouissant pour toute écriture, comme si par ici, dans cette ville, les mots devenaient complètement immatériels, sans aucune référence au réel, et les images qu'ils convoquaient n'étaient qu'un mirage, quelque chose d'exorbitant et immatériel, aussi.

Tous les pamphlets avaient été brûlés, dit Lenoir. Et le contact qui les avait mis sur la piste des producteurs de ces pamphlets – c'était l'aspect le plus étrange de l'histoire, dit-il – était une personne qui avait été diplomate de leur gouvernement, et qui avait la réputation de refuser de dire si elle était un il ou une elle. Les gens avaient essayé de trouver une réponse à cette question, apparemment, dit Lenoir, mais sans succès. Maintenant, divers événements avaient amené le précédent gouvernement à voir cette personne comme un danger, continua Lenoir, et à l'empêcher de rentrer chez elle. Pendant un certain temps, elle avait par conséquent vécu en exil, acquérant une renommée beatnik en raison de son attitude non genrée et aussi grâce à sa poésie, des petites paroles qui étaient copiées et collées d'une personne à l'autre. Mais maintenant cette personne avait très envie de rentrer, ce qui était la raison pour laquelle elle avait approché Beaumarchais en vue de conclure un marché. En échange de renseignements sur les écrits à l'encontre de Céline et de toutes ses amies, elle voulait l'autorisation de revenir de l'autre côté de l'océan pour vivre désormais très simplement en tant que femme.

– Ça ne me paraît pas une histoire si folle, dit Céline.

Il y eut un fracas de l'autre côté du fleuve. Ensemble ils en cherchèrent la cause dans les bâtiments d'en face. C'était juste un homme sur un toit, en face, qui tirait des pigeons au pistolet.

– Pas si folle ? dit Lenoir.

– Non, pas du tout, dit Céline.

Et puis ils se remirent en marche.

Il était très important de ressentir le bonheur, se dit Céline, au moins quand on était en mesure de ressentir le bonheur. Et ceci était assurément un moment où l'on pouvait peut-être sentir que quelque chose dans la façon dont l'univers était organisé était altéré en faveur de Céline, en apprenant la destruction des pamphlets, et du fait que son alliée anonyme inconnue était une personne qui voulait réfléchir différemment sur la situation dans laquelle tout le monde était, d'avoir un corps que d'autres personnes voulaient posséder ou tout du moins définir.

Le fleuve était turquoise. Le ciel était vert clair et rose. C'était très beau, et cela lui donnait de l'espoir, comme si elle allait pouvoir commencer des activités qu'elle n'avait jusqu'alors jamais commencées, et elle sentit que davantage d'activités seraient toujours possibles, en une longue chaîne non brisée.

20

Ce soir-là, Céline et Marta ouvrirent un vin mousseux qu'elles se mirent à boire à la bouteille. Dehors, une pluie tropicale rendait soyeuses toutes les feuilles. C'était le genre de moment où, dans les étangs, des grenouilles émergent avec leurs yeux gélatineux, clignant dans la lumière grise. Partout il faisait chaud et il pleuvait, ce qui faisait que le monde intérieur paraissait délicat et adorable. Un objet était une chose unique et cabossée à l'intérieur d'un environnement détrempé.

Céline nicha sa tête sur le giron de Marta. Et Marta inclina sa propre tête, la caressant. Tout était amical, intime, accessible.

De plus en plus Céline avait le sentiment que ses conversations avec ses amies étaient le contraire de conversations avec les hommes, où il y avait toujours un déséquilibre du pouvoir – quelles que fussent les autres distinctions susceptibles d'opérer – si bien qu'en tant que femme, même si l'on pouvait être très amusée par l'homme avec qui on parlait, comme Claude ou même Beaumarchais, il fallait toujours s'assurer qu'on était *agréable*. Céline préférait les conversations où il n'y avait pas de contrainte du tout, et il semblait que si on était une femme, alors celles-ci ne pouvaient arriver qu'entre femmes, et encore pas toutes les femmes, mais seulement un petit nombre.

Les conversations qu'elle appréciait par-dessus tout étaient les conversations avec Marta. Aussi n'aurait-ce peut-être pas dû être étonnant que quelque chose d'extraordinaire en sorte, de cette proximité sauvage et de cette adaptabilité.

– Tes valises sous les yeux sont gigantesques, dit Marta. Tu as besoin de sommeil.

– Les valises sous les yeux c'est sexy, dit Céline.

Marta, la bouteille dans une main, lui tendit un minimiroir. Céline s'y regarda.

– Elles n'ont pas l'air sexy, dit Céline.

Et tandis qu'elle disait cela, Marta se pencha en avant et l'embrassa.

C'était un acte pudique, mais dès qu'il se fut produit, il parut immense dans ses implications – mais bon, ça c'est quelque chose qui arrive sur cette planète, les choses paraissent impossibles avant de se produire, mais dès qu'elles se sont en fait produites, elles acquièrent un dense petit fourré de significations et de pensées futures. Céline avait les lèvres sèches et c'était une étrange sensation, le contraste entre l'humidité de sa langue et la sécheresse de ses lèvres. Marta regardait Céline dans les yeux et Céline pouvait la sentir comme elle ne l'avait jamais sentie jusqu'alors. C'était très curieux, de se sentir si proche d'une autre personne, de la connaître aussi intimement qu'elle connaissait Marta, et ensuite d'ajouter aussi cette espèce de proximité physique. C'était profondément logique mais aussi mystérieux.

Elles continuèrent de s'embrasser. Puis elle sentit la manière dont les doigts de Marta la touchaient, remontant lentement de ses cuisses jusqu'entre ses jambes, et elle voulut refaire ce que Marta était en train de faire mais à l'inverse, le lui faire à elle.

Avec Marta, elle aimait toujours à quel point la conversation était facile, et il semblait que cette façon, avec moins de mots, n'était pas différente. Tout était un jeu avec des intérieurs et des extérieurs. Elle se rendit compte qu'elle prenait appui contre Marta, qu'elle appuyait une main sur son épaule comme soutien. C'était incroyable que ce genre de plaisir soit si accessible, qu'elles aient vécu si longtemps à côté de ce plaisir. Pendant un moment, elle s'inquiéta d'avoir honte – de ce qu'elle faisait ou de sa propre odeur, de cette fragilité entre deux personnes. Puis Marta retira ses doigts, les lécha, sourit. Et Céline sourit somptueusement aussi.

Ce qu'elle appréciait, dit Marta, la touchant délicatement entre les jambes, quand elles eurent fini, c'était la façon dont les poils devenaient pour ainsi dire raides d'humidité en séchant. Puis elle appuya la main de Céline à cet endroit et ne la lâcha pas, et c'était comme si, se dit Céline, avec ce geste ou cette scène, elles avaient décidé de construire quelque chose de délicat et précaire, mais aussi d'apparemment invulnérable – à la manière dont un nid de guêpes paraît invulnérable, alors qu'il est juste fait de papier tenu uniquement par la salive. C'était fragile mais c'était nouveau – et la nouveauté, s'avérait-il, était une forme déterminante de puissance. Car personne ne pouvait détruire quelque chose qu'elle-même ne pouvait pas imaginer.

21

Pendant ce temps, les représentations dans les théâtres, les romans et les poèmes épiques devenaient de plus en plus violents. Il se trouvait que l'obsession commune de toutes ces formes d'art était les femmes et manifestement cela n'était pas dénué de sens, car en général toutes les conversations entre femmes à propos des hommes développaient un ton nouveau : ébahi mais irritable aussi. Dans ces conversations, elles se trouvaient souvent à discuter une nouvelle théorie que l'on appelait théorie du *libertinage*. Les hommes croyaient essayer d'inventer un idéal de plaisir et ils pensaient que cet idéal trouvait son expression dans les romans, les lettres ou les dialogues, un endroit où chaque voix pouvait être entendue.

Ces hommes se prenaient pour des radicaux, mais Céline avait l'impression que ce n'était pas suffisant, ou que c'était incohérent – comme si l'idéal de transparence dissimulait quelque chose de pernicieux. Être une femme avait toujours signifié être prise au piège, mais aussi horrible qu'ait été cette condition, elle avait aussi été une sorte de sécurité – on était prise au piège mais aussi dorlotée, à la manière d'une flûte logée dans son étui de velours. Et maintenant essayer d'émerger de ce piège s'avérait être un trauma de plus grande ampleur. Car bien sûr Céline comprenait la théorie qu'elle était censée suivre. Elle aussi souhaitait atteindre au bonheur par tous les moyens possibles, mais si on ne voulait pas satisfaire les désirs d'autres gens, et par gens elle voulait dire les hommes, très vite, c'était perçu comme une preuve de puritanisme, voire de misanthropie, et l'on était soudain accusée de cruauté, comme si le fait même qu'un homme éprouve pour vous un sentiment vous investissait de l'obligation de le couver jusqu'à ce que cesse sa douleur car *c'est vous qui en étiez la cause*, alors que bien sûr c'était entièrement contrôlé par lui. Il était vrai qu'avec Claude elle avait trouvé une possibilité de conversation, car, après l'unique fois où ils avaient couché ensemble, ils avaient été en mesure d'établir d'une façon douce et charmante que cela ne se reproduirait jamais, après qu'elle avait hésité quand Claude s'était approché d'elle à une soirée avec un verre.

– Je sais, je sais, dit Claude. Qu'est-ce qu'une femme ?

– C'est une plaisanterie ? dit Céline.

– Quelqu'un qui doit dire non aux hommes chaque jour, dit Claude.

Il l'avait dit de manière si charmante que dorénavant ils pourraient s'apprécier l'un l'autre sans désir, et c'était peut-être le meilleur état à atteindre avec un homme.

Il n'empêche, souvent encore, quand chacun croyait écrire sur le désir, la légèreté et le plaisir, alors qu'en fait il écrivait sur la douleur, Céline se sentait d'humeur assassine. Un jour, en lisant un nouveau magazine lancé par Jacob, sa nouvelle aventure consacrée à l'urgent et au contemporain après l'échec de ses pièces, de ses poèmes et de ses articles philosophiques, Céline eut une prémonition.

– Que je t'explique, lui dit-elle. Je sais que tu veux l'image la plus moderne possible. Je veux ça moi aussi. Mais ça signifie que je veux des vaisseaux spatiaux et de la politique radicale. Et plus que tout je veux la perspective de changer. Peut-être aussi quelques vieilles plaisanteries. Alors : *est-ce trop demander ?*

Le fait que Jacob semblât incapable de comprendre était déprimant mais d'une certaine manière moins déprimant que cela l'aurait peut-être été auparavant, parce qu'elle était désormais capable de créer un petit espace branlant bien à elle, séparé de ces pièges et désastres, l'espace qu'elle était en train de construire avec Marta – à petite échelle et improvisé. Elle comprenait que pour beaucoup de gens, sinon tous, ce qu'elles faisaient pouvait sembler pervers, mais elle n'était pas d'accord. Il y avait bien plus de perversité, se disait-elle, dans toutes les variétés d'abjection que les hommes et les femmes développaient entre eux.

Marta et Céline avaient coutume de traîner paisiblement à la campagne. La campagne était toujours là. C'était un lieu de plaisir.

Elles étaient allongées à côté d'un grand lac, au pied d'arbres sur un sol qu'elles partageaient avec d'invisibles champignons qui transperçaient la terre. Les feuilles étaient de petites structures plastiques dans le ciel. Près de l'eau, c'était presque bruyant : des herbes entravaient le menu mouvement de l'eau et créaient des remous et des ondulations tourbillonnantes tandis qu'à l'intérieur de chaque arbre des animaux invisibles faisaient des volutes et des arabesques. Chaque chose était un arrangement de petites voix. Et pourtant, se disait-elle, cela était aussi appelé silence, car aucun de ces bruits n'était émis par des gens.

Moins elles recouraient au langage, ou plus elles utilisaient le langage uniquement comme un amusement, plus elles produisaient de bonheur. Dans la légèreté des matins, elles jouaient à un jeu qu'elles avaient inventé, une petite chose avec des mots et des images. Marta choisissait un des magazines et montrait une image à Céline, cachant les mots qui l'entouraient, et Céline proposait une phrase pour aller avec. Par exemple, un homme nu coincé dans une fenêtre, essayant de s'échapper par une fenêtre de salle de bains :

– Des sentiments ? Rien à foutre, dit Céline.

Ou une femme, dans les draps froissés de son lit, parlant à un homme, nu :

– Tu n'es pas une reine de beauté, dit-elle.

C'était très intéressant de regarder ce que les mots faisaient aux images. Il se passait quelque chose entre les deux qui n'était ni l'image ni les mots mais les deux en même temps.

Céline avait vécu dans un certain type de monde pendant si longtemps, et découvrir une façon de le rejeter était à la fois surprenant et rafraîchissant – comme la façon, dit-elle une fois à Julia, dont on pousse une porte pour découvrir qu'il y a eu des pluies torrentielles, et on sort dans ce monde étonnamment rincé et électrique.

Leur autre jeu consistait à se raconter leur propre histoire.

Comment ça a commencé, ça ? demanda Marta. Céline dit qu'elles s'étaient rencontrées à une soirée où Marta avait fait remarquer que tout ce qui n'allait pas dans le monde était lié à la mauvaise éducation des filles, et Céline s'était dit qu'elle avait l'air vraiment cool. Mais ensuite, que s'était-il passé ? demanda Marta. Ensuite, elles étaient devenues amies, dit Céline en haussant les épaules, et tout le monde était tout le temps en train de parler de Marta, et de ce garçon, celui avec les terribles problèmes d'yeux. Non, c'était la boutique de robes, l'interrompit Marta. Elles étaient à la boutique de robes, continua Céline, abondant dans son sens, après avoir regardé les robes elles avaient attendu un taxi, il neigeait, la neige était presque noire, et Céline avait demandé si Marta était parfois vexée par les choses que les gens disaient sur elle, et elle avait dit non, parce que personne ne devait jamais compter sur l'affection des autres.

Elles étaient allongées, et se parlaient, et se léchaient parfois le visage de l'autre très délicatement. La poitrine de Céline était granulée par la brise. Parfois Marta se penchait et embrassait Céline, et chaque fois Céline se disait qu'il était bien mystérieux, ce moment où deux personnes franchissaient de petites frontières ou suppositions, la façon dont cette amitié impliquait aussi parfois leurs corps. Franchir ces petites frontières nécessitait une grande délicatesse.

– Pourquoi je te plais ? dit-elle. Dans le fond, j'ai treize ans. Je ne porte pas de chaussettes aujourd'hui. *Je me suis réveillée et impossible de trouver des chaussettes.*

Et Marta subtilement fit non de la tête, puis elles recommencèrent à s'embrasser et à se toucher jusqu'à ce que Marta détourne finalement le regard pour pouvoir se concentrer et, alors même que cela se passait, Céline se dit qu'elle adorait cet égoïsme très clair dans la façon dont Marta se comportait sexuellement, et cela ne la gênait pas parce que c'était avec la même concentration qu'elle pensait aux autres gens. Céline se disait que s'il devait un jour exister une véritable théorie du plaisir et d'une personne comprenant le plaisir, alors d'une certaine façon ce serait ça : une personne qui penserait avec une égale férocité au plaisir de l'autre et au sien propre.

22

Le titre provisoire de la pièce de Beaumarchais, qui avait été tant rejetée et réécrite que c'était comme si elle avait développé ses propres sentiments et sa propre histoire, pleine de solitude et de mécompréhension, était *La Précaution inutile*. Dès que Beaumarchais revint en ville, Céline demanda à le rencontrer – afin de le persuader de la laisser organiser une lecture de sa pièce, en privé, pour leurs amis.

Elle fit cette proposition dans son intérieur doux, chez elle. Des petites bougies répandaient une lumière orange en demi-cercles sur les tapis à motifs et les plantes ornementales. Beaumarchais tendit la main pour attraper un beignet sur une assiette en porcelaine mais s'avisa qu'il était légèrement trop enfoncé dans le sofa le plus mou qu'il ait jamais vu, si bien que l'assiette était un tout petit peu trop loin et que pour l'atteindre il fallait qu'il se pousse vers l'avant afin de s'extraire de la lenteur des coussins. Ce qui ajouta à son sentiment de désorientation.

Son plan à elle, expliqua-t-elle, était de présenter la pièce ici, dans cette salle. Beaumarchais regarda autour de lui, les bougies, les bégonias, les miroirs. Avec Antoinette et Rosen, ajouta-t-elle, la femme la plus puissante et l'homme le plus riche, dans les rôles principaux.

Tout était chaud, aromatique et propre dans cette maison et en même temps forestier. Tout cela était très excitant et déroutant pour Beaumarchais. Il croyait vraiment en l'art comme quelque chose étant pur, voire sacré, cela ne l'avait pas ennuyé que personne n'ait compris ou apprécié la façon dont il écrivait, même s'il était vrai également que cela le blessait beaucoup. Il s'était accoutumé à la coexistence de la blessure et de l'indifférence. Les cadres au sein desquels l'art devait se développer, cette chose froide et éternelle, étaient toujours tellement plus chauds et plus charmants que l'art peut-être ne le voulait jamais. Céline comprenait la confusion de Beaumarchais et aussi voulait l'apaiser. Elle voulait faire quelque chose pour lui, disait-elle, après ce qu'il avait fait pour elle. Le principe de base de Céline était qu'il fallait toujours aider ses amis. Et elle pensait cela sincèrement, quand bien même elle avait son lot intime d'autres motifs.

Timidement Beaumarchais demanda s'il ne fallait pas au préalable que quelqu'un en discute avec le bureau de la censure. Ou même, peut-être voudrait-elle d'abord lire la pièce. Et si elle la détestait ? demanda-t-il. Et bien sûr, ajouta-t-il, il serait toujours très ouvert aux réécritures qu'elle pourrait suggérer. Des réécritures ! dit Céline. Elle avait véritablement le sentiment que les gens ne se rendaient pas du tout compte de ce qu'impliquait la réécriture. À son avis, dit Céline, les gens dans le domaine de Beaumarchais parlaient trop facilement de réécriture. Ah mais exactement, dit Beaumarchais, à qui elle plaisait beaucoup. La réécriture pouvait passer pour un simple exercice technique mais exigeait en fait le sens philosophique le plus haut. Elle exigeait des définitions du continu et du discontinu, sans parler également de définitions éthiques. Par exemple, toute définition approximative de l'intégrité signifierait sûrement qu'un écrivain devrait refuser d'altérer un texte qu'il a écrit pour un motif autre que son goût personnel. Et pourtant, continua-t-il, ne voulant pas paraître trop catégorique, peut-être que ceci était trop vieux jeu. Peut-être que d'autres personnes pourraient également collaborer, à la façon dont il voyait en Céline sa collaboratrice ? Car après tout, conclut-il, il y avait aussi quelque chose de magnifique dans le fait de réécrire un texte encore et encore, de travailler dessus si longtemps, jusqu'à ce que soudain son essence devienne claire : un moment présent ayant nécessité tout ce temps pour se révéler.

C'était un discours confus, et Céline l'apprécia pour sa confusion, parce que la confusion était le signe d'un message limpide : que Beaumarchais était magnifiquement excité. Comme si souvent dans une discussion, le sens tout simplement s'en échappait, à la manière du lait qui s'écoule d'un téton. Et Céline avait raison, mais il est peut-être aussi important de mentionner qu'autre chose se passait dans l'âme de Beaumarchais, légèrement mais férocement. Il avait une âme très pure mais aussi un désir si ardent d'être connu que de temps à autre son âme se trouvait dans des paysages très impurs. Quand elle avait mentionné Antoinette et Rosen, ces célébrités au pouvoir immense, il n'avait soudain pu s'empêcher d'imaginer le triomphe, les gens l'adorant, *tellement d'argent* – peut-être même une maison à la campagne. Il se figura un dîner, bien des années plus tard, où un membre du comité de la Comédie lui avouerait que refuser cette pièce avait été la plus grosse erreur jamais commise par le studio.

Et peut-être que ceci est naturel. Un écrivain est un animal qui est souvent pur mais d'une certaine manière court tout le temps après la gloire, aussi létale puisse-t-elle être, parce qu'aussi ils sont infectés par cette maladie de l'éternité. Ils aiment la langue et veulent faire des œuvres où cette chose sombre devient lumière, mais ils veulent aussi que cette langue dure éternellement. Et donc, tristement, un écrivain est cet animal qui confond renommée et amour.

23

Pour la représentation, Céline avait fait ouvrir toutes les fenêtres et toutes les portes, de manière que la salle se prolonge sur la cour – comme une petite rue, un intérieur qui était aussi un extérieur, mais avec du feuillage et de la décoration. C'était comme si la pièce pouvait d'une certaine manière devenir réelle et sortir dans cette rue, et elle se demandait si c'était le genre d'art qu'elle aimerait toujours voir.

Dans cet espace, on aurait dit que pratiquement tous les gens qu'elle avait connus étaient venus voir. La raison de cet engouement n'était pas tant la pièce que les célébrités de la distribution. De nombreux mondes se combinaient, et c'était une preuve de l'influence de Céline – la profonde fluidité lorsqu'on était un multivers. Certaines personnes étaient assises sur des sofas et des coussins. D'autres se tenaient dans l'encadrement des portes, s'asseyaient sur les fenêtres ou juste à l'extérieur, dans la cour. Un cactus abîmé, remarqua Céline, avait été oublié derrière un arrosoir. Au centre de la salle, sur une grande table, se trouvaient les textes. Il y avait tant de monde qu'il était difficile de voir cette table, ou, d'ailleurs, Beaumarchais – qui était assis à côté, terrifié et en nage, dans un fauteuil comiquement bas. Il fuyait de partout, la sueur émergeait très vite de lui, et ça, se dit-il, c'était la chose la moins pardonnable qu'un corps pût faire. Antoinette n'était toujours pas arrivée. Tout ce que Beaumarchais pouvait faire c'était écouter la conversation abstraite, jusqu'à ce qu'Antoinette entre enfin dans la salle – et une femme se mit à pleurer, le plus silencieusement possible, car elle ne s'était jamais tenue aussi près d'une célébrité de tout premier plan.

La situation était oppressante et implacable, et Beaumarchais se sentait très seul. Il s'inclina très bas devant Antoinette, mais trop lentement, si bien qu'il se rendit compte en se relevant qu'il semblait s'être incliné devant son assistante. Il se précipita jusqu'à la table principale pour réessayer.

– Qui êtes-vous ? dit-elle très gentiment.

– Je suis l'auteur, dit Beaumarchais.

– Ah, dit-elle. Bien, exactement.

Puis Rosen arriva et Antoinette reporta son attention sur lui. Une marque de la richesse totale de Rosen était son apparence débraillée. Ses chaussures étaient étonnamment éraflées. Il portait un jogging comme un moujik.

– C'est le chaos là-dedans, dit Rosen.

– Je ne comprends le théâtre que comme chaos, l'interrompit Beaumarchais, avant qu'Antoinette puisse répondre. Les gens qui essayent de contrôler le processus, comme Jacob, ils ne comprennent pas que le chaos est la seule méthode.

– Qui est Jacob ? demanda Rosen.

– C'est l'auteur, dit Antoinette avec beaucoup d'assurance.

– Non, c'est Beaumarchais, dit Beaumarchais. Je veux dire : je suis Beaumarchais. Désolé.

Comme si souvent quand des écrivains qu'il n'appréciait pas étaient mentionnés, Beaumarchais sentit une panique de jalousie s'abattre sur lui, un petit costume de fantôme qui l'enveloppa et à travers les trous irrégulièrement découpés duquel ses yeux paniqués regardaient. Il fut interrompu dans cette panique parce qu'il sentit soudain sa chaussure se remplir d'eau glacée. Quelqu'un avait renversé un verre. Une adolescente inattentive et magnifique riait avec ses amis. Il avait la chaussure trempée.

Rosen regardait chacun très attentivement. C'était dans ces petites digressions, trouvait Rosen, que les gens révélaient le plus d'eux-mêmes. Cherchez les espaces, disait-il à n'importe quel financier junior qui voulait apprendre l'art des affaires. Examinez les absences.

– Ne soyez pas désolé, dit Rosen gentiment.

– Ça vous arrive parfois de ressentir ça ? dit Antoinette. Vous allez chez quelqu'un pour la première fois, et découvrez avec délice que la personne a un balcon. Alors vous sortez sur ce balcon et contemplez la ville en contrebas. Et ensuite vous marquez un temps d'arrêt, pendant plusieurs heures, échouée – je veux dire, vous regardez fixement les courriers en contrebas, chargés de tant de bagages, écoutez le bruit qu'ils font, ou les gens en train de manger des gaufres dans la rue. Elle est presque trop ravissante, la quantité d'activité que contient le monde.

– Absolument, confirma Rosen.

Il y eut un long silence. Beaumarchais ne savait pas du tout comment répondre. La première dame avait cette combinaison d'intelligence, de hauteur et d'un manque total de contexte ou d'éducation, cela faisait qu'il était très difficile de la juger.

24

Au début, la représentation fut lente et très gênante, et Céline remarqua avec intérêt que cela la contrariait beaucoup, pas seulement à cause de ce qu'elle espérait qu'il pourrait arriver grâce à cette lecture, mais aussi à cause du texte proprement dit. Il y avait une version de langue qui était complètement tendre, un idéal que jusqu'à maintenant l'univers n'avait pas permis, mais c'était la version que certains artistes essayaient de créer dans leurs œuvres – et elle comprit que dans son texte Beaumarchais avait essayé d'accomplir cette légèreté idéale, cette neutralité, comme s'il avait jamais été possible de penser à partir de nombreuses positions. Elle comprit aussi que c'était une version de la tendresse qu'elle admirait par-dessus tout. Plus on pouvait avoir de gens présents à l'esprit, mieux on imaginait comment on ressentirait et penserait en étant à leur place, plus l'image serait intéressante et plus la langue pourrait perdre son horreur et sa malice. De petits systèmes étaient en expansion partout, mais peut-être y avait-il cette espèce de système opposé, qui était un ouvrage qui contenait le maximum en lui-même. Mais dans cet intérieur bondé il y avait tant de nervosité et d'anxiété que c'était comme si le temps bienheureux de la comédie, dans lequel tout sera toujours le paradis et où le moment présent est pure élasticité, avait été remplacé par quelque chose de plus lent et plus lourd, où les gens soit parlaient trop lentement avec trop de silences entre les dialogues, soit trop vite, s'interrompant les uns les autres, si bien que tout était staccato et perturbé. Dans le public, les gens commencèrent à discuter entre eux, doucement mais de manière audible.

– Tu es déjà allé en prison ? chuchota Jacob à l'intention d'Hernandez. La première fois qu'ils t'emmènent en prison tu chies dans ton froc, tu coules du bronze en médailles. Si quelqu'un t'offre un morceau de soppressata tu ne sais pas si tu peux le prendre, je veux dire, au cas où il serait imbibé de poison ou truffé de clous ou de merde. C'est dire à quel point on se sent mal.

– Putain, pourquoi il a fait ça ? dit Hernandez, préoccupé par ses propres pensées. Tu sais pourquoi il a fait ça ?

– Qui ? dit Jacob.

– Beaumarchais, dit Hernandez. Cette lecture ? Pourquoi a-t-il accepté ? Je lui aurais carrément conseillé de ne pas le faire.

– Personne n'est plus corrompu que Beaumarchais, dit Jacob en haussant les épaules.

Puis Antoinette rit parce qu'une des répliques de Rosen l'avait amusée et l'effet de ce rire fut très net et inhabituel. C'était comme si tout le monde dans la salle enfin et soudainement était devenu un public. Personne ne gigotait, ne dormait, ne toussait, ne prenait des notes ni ne regardait d'un air désespéré par les fenêtres, mais au lieu de cela une vérité plus vaste habitait cette salle et même au-dehors, dans la cour, où les gens tendaient l'oreille pour entendre, si bien qu'ils devaient être très près les uns des autres, et de cette promiscuité inhabituelle nombre d'entre eux se souviendraient, même de nombreuses années plus tard, comme de quelque chose d'intime et érotique.

Quand ça se termina, Antoinette se mit immédiatement à applaudir, si bien que tout le monde applaudit, et c'était comme si de petits engouements étincelaient partout dans l'air lumineux. Puis elle s'étira, bâilla et toutes deux, elle et Céline, allèrent à une fenêtre pour fumer.

– J'adore le théâtre, dit Antoinette.

– Elle adore le théâtre, dit son assistante, qui avait apporté des cigarettes.

– La seule personne que je connaisse qui comprend le théâtre comme vous le comprenez, dit Céline, c'est Rosen.

– Ma foi, Rosen est formidable, dit la Dauphine. Je ne l'avais pas vu depuis si longtemps. Il faudrait qu'il passe plus de temps ici.

– Il faudrait vraiment, oui, dit Céline.

– Vous savez, Rosen, dit Antoinette, relevant un peu la tête pour souffler la fumée ailleurs, a apporté un réel plus à son rôle, ce qui est impressionnant parce que le rôle était déjà super séduisant. Je veux dire, OK bien sûr, le *charisme* du rôle appartient à l'auteur, à Jacob...

– Beaumarchais, dit Céline.

– Absolument, dit Antoinette. Le charisme est bien sûr celui de l'auteur, le charisme du personnage, mais pas le charisme avec lequel le rôle a été joué, qui tenait entièrement au comédien, et en fait Rosen avait peut-être autant de charisme que l'auteur lui-même. Il l'a inventé en jouant.

– Vous savez qu'il vous admire beaucoup, dit Céline. Rosen, j'entends.

– Il est formidable, dit Antoinette. Tout le monde dit qu'il est juif ?

Le chef du bureau de la censure papillonnait à côté d'elles, espérant dire au revoir avec élégance et sans tarder.

– Tout le monde, c'est-à-dire ? dit Céline. Par exemple, voyez cet homme, ici. Vous savez, il a *détesté* cette pièce.

Elle avait dit cela dans un sourire atroce, large et radieux.

– Je pense que, non, c'est juste que je ne suis pas certain de l'avoir comprise, dit-il.

– Tous les gens disent ne pas comprendre une œuvre d'art quand ils veulent la détruire, dit Céline.

– Je ne veux pas la détruire. Absolument pas, dit-il. C'est juste que je ne la comprends pas…

– Alors ils peuvent la mettre en scène ? demanda Céline.

– Bien sûr, il faut qu'ils la mettent en scène, dit Antoinette. Pourquoi ne la mettraient-ils pas en scène ?

– À la Comédie ? dit-il. Je croyais que c'était entendu ?

Et Céline s'avisa qu'à ce moment-là il n'avait pas conscience d'être en train de mentir ou même d'être incohérent. C'est dire combien le pouvoir était absolu et continuera de l'être – jusqu'à ce que les planètes et les étoiles se désintègrent enfin et que tout disparaisse.

25

Ici commença la petite période de calme total pour Céline. Elle avait l'impression d'avoir trouvé une espèce de famille supplémentaire, se disait Céline, ou du moins de la stabilité. Parce que la lecture avait eu exactement l'effet escompté, c'était une action qui avait produit de nombreuses autres actions, c'était le site de la langue transformée en pouvoir – et l'étendue de son succès pouvait être constatée par la douceur mais aussi la promptitude avec laquelle ses répercussions apparaissaient, avec la même décontraction que la petite soirée de Beaumarchais au Balthazar pour fêter son succès, ou l'annonce que Rosen deviendrait le nouveau ministre en chef. Car c'était toujours ainsi qu'un nouveau monde aimait s'affirmer, en dépit de tous les efforts qu'il a fallu déployer pour le créer – tout en douceur, et avec apparemment le minimum de dégâts – et c'était comme si tout était soudain stable, comme si elle n'était pas si vulnérable ou anxieuse, et au moins arrivait à dormir plus calmement toute la nuit.

Certaines personnes se sentaient davantage appartenir au monde que d'autres personnes, se disait Céline, elle entendait par là non tant appartenir au monde humain mais au monde non humain – elles semblaient davantage participer du ciel, des feuilles ou des plantes. Une de ces personnes était Marta et une autre, se disait-elle à présent, était Rosen, et elle était soulagée d'être entourée de ces gens, comme s'ils pouvaient la soutenir et la défendre contre le danger.

Un soir, Sasha réapparut dans leur maison, très soûl, les chaussures toutes mouillées. Elle lui demanda pourquoi il était trempé et il ne lui expliqua pas. À la place, il lui dit qu'il n'avait pas vraiment le droit de remettre les pieds en ville. Il était revenu chercher quelques vêtements, dit-il. Et aussi, il voulait la voir. Elle ne savait pas ce qu'il voulait vraiment et était mal à l'aise, elle avait l'impression d'être obligée d'éprouver un sentiment qu'elle s'était efforcée de dissoudre ou du moins de laisser derrière elle. C'était comme si quelque chose qui comptait pour elle était envahi. Il montra le petit hameçon que Claude lui avait offert, ce lourd objet précieux, et lui demanda ce que c'était. Elle ne voulait pas lui montrer parce qu'elle éprouvait de l'attachement pour cet hameçon qu'elle ne pouvait nommer, comme si personne d'autre ne pouvait l'apprécier pour ce qu'il était, à savoir quelque chose d'entièrement extérieur à leur expérience, mais à sa grande déception, elle se rendit compte qu'elle n'avait pas l'énergie de lui refuser, pas dans ce type de situation intérieure, alors elle alla le chercher pour lui. Peut-être que cet agencement compliqué de sentiments expliquait pourquoi, au moment où elle prit l'hameçon, immédiatement elle le fit tomber, si bien qu'un bref instant elle ne put le retrouver. Il avait glissé sous un sofa. Et ensuite, quand elle lui apporta finalement l'hameçon, Sasha se contenta d'y jeter un coup d'œil, puis abruptement il fit volte-face et partit.

C'est environ une heure plus tard, quand elle prit conscience que tous ses messages envoyés par Marta avaient disparu, qu'elle comprit la sortie soudaine de Sasha.

Mais elle voulait garder espoir, aussi refusa-t-elle de se laisser inquiéter par ça. Elle avait agi en ce qui semblait être de minuscules zigzags, se dit Céline, mais les effets semblaient assez importants pour la protéger – et elle avait l'impression qu'avec ce contraste de la miniature et de l'important, elle apprenait une leçon plus vaste sur l'univers, de la même manière qu'un historien dans un récent entretien avait dit qu'en écrivant son histoire de l'Empire il avait été obligé de repenser tout ce qui avait trait à la *causalité*. Il s'avérait que c'était une catégorie bien plus invisible et bien plus pérenne qu'il ne l'avait pensé.

Les gens la traitaient avec respect. À une de ses fêtes, un jeune écrivain était mort très soudainement d'une crise cardiaque, et le lendemain sa mère écrivit à Céline pour lui présenter des excuses, lui disant qu'elle était navrée que son fils ait à ce point cassé l'ambiance de la soirée. Elle était absolument désolée et espérait que Céline pardonnerait à son fils.

26

À la même période, au fil des semaines qui suivirent, quelque chose devint de plus en plus caché entre Marta et Céline. Aux soirées, Marta flottait à côté d'elle, l'embrassait sur le front, puis disparaissait. Parfois, elles s'allongeaient ensemble au lit, d'autres fois non. Céline trouvait ce désir très difficile à comprendre, la façon dont il pouvait être mis de côté aussi, comme une petite boîte. Tout ce qu'elles faisaient, ressentaient, était une nouvelle sorte de conversation intense.

– Tu sais que je t'adore ? dit Céline. Je pense que tu es ce qu'il y a de plus cool.

– *Cool ?* dit Marta. Genre, qu'est-ce que tu entends par cool ?

– Je ne sais pas, dit Céline. Cool c'est universel.

– Donc cool nous survivra ?

– Bien sûr. Ça dure depuis toujours. Cool c'est une attitude, Marta.

Une sorte de soulagement tombait en cascade dans l'atmosphère. Il était possible de penser qu'il n'y aurait peut-être plus de langage, ou que le langage pourrait devenir quelque chose d'intime et de différent. C'était comme si, au fil de conversations réelles, il y avait toujours un moment où une voix émergeait, n'appartenant à aucune des personnes en conversation, mais était la voix de la conversation elle-même, et quand cela arrivait c'était comme une petite lampe allumée, répandant une lumière chaleureuse dans un espace limité. D'autres personnes voyaient cela comme un dieu émergeant ou parlant à travers une personne, mais Céline ne pensait pas de la sorte. C'était la voix de la conversation, se disait-elle, qui appartenait à tout le monde et à personne, et la laisser émerger et lui ménager une place était peut-être la chose la plus importante que l'on pût faire.

Même Beaumarchais semblait ressentir cela. Il était tout le temps en train de lui dire qu'il voulait un type d'écriture différent. Toutes les pièces et tous les romans qu'il voyait étaient identiques. *La vie ne peut pas se réduire à ça*, disaient les chats et les chiens de chaque village dans chaque histoire – tous prompts à se rendre dans le village d'à côté, où il y aurait encore d'autres chats et chiens se lamentant que la vie ne pouvait pas se réduire à ça. Il y fallait une perspective plus vaste. Par exemple, disait Beaumarchais, il ne comprenait toujours pas comment l'univers avait commencé. L'espace n'existait pas et ensuite l'espace existait.

Est-ce que cela ne paraissait pas logiquement impossible ? Et tant qu'une œuvre n'aurait pas intégré cela, il n'était pas certain qu'elle méritât le moins du monde d'être écrite.

Dans le même temps, avec ses amies, Céline sentait qu'elle se détendait, et cette sensation était très nouvelle. On leur avait appris pendant si longtemps à se cacher et à considérer le fait de vivre comme une constante négociation avec le danger. Être une femme, leur avait-on appris, consistait à déguiser votre caractère si parfaitement qu'il était impossible pour qui que ce soit de le comprendre. Mais simultanément, en trompant les autres, vous étiez censée être capable de voir clair à travers les tromperies des autres – tout en ne révélant jamais que vous aviez repéré ces tromperies, parce que c'était très dangereux de montrer que vous vouliez comprendre la nature réelle de quelqu'un. Tandis que maintenant elles avaient inventé une espèce de douceur où ces questions n'étaient d'une certaine manière pas pertinentes ou pas réelles.

Il n'empêche, ce pouvait être tout à fait adorable, dit Marta. Et peut-être pour l'instant tout à fait réel. Mais des bandes de ciel abricot ne suffisaient pas. Ce n'était pas suffisant *pour tenir*.

Elle aimait Marta, se rendait compte Céline, en raison de cette défiance indocile. Il ne fallait pas qu'elles prennent ce qu'elles avaient pour le pouvoir absolu, fit valoir Marta. L'état idéal de pouvoir, dit-elle, était qu'il sourdait, comme l'eau. Julia dit qu'elle ne suivait pas. Elle voulait dire, ajouta Marta, que l'état idéal pour le pouvoir était de se renouveler à la manière dont une bulle se renouvelle, en remontant dans un volume d'eau jusqu'à la surface. Mais, argumenta Céline, si elle la comprenait correctement, presque personne n'accédait au pouvoir de cette manière – l'essentiel du pouvoir était transmis par d'autres personnes, de manière précaire et par procuration.

Et, bon, dit Marta, carrément. Ce qui était la raison pour laquelle vous considériez toujours que votre pouvoir n'était jamais suffisant. Alors qu'allaient-elles faire ensuite ?

27

Céline n'était pas certaine de connaître la réponse à cette question, et cela l'inquiétait de ne pas avoir de réponse. Elle se disait qu'il y avait des gens capables d'être à l'intérieur du monde, comme Marta, et d'autres qui n'en étaient pas capables, comme ses parents. Céline pensait souvent à ses parents et, chaque fois que cela arrivait, elle éprouvait une sorte de refroidissement. L'endroit où elle avait grandi était un endroit de limites et de peur, et elle espérait ne plus jamais être à nouveau dans ce lieu. Peut-être ne le serait-elle plus jamais, et pourtant elle redoutait toujours cette éventualité. Peut-être avait-elle tort de la redouter. Peut-être aussi que Marta était trop pessimiste, et dorénavant, se dit Céline, il n'y aurait que des guirlandes lumineuses et de menus plaisirs, très ordinaires mais agréables, qui ne pourraient nullement être menacés.

Pour cette raison elle appréciait de passer du temps avec Rosen. Rosen la retrouvait chaque semaine. Il était cosmiquement optimiste. Le monde lui parlait chaque jour, aussi avait-il l'habitude de diviser ses communications en catégories. De plus en plus, dit Rosen, les gens pensaient non seulement analyser un problème de l'époque mais aussi le résoudre – soit en éliminant quelque chose qui semblait actuellement dominer la société, comme les femmes, les Juifs ou l'argent, soit en imaginant un futur où un but, une fois atteint, éliminerait tous les problèmes. Tout le monde était obsédé par des théories du tout, or il s'avérait que n'importe quoi pouvait être la clé d'une théorie du tout : votre couleur de peau, votre richesse ou la langue que vous parliez. Il n'y avait pas moyen de s'entendre sur l'élément qui à la fin serait décisif, et bien sûr il n'y avait nul besoin de s'entendre sur une solution unique, et pourtant cela réduisait quelque peu l'effet de toute nouvelle théorie, dit Rosen, qu'il puisse y avoir tant de théories de l'explication unifiée.

Rosen préférait plutôt un idéal de pensée essayant d'être à la hauteur de l'expansion du monde. Il y avait des îles dans l'océan Pacifique, ou les territoires d'Amérique, que les gens n'avaient vues que de manière fantomatique, comme contrôlables à distance. Pour Rosen, cependant, elles étaient réelles, et il les prenait au sérieux autant que n'importe quoi d'autre. Il pensait à une opération secrète en Amérique, dit-il, une sorte d'intervention théâtrale dans leur révolution que l'on pourrait faire passer pour invisible. Il semblait peut-être possible de prendre modèle sur ce que Beaumarchais avait fait auparavant, quand il était parti éliminer les pornographes : une petite intrigue d'artifice et de machination. Il fallait qu'ils montent une société-écran – financée depuis Paris mais basée à Londres – qui ressemblerait à un commerce d'import-export avec l'Amérique. Sauf qu'en réalité elle fournirait des fusils aux guérilleros dans leur guerre de libération. Il pensait que Beaumarchais pourrait peut-être piloter cette opération, dit Rosen.

C'était ainsi qu'il raisonnait et cela apportait à Céline un sentiment de sécurité. Rosen flottait comme l'hélium ou un des autres gaz primordiaux.

Un jour, Marta arriva, l'air pâle, les yeux cernés, ce qui était très inhabituel. C'était parce qu'un nouveau pamphlet était sorti, dit-elle. Elle s'inquiétait que finalement tout recommence. Ce nouveau texte était une série de messages ayant fuité, écrits par et à Céline. Les gens trouvaient ça excitant, dit Marta, parce que les personnages étaient célèbres – pas uniquement Céline mais Rosen et ses assistants – et aussi parce que personne n'avait jusqu'alors lu ce genre de choses, les messages privés de quelqu'un lâchés dans le monde, et on pouvait lire les gens qui parlaient de leur corps, comme des gens que vous connaissiez pourraient vous parler de votre propre corps, attentivement et en détail. Il s'avérait que Sasha, après avoir volé la petite série de messages de Marta que Céline conservait, les avait apportés à Hernandez. Cela faisait belle lurette que Céline avait éconduit le producteur, mais il n'avait pas oublié l'humiliation. Hernandez aimait toujours faire mal. Il avait un petit groupe d'écrivains fauchés, et ces écrivains travaillaient sur les messages et faisaient leurs propres ajouts et coupes. Puis ils diffusaient publiquement ces comptes-rendus erronés.

Quand Marta leur apporta ce pamphlet, Céline sentit une immense fatigue prendre possession d'elle. Elle se sentit bête d'avoir cru qu'il serait possible de passer à l'action en solo. Mais Rosen trouva cette anxiété tout simplement amusante. Ce n'était rien, dit-il. Ne voyaient-elles pas ? Il les encouragea à regarder autour d'elles. Et cela avait beau être difficile, elles devaient aussi reconnaître que rien, semblait-il, ne se passait comme auparavant. Les textes paraissaient, les semaines s'écoulaient, et il ne se passait rien. Ils devenaient un sujet de conversation mais n'étaient plus nocifs et ne discréditaient plus, à la manière dont le langage peut discréditer. Elle avait acquis un pouvoir trop important face au langage qui l'attaquait.

Et quand Céline dit que, tout de même, il était toujours important d'avoir davantage les pieds sur terre, Rosen se contenta de répondre : *Euh, d'accord, mais pourquoi cette terre-ci ?*

28

Et ensuite, soudainement, sans prévenir, la magnifique saison s'acheva pour de vrai.

Cela faisait déjà un certain temps que Céline se sentait malade presque tout le temps. Elle avait la peau parcheminée, couverte de plaques rouges. Elle se dit que c'était juste l'anxiété. Elle essaya de se guérir avec des médicaments. Elle se défonça. Chaque matin, son assistant Caton la réveillait avec son café et elle vomissait dans un pot de chambre ou tout autre récipient à portée de main. Ensuite, Céline essayait de siroter son café pendant que Caton lui racontait les premières histoires qui lui venaient à l'esprit. Caton aimait raconter des histoires qui étaient à peine des histoires – comme la fois où la cousine de son ami était arrivée d'un autre pays mais avait laissé ses valises à la gare, si bien qu'elle était maintenant obligée de porter les vêtements de son neveu âgé de douze ans, ou l'histoire de la femme de la gargote d'à côté qui s'était rendu compte qu'en fait elle aimait la soupe à l'ail. Pendant ce temps Céline inspectait l'eczéma sur ses doigts, la rougeur au-dessus de la paupière droite. Caton pensait que ses afflictions étaient peut-être provoquées par sa récente souffrance. *Nous savons tous ce que c'est de souffrir*, dit-il. Céline ne savait pas exactement ce qu'il pouvait bien entendre par *nous*. Il était de plus en plus difficile, chaque fois que quelqu'un disait *nous*, de comprendre à qui ou à quoi il était fait allusion.

Et puis ce qui se passait en elle devint évident. Elle se reporta au petit journal intime qu'elle tenait, dans lequel elle consignait ses tirages de tarot quotidiens, ses conversations, les événements du jour – essayant de savoir à quand remontaient ses dernières règles. Elle n'avait rien noté, constata-t-elle, depuis deux mois.

Son corps était devenu enceint. Elle en fut consternée. Dehors elle entendit un oiseau et le bruit qu'il fit dans les feuilles paraissait inextricable, à la manière dont elle était empêtrée dans le monde.

Ce devait être Claude, se dit-elle, mais évidemment elle ne voulait pas le dire à Claude. Cela représenterait une totale complication de leur amitié, et assurément elle ne voulait pas qu'il s'inquiète et veuille s'impliquer. Et puis de toute façon Claude était déjà reparti en mer dans l'océan Pacifique. Il ramenait Titere chez lui. À la place, elle se mit à écrire un message à Marta, mais ensuite cela aussi elle l'interrompit.

Elle n'avait jamais songé à avoir des enfants. Ça lui paraissait par trop un moyen de limiter son futur, et surtout de limiter son futur à cause d'un homme. Elle avait toujours voulu de l'intensité à la place. Il était possible de dire *Je suis un corps* et possible de dire *J'ai un corps* et Céline avait la sensation que tout plaisir consistait à être capable d'assumer la seconde affirmation et pas la première. Mais trop souvent la première phrase était la plus pertinente, que ce soit dans le cadre d'une conversation avec un homme, ou au lit avec un homme, ou maintenant, comme la conséquence d'être allée au lit avec un homme. Être enceinte était savoir que votre identité était seulement un corps à jamais. Peut-être pour les hommes eux-mêmes était-il possible d'imaginer l'autre mode d'être, de penser qu'ils possédaient simplement un corps, à la manière dont une personne peut posséder un lévrier – mais peut-être cela signifiait-il qu'ils étaient trop facilement dupés. Peut-être que la seule chose réelle était la dure réalité d'être un corps.

L'ensemble du monde qu'elle avait construit était soudain absent, elle avait l'impression que c'était le monde masculin de Beaumarchais, de Rosen, de Lenoir, ou que les hommes pourraient continuer de l'habiter mais pas elle. Tout s'était soudain rétréci à cette nouvelle perspective, comme si on l'avait amenée dans une petite salle annexe à une soirée et qu'on l'avait enfermée à clef.

Pendant une semaine elle resta à la maison, sans parler à qui que ce soit. Elle garda à côté de son lit des petites racines de gingembre qu'elle suçotait avant d'essayer d'émerger des couvertures et des draps. C'était rarement efficace. Elle avait davantage confiance en le petit objet fétiche que Claude lui avait offert, lequel restait près de son lit, l'hameçon mortel. Elle avait besoin des pouvoirs qu'il lui conférait, à la manière dont le pouvoir des dieux pouvait peut-être se déverser sur vous, fluide et charismatique.

L'air était vert dans les chambres blanches.

Et puis, un matin, elle sentit un parfum familier dans la chambre, quelque chose comme la fleur de cassie, et en levant la tête elle vit Marta, assise à côté d'elle sur le sofa sale. Marta était une contradictrice patiente.

– Bon, alors de qui est-il ? dit Marta.

Céline se mit à pleurer. Et Marta lui dit gentiment que bien sûr elle n'avait pas besoin de savoir, et dans cette menue proposition d'un interstice ou d'une élision, Céline s'avisa qu'en fait il était toujours possible pour Marta de l'aider, parce que leur amitié était quelque chose qui pouvait se transformer à chaque nouveau moment.

– Je ne voulais pas t'inquiéter, ou t'attrister, dit Céline.

– Tu ne peux pas m'attrister, dit Marta.

– Ce doit être Claude, dit Céline.

Marta se mit à leur rouler une cigarette pour chacune.

– Tu te souviens, dit Marta, le soir où nous sommes parties de je ne sais plus quelle soirée et que nous sommes montées dans un taxi ? Et le chauffeur nous a conduites jusqu'à cet appartement où tout le monde était assis, à fumer du tabac et sniffer du mescal.

– Il n'y avait que des hommes, dit Céline.

– Il n'y avait que des hommes, dit Marta.

– C'était putain de dangereux, dit Céline.

– Mais quand même, dit Marta. Il ne s'est strictement rien passé de moche.

– Ce qui est également vrai, dit Céline.

– Le pétrin dans lequel on se fourre, dit Marta, quand c'est deux filles toutes seules.

Alors Marta se pencha sur elle, ses yeux étaient très grands et Céline eut l'impression de pouvoir éternellement flotter à l'intérieur de ces yeux, qu'elle pourrait devenir toute petite et néanmoins être encore elle-même, mais protégée à l'intérieur de l'espace qui était à l'intérieur de Marta.

29

Céline voulait de l'intimité. Elle voulait vivre à jamais à l'intérieur d'un espace protégé. Aussi Céline décida-t-elle qu'elle, Marta et Julia iraient dans la maison de Julia à la campagne pour l'été, afin qu'elle puisse faire naître le bébé en secret.

Mais avant de partir, Céline se disputa avec Rosen dans son bureau lumineux au-dessus du fleuve. Beaumarchais était présent lui aussi. Il était venu demander à Rosen comment il allait pouvoir se faire payer par les Américains. Jusqu'à maintenant ils ne lui avaient rien versé, alors qu'il avait supervisé au moins quatre liaisons transatlantiques. Nonobstant, songeait Beaumarchais, il était important de ne pas donner l'impression de se plaindre de cette vie d'affaires dont Rosen lui avait fait cadeau. Il la trouvait très excitante. Des messages revenaient d'Amérique. Ils lui disaient que ses fusils étaient parvenus aux insurgés mohawks, et avaient remporté la bataille de Saratoga. Il se sentait appartenir à une connexion plus vaste.

– Tu ne sais pas comment *c'est*, était en train de dire Céline.

– Comment c'est quoi ? dit Rosen.

– Comment c'est d'être prise au piège, dit-elle.

C'était comme s'il ne savait pas de quelle manière poursuivre la conversation. Il avait l'air mal à l'aise. Il n'était jamais à son aise quand il devait réfléchir à des problèmes qu'il ne pouvait résoudre.

– Mais vous avez gagné, dit Beaumarchais.

– Je *m'en vais*, répondit-elle. Donc j'ai perdu.

– Mais vous reviendrez bientôt, dit-il.

– Je ne veux pas m'en aller, dit-elle.

– Êtes-vous obligée ? dit Rosen.

Il était parfois impossible de parler de manière précise avec un homme. C'était comme si elle pouvait voir comment le pouvoir était toujours distribué, son circuit infini, à la façon dont on pouvait voir le circuit électrique d'une ville dans son intégralité lorsqu'on la survolait à toute vitesse, la nuit. Le circuit était très simple. Le circuit était hommes / femmes, et d'une certaine manière elle refusait cela, se disait Céline. Elle ne savait pas exactement comment, mais elle le refusait.

30

Pendant la période qu'elle passa chez Julia, Céline sentit que quelque chose changeait. D'abord, elle n'eut aucun moyen de décrire ça. La maison était un carré blanc au soleil. Au petit déjeuner, Céline truffait de sorbet à la pistache les deux moitiés jumelles de brioche, puis les mangeait avec du chocolat chaud. Elle restait allongée dans sa chambre, son hameçon à côté d'elle. Au bout de quelques semaines elle commença à être épuisée et la chaleur était terrible. Elle essaya de faire quelques promenades dans la forêt, mais la chaleur était trop intense. L'odeur des aiguilles de pin et les cigales étaient accablantes.

C'était comme si rien ne pouvait jamais se produire, alors qu'elle attendait le grand événement.

En ville, les gens trouvaient cela incroyable qu'elle ne soit plus là pour qu'on écrive à son sujet et qu'on pense à elle, et cela les rendait étrangement moroses. Elle avait disparu, disaient-ils. Tandis que Céline se décrivait cela différemment. Elle était entrée dans un nuage de réflexion.

Il y avait un petit endroit qu'elle aimait en particulier dans la forêt. Elle s'y asseyait chaque matin, laissant les insectes arriver autour d'elle, le son des fous de Bassan volant au-dessus de sa tête vers la mer. De temps à autre, des gens passaient avec leurs animaux, ou quelqu'un ramassant des fruits ou des champignons. Julia avait toujours refusé toute restriction concernant la forêt : n'importe qui pouvait y entrer et en user à sa guise, et Céline appréciait cette notion d'utilité improvisée.

Elle se sentait changée, comme si elle vivait maintenant au fond d'un océan d'air et qu'elle se laissait être une série de sensations, de petites nuances. C'est vraiment terrible la manière dont le langage modifie le monde, se disait-elle. Tant de choses parmi ce qui importe dans la vie se produisent incroyablement rarement, parfois une fois et une seule, et par conséquent c'est pénible, la vitesse à laquelle le langage doit prendre la relève, la relève de notre expérience, et la rendre plus nette, plus régulière et moins abstraitement plaquée.

Et puis un matin, alors qu'elle était assise là, dans la forêt, elle commença à sentir que quelque chose l'observait. Elle leva la tête. Il n'y avait rien, juste les arbres, leurs branches et leurs feuilles. Des pensées se produisaient en elle et il était possible que ce ne soit même pas son mécanisme de pensée à elle, comme si plusieurs émissions étaient diffusées sur la même fréquence. Puis soudain elle eut l'impression de s'être réveillée et une voix lui parlait. Elle pensa que c'était un éveil sauf que jusqu'à cet instant elle s'était crue déjà éveillée.

– Il faut qu'on parle, dit la voix.

– Vous êtes sûre que c'est à moi que vous voulez parler ? dit-elle.

– Contente-toi d'écouter, dit la voix.

Il était possible que ce fût une hallucination due au stress. Cela semblait, après tout, très probable. Elle avait toujours été très rationnelle et elle se trouvait face à un mirage – tandis que la lumière continuait de ruisseler dans le fond.

– Alors mais qui êtes-vous ? demanda-t-elle.

– J'étais en train de parler, dit la voix.

– Je suis navrée, dit-elle.

– Ce n'est pas grave, dit la voix.

Assurément, quelque chose parlait. C'était du langage, au moins : cette chose monstrueuse. Mais aussi c'étaient les arbres, ou la lumière, ou le soleil. Elle le savait avec certitude mais aussi lentement, à la manière dont des bulles émergent dans un verre d'eau abandonné une nuit entière.

Avant de pouvoir écouter davantage, cependant, elle se mit à trembler violemment et ne put empêcher que cela se produise jusqu'à se rendre compte petit à petit que la sensation s'était estompée.

31

Ce soir-là, la forêt s'enflamma. De sa fenêtre, Céline put voir que la forêt était orange, une sorte d'ample traînée de clameur pressante au loin. Elle sortit avec Julia et Marta pour essayer de regarder mais la chaleur était trop intense. Partout des gens couraient avec de petits seaux d'eau, des chiffons, de grandes serviettes. C'était une opération collective, à la manière dont la forêt avait aussi toujours été entretenue collectivement. Une file d'ouvriers tenait l'embout en cuir flasque d'un tuyau d'arrosage. À l'endroit où il s'entortillait au sol se formaient de petites flaques d'eau.

Au bout de quelques heures ils rentrèrent tous à l'intérieur et se mirent à pleurer, sous le coup d'une espèce d'épuisement et de terreur animale, puis Céline monta à l'étage, et écouta les services d'urgence pousser des cris dans la nuit.

Le lendemain matin, elles sortirent voir ce qui s'était passé. Ils avaient réussi à sauver de grandes étendues, disaient les gens, mais certains secteurs de forêt avaient disparu. Les sons étaient différents quand elles traversaient ces parcelles vides : plus clairs, avec moins d'arrière-plan. Tout était réduit, gris, sensible. Un lac était à présent visible, qui ne l'avait pas été auparavant, du sommet d'une certaine colline.

Elles marchèrent un certain temps, puis firent demi-tour pour rentrer à la maison.

Dans l'herbe brûlée, un crapaud à découvert palpitait hystériquement, tel un cœur terrifié.

32

Cet après-midi-là, Céline commença à sentir un mouvement puissant partout en elle. Elles appelèrent un médecin, qui vint d'un bourg des environs, et dit qu'il était encore trop tôt, puis s'installa en bas dans la salle de séjour pour manger du gâteau au miel. À l'étage, Céline gisait, gémissant et parlant. Caton tenait devant elle un bol d'eau, et lui tamponnait le front, la nuque.

– J'ai besoin que ça sorte, dit Céline. Trouve-moi un putain de professionnel.

Il y avait une telle douleur immense qui affluait par motifs puis s'atténuait, mais même quand elle s'atténuait, il y avait encore de la douleur. C'était comme si les choses étaient réarrangées en elle et peut-être l'étaient-elles. Autour d'elle, les femmes regardaient avec compassion, terreur, soulagement. Elle se rendait compte qu'elle ne connaissait aucun de leurs noms. Elle était trop fatiguée pour leur demander qui elles étaient. Elle passa ainsi une matinée et une après-midi absorbée par la tâche de survivre. Puis vint la nuit et Céline eut le sentiment que c'était une chose impossible, de se maintenir en vie jusqu'au bout de la nuit. Pendant la journée, c'était plus facile – mais continuer dans le noir, avec juste des bougies qui, à chaque courant d'air, ondulaient en une sorte de mouvement sinistre, c'était trop vaste et impossible. La peur qu'elle ressentait était très particulière, cette peur de son propre corps, les petites frontières de son propre corps, quelque chose qui avait paru si délibéré, et qui maintenant paraissait ouvert et refermé continuellement et rudement.

Il y avait un intérieur et un extérieur et il n'était plus si évident de décrire la différence entre les deux.

Puis Caton était de nouveau dans la chambre et tout fut de nouveau pourpre et noir dans le fond, comme une scène gothique. Très délicatement Caton lui tint la main.

Puis ce fut Marta.

Le lendemain était un jour férié en l'honneur d'un saint ou d'une autre figure éminente, ce n'était donc pas un jour décisif, un jour réel : tous les bruits étaient différents. C'était un matin d'échos, de petits sons, bourdonnements et oiseaux dans les feuillages, des petits bruits d'outils, une personne riant ou éternuant. Un message de la part de Claude fut apporté, d'un port à Sumatra ou du Kamtchatka, c'était difficile à lire. Puis Céline sentit finalement quelque chose en elle qui cédait, quelque chose de dur mais élastique, impossible d'apprécier la taille, c'était toujours comme ça pour elle, comprendre les tailles de quelque chose en elle. Cela venait et venait et Céline cessa de penser, elle était absolument absorbée par cette sensation qui était très serrée et très lâche, le contraire exact d'un rapport sexuel, c'était quelque chose qui allait de l'intérieur vers l'extérieur. Il y avait juste cet autre moi auquel penser, très net, le poids et la forme exacte de son corps géant à elle. C'était un problème fascinant, un problème qu'après de nombreuses heures elle jugea peut-être impossible à résoudre, ou résoluble d'une manière qui était terrifiante, avec trop de sang. Elle sentait de l'humidité partout, des femmes posaient des draps, retiraient des draps, et ces draps étaient tachés de marron, de noir, de rouge.

Il était impossible que cela fût naturel. C'était le processus le moins naturel qu'elle eût jamais vécu.

Puis elle se sentit pendant un instant très calme, à la façon dont elle imaginait qu'elle pourrait se sentir avant de mourir, ou du moins à la façon dont les gens dans les romans se sentaient parfois avant leur mort – d'une manière qui semblait plausible, mais qui est peut-être entièrement incroyable, car c'est juste une des nombreuses expériences qui ne peut jamais être communiquée. Elle entendit quelque chose hurler et elle se dit que c'était sa propre voix qui hurlait mais elle était trop faible et trop extraordinaire.

Il n'y avait rien et ensuite il y eut quelque chose.

Céline s'évanouit. Quand elle revint à elle, elle vit Marta, puis elle s'endormit.

33

Ce que Claude voulait dire à Céline c'est qu'il comprenait maintenant que Titere était retourné dans ces îles pour se venger. Son but en Europe avait été d'acquérir de l'autorité, et voici qu'il était revenu pour s'en servir. Cela avait été une découverte très perturbante. Titere avait grandi dans cet océan, lui avait dit Titere, écrivait Claude. Il était issu d'une famille très importante. Mais un jour, quand il était petit, il était parti chasser en mer avec son père. Son père avait pris une flèche et tiré sur ce qu'il croyait être un banc de poissons tropicaux. En fait, il avait mal vu et avait à la place tiré sur un grand requin. La flèche avait crevé l'œil du requin. Quelque chose avait immédiatement assombri la vision de son père, avait dit Titere. Quand il avait rouvert les yeux, c'était comme regarder dans un miroir. Claude n'était pas certain d'avoir clairement compris Titere. Il avait demandé à Titere de s'expliquer. Il se tenait debout devant lui-même, avait dit Titere. Un de ses yeux saignait. Et tous les bruits dans l'air avaient soudain cessé. Et donc tout le monde, avait dit Titere, était devenu très en colère contre son père. Ils l'avaient poussé à l'eau avec son fils. Ils avaient dû dériver pendant une semaine avant d'avoir l'autorisation de revenir. Chaque fois qu'il voyait un requin, il chantait pour lui, avait dit Titere, implorant son pardon. L'histoire était très étrange, disait Claude. De nombreux éléments étaient incompréhensibles. Mais ce qu'il était sûr de comprendre, c'est que c'était à peu près à ce moment-là que Claude était arrivé sur son île. Et donc, avait continué Titere, écrivait Claude à Céline, c'était la raison pour laquelle il avait décidé de se joindre à Claude qui retournait en Europe – en partie pour voir d'autres îles et d'autres terres, mais plus particulièrement pour recueillir une série d'objets puissants qu'il rapporterait chez lui, pour l'aider dans son projet de vengeance. Tout le monde se battait pour être le prochain à disposer du pouvoir, et Titere estimait que ce devait être lui.

En débarquant, écrivait Claude, ils avaient descendu du vaisseau les malles de Titere, qui contenaient des portraits exotiques, des textiles et des armes à feu – puis ils étaient repartis, laissant Titere remonter la plage et rentrer chez lui.

34

À la campagne, Céline s'éveilla et alla à tâtons à la rencontre du monde. La lumière était jaune ou presque orange. À côté d'elle, il y avait un bébé endormi, langé, si bien qu'il ressemblait à un asticot ou une chrysalide, quelque chose d'inhumain mais aussi de délibéré.

Elle était dans les vapes mais plus alerte qu'elle ne l'avait jamais été. Tout à l'intérieur d'elle était douloureux. Un peu de sang sortait encore d'elle, si sombre qu'il ressemblait à quelque chose d'autre que du sang, quelque chose en elle qui était plus rare ou en tout cas plus rarement vu.

Ensuite Marta et Julia entrèrent. Céline essaya de se lever, pour pisser dans un pot posé par terre. Cela lui prit dix minutes, en appui sur l'épaule de Julia. Elle marcha en un douloureux dandinement, comme après une longue nuit de baise.

En revenant au lit, elle prit son bébé et le tint dans ses bras. C'était une fille, et Céline éprouva un sentiment proche de la furie en y pensant, ou en tout cas quelque chose de farouche et intense. C'était une émotion très proche de l'acte de manger – sensuel et particulier. C'était très beau mais ça faisait mal aussi.

Ensemble, elles réfléchirent toutes à la situation. Elle avait un enfant, mais ne vivait pas avec son mari. Il y avait une solution évidente, dit Julia. Son enfant pouvait habiter ici avec Julia. Elles pourraient dire que c'était une cousine. Céline lui demanda si elle était sûre. Elle se serait attendue à ce que Céline, dit Julia, fasse la même chose pour elle. D'un autre côté, ajouta Julia, elle pouvait aussi la ramener en ville et dire simplement qu'elle l'avait adoptée. L'unique message important à transmettre était que l'enfant était uniquement le sien.

C'était comme si soudain tout s'était cristallisé dans ce moment de solidarité totale entre femmes : un arrangement où se chevauchaient amitiés et désir.

En regardant le bébé, Céline se dit qu'il n'existait rien de plus beau ni plus doux. Elle était étonnamment poilue. Elle avait des touffes de poils sur le dessus des oreilles. Elle avait une odeur âpre mais aussi sucrée. Elle était incroyablement petite. Elle était allongée sur la poitrine de Céline, qui exsudait une substance jaune qui était presque du mucus.

Elle avait la sensation de ne plus exister, ou qu'elle existait désormais dans un état dissous. Puis Céline se corrigea. Ce qui désormais n'existait plus, en fait, c'était le monde.

Elle n'arrêtait pas de penser à tout ce qui s'était passé, il semblait qu'il s'était passé tant de choses que plus rien ne pourrait arriver. Elle avait tant vieilli, se disait-elle, et assurément ne pourrait pas vieillir davantage. Elle avait franchi une frontière.

Parfois, au cours des nuits qui suivirent, elle croyait entendre sa fille se réveiller, elle se redressait pour la caresser, mais elle se rendait compte alors qu'elle avait pris pour des pleurs ou du babillage les bruits d'un pigeon, ou deux personnes parlant dans la cour. Son enfant était en réalité endormie et elle avait fait irruption dans son intimité. Il l'étonnait, le calme de son enfant endormie.

Elle l'appellerait Saratoga, annonça-t-elle à Marta et Julia. Puis elle embrassa sa fille minuscule.

35

Un certain temps après cela, Céline eut une vision d'un monde en pleine destruction. Elle voyait tout disparaître soudain dans les flammes : les journaux, les bas, les pamphlets, les théories de l'ironie, les dollars, les guides de voyage, les rayonnages de livres, les recommandations, les protons, les lettres, jarretières, portraits, émaux, capuchons de plumes, écrits diffamatoires, wampums, codes, pièces de théâtre, verres, tasses à thé, crayons, crayons de couleur, eau, encre, os de poignets, magazines, marcs de café. Tout était soudain inatteignable, à la manière dont n'importe quoi est inatteignable à l'instant où on le voit partir dans les flammes.

Son monde à elle disparaissait et il ne restait plus que l'obscurité dépouillée.

Puis de nouveau tout fut là : une chambre, un monde, Céline.

Deux

1

Quelques années plus tard, Julia finit par regarder Céline et lui dit qu'elle quittait son mari. C'était un monstre, il mangeait des enfants, dit-elle. Elle avait des ecchymoses, elle avait été battue. Elle le détestait. Elle le quittait.

– Il ne mange pas d'enfants, dit Céline.

Elle allait avoir trente ans et avait l'impression d'être déjà d'un âge avancé. Pour Céline, ces années qui avaient passé, les années de l'enfance de Saratoga, avaient été des années d'une espèce de vide ébahi. Elle pensait à Saratoga tout le temps, et surtout à son avenir, parce qu'elle voulait non seulement que Saratoga ait un avenir parfait mais aussi une enfance parfaite, aussi s'inquiétait-elle avec une urgence qui l'étonnait de ce dont Saratoga se souviendrait de ses jeunes années. Céline voulait que ces souvenirs soient merveilleux, ou, sinon merveilleux, du moins entachés ni de chagrin ni de colère, mais il était difficile de voir dans le futur.

C'était comme si Céline avait finalement émergé après un long voyage nocturne sous la lune, les planètes et les étoiles naines, pour déboucher sur un haut plateau, et il s'avérait que ce qu'elle avait sous les yeux c'était le temps qui passe. Il y avait encore bien plus de temps dans une vie, découvrait-elle, que ce à quoi elle s'était attendue, et cela changeait la façon dont elle voyait chaque événement. Un événement n'était plus exactement un événement, c'était quelque chose rendu flou par la répétition, à la manière dont même son amitié avec Marta était désormais décorée de tous les souvenirs de sa longueur géante, cela conférait aux événements quelque chose de presque laid et elle n'en voulait plus du tout.

Il était encore vrai que chaque fois que Marta et Céline ne pouvaient se voir pour un vino rosso e martini, elles s'envoyaient des messages et écrivaient dans leurs journaux, qui étaient aussi des messages, décrivant leurs sentiments et les sentiments qu'elles éprouvaient en pensant à leurs sentiments. Mais un léger ennui se déposait délicatement sur elles, et il aurait pu être presque réconfortant, cet ennui – comme la couverture donnée à l'apprentie yogi dans sa méditation au petit matin –, si cela n'avait pas été si triste de se rendre compte que même quelque chose ayant jadis paru si unique et si excitant, était en soi cause de déception.

Il aurait été tellement plus facile d'être un papillon ! Ou au moins un être d'une durée de vie très réduite : un papillon lune, ou un éphémère. Même si, dans la conscience d'un éphémère, tandis que se déroulait son unique journée, il y avait peut-être aussi des ennuis et des lassitudes.

La planète paraissait juste un peu moins luisante, pourtant nombreux étaient les arbres nouveaux à l'extérieur qui tentaient d'exister, et tout le monde était excité par les méthodes ultramodernes de mesure des arcs-en-ciel, des planètes ou des nuages, et Antoinette organisait des soirées déchaînées dans les bâtiments de l'État. Tout le monde maintenant disait que Julia était plus mince. Cela lui donnait un air électrique mais aussi anxieux. Sa peau était encore presque transparente et elle allait encore arborant tel un costume une aura de beauté rêveuse, mais désormais elle avait des décolorations mauves sous les yeux. Ces altérations semblaient participer d'un changement général dans l'atmosphère. Beaumarchais était une célébrité, tandis que Jacob avait maintenant transformé son échec en tant qu'écrivain en une passion pour des prises de position politiques radicales. Il voulait se battre pour les droits universels, disait-il, et avait entrepris un voyage fabuleux en Amérique pour clamer sa nouvelle passion. Rosen était finalement revenu à la gestion de ses affaires en dehors des restrictions de la bureaucratie gouvernementale. Et entretemps une nouvelle amie avait été ajoutée à leur petit groupe, une femme appelée Izabela, qui venait de bien plus à l'est en Europe, et c'était au moins magnifique que de nouvelles amitiés pussent encore avoir lieu, même si la plupart des amitiés semblaient diminuer ou devenir plus problématiques.

Mais à présent il y avait ce nouveau problème de Julia et son mari. Son mari s'appelait Dolan, c'était un entrepreneur multinational. Il allait et venait par-delà les frontières, très vite. Il n'avait fait sur Céline, pendant de nombreuses années, presque aucune impression physique.

Céline s'inquiétait seulement, continua-t-elle, d'une action précipitée. Julia se gratta l'aisselle, la renifla, se concentra à nouveau. De toute évidence, des femmes quittaient tout le temps des hommes, et surtout des hommes quittaient des femmes, dit Céline. Mais en même temps il était très possible pour les femmes d'être malheureuses avec des hommes ou que des hommes soient malheureux avec des femmes, sans pour autant que qui que ce soit quitte qui que ce soit. Et c'était parfois le plus sûr.

– Mais, dit Julia.

– Si tu le quittes, alors tu as quoi ? dit Céline. Je veux dire, quel argent ?

C'était vraiment terrible de parler de la sorte ! Mais il ne semblait y avoir aucune autre possibilité. En parlant d'amour, elles parlaient tout le temps d'argent, et peut-être que l'argent était la question sous-jacente à toute autre.

2

Telle était la situation de Céline. Sans Sasha, son mari dont elle était séparée, Céline n'avait pas d'argent – hormis l'argent contenu virtuellement dans leur maison et d'autres biens, qui ne pouvait pas du tout être transformé en argent. En conséquence de quoi elle pensait à l'argent tout le temps. C'était un coût incompressible lorsqu'on était une femme seule.

Sa plus importante dépense, c'étaient les professeurs de Saratoga. Saratoga avait maintenant dix ans, elle habitait encore chez Julia à la campagne. Céline voulait que Saratoga soit la plus indépendante possible, qu'elle évolue dans une espèce de famille au sens large, composée d'amis, artificielle et merveilleuse, en dehors du système paternel. Elle lui avait brièvement dit que son père était probablement Claude, mais elle l'encourageait surtout à se dire qu'elle n'avait pas de père, que Céline l'avait conçue toute seule, et Saratoga semblait apprécier cette mythologie. Elle était issue de rien, disait Céline. De la campagne, Saratoga lui écrivait des messages enchantés sur le décor, sur la nourriture, sur les leçons, les tuteurs, et l'absence de tout véhicule.

Pendant ce temps les versements de Sasha arrivaient de manière erratique, ou ponctuellement mais les sommes étaient erronées. Sasha vivait encore en exil intérieur, disgracié. Il refusait de lui accorder le divorce. Elle n'aimait pas que l'argent qu'elle était obligée d'utiliser soit l'argent de Sasha, mais elle ne pouvait l'éviter. Il ne répondait jamais à ses messages, ou y répondait bizarrement, comme pour revendiquer une sorte de pouvoir oblique, tenant des conversations philosophiques sans queue ni tête. Il avait récemment lu un roman, lui écrivit-il, celui que tout le monde aimait et qui s'intitulait *Messages*. C'était un roman qu'elle lui avait naguère recommandé mais il ne l'avait jamais lu, disait-il. Et là, l'autre soir, il s'était trouvé à le lire et à comprendre pourquoi elle l'aimait tant – puis à éprouver de la pitié pour les pauvres écrivains, les pauvres génies, dont le destin était d'être toujours incompris de leurs contemporains. De telles réflexions n'intéressaient nullement Céline, maintenant qu'elle était dans un autre royaume temporel. Ses soucis étaient tous d'ordre pratique. Elle se trouvait constamment impliquée dans des combines précaires pour récupérer un peu d'argent supplémentaire, utilisant comme capital de petits prêts de ses parents. Elle appréhendait les affaires d'argent. C'était l'unique force qui la protégeait des hommes, une sorte de coussin gonflable qui la préservait de leur violence, et il pouvait se dégonfler ou même disparaître à tout instant.

3

– Mais ce que j'essaye de dire, dit Julia, c'est que maintenant je suis avec Lorenzo.

– Lorenzo ? dit Céline. Celui qui est juif ?

– Seulement vénitien, je pense, dit Julia. Mais peut-être, je n'en ai aucune idée. Pourquoi est-ce important ?

– Ça ne l'est pas, dit Céline.

Lorenzo était un ajout récent à l'histoire de Céline et du temps. C'était un dramaturge qui écrivait des adaptations de pièces à succès. Il devenait de plus en plus important de monter des opéras à partir de ces textes. Une pièce écrite seule n'était pas suffisante, et peut-être que c'était rationnel. Pour être réelle, il fallait qu'elle soit multipliée.

Lorenzo était en fait né dans leur ville et n'était pas du tout étranger, mais sa famille s'était d'abord établie à Venise, puis à Vienne, et il était possible qu'il fût aussi juif – de la même manière qu'il était possible pour quiconque n'ayant pas d'identité évidente d'être juif. Donc son identité était toujours sujette à caution. Il avait une petite barbe soignée, légèrement grisonnante, des cheveux noirs crépus, dont l'effet était de le faire passer pour très doux et excentrique, surtout parce que cela contrastait avec son corps musculeux mais indéniablement compact qu'il entretenait par une pratique régulière de la musculation. Lorenzo était de retour en ville pour travailler avec Beaumarchais sur sa dernière pièce. Jusqu'à ce boulot, il n'avait jamais plu à Beaumarchais. Désormais Beaumarchais l'adorait. Le projet était produit par Hernandez – comme presque tout ce dont on entendait parler était une production du studio d'Hernandez.

– Lorenzo ne serait pas un peu vieux ? dit Céline.

Julia se fendit d'un petit haussement d'épaules et d'une moue, façon de laisser entendre qu'elle préférait que cette conversation soit simplement comprise plutôt que dite à voix haute – conversation au cours de laquelle Céline exprimait sa compréhension de cette forte envie, devenir le chef-d'œuvre érotique d'un homme plus âgé, tout en reconnaissant que cette perversion était si répandue que cela la déprimait, si tant est que l'on pût effectivement la considérer comme une perversion, vu combien elle était fréquente, et où Julia pouvait faire valoir que la seule solution pour *expier* la forte envie était peut-être de la satisfaire. Au lieu de quoi elle commença une phrase vague, quelque chose comme :

– Le truc à propos de Lorenzo…

Mais elles furent ensuite interrompues par Caton. Céline avait souvent le sentiment, peut-être chaque fois qu'elle le voyait, maintenant qu'elle était si consciente d'habiter une perspective nouvelle, que Caton était la seule personne qui semblait ne pas avoir vieilli du tout. Il entra pour apporter un nouvel assortiment de messages de la part de Saratoga à la campagne.

En tout cas, ajouta Julia, tandis que Caton commençait à débarrasser de vieux cannoli, les gens pouvaient bien dire ce qu'ils voulaient sur Lorenzo. Mais elle savait qu'elle l'aimerait à jamais.

4

Ce soir-là, Julia emmena Céline voir la dernière production d'Hernandez, le spectacle d'un magicien célèbre, où elles pourraient rencontrer Lorenzo en privé et discuter des options qui s'offraient à elles pour leur futur ensemble.

Ce magicien célèbre venait des grandes steppes d'Europe centrale. Ses spectacles étaient somptueux. Il voyageait avec sa fille de neuf ans et un chat dont il disait qu'il était la réincarnation de sa mère défunte. Dans sa carrière à travers toute l'Europe, il s'était lié d'amitié avec nombre de célébrités et vous le faisait savoir au fil de la conversation. Il connaissait tout le monde, c'est en tout cas l'impression qu'il donnait – créateurs de mode, architectes, propriétaires de magazines, ballerines – mais toutes ses histoires se terminaient par *mais bien sûr il ne m'adresse plus la parole*, ou *mais bien sûr elle m'a terriblement déçu.*

Son nouveau spectacle promettait des méthodes uniques de projection visuelle et théâtrale. C'était un spectacle qui venait du futur et les effets spéciaux auxquels il avait recours faisaient l'objet de débats frénétiques. Lorenzo avait écrit un mémoire sur ce nouveau théâtre de l'illusion, défendant l'idée selon laquelle, si le magicien donnait l'impression d'avoir tout pouvoir, en réalité deux codes étaient toujours en jeu, pas uniquement un. La réalité virtuelle produite par ces illusions était autant une création du public que du magicien. L'effet spécial, concluait-il, avait une *essence double*, et cette formule l'avait rendu célèbre au-delà du cercle restreint de ses admirateurs habituels.

Céline et Julia s'assirent dans une loge, dans l'obscurité. Elles cherchèrent autour d'elles la petite silhouette à collier de barbe de Lorenzo mais ne la virent pas. En contrebas, sur la scène, une détonation de pistolet retentit et le magicien attrapa la balle entre ses dents. Pendant que tout le monde applaudissait, sa fille enfonçait la tête dans un casque en métal, et le magicien, debout sur un échafaudage à plusieurs mètres au-dessus d'elle, l'attirait jusqu'au plafond en se servant d'un aimant géant. Tout était force invisible, action à distance à vous faire froid dans le dos. C'était très troublant de voir ce genre de force, même si elle ressemblait à d'autres attractions : la façon dont on pouvait faire bouger le pénis d'un homme, par exemple, juste en ouvrant la bouche. Ou la façon dont l'ambiance et la composition dans une salle changeaient parce qu'une célébrité venait d'y entrer.

La partie suivante du spectacle était un petit interlude, pendant lequel la fille du magicien jouait aux dames contre un pantin mécanique, un pantin qui semblait se déplacer et réfléchir par lui-même. Et c'était une vision absolument magnifique, bien qu'un peu perturbante, cette figure exécutant ses mouvements saccadés mais résolus, et Céline aurait pu regarder ça pendant des heures, mais c'est alors qu'une personne derrière elles dans l'obscurité dit que Julia ferait bien de rappliquer, putain. Elle était incompréhensible pour Céline, cette soudaine intervention intime. En contrebas, sur la scène déserte, le magicien commençait son nouveau numéro, il annonçait au public que celui-ci allait ressentir une grande frayeur, une grande anxiété, tandis que là-haut Julia dit, d'un ton sans appel, qu'elle ne voulait pas.

Puis toutes les lumières s'éteignirent.

Dans l'obscurité, Céline chercha Julia, et Julia chercha Céline. Derrière elles, comprenait maintenant confusément Céline, se trouvait Dolan, le mari de Julia, l'entrepreneur multinational, en nage et puant. Il aimait boire avant toute conversation délicate. Il était difficile de savoir comment demander à un homme comme lui de ne pas faire de bruit. Il parlait très vite en anglais, demandant à Julia de revenir à la maison avec lui, et Julia disait que c'était pénible, ou gênant, que c'était péniblement gênant, qu'il fallait qu'il fasse moins de bruit, vraiment qu'il se taise. Cela surprit Céline de découvrir qu'en privé, semblait-il, ils se parlaient en anglais, pas tant parce que cela était surprenant en soi, car Dolan après tout avait grandi en Irlande et toujours trouvé l'anglais plus facile, mais qu'elle n'ait jusqu'alors jamais su cela les concernant. Dolan tira Julia par une manche et elle trébucha sur une chaise qui se renversa bruyamment, et au même moment une lampe fut soudain braquée sur la scène, illuminant de la fumée. Très rapidement Julia se mit à parler, lui demandant ce qu'il ne comprenait pas à propos de cette situation, parce que c'était très simple, pas question qu'elle retourne avec lui. Ensuite, au milieu de la fumée sur scène, un squelette apparut, qui semblait saluer en agitant les bras très doucement. *Il était là pour les juger tous,* dit le squelette.

Et ensuite, très tard, Lorenzo arriva.

Dans l'ensemble, personne n'aime la farce ou le mélodrame, se disait Céline, ce sont des formes qui paraissent impossibles et artificielles, mais elles se produisent, leurs petites structures de cause à effet se produisent parfois, après tout – à la manière dont à ce moment-là Lorenzo entrait dans leur loge et restait planté là, ne comprenant pas exactement la situation dans laquelle il venait de faire irruption. Il avisa Dolan, puis Julia, qui adressa un geste à Lorenzo censé signifier quelque chose d'ample et de multiple. Elle voulait en silence présenter des excuses à Lorenzo pour cette coïncidence, lui assurer que bien sûr elle n'avait pas idée que Dolan la trouverait ici, que d'une façon ou d'une autre il avait dû la suivre ou soudoyer quelqu'un parmi son personnel. Parler de la sorte en silence, cependant, est très difficile. Il est très difficile de faire face à des situations où le langage ne peut pas être global, autrement dit peut-être presque toujours.

Entretemps dans le noir Dolan regardait fixement Lorenzo.

– Vous êtes une honte, dit-il. *Vous n'êtes même pas bon écrivain.*

Dolan se précipita alors sur Lorenzo qui résista en essayant plus ou moins de le pousser ou de le repousser, si bien que Dolan partit à reculons contre un banc et, à la surprise générale, tomba de la loge et dans le vide obscur avant d'atterrir sur des spectateurs terrifiés, dont l'un se mit à crier et hurler parce que son bras était cassé.

Peut-être était-ce pour cela que l'amour était si impossible, se dit Céline. Il générait trop d'action et les humains n'étaient pas doués pour l'action.

5

Les gens trouvent trop difficile de contrôler le monde ! Le monde est un vaste animal qui n'écoutera pas du tout les humains, ni ne respectera la sincérité de leurs accomplissements. Elle avait cru avoir en elle de tels accomplissements mais son courage souvent s'estompait, s'inquiétait Céline. Et pendant ce temps tous les systèmes autour d'elle échangeaient des informations, oublieux des gens sans qui les systèmes et réseaux n'existeraient pas, et ces systèmes était un grand feu consumant tout le monde.

L'autre mot pour ce processus était possiblement temps. Elle trouvait le mot très vague.

Bien plus loin, dans une région connue de différentes personnes comme le nord de l'État de New York ou la vallée de la Mohawk, Louis Cook terminait un message à l'attention de George Washington. Le passage du temps et ses effets pernicieux étaient une préoccupation constante pour Louis, et la façon dont il émergeait de lui était la façon dont il voulait raconter à Washington une histoire arrivée dernièrement, lors d'une visite de Montour.

Récemment, écrivait Louis – dans un message qu'il dictait et dont Montour perfectionnait la langue –, un marchand était arrivé à leur village, avec un trio d'hommes portant un canoë rempli de bouilloires. Personne n'avait accueilli l'homme blanc avec effusion. Elle était très effilochée et tendue, l'atmosphère. C'était parce qu'il n'y avait plus d'argent. Les gens mâchaient de vieilles cigarettes et faisaient des petits cocktails avec du rhum éventé. Ce marchand, écrivait Louis à Washington, tel que traduit par Montour, était un vieil agent, mais il était venu avec de nouveaux associés. Après les petites formalités d'usage, ils avaient commencé à parler prix. Il était devenu nécessaire, apparemment, d'augmenter les prix. Louis s'attendait certes à ce genre d'initiative, vu le marasme actuel, aussi avait-il répondu que s'il comprenait cela, il fallait aussi que ses guerriers soient bien traités et qu'on leur fournisse ce dont ils avaient besoin. Absolument d'accord, avait dit le marchand, mais ensuite il avait été interrompu par l'un de ses associés, qui avait dit qu'il n'appréciait guère la manière dont les Indiens leur extorquaient des marchandises, obtenant des prix plus favorables que ceux obtenus par les Blancs. C'était comme si cet homme ne comprenait pas, écrivait Louis Cook, qu'ils parlaient aussi sa langue et pouvaient comprendre tout ce qui se disait.

Car c'était une époque où des choses terribles étaient dites par les Américains au sujet de son peuple, comme s'ils avaient oublié tout ce que son peuple avait fait pour eux. Juste au moment où Céline avait émergé dans un paysage qu'elle ne reconnaissait pas, Louis Cook avait émergé dans quelque chose qu'il avait espéré ne pas voir, à savoir un paysage où quelque chose avait été retiré du tableau. Il avait perdu des arbres, des plantes et des cieux. Tout ce qui était écrit par les Blancs devenait de plus en plus insensé. Il avait entendu dire qu'un homme blanc s'en était pris à un homme du Delaware devant une palissade. L'homme du Delaware ramassait simplement du lichen. Tu vas rendre service à tout le monde et bouffer cette balle, avait dit le cow-boy. Puis il lui avait tiré en pleine bouche. Cela créait une forte hostilité au sein de son peuple, écrivait Louis Cook. Son interprète Montour, par exemple, soutenait que les Américains devenaient des banditti sans foi ni loi, des bandes d'assassins et de psychotiques, et il était attristé que cela ait pour conséquence que ses propres hommes soient amenés en retour à mal se comporter. Montour n'avait de cesse de raconter des histoires du Tonnerre, le Tonnerre lui avait dit que les animaux disparaissaient et que le maïs était fichu parce que son peuple n'arrêtait pas de tuer les animaux pour vendre les peaux aux Blancs, afin de pouvoir acheter du rhum en échange – et cela ne plaisait pas au Tonnerre.

Voilà pourquoi, écrivait Louis Cook à Washington, il estimait qu'il était très important d'envisager des rencontres comme celle-ci. On pouvait encore commercer en toute honnêteté et avec soin. Les gens pouvaient avoir une conversation, même dans plus d'une langue, et il plaçait la conversation avec des étrangers au-dessus de toutes choses, disait Louis, persuadé que même si une chose était cassée, ou différente de ce à quoi l'on s'attendait, elle pouvait encore être réparée si on la traitait avec le soin approprié.

6

Ou pouvait-elle dire, songeait Céline, que certes personne ne veut succomber à quoi que ce soit portant un nom aussi pompeux que destinée, et que pourtant les gens y succombent, après tout, chaque jour ? Et cette fois-ci la destinée voulait que Céline et ses amies souffrent davantage. Elle estimait qu'il n'y avait pas encore assez de souffrance. Elle jugeait qu'il y avait eu trop d'espérance.

Car certes Céline recevait de nombreux messages et oubliait la plupart de ces messages, mais le message qu'elle reçut de Julia le lendemain – passé plus ou moins en contrebande par une assistante dans un sac de linge sale – constituait une altération majeure du tableau.

Des hommes étaient venus chez elle au milieu de la nuit, écrivait Julia. Ils avaient dit qu'ils étaient là uniquement pour sa sécurité, qu'ils l'emmenaient voir Lenoir, le chef de la police, afin de discuter de cette affaire avec son mari. Puis ils lui avaient fait traverser le fleuve, mais au lieu de se rendre dans les bureaux de Lenoir, ils l'avaient emmenée dans une maison, la maison d'où elle écrivait, continuait Julia, quelque part en ville. Elle ne savait pas où elle se trouvait, elle ne reconnaissait rien. Elle était au rez-de-chaussée d'un immeuble. Il y avait un bout de jardin à l'extérieur. Personne ne semblait l'entretenir. Il y avait des vieilles bouteilles sur un tas de boue. Elle avait très peur. Elle avait aussi ajouté un post-scriptum, suppliant Céline d'en parler à quelqu'un, puis finalement de petites formules illisibles. C'était comme si Julia ne supportait pas de finir le message et de l'envoyer.

La fatigue était quelque chose que Céline sentait de plus en plus. C'était comme si la procession dorée de moments qui, avait-elle imaginé, composerait sa vie, était devenue quelque chose de très friable et nécessitait un effort épuisant pour continuer. La résistance durerait-elle éternellement ? Serait-elle aussi insignifiante ? Ce kidnapping était une forme d'intimidation assurément effrayante, comme toute intimidation couronnée de succès, or Céline ne voulait pas être effrayée. Mais si le chef de la police était réellement impliqué, alors c'était particulièrement effrayant parce que ça signifiait que la violence était d'une façon ou d'une autre une violence du régime et que par conséquent les forces qu'elles devaient combattre étaient plus organisées que la violence habituelle des hommes.

La seule solution, semblait-il, était qu'elle aille voir Lenoir. Sauf qu'elle n'avait pas vu Lenoir depuis des années.

Parce que bien sûr cela arrive souvent que certaines personnes restent dans votre vie tandis que d'autres disparaissent, c'est très imprévisible, ceux qui disparaissent et ceux qui restent, et donc il y a une étrangeté lorsqu'on retourne voir une personne dont on a été assez proche à un moment donné, sans jamais être son *ami*, et qu'on essaye à présent de mettre à contribution dans le cadre de sa propre résistance en cours contre l'ordre fondamental. Il y avait tant de divergences, de compromis, de menus souvenirs, c'était en tout cas l'impression qu'avait Céline. Il s'était avéré qu'avec l'âge certaines correspondances avec d'autres personnes étaient de petites choses fragiles, des événements suspendus à des cordons effilochés, et, en l'absence de ces événements ou circonstances qui les entretenaient, elles semblaient s'éloigner en papillonnant dans l'air turquoise. Si bien qu'en retournant voir Lenoir, par exemple, elle avait du mal à imaginer quel serait le ton juste, maintenant que tout ce temps s'était écoulé. Il leur faudrait construire une nouvelle façon de parler, tout en étant conscients des ruines de l'ancienne. Et ceci était particulièrement problématique parce que, lorsqu'ils s'étaient rencontrés la première fois, le pouvoir qu'elle avait dans la société excédait celui que lui avait, ce qui n'était plus du tout vrai aujourd'hui, et elle ne savait pas quelle pourrait être sa proximité avec le mari de Julia, ou à quel point il pourrait sembler brutal.

Nonobstant, elle avait déterminé qu'elle ne se permettrait jamais de disparaître en silence, surtout si ce silence devait lui être imposé par d'autres – aussi envoya-t-elle un message à Lenoir, auquel il répondit à une vitesse alarmante, lui disant de venir quand elle voulait, comme s'ils entretenaient encore une correspondance régulière et fluide.

Craintivement, Céline traversa la ville jusqu'au bureau du chef de la police, dans les services du régime.

7

Les espaces consacrés à l'accueil du public étaient désormais majestueux, hauts en couleur et improvisés. C'était comme si Lenoir s'était autorisé davantage de liberté d'expression et, même si elle en était étonnée, Céline étrangement admirait cela. L'âge avait conféré à Lenoir une autorité nouvelle. Il prit un nuancier de diverses couleurs, de petites taches de peinture, et demanda à Céline ce qu'elle en pensait.

– Est-ce que tu l'aimes, celui-ci ? On refait la peinture. C'est trop mauve ?

– C'est vert, dit-elle.

– Désolé, c'est le mauvais, dit Lenoir.

Il lui en tendit un autre, un petit galon de pièces pastel. Elle le repoussa.

Céline ne se considérait pas d'une force prodigieuse, ni la plus furieuse qui fût, mais elle s'était petit à petit rendu compte qu'il était possible d'accomplir ce que l'on voulait en se concentrant vraiment et avec passion. Il y avait toujours ce moment dans une conversation où on voulait quelque chose, et même si l'autre personne dans la conversation essayait de ne pas en parler, on pouvait toujours jouer cartes sur table, et tant pis si cela provoquait un sentiment de gêne.

– Mais bon alors ? dit-elle.

– Alors ?

– Que se passe-t-il avec Julia ?

Cela parut inquiéter Lenoir, cette façon de parler de femmes et de vies privées. C'était souvent comme ça, se dit Céline, quand les femmes parlaient de femmes à des hommes.

– Je ne peux pas t'aider, dit-il à Céline. Je sais pourquoi tu es ici. Je ne peux pas t'aider.

Certaines conversations se terminent immédiatement et certaines ont de nombreuses fins en trompe-l'œil. Il n'est pas toujours évident de savoir quelles conversations se termineront vite et lesquelles se termineront plus lentement, tout comme il n'est pas toujours évident de savoir si quelqu'un peut contrôler la forme d'une conversation. Assurément Lenoir voulait en finir mais Céline refusait que cette conversation se termine d'une manière si abrupte, et donc elle dit simplement qu'elle ne le croyait pas. Lenoir parut étonné par cette espèce de franchise de la phrase, comme s'il n'était accoutumé qu'aux réunions où la franchise était d'habitude impossible, ou en tout cas socialement interdite. Cela le choqua au point de faire naître en lui une franchise similaire. Ce n'était pas comme à l'époque, dit-il. Il ne pouvait pas opérer tout seul. Il y avait tellement de comités maintenant, et d'intrigues, et de contre-intrigues, et les gens étaient anxieux ou névrosés à propos de l'atmosphère générale.

– Mais quand même, dit Céline. Que se passe-t-il ?

Il pouvait donner l'impression d'avoir du pouvoir, continua Lenoir, mais la réalité était que tout le monde conspirait contre lui tout le temps. Avait-elle idée de ce qui se passait ici, dit-il, dans l'enceinte de ce gouvernement, dans toutes ces minuscules salles ? *Il n'y avait plus d'argent du tout*, dit Lenoir. C'était incroyable que les gens aient si peu pitié de lui, dit-il. Céline répliqua qu'elle ne le croyait toujours pas, et lui dire ça eut pour effet de provoquer chez lui une sorte d'indignation chagrinée qui le rendit bavard et démonstratif, offrant des informations absconses, des indices sur les origines de la richesse du mari de Julia et le contexte familial de Lorenzo dans les ghettos de Vénétie. Savait-elle, dit Lenoir, que le vrai nom de Lorenzo était *Emanuele* ? Pouvait-on faire plus hébreu ? Tout cela se combinait, argumenta-t-il, pour qu'il lui soit impossible d'aider Julia.

Céline le regardait. Elle était dans une petite bulle de pensée qui était une façon d'évaluer ce qu'elle pouvait demander à Lenoir. Il fallait qu'elle chemine à sa rencontre, dans cette bulle ! C'était comme si quelque chose flottait entre eux, qui n'était pas de l'air mais était tissé de sentiments, comme si elle pouvait flotter vers Lenoir et lui parler depuis la transparence d'une bulle, et qu'il pouvait la rencontrer dans sa bulle à lui et comprendre ce dont elle avait besoin. Jusqu'à ce qu'elle opte finalement pour la phrase la plus restreinte qui lui vienne à l'esprit. Elle lui demanda l'adresse de Julia, et sans lui répondre, mais pris d'une mélancolie et de l'envie de parler encore un peu avec Céline, Lenoir écrivit une adresse, se rendit compte qu'il l'avait mal orthographiée, la raya, la réécrivit, faillit la rayer de nouveau, renonça et la lui tendit.

La façon dont il procéda parut être une manière d'effacer le temps passé depuis leur dernier rendez-vous, qui remontait à des lustres, ou du moins une manière de maintenir un lien ténu avec une forme de bavardage qu'ils avaient jadis tous deux appréciée.

8

Ils venaient de placer Julia dans une petite rue près des canaux du nord, dans un appartement d'État anonyme. Le temps à ce moment-là était un vaste calme : il faisait chaud mais le ciel était gris. L'air dégoulinait sur l'eau en profondes bandes douces. À l'intérieur tout puait la sauce marinara.

– J'ai une mine épouvantable, dit Julia.

– Tu as une mine épouvantable, dit Céline.

Et c'était vrai. Comme si l'habituelle beauté pâle tout en longueur de Julia s'était effondrée en quelque chose d'ordinaire et d'inachevé.

Céline posa sur une chaise un paquet emballé de sous-vêtements propres et une boîte d'éclairs frais. Il était évident que personne n'habitait ici, que c'était une sorte de local d'État, et les vingt-quatre heures que Julia y avait passées avaient eu un effet rapide – une espèce de désolation et d'hébétude accélérées. Elle ne pouvait pas vivre comme ça, dit Julia. C'était évidemment vrai, dit Céline, et elle n'avait pas à vivre ainsi, mais pour l'instant elle avait le sentiment qu'il était aussi important d'essayer de créer une atmosphère moins tragique, quelque chose ressemblant à la vie normale. Mais qu'entendait-elle, dit Julia, par vie normale ?

– Ils m'ont enfermée, dit Julia. Comment est-ce possible ?

– Je réfléchis, c'est tout, dit Céline. J'essaye de comprendre ce que nous devrions ressentir.

Julia avait un problème, qui était que son ouïe était un peu assourdie, mais elle ne s'en était jamais rendu compte, aussi avait-elle imputé l'obscurité de certaines conversations à quelque chose de simplement enchâssé dans la texture du monde. Il était possible, songea Julia, que Céline ait dit qu'elle se sentait déconcertée, ou aussi possible qu'elle ait dit qu'elle voulait savoir ce que ressentait Julia.

– Je suis amoureuse, dit Julia avec indignation. Voilà ce que je ressens. *Et ils m'ont enfermée.*

Mais bien sûr, pour Céline, c'était une réponse délicate de par son apparent manque de logique ou de cohérence, et elle ne savait pas comment y répondre – comme si d'une certaine manière Julia essayait de lui reprocher de ne pas se soucier de son enfermement ou de ne pas prendre au sérieux sa passion pour Lorenzo. Il y avait beaucoup de douleur dans la pièce et il était bien sûr important de se concentrer sur la douleur, mais il importait aussi de penser aux diverses façons de s'évader. Le problème était que la seule façon de penser, semblait-il, était dans cette ancienne façon de parler. Or Céline voulait une nouvelle façon de parler mais ne l'avait jusqu'alors pas tout à fait trouvée. Et donc pendant un long moment Céline ne dit rien, si bien que Julia de nouveau essaya de poursuivre la conversation. Elle demanda à Céline ce que les gens écrivaient à son sujet, ce qu'ils disaient. Elle essayait juste de comprendre ce qui était en train de se produire, dit Céline. Elle avait besoin d'en parler avec Marta. Tout ce qu'elle savait c'était que Dolan avait une sorte d'arrangement avec Lenoir. Mais quid de Lorenzo ? demanda Julia. Il fallait de toute évidence qu'elle parle aussi avec Lorenzo, dit Céline. Mais Lorenzo était un étranger, alors…

– Tout cela est tellement moche, dit Julia.

Rien ne pouvait être accompli par une femme toute seule. Rien ne pouvait être accompli par des femmes, quelle que soit la configuration. Pour agir, il fallait des associés et ces associés devaient être des hommes. Elles comprenaient tout cela tout en enrageant, et en même temps, même quand elles acceptaient cela comme un ensemble de faits à négocier, il n'était toujours pas évident de savoir qui devaient être lesdits associés.

– Tu sais à quel point mon mari était violent ? dit Julia. En pleine nuit, je me réveillais et je le trouvais sur moi. Tu imagines comme ça fait peur ? Chaque fois que quelqu'un chantait mes louanges dans les magazines, ça le rendait plus violent.

– Genre vraiment violent ?

– Super fou. Couteau en avant.

– Je ne savais pas du tout, dit Céline. Est-ce que quelqu'un s'en doutait ?

– Bien sûr que non, dit Julia. Chaque jour, je devais cacher les journaux, au cas où il y aurait quelque chose sur moi.

Céline ressentit une sorte de découragement honteux. Cela semblait épouvantable qu'elle n'ait pas su cela à propos de Julia, épouvantable aussi que Julia ne lui en ait jamais parlé. C'était un des problèmes inhérents au fait de vivre parmi les gens – on croyait tout savoir de ses amis mais la tendance était qu'il fallait une catastrophe avant que quiconque parle sincèrement avec une autre personne. La nature humaine était épouvantable.

Un courrier livra une assiette de spaghetti alle vongole que Julia avait commandée dans quelque trattoria immigrée des environs. Immédiatement Julia se mit à manger.

– Désolée, je mange constamment, ces temps-ci, dit Julia. Ce n'est pas parce que je suis devenue folle.

Elle chargea sur sa fourchette quelques palourdes et de la sauce béchamel.

– C'est parce que je suis enceinte, dit-elle.

9

Céline ne se sentait plus de première jeunesse. Elle sentait que certaines choses étaient désormais hors de portée. C'était comme si le moment présent était ailleurs, se disait Céline. Il pouvait y avoir un temps où on se sentait tellement faire partie de l'instant présent que l'on croyait pouvoir se confondre avec l'instant, mais ensuite il s'avérait que l'on pouvait continuer et que le moment présent se déplaçait doucement d'un côté, peut-être même pas très loin, mais assez loin pour qu'on remarque une distance entre soi et l'âme des choses. Si bien que le ballet qu'on essayait toujours d'exécuter devenait de plus en plus difficile, on se déplaçait, on faisait les gestes, mais le rythme dont on avait besoin pour danser était moins audible et plus déroutant.

Les soirées de Céline étaient désormais marquées par de nouvelles têtes et des absences, elles étaient juste un peu dégradées. Mais la mode est sans égale dans sa manière étrange de pouvoir accommoder de nombreuses choses diverses, et donc, même si elle n'avait plus la lumière blanche de la célébrité braquée sur elle, son prestige persistait. Ses fêtes, comme les soirées dans tous les lieux de microculture légendaires, s'agissant de clubs de voguing ou de cellules communistes, étaient des diagrammes de forces qui coïncidaient et explosaient : des groupes se chevauchant qui se définissaient contre un réseau d'autres groupes.

Il y avait maintenant davantage d'écrivains, des écrivains plus jeunes, et ils utilisaient un autre vocabulaire, comme démocratie ou sincérité, et elle avait beau aimer ces mots, elle ne savait jamais si elle pouvait les utiliser naturellement. D'autres gens autour d'elle semblaient ne pas avoir de telles réticences. Depuis que Jacob était revenu de son fameux voyage en Amérique, il écrivait de longs articles à propos d'économie et du sentiment authentique, et ces articles lui valaient une admiration bien supérieure à ce que ses écrits antérieurs lui avaient valu. Il avait même acquis un nouveau look, quelque chose de plus soigné et presque bronzé, si bien que toute son apparence moyenne était un tantinet plus impressionnante.

Mais c'était l'écriture comme celle de Jacob qui donnait à Céline l'impression de perdre quelque chose, ou de s'éloigner de quelque chose, parce qu'elle avait beau aspirer peut-être à l'utopisme, elle n'en demeurait pas moins du dialogue masculin, se disait-elle, et comme l'atmosphère sur quelque exoplanète démente, ce dialogue altérait toute perspective. Ce qu'il aimait, lui avait dit Jacob un soir, expliquant son amour des transes hypnotiques qui étaient si chics, c'était la manière dont une personne dans une de ces transes se sentait tellement en empathie avec les pauvres ou les dépossédés qu'elle se sentait dans la peau d'un petit enfant. Lui, il considérait que cela l'aidait aussi à s'identifier à ses enfants. Tant de pères malheureux, ajouta-t-il, étaient tellement accaparés par leurs affaires qu'ils n'avaient pas la moindre idée de ce que ressentaient leurs enfants.

– Savez-vous combien d'enfants vous avez ? demanda Céline.

Jacob se tut.

– Est-ce que quelqu'un le sait ? dit Jacob.

Peut-être était-ce pour cela que Céline préférait sa nouvelle amie Izabela. Izabela venait d'en dehors de tout, comme d'une autre époque. Son look était total émacié, pommettes et sévérité, avec de longs cheveux bruns à reflets cendrés et d'énormes yeux verts, mais lorsqu'elle riait, elle était dingo et comique. Elle avait une provision constante d'anecdotes personnelles qui étaient excentriques et touchantes. Un jour, lui avait dit Izabela, quand elle était petite, elle avait eu l'idée de se baigner dans du lait. Et donc, avec une amie, elles étaient allées acheter tout le lait des fermes alentour. Elles s'étaient habillées en garçons, chevauchant des baudets. Elles étaient parties à six heures du matin, très tôt, et avaient visité chaque ferme de la région, demandant qu'on leur livre du lait. Et donc ce matin-là elles avaient pris un bain de lait et avaient éparpillé des fleurs à la surface. C'était une sensation des plus étranges, avait dit Izabela. Elle s'était attendue à adorer ça, mais en fait avait trouvé l'odeur dégoûtante. Si bien qu'elle ne l'avait jamais refait. Il n'empêche, avait dit Izabela, ce souvenir lui plaisait.

10

Après avoir laissé Julia contrainte de rester dans la maison, Céline était allée dîner avec Beaumarchais. Beaumarchais était devenu aussi célèbre qu'il avait toujours voulu l'être, mais il avait aussi découvert qu'être célèbre nécessitait une industrie plus importante et plus variée que ce à quoi il s'était attendu – il était en fait plus ardu, ce travail de construction qui devait avoir lieu par-dessus le travail de construction antérieur, que l'effort qu'il lui avait fallu fournir pour devenir aussi célèbre. Il s'avérait que tout le monde avait une théorie du célèbre, ce qui rendait les initiatives que vous preniez très vulnérables au contresens et à la révision. Il était lui-même souvent détesté de gens qui ne le connaissaient pas, et Céline avait beau le savoir et au moins comprendre certaines des raisons, elle l'aimait encore. Une des raisons était qu'il n'avait jamais parlé sexe avec elle et qu'il semblait que désormais il n'en parlerait jamais. Et c'était profondément relaxant.

Ils prirent place quelque part et elle laissa Beaumarchais se plaindre de sa vie. C'était comme si en fait personne ne le comprenait tout à fait, dit tristement Beaumarchais. Il avait récemment offert deux tickets pour son dernier spectacle à une de ses amies, dit-il. Et quand il l'avait revue, après qu'elle avait vu le spectacle, elle s'était contentée de le traverser du regard, dit Beaumarchais, elle l'avait totalement ignoré – comme si, plutôt que lui avoir demandé de voir une pièce, il lui avait fait des avances sexuelles colossalement déplacées, comme s'ils avaient mangé dans ce restaurant et qu'il l'avait invitée à monter à l'étage, dans une chambre calme, où il l'aurait attendue nu, prêt, avec du matériel.

– Comme si j'avais dit, dit Beaumarchais : Mais quand tu as dit que tu aimais les fourchettes de ce restaurant, *j'ai cru que c'était ça que tu voulais dire.*

– On s'est rencontrés, dit Céline, il y a combien de temps ?

– Combien de temps ? dit Beaumarchais. Je veux dire, genre, cinq ans ?

– C'était il y a dix ans, dit Céline. Nous étions si jeunes.

– Tu es encore jeune, dit Beaumarchais. J'ai, genre, vingt ans de plus que toi. Pourquoi es-tu si triste ?

Elle n'était pas triste, dit Céline. Puis elle s'avisa qu'elle était incroyablement triste et elle lui expliqua ce qui arrivait à Julia. C'était une histoire avec de nombreuses ambiguïtés et confusions et il lui fallut un long moment pour la raconter, et quand elle crut en avoir terminé, elle se rendit compte qu'en fait on ne pouvait pas finir ce genre d'histoire, il n'y avait pas assez de mots ou pas les bons mots, et donc on s'arrêtait simplement en espérant qu'il resterait quelque chose pour continuer le bruit des mots à l'intérieur de la personne qui écoutait.

Et peut-être que la vraie raison pour laquelle elle appréciait Beaumarchais était qu'elle pouvait transmettre des bruits et des codes et qu'il les recevait en étant gentil concernant les messages. C'était insensé et épouvantable, dit-il. Il détestait vraiment ce régime. Elle le détestait aussi, dit Céline. C'était un régime qui donnait l'impression que tout était impossible. Il n'était pas étonnant que les gens aiment tant les nouvelles théories des fluides et du magnétisme, les sérums et les potions, car toutes étaient des théories du blocage et du renversement magique. Mais ce qu'elle voulait par-dessus tout c'était quitter complètement ce paysage.

Tout cela était réel, dit Beaumarchais, néanmoins, pour le moment, il fallait bien qu'elle y vive. Et il y avait au moins une chose qui semblait être admirée par le régime, qui pourrait être utile à Céline. Céline lui demanda ce qu'il voulait dire.

– La célébrité, dit Beaumarchais.

11

Il y aura un châtiment pour avoir été jadis au centre du moment présent, se dit Céline. Le châtiment sera la sévérité de ta souffrance dorénavant, maintenant que tu n'es plus au centre. À côté d'elle se trouvait Beaumarchais et Beaumarchais semblait-il ne souffrirait jamais. En revanche elle souffrirait parce qu'elle voulait quelque chose que les autres ne voulaient pas, à savoir avoir une âme vivant à l'intérieur du flux du temps, et vivre éternellement dans cet état.

Alors que Beaumarchais voulait la gloire, et ça, c'était un problème différent, avec peut-être des châtiments différents. Quand elle retourna dans le bureau de Lenoir avec lui, le lendemain, il était très tendu. La présence de Beaumarchais parut crisper Lenoir également. Il était venu ici, dit Beaumarchais, pour tenter de trouver une solution, mais il voulait commencer par un aveu secret. Dans cette affaire de Julia et de son emprisonnement, de Julia couchant avec Lorenzo à l'encontre du souhait de son mari, il était doublement compromis. D'un côté, il était ami avec Lorenzo. Mais aussi il devait reconnaître qu'il avait couché une fois avec Julia. Avant de continuer, par conséquent, il voulait entendre la réaction de Lenoir.

La réaction de Lenoir fut de rire avec ravissement.

– Je sais, je sais, c'est drôle, dit Beaumarchais.

– Ce n'est pas ça qui est drôle, dit Lenoir.

C'était comme si, songeait Céline, ce genre de conversation durerait éternellement et qu'elle en serait toujours démoralisée. Elle voulait juste une vie ayant du sens et sincère, mais les conversations auxquelles elle était exposée étaient dépourvues de sens, elles étaient froides et abstraites et la mettaient mal à l'aise, mais apparemment il fallait supporter ça parce qu'aucun autre ton ne serait jamais possible, c'est en tout cas l'impression qu'elle avait. L'univers continuerait de lui dire qu'elle avait tort de vouloir une vie ayant du sens, ou peut-être de la chercher dans n'importe quelle conversation humaine. Assurément les oiseaux semblaient bien s'amuser et ça c'était quelque chose. Au moins c'était quelque chose, se disait Céline. Pendant ce temps, à l'intérieur de la pièce, Lenoir essayait de relancer la conversation. Toujours est-il, dit-il, qu'il fallait qu'il leur raconte ce qui s'était passé la veille, deux heures environ après que Céline était venue le voir. Le mari de Julia avait rappliqué, et c'était très bizarre, dit-il, parce qu'il était venu avec son propre assistant, un certain Yves, qui consignait tout ce qui se passait dans un carnet.

– Yves ? dit Beaumarchais.

– Vous le connaissez ? dit Lenoir.

– Disons, plus ou moins, dit Beaumarchais.

Beaumarchais se leva pour aller chercher des cigarettes dans son sac.

Yves était le petit nouveau arrivé en ville dans le but de réussir, dit Beaumarchais. Il était avocat mais voulait aussi être célèbre pour ses écrits. Il traînait souvent avec Jacob, à discuter de grandes causes politiques.

En fait, dit Beaumarchais, allumant une cigarette puis s'approchant d'une fenêtre ouverte, il avait récemment beaucoup contrarié Yves. Ça s'était passé environ un mois plus tôt. Ils s'étaient rencontrés à une soirée et Yves avait commencé à lui poser des questions à propos des à-valoir. Yves n'avait jamais touché le moindre à-valoir sur aucun de ses écrits, avait-il dit. Il semblait improbable qu'il puisse un jour renoncer à son travail juridique. Alors, pour lui faire plaisir, dit Beaumarchais, il lui avait dit qu'il était très content d'entendre qu'Yves n'avait jamais fait gagner d'argent à un éditeur. Chaque fois qu'Hernandez vendait une de ses pièces, avait continué Beaumarchais, il voulait toujours entendre qu'il avait perdu l'argent du studio. Comme ça, il savait qu'il avait obtenu le maximum d'argent possible.

Beaumarchais écrasa son mégot de cigarette sur le rebord de la fenêtre avant de revenir au bureau de Lenoir.

Il avait dit cela à Yves uniquement pour essayer de le consoler, expliqua Beaumarchais, c'était une gentille histoire, une histoire charmante, mais apparemment Yves l'avait écoutée avec un dégoût vénéneux, car il était ensuite immédiatement allé voir Hernandez pour demander si c'était vrai. Enfin bref, c'était quelqu'un de très moche, conclut Beaumarchais. Calvitie précoce. Visage de grenouille fripée. Quelque chose clochait dans ses mains, il y avait cette espèce de tressaillement ou de tremblement, et peut-être que cela expliquait sa violence intérieure.

– On parle du même môme, c'est sûr, dit Lenoir.

Il semblait préoccupé par le portrait que Beaumarchais venait de brosser.

Mais ce qui était amusant, poursuivit finalement Lenoir, c'était la raison pour laquelle Dolan était venu le voir, il voulait maintenant que Lenoir coffre Lorenzo aussi : l'amant autant que l'épouse.

– Et qu'est-ce que tu lui as dit ? dit Céline.

– J'ai dit, dit Lenoir, que si je devais coffrer tous les gens qui couchaient avec quelqu'un avec qui ils ne devraient pas coucher, au fond cela viderait les théâtres, les bars et les saunas.

On aurait dit une histoire sortie d'une pièce, dit Beaumarchais. À propos, dit Lenoir, il venait de voir son spectacle. Il avait vraiment aimé ce qu'il avait fait. Peut-être, répondit Beaumarchais, Lenoir voudrait-il venir voir une première répétition de l'adaptation à laquelle il travaillait avec Lorenzo. Une adaptation était en cours ? dit Lenoir. C'était formidable. Cependant toutes les productions d'opéra n'étaient-elles pas contrôlées par les Juifs ? Ils parlèrent ensuite de Lorenzo, des comédiens avec qui Beaumarchais travaillait. C'était fou, dit Beaumarchais, la somme qu'il fallait pour cette production. Si on n'y affectait pas les interprètes adéquats, ça ne marchait pas. Lenoir semblait très intéressé par l'argent. L'argent l'éblouissait, comme il éblouissait n'importe qui, et il demanda à Beaumarchais comment ça se passait pour son argent américain, l'argent qui lui était dû grâce à la combine qu'il avait mise en place, et Beaumarchais répondit que ça n'aboutissait pas. Il avait engagé un avocat. Il ne savait pas du tout ce qu'il valait.

C'est ainsi que deux hommes trouvaient un terrain d'entente. Céline avait l'impression qu'ils parlaient de très loin. Cela semblait être le contraire de la façon dont deux femmes auraient procédé, se dit Céline, parler de cette façon d'argent et de contacts d'affaires. Mais aussi cela semblait fonctionner. Tout chez Lenoir était soudain détendu. Son autorité en tant que chef de la police, semblait-il, n'était rien, en comparaison de la proximité de Beaumarchais avec ses acteurs.

Il devait faire un aveu, dit Lenoir. La véritable comédie dans tout ça était que le mari de Julia avait raison d'être paranoïaque. Bien des années auparavant, dit Lenoir, lui aussi avait couché avec Julia. Cela n'était arrivé qu'une fois, mais depuis ce jour-là il l'adorait.

– Alors laisse-la partir avec Céline, dit gentiment Beaumarchais.

Tout était corruption, contact, intimité.

Aussi n'était-ce pas étonnant, ni contraire aux lois implicites du pouvoir que, finalement, Lenoir hoche la tête. Il leur fit comprendre qu'il était d'accord sans user de quelque chose d'aussi définitif que le langage. Et donc Julia pouvait être libérée dans l'air doux et poudreux.

12

Il s'avérait que Céline avait à présent besoin de considérer Yves de plus près – parce qu'il allait bientôt devenir une espèce de champ de force, qui allait déformer son environnement à elle.

Yves avait grandi dans une ville de province, où il avait étudié le droit. Il transportait toujours un sac à dos poussiéreux rempli de carnets. Il achetait tous les livres qu'il pouvait et, quand il était à court d'argent, au lieu de payer, il volait ceux dont il avait besoin. Chaque matin il allait dans des cafés lire les journaux. Les nouvelles étaient maintenant toujours torrentielles et obsédantes. Les gens se tenaient au courant le matin, puis à l'heure du déjeuner, quand les journaux reprenaient, par désir de vérité ou terreur de ne jamais comprendre la vérité. Cet été-là, quelques émeutes avaient éclaté dans sa ville, excitant grandement Yves. Elles lui donnaient le sentiment qu'il serait peut-être possible pour quelqu'un comme lui d'évoluer dans de nouveaux cercles, et donc, inspiré par ces idées de révolution et de réforme, il était monté vivre dans la grande ville : à la rencontre du succès.

Il est vrai bien sûr que beaucoup de gens arrivent de province dans une grande ville pour être célébrés, ce n'est pas une ambition inhabituelle, et de fait, avec un peu de recul, il y avait quelque chose de semblable à la fois chez Yves et chez Céline : ils voulaient de l'intensité et avaient commencé en considérant que le contemporain était le lieu d'intensité maximale. Mais l'ambition d'Yves avait une tonalité différente, plus sinistre. Il était contaminé par quelque chose comme l'infection de la littérature. Mais tandis que la célébrité à laquelle certains écrivains comme Beaumarchais aspiraient était de faire quelque chose d'atemporel, la célébrité qu'Yves imaginait était plutôt de s'étendre le plus possible à l'intérieur du cadre temporel de sa vie, pour concocter une image de lui-même qui serait connue du plus grand nombre. Il considérait que le moyen d'expression qu'il devait choisir pour y parvenir était la littérature, mais en arrivant en ville et en se rendant compte qu'il n'était que médiocre en tant qu'écrivain, il s'était rendu compte qu'il y avait une autre possibilité. Il avait étudié le droit, après tout. Yves avait décidé qu'il atteindrait à cette célébrité via des discours en public. Il imaginait un nouveau modèle de justice, où n'importe qui pourrait venir plaider pour le compte de n'importe qui, directement face au peuple.

Autour de lui, Yves avait réuni un cercle d'amis radicaux. Dont certains étaient riches, comme Dolan. La plupart étaient avocats eux aussi, ou journalistes, comme Jacob. Tous étaient seuls. Ils avaient monté des groupes de lecture pour discuter de leurs idées révolutionnaires, comme le club de Jacob pour défendre les esclaves d'Amérique, qu'il avait fondé après sa traversée du Sud américain, et ces clubs ensuite s'agrandissaient pour devenir sociétés et cellules de résistance.

Yves avait bâti un monde autour de lui, et bientôt il avait commencé à aimer cette ville frénétique. Il aimait les camions à jus de fruits, les étals à saucisses, les réunions-petits-déjeuners. Il aimait les magazines et voulait en avoir un à lui. Un magazine, se disait Yves, pourrait être un petit portail à travers lequel une fiction entrerait dans la réalité, et dans son cas, la fiction que lui et ses amis voulaient produire était une Constitution. Sans monarchie, il fallait faire quelque chose à partir de rien, et cela lui paraissait très intéressant que de l'autre côté de l'océan les Américains aient inventé quelque chose appelé *le peuple.* Il se demandait si quelque chose de similaire pourrait se produire ici.

C'était comme si un pouvoir nouveau s'infiltrait goutte à goutte dans le monde, et le vecteur que ce pouvoir avait choisi, se disait Yves, était le langage.

13

Le lendemain matin du jour où Julia était libérée, Yves par conséquent s'assit avec le mari désespéré de Julia pour lui proposer un plan de bataille. Dolan ne devait pas laisser ces gens s'en sortir à si bon compte, dit Yves. Tout le monde savait ce qui se passait au service de police. La corruption était omniprésente. Dolan était d'accord pour dire que c'était dégoûtant. Ces gens n'avaient, dit Yves, aucune moralité. Ils vivaient en toute impunité. Il était possible que Dolan ne voie pas cela, car il avait vécu parmi eux pendant trop longtemps.

La ville à cette époque était à cran parce que l'État venait d'interdire que tout tribunal siège après de nombreux examens de constitutionnalité de ses prévisions de dépenses et de ses projets de guerre. Beaucoup de jeunes hommes se retrouvaient par conséquent assis dans des cafés, sans emploi, à se disputer. Cela rendait l'atmosphère nerveuse et riche de possibilités. Il faut toujours guetter les occasions, se dit Yves, le moment où l'on se trouve à la lisière du contemporain, et il se dit que le moment de passer à l'action était enfin venu.

Dolan appréciait certes Yves parce qu'il voulait apporter son soutien à une jeune génération et avait le sentiment que le futur serait dans une espèce de futur libéral, mais ce matin il se sentait encore plombé et abattu. Il se sentait seul dans sa maison. Il se sentait très fatigué. Ça paraissait tellement banal d'être un homme parmi un milliard à être détestés par leur épouse. Il ne s'était jamais senti appartenir au cercle général de sa femme, mais jusqu'alors il avait ressenti une certaine fierté dans son isolement. Il voyait cela comme un signe d'appartenance à ses ondes multinationales – à la manière dont il était irlandais autant que français : trop irlandais pour les Français, trop français pour les Irlandais. Mais à présent tout ce qui avait pu paraître unique chez lui se chargeait d'un sentiment de solitude et de chagrin, et semblait par conséquent facilement vulnérable aux questions et insinuations d'Yves.

Dolan constatait que si ces femmes croyaient pouvoir faire tout ce qu'elles voulaient, elles avaient plus ou moins raison, surtout si Lenoir était dans le coup.

Mais ce qu'il était en train de dire, dit Yves, c'est que c'était une nouvelle ère. Le droit pouvait tout conquérir. Et il y avait deux affaires très simples qu'ils pouvaient porter devant les tribunaux. La première contre Julia, en l'accusant d'adultère. La seconde contre Lenoir, pour mauvaise administration d'une charge publique, avec Céline et Lorenzo désignés comme ses complices. Yves les représenterait tous les deux. Ils deviendraient les symboles de la corruption et de l'injustice de la société. Bien sûr, il n'y avait actuellement pas de tribunaux, mais cela signifierait qu'ils auraient la place pour tout d'abord présenter leur cas par écrit, par une série de pamphlets et autres articles.

– Il ne se passe jamais rien de bon, dit Dolan, dans une salle d'audience.

– Oui mais quand même, répliqua Yves.

Et c'est ainsi que commença la nouvelle vague de pamphlets

sur ce que représentaient Céline et ses amies. Dans les semaines qui suivirent, une multitude de mots jaillirent d'Yves, comme une espèce de pâte linguistique. L'atmosphère qui émanait de ces femmes, écrivait-il, était quelque chose de magique et malveillant. Tel était en somme le message de sa série. Les femmes corrompaient tout le système, si bien que tout était déroutant, et l'homme était contraint de toutes parts. Il voulait être lui-même mais où qu'il aille, écrivait Yves, l'homme était empêché.

14

Une fois devenue légende, Céline avait trouvé qu'il n'existait pas de pire destin. Mais peut-être que ce mot légende est trop protéiforme pour être utile, et une façon d'essayer de le définir pourrait être de comparer les légendes de Céline aux diverses légendes de quelqu'un très différent de Céline, des légendes qui avaient commencé à circuler à la même époque que la sienne, de l'autre côté de l'océan, sur l'île d'Hispaniola. C'étaient les légendes d'un homme qui s'était fait connaître sous le nom de Toussaint Louverture, l'homme qui avait affranchi les esclaves, mais pour l'instant il était juste Toussaint – et c'est peut-être ce qui rend si perplexe, la vitesse à laquelle les légendes peuvent circuler, tandis que le sens ne se révèle que petit à petit.

La première légende que les gens rapportèrent était que Toussaint était l'esprit de guérilleros antérieurs ressuscité – comme l'esclave qui s'était échappé de sa plantation et s'était caché dans les forêts d'altitude, puis s'était déplacé dans l'île, qui pouvait contrôler le monde naturel, qui enseignait aux autres esclaves comment trouver les racines les plus vénéneuses, la façon de les distiller dans le thé ou le vin de manière que les Blancs meurent immédiatement. Parce que peut-être toute révolution devait commencer avec des gens qui meurent. La deuxième légende était que

Toussaint était un écrivain qui voulait Littérature + Politique + Vie. Aux soirées dansantes en ville, il restait au bar, parlait dans de multiples langues aux marrons et autres fugitifs, ingérant toutes les informations qu'ils possédaient. La troisième légende de Toussaint était qu'il était tout simplement monstrueux.

Autant de légendes concernant une personne qui était ignorée, ou inconnue, de ce que l'on considérait comme étant le monde. Si bien qu'il était possible, en pensant à Céline et Toussaint ensemble, de dire qu'une légende est une histoire qu'un monde se raconte, mais le sens véritable de cette histoire est inconnu des gens qui l'inventent. Une légende est une histoire sur la façon dont aucun monde ne se rend jamais compte qu'il est entouré d'un autre monde, jusqu'à ce qu'il soit trop tard.

15

Céline ne songeait plus à la langue de manière joyeuse, de manière précautionneuse. Dans ses messages, elle laissait flotter sa grammaire, elle ne s'en souciait pas. Chaque jour elle voulait être quelque chose qu'elle pourrait admirer, mais maintenant la voie vers le bien-vivre semblait bloquée ou différente, comme si elle s'était approchée d'une route pour la trouver barricadée ou détruite. La voie qui avait été là quand elle était jeune n'y était plus, maintenant qu'elle était plus âgée, maintenant que le temps avait continué. Mais en l'absence de langage, elle ne savait guère en quoi d'autre elle pourrait avoir confiance. Tout ce qu'elle savait était que d'une certaine manière elle ne se sentait pas à sa place, sans autre méthode à disposition.

Et cela était en train de créer de petites différences entre elle et ses amies. Après le kidnapping de Julia et les pamphlets d'Yves, elles avaient développé une série de réunions nocturnes d'urgence, où Céline, Marta et Julia essayaient de réfléchir aux initiatives qu'elles pouvaient prendre. Marta voulait qu'elles soient toutes *furieuses*, dit-elle. Le problème était, dit Céline, que comme la haine d'Yves vis-à-vis des femmes était mêlée à sa passion pour la réforme et même la révolution, il était difficile de résister avec la précision voulue. Elle comprenait cela, dit Marta, mais tout de même, elle aimait toujours la colère qui avait été la leur. Et maintenant elle ne la sentait plus. C'était très douloureux, dit Julia, que cette personne qui ne les connaissait pas du tout puisse soudain les attaquer, uniquement parce que c'était utile. Parce qu'elles étaient célèbres, dit Marta. Elle n'était pas certaine, dit Julia, qu'elles soient encore célèbres. Ce qu'elle voulait vraiment, dit Céline, c'était ne pas être une personnalité publique du tout. Le problème avec ce point de vue, répliqua Marta, était que pour ce qui était d'être publique ou pas, on avait très peu son mot à dire. Soit on était une personnalité publique soit on ne l'était pas, et il semblait fort qu'elles étaient devenues publiques à jamais.

Toujours, dit Céline, et c'était l'aspect de l'affaire qu'elle détestait, le mal incarné était la femme. Le genre d'histoires dans lesquelles ces écrivains transformaient les vies ! C'était toujours la femme ennuyeuse, pas assez aimante, pas assez généreuse ni assez pleine d'entrain pour l'homme resplendissant. Mais aussi : la femme trop généreuse, trop pleine d'entrain – si pleine de désir qu'elle terrifiait l'homme face à elle. La femme était détestée parce qu'elle faisait quelque chose que les hommes voulaient qu'elle fasse : les poursuivre désespérément et ardemment. Tandis que, continua Céline, il était tout à fait évident que beaucoup d'hommes en fait voulaient que leur femme soit séduite. Bien plus commun qu'une femme qui soit toute désir, il y avait l'homme désireux d'une certaine manière d'inventer une distance entre lui et sa partenaire du moment.

Il était vrai, dit Julia, d'accord avec Céline, que c'était Dolan qui l'avait encouragée à passer du temps avec Lorenzo, pour lutter contre la solitude. Elle n'avait nullement pourchassé Dolan. Pourquoi l'aurait-elle pourchassé ? En fait, Dolan lui avait ordonné de passer du temps avec Lorenzo. Tout cela était son idée à lui.

Chaque fois qu'il était en voyage d'affaires, et il l'était souvent, il avait coutume de lui envoyer des messages, lui disant de passer du temps avec Lorenzo si elle était malheureuse ou s'ennuyait.

– Et tu as ces messages ? demanda Marta.

– Bah, bien sûr, dit Julia. Et pareil pour Lorenzo. Il lui envoyait aussi des messages.

– Et donc, dit Marta, nous voilà de retour aux affaires.

Parce qu'on devrait toujours conserver ses archives, pas seulement les messages qu'on envoie mais aussi les messages qu'on reçoit. On ne sait jamais quand on aura besoin de matériau et de preuves pour attaquer.

C'était assurément une initiative, et toute initiative méritait d'être célébrée. Il n'empêche, ce soir-là, comme elles allaient au lit, se sentant pleines de l'énergie de l'action, Céline ne pouvait s'empêcher de penser aux gravats de la voie barricadée. Non pas, bien sûr, que la pensée de Céline se déroulât souvent, ni même de temps en temps, de cette manière, sous forme de phrases. Ses pensées émergeaient sous forme de voix venues de l'extérieur, puis se dissolvaient. Et peut-être, pensait-elle de plus en plus, ces voix ne lui appartenaient-elles pas du tout.

Il y avait en elle quelque chose d'alarmant. Quelque chose en elle vibrait.

16

Elles transmirent les messages à Beaumarchais pour qu'il les publie le plus vite possible. Parce que dans un monde fait d'écriture, l'écriture malveillante ne pouvait être effacée que par davantage d'écriture. Mais les semaines passèrent et rien ne parut.

La seule pensée avec laquelle Céline se retrouvait, par conséquent, était son problème persistant d'argent. Il devenait difficile de voir comment elle allait pouvoir financièrement survivre dans cette situation – de vivre sans personne. Ce qui aurait été merveilleux ç'aurait été que son amitié avec Marta puisse devenir une sorte de mariage, comme s'il était possible de vivre d'une manière complètement nouvelle, quelque chose d'imprévisible et d'improvisé, mais cela semblait impossible. De plus en plus, chaque fois qu'elle faisait part de ses réflexions à Marta, elles ne se comprenaient pas bien, comme si Céline évoluait dans un sens et Marta dans un autre.

Peut-être n'était-elle pas la seule personne à essayer d'élaborer une voie de sortie. Tout le monde semblait stressé. Les entreprises risquées devenaient de plus en plus à la mode. Dans les rues, on voyait parfois des gens portant ce qui semblait être tous leurs vêtements, des nomades vêtus de nombreuses chemises et pulls et manteaux, et tandis que, quelques années plus tôt, ces gens auraient été considérés comme fous, la rumeur courait maintenant qu'ils avaient accès à des vérités plus élevées et les gens écrivaient à leur sujet avec admiration et respect. C'était comme si, alors que tout le monde entrait dans le petit tunnel du futur terrifiant, il y avait toujours le choix de devenir plus dur, plus replié sur soi, embarqué dans quelque mission secrète de progrès personnel et de purification.

Elle finit par tomber sur Beaumarchais. Ils étaient près des distilleries de vodka, à proximité de chez lui. Elle lui demanda ce qui se passait et il répondit qu'il venait d'abîmer son nouveau véhicule et les frais de réparation, dit-il, étaient une vraie misère. Elle se sentit étouffer, même ici, en plein air. C'était comme s'il avait oublié ce qu'il était censé faire.

– Je suis très anxieuse, dit-elle. *Qu'est-ce que tu fabriques avec les messages ?*

– Je suis sur le coup, dit Beaumarchais, ne t'inquiète pas.

– Mais je suis inquiète, dit-elle.

– Il faut juste que je trouve un moyen de les publier.

– Ça ne veut rien dire pour moi.

C'était comme si pour Beaumarchais tout acte d'écriture, y compris un message envoyé au garage clandestin ou à la pharmacie pour passer prendre des médicaments, devait être réfléchi, ouvragé et composé.

– Je réfléchis, dit Beaumarchais. Fais-moi confiance. Aussi, est-ce que tu manges ? Tu as l'air fatiguée. Depuis quand n'as-tu pas mangé un croissant ?

– J'ai des problèmes d'argent, dit Céline.

– N'en avons-nous pas tous ? dit Beaumarchais.

– Non, dit Céline.

Céline essayait de penser à ce à quoi son corps semblait être en train de penser, cette sensation d'être à côté, ou bloquée, ou destituée. Ça la contrariait d'avoir l'esprit si embrouillé. Elle essayait de comprendre les règles du temps ! C'était tout à fait épuisant, ce labeur de l'esprit, le travail qu'elle faisait sur le temps.

Parfois, elle aurait voulu être un homme, pas vraiment, ou pas toujours, mais parfois, juste pour la liberté et la légèreté. Elle ne pouvait pas être décontractée, pas comme eux pouvaient exister en toute décontraction dans le monde, comme Beaumarchais semblait se sentir. C'était comme si les kidnappings et la dépendance à l'argent et la diffamation, que les femmes passaient leur temps à éviter ou à affronter, ne leur arrivaient absolument jamais, à eux.

L'homme est partout empêché, avait écrit Yves. Mais essayez donc d'être quelqu'un qui porte une robe tous les jours, se disait Céline, et alors là vous verrez ce que signifie *empêché*.

17

Par-dessus tout Saratoga lui manquait.

Dans son dernier message, Saratoga avait décrit son problème actuel d'animaux domestiques. Elle avait maintenant de nombreux chats, écrivait Saratoga, qu'on lui avait donnés, parce qu'elle avait jadis aimé les chats, ou avait juste dit jadis qu'elle aimait les chats, et ces chats avaient continué d'engendrer d'autres chats. Et c'était un problème parce que chaque fois qu'elle quittait la maison, ils la regardaient partir, assis aux fenêtres, leurs visages, de petits triangles en quête d'attention, l'attendant et l'implorant de ne pas partir. Peut-être aurait-elle dû les tuer ou les donner à la naissance, écrivait-elle, mais maintenant il était trop tard, alors elle vivrait pour toujours avec ces chatons. Mais même si c'était une bonne chose, une gentille chose, elle s'inquiétait aussi de leur faire du mal chaque jour par sa négligence, et la culpabilité était écrasante. Elle la ressentait chaque fois qu'elle sortait dans le monde. Les gens, par exemple, écrivait Saratoga, lui demandaient des nouvelles de ses chats, parce qu'ils pensaient que c'était poli, qu'elle aimait parler de ses animaux. Ils la voyaient comme quelqu'un qui adorait les animaux autour d'elle, ils ne se rendaient pas compte que chaque fois qu'elle sortait de la maison, elle voulait oublier les chats, elle les aurait voulus morts, et à l'instant où on lui demandait de leurs nouvelles, à nouveau elle culpabilisait. Que devait-elle faire, demandait-elle à Céline, que devait-elle faire ?

Céline était très émue par ce message, parce qu'il lui semblait que sa fille réfléchissait avec une grande précision à une situation très courante et qui passait presque inaperçue, le problème de savoir quoi faire de ses désirs et des conséquences de ses désirs, et comment présenter ces idées à autrui.

Elle décida soudain de ne pas répondre à Saratoga, mais de la surprendre en lui rendant visite. À la campagne, elles allèrent ensemble marcher dans la forêt.

À la ville, quelque chose était en train de s'étendre, et c'était l'écriture. Mais autre chose était aussi en train de s'étendre, à savoir le monde en dehors d'elle, et Céline se sentait de plus en plus attachée à un processus plus qu'à l'autre.

Dans les parcelles de forêt qui avaient brûlé dans l'incendie, une décennie plus tôt, des mutations étaient à présent en cours. Il y avait des regroupements nouveaux et compliqués.

La façon dont la forêt se développait était en partie sa propre invention et tenait en partie, expliqua Saratoga, aux semis que Julia avait plantés, offerts par Jacob à son retour d'Amérique. Elle les avait plantés parmi ses arbres survivants et très vite, très lentement, ils avaient commencé à établir de petits systèmes de communication qui étaient nouveaux et se chevauchaient. Tout était sec mais à l'intérieur des jeunes arbres c'était laiteux, d'épaisses liqueurs étaient retenues à l'intérieur des tubes entrelacés de chaque tige. Ils essayaient de comprendre l'étrangeté de la terre et de l'air. Tout était bruissant, était curieux. Ils s'étaient retrouvés dans un sol brûlé et l'effet sur eux était très excitant. De petites fougères émergeaient et se reproduisaient en plein air, parmi les branches. L'aspect en était presque comique. C'était une forêt où la taille était miniature, une forêt qui était aussi clairsemée, ce qui signifiait que, d'une certaine façon, c'était le contraire d'une forêt réelle, le genre de forêt qui semblait être défini par la densité. Cela permettait aux arbres d'accéder à de nouveaux types d'informations.

Ce qui se passa ensuite c'est que de nouveaux interprètes émergèrent, pour la communication entre le sol et les arbres. De petits champignons apparurent à la base de chaque tronc d'arbre. D'abord il y eut des chanterelles partout, jaunes au milieu de la terre noire. Sous terre, les filaments de ces champignons poussèrent, devenant les poils des racines, si bien qu'ils ne pouvaient plus être séparés. Tout était masse indistincte et enchevêtrement. Les filaments accumulaient de petits messages du sol et des rochers. Ces champignons étaient nouveaux dans la forêt. Personne ne les avait jamais vus auparavant. Les arbres nourrissaient les champignons de leurs boissons sucrées et, en échange, les champignons écartaient des arbres tout ce qui, jugeaient-ils, pouvait leur être nocif, les toxines ou les métaux, et quand ils avaient accumulé suffisamment de ces éléments, ils se transformaient en variétés encore plus folles de champignons : porcini, cèpes, bolets. Tout était une forme de pensée et de comparaison. Si l'eau tombait dans un secteur trop éloigné des arbres à atteindre, elle pouvait être acheminée aux arbres par les filaments des champignons. C'était une éducation, un petit processus de regroupement solidaire manifeste – à la manière dont un groupe de gens reprendrait une station-service désaffectée pour la transformer en un cinéma et en faire profiter toute la communauté.

Elle marchait avec Saratoga parmi les arbres, et c'était très beau, se disait Céline, parce qu'il semblait finalement possible qu'elle n'ait pas besoin de parler.

18

Revenue en ville, avec cette image de Saratoga en elle, Céline continuait de passer la plupart des nuits avec Marta. Elles étaient perpétuellement exténuées. Elles découvraient de nouveaux vins. Les vins étaient très curieux : ayant parfois goût de pruneau ou de fleurs, parfois de mur de pierres et de cumin. Elles voulaient être hardies, tournées vers le futur. Cela semblait impossible. Tout était lent. Il leur arrivait quelque chose qui ne pouvait être démêlé de la situation économique, de l'atmosphère masculine générale, et des affaires judiciaires en suspens, mais c'était aussi quelque chose de pur en soi. Leur amitié se voyait balafrée et torturée par le temps. La meilleure preuve en était la façon dont la conversation entre elles était juste un peu plus pesante. Elle tendait à porter sur elles-mêmes, or jusqu'alors elles n'avaient jamais ressenti le besoin de parler d'elles-mêmes, et le langage que chacune utilisait pour l'autre était très cassant, une surface sèche. Céline commençait à ressembler à un homme maigre, dit Marta. Un vieil homme très maigre. Avait-elle remarqué ? Avait-elle arrêté de manger ? Céline se sentit sur le point d'argumenter, décida qu'elle ne pouvait pas.

Bon, ces conversations étaient bien sûr fugaces et sans importance, mais elles finissaient par accumuler des spores et des traces poussiéreuses, et c'était douloureux de constater qu'un type d'atmosphère pouvait s'insinuer dans les endroits que vous aimiez le plus. Un nouveau pamphlet sortit – dont les signataires étaient anonymes, mais émanant absolument du peuple – accusant Beaumarchais d'être du côté du régime actuel. Le signe de cette collaboration était l'ambiguïté de son écriture, la façon dont des sentiments nobles et sincères émergeaient d'une structure de farce déchaînée. Il s'avérait que Céline était dans un camp et Marta dans l'autre, tandis qu'auparavant ce genre de brèche entre elles aurait été impossible.

Peut-être que ce qui se passait était un léger dérapage dans les choses auxquelles elles accordaient toutes deux de la valeur, ou dans la manière dont elles exprimaient ces valeurs. Marta se déchaînait dans sa façon d'imaginer un monde futur. Elle aimait parler des petites révolutions qui commençaient, ou commençaient peut-être, à la lisière des choses, aux quatre coins des océans. Tandis que Céline se sentait davantage limitée, mais aussi plus féroce ou ambitieuse. Le fait est, se disait-elle, que l'on ne pouvait réfléchir au futur en utilisant les méthodes que l'on utilise dans le moment présent. Il fallait réfléchir au futur en utilisant des méthodes du futur. Sinon toute société nouvelle serait trop similaire aux sociétés anciennes. Aussi leur fallait-il une pensée plus originale.

Il devenait évident qu'être en couple avec une femme était très différent d'être en couple avec un homme. Avec Marta, elle n'avait que des rituels intimes, elles n'avaient droit à rien en public ou en collectivité, et il était difficile de continuer éternellement. L'étrangeté totale de ce qu'elles tentaient devenait une sorte de fardeau aussi. Peut-être que ce que signifiait le fait d'être avec une autre personne nécessitait également l'attention calme et publique des gens. Le secret était toujours trop irréel.

Pour tâcher d'ignorer cette anxiété, Céline continuait de lire les romans, ou d'aller au théâtre, mais cela devenait soudain une corvée car aucune de ces représentations ne semblait en mesure de décrire son état particulier : d'où le pouvoir était si absolument absent.

Et pendant ce temps, toute conversation devenait de plus en plus tendue. Lors d'une soirée, un propriétaire de plantation d'Hispaniola se disputa avec Jacob au sujet de sa manie de vouloir protéger les esclaves, et quand Jacob dit qu'il serait peut-être intéressant d'inverser les choses, que les Blancs perdent tout et que les esclaves prennent le pouvoir, le propriétaire de plantation lui assena un coup de couteau au bras, lui hurlant qu'il devrait voir ce que les hommes d'affaires britanniques faisaient à Calcutta, alors il verrait à quoi ressemblaient les vrais psychopathes. Tandis que dans une autre pièce, ivre de quelque nouvel alcool, Lorenzo provoqua en duel le mari de Julia, puis disparut avant que celui-ci ait pu répondre. Suite à quoi il alla s'enterrer à la campagne avec Beaumarchais, pour travailler à leur adaptation. Et Marta ne parla pas à Céline pendant trois jours parce que Céline était partie avec Izabela voir une course hippique dans les faubourgs sans le lui dire.

Tout était grands gestes et émotion, et il semblait ne pas y avoir de temps pour réfléchir.

Et puis un matin Céline fut interrompue par Caton, qui lui remit un message de son ex-mari, Sasha. Le message l'informait que leur maison en ville allait être vendue. Ou plus précisément qu'il l'avait vendue. Dans deux semaines, Céline serait à la rue. C'était une embuscade, sa vengeance super mielleuse mais violente. Il avait vendu la maison, écrivait Sasha, à un milliardaire international, qui avait décidé de changer de ville pour un certain temps.

Elle avait deux semaines pour trouver de l'argent, ou une maison, ou les deux. Elle baissa tous les stores, s'allongea et ferma les yeux.

19

Rien dans la façon dont elle avait été élevée par ses parents ne l'avait préparée à réfléchir de manière aussi brutale. Il était vrai que, ces dernières années, elle s'était davantage habituée à penser à l'argent et à être confrontée à l'argent, mais jamais elle n'avait eu besoin d'y penser si directement et si rapidement. Elle se demandait si peut-être elle pourrait en gagner elle-même, genre en vendant tous ses biens. Elle se rendit bientôt compte qu'elle possédait bien trop peu. Il lui fallait davantage de relations.

Ce soir-là, elle commença à rédiger des messages. Elle en envoya un à Marta. Au milieu de cela, elle en envoya un à ses parents, sans faire allusion à ce qui lui arrivait. Puis elle fit de même avec Saratoga. Elle pensa finalement à Hernandez, la personne la plus riche qu'elle connaissait, quand bien même elle le détestait, qui lui répondit de manière charmante, lui proposant qu'elle vienne le voir le lendemain.

Hernandez semblait indestructible, comme du plastique. Tout le monde le trouvait antipathique, et pourtant il survivait toujours, alors que tant de gens de son entourage se faisaient poignarder, empoisonner, tombaient en disgrâce ou sombraient lentement dans la folie. Son visage était encore un visage de charmant garçon et ses cheveux étaient encore hyper longs. Quand elle le trouva, il était vêtu d'une sorte de nouvelle tenue haute couture en toile de jean. Une fenêtre était ouverte sur un jardin. Un enfant jouait sans énergie dans un coin. Était-ce l'enfant d'Hernandez ou pas, ce n'était pas clair. Tous les objets dans la pièce se présentaient avec une clarté très paisible. C'était comme si sa maison avait le luxe de l'intérieur et de l'extérieur délicatement enlacés, tel un pavillon de piscine. Ils s'assirent face à face. Tout était immense, était précieux, mais aussi l'unique réel sujet de la conversation était continuellement absent. Hernandez était inquiet pour elle, dit-il. Il semblait énormément apprécier la situation, le fait que cette femme qui l'avait rejeté le supplie de l'aider. Et ça la rendait malade que cet homme qu'elle trouvait si repoussant ait du pouvoir sur elle – le pouvoir dissimulé mais absolu de l'argent.

Elle avait besoin que quelqu'un lui donne de l'argent, dit-elle, pour racheter la part de Sasha. Absolument, dit-il. Connaissait-elle quelqu'un ? Il lui tendit une assiette d'oranges confites. Il lui demanda quels étaient ses projets, comme si cette rencontre en soi n'était pas le plan majeur de Céline. Ce qu'il lui fallait, dit-elle, c'était quelqu'un pour arrêter Sasha. Si seulement, dit Hernandez, quelqu'un *était capable* d'arrêter Sasha. Cela, tout le monde y songeait depuis toujours.

Céline détestait le fait d'être ici. Elle pouvait se le pardonner, d'une certaine façon, parce que ce n'était qu'en désespoir de cause qu'elle était venue, néanmoins elle se demandait si cela ne reflétait pas un défaut de ressources internes.

Un assistant entra, et Hernandez les présenta l'un à l'autre. L'assistant s'appelait Josef et il voulait devenir comédien. Il avait un charisme étrange. Elle posa quelques questions à Josef. Il dit que pour lui la seule chose qui comptait c'était le théâtre. En était-il certain ? demanda-t-elle. Genre, carrément, dit-il. Elle avait l'impression que, dans une autre version de l'univers, elle aurait aimé lui parler davantage, mais tout était assombri par son désespoir financier. Il était incroyablement petit, avec des mains très délicates. Elle constata ensuite que Josef l'escortait délicatement jusqu'à la porte.

Céline se sentait trop vexée pour lui résister. Le moment présent était révélé comme quelque chose de profondément banal, quelque chose de très oppressant et impossible. Tout revenait toujours à l'argent et l'argent était partout disponible, et pourtant complètement absent. Il était partout disponible pour les hommes et complètement absent pour les femmes.

Le seul endroit qui lui restait était chez Marta. Ainsi emménagea-t-elle dans la maison de Marta, sans rien sortir de ses deux malles. Tout le reste fut entreposé dans un garde-meubles à quelques encablures de l'autoroute du Nord. Ça la mit mal à l'aise, comme si soudain elles habitaient ensemble en couple – même si bien sûr le mari de Marta était aussi là. Il était toujours très doux avec elle. Soit il ne remarquait pas la proximité entre Marta et Céline, soit cela lui était égal. Impossible de savoir. Il passait beaucoup de temps à correspondre internationalement avec d'autres collectionneurs scientifiques ou à organiser sa collection, dont les éléments les plus précieux étaient encore les os que Washington lui avait envoyés depuis les grands espaces américains. Ce travail semblait absolument inutile et Céline n'arrivait pas à savoir si cela provoquait chez elle du mépris ou de l'admiration pour lui.

Elle n'arrivait pas à se concentrer sur quoi que ce fût.

– Je veux juste, dit Céline à Marta, que les gens soient

attentionnés. Et je sais qu'évidemment je parle d'argent, je parle de mon inquiétude concernant l'argent, mais pas uniquement l'argent. Je veux que quelqu'un comprenne qu'il pourrait être nécessaire de faire plus attention.

Il était soudain évident pour Céline que, dans l'ensemble, quand on parlait, rien de décisif n'était dit, mais ensuite quelque chose était dit d'absolument et irréfutablement vrai. Et quand cela arrivait, c'était presque effrayant.

Le lendemain, le milliardaire arriva en ville et lui prit sa maison. Puis Marta et Céline se disputèrent une ultime fois, dispute qui parut trop véritable pour ne pas être irrévocable.

20

Un jour Marta et Céline décidèrent de retourner à la campagne voir Julia et Saratoga, dans la forêt. Lorenzo et Beaumarchais étaient là eux aussi, en pleine frénésie d'écriture. Cela semblait être un changement de paysage idéal.

Tout commença très paisiblement – tout simplement assises dehors avec les chiens, les gens se levant d'un air endormi pour aller à l'intérieur faire du café et écrire des lettres ou des notes dans leur journal intime, ou Saratoga se plaignant des livres épouvantables qu'on lui donnait à lire, comme si les professeurs la prenaient pour une idiote, tandis que Lorenzo et Beaumarchais parlaient affaires. Céline les écoutait parler, ça faisait comme une musique de fond, se contentant d'apprécier quelque chose de corrompu et superficiel, la façon dont Lorenzo se plaignait du fait que, où qu'on aille en tant qu'écrivain, on retrouvait les mêmes problèmes : envie, jalousie, irritation et ingratitude. C'était tout le problème des producteurs, dit Beaumarchais, des gens comme Hernandez. Rien ne pouvait être fait sans un client, sans une commission, et vous n'aviez aucun moyen de contrôler quels clients ou quelles commissions seraient pour vous. C'était comme, continua Beaumarchais, la façon dont toute votre vie amoureuse, tout le cours du désir à travers votre vie devrait être incarné par les gens que le hasard vous faisait rencontrer, qui qu'ils soient, les gens qui se trouvaient disponibles. Avait-il parlé à Hernandez à propos du finale ? dit Lorenzo. Il ne supportait pas ça, dit Beaumarchais. De toute sa vie, dit Lorenzo, jamais il n'avait trouvé un producteur comprenant quoi faire d'un finale.

– Parle-moi, dit Céline d'une voix assoupie. Raconte-moi.

Un finale, dit Lorenzo, évidemment devait rester lié de très près à l'opéra dans son ensemble, personne ne remettait cela en cause. Mais il devait être aussi sa propre petite comédie, avec une intrigue totalement nouvelle et apparemment impossible. Voilà ce qu'Hernandez, comme tout un chacun, n'arrivait pas à comprendre. Dans le finale, il fallait qu'il y ait tout, que tous les personnages reviennent sur scène. Mais si un personnage était mort ? demanda Céline, qui avait plus ou moins écouté et plus ou moins regardé la petite ombre de la forêt. Mais personne n'est mort dans leur pièce, dit Lorenzo. N'arrivait-elle donc pas à se rappeler ?

C'est à peu près à ce moment-là qu'un message arriva, envoyé par Dolan, le mari de Julia, disant qu'il acceptait la provocation en duel de Lorenzo. Il avait localisé Lorenzo, et arrivait à présent en ville. Il serait là d'ici une heure. C'était inattendu, ils avaient plus ou moins oublié, et cela aurait pu être amusant si ça n'avait pas été potentiellement fatal. Toute la fainéantise des vacances avait disparu. Il allait falloir que Beaumarchais l'aide, dit Lorenzo. Céline se demandait si peut-être il n'y avait pas une alternative à Beaumarchais. Quelle alternative ? dirent de concert Lorenzo et Beaumarchais. Qui y avait-il d'autre, ici, à la campagne ? Lorenzo se dit qu'il fallait peut-être qu'il sorte s'entraîner, en tirant sur un arbre, par exemple. Beaumarchais, se dit Beaumarchais, allait se changer, mettre quelque chose d'autre.

Elle commençait à tellement s'ennuyer, dit Céline. De quoi ? dit Julia. De cette folie des hommes, dit Céline.

Julia se leva pour aller s'allonger. Elle se sentait fatiguée, dit-elle. Elle détestait être enceinte. Elle détestait tout ce qui avait trait à sa grossesse. Saratoga monta à l'étage, elle aussi, pour faire les devoirs que lui avaient donnés ses professeurs. Céline monta avec elle, pour aller aux toilettes. Elle fouilla dans le sac de Marta à la recherche d'un livre. Dans le sac, elle trouva un assortiment de médicaments prescrits par un analyste branque – que Marta lui avait promis d'arrêter de prendre plusieurs mois auparavant. Elle redescendit, les médicaments à la main.

– Putain c'est quoi ? dit-elle.

– Les temps sont durs, dit Marta.

– Pour moi, les temps sont durs.

– Pour tout le monde c'est dur, dit Marta.

– Mais tu m'avais promis, dit Céline.

– Qu'est-ce que c'est que ça ? dit Marta. De quel droit te permets-tu ?

C'était tellement précis que c'était dévastateur. Tous les termes entre elles avaient perdu leur signification, et ça c'est toujours une sorte de signe prémonitoire.

C'est alors que le mari de Julia, Dolan, les interrompit avec son entrée à grande vitesse. Il fit de petites blagues sans regarder qui que ce soit.

– Où est Julia ? dit-il.

– Au lit avec Lorenzo, dit Céline.

Et peut-être était-il, observa-t-elle, hébétée, sur le point de la frapper, quand Lorenzo et Beaumarchais descendirent, vêtus de salopettes de peintre, fusil à la main. Ils adressèrent un hochement de tête à la cantonade, en silence, comme si cette farce était entièrement rationnelle – puis tous les hommes sortirent dans le crépuscule délicat. Autour d'eux, la forêt broyait du noir et plaisantait avec des bruits d'oiseaux.

Céline et Marta restèrent assises dans la salle de séjour. Pendant un certain temps, il y eut un silence.

– On n'arrête pas de se disputer, dit Marta, vraiment je déteste ça.

– On n'était pas en train de se disputer, dit Céline.
– Tu vois ? dit Marta.
– C'est la situation, dit Céline. C'est l'atmosphère. Elle nous contamine. Tous ces hommes.
– Tu ne peux pas continuer à mettre sur le dos des hommes ce qui se passe, dit Marta. Ou je veux dire, pas juste mettre sur le dos des gens qui…
C'était comme si leur conversation était maintenant plongée dans l'obscurité avec des trous et des canyons. Des brèches apparaissaient, des silences soudains. Chaque conversation était entravée par des problèmes miniatures : des prophéties autoréalisatrices, des cercles vicieux, des causes contradictoires…
– Tu ne te demandes jamais, dit Marta, pourquoi ils éprouvent le besoin de tant écrire sur nous ?
– Les écrivains ?
– Ma foi, oui mais non, dit Marta.
– Leurs intérieurs vides, leurs cœurs mutilés ? dit Céline.
– Ce n'est pas ça, dit Marta. Ou je veux dire. Ce n'est pas que ça. Tu ne penses jamais à ce qui arrive. Tu ne le vois pas.
– Alors que toi, si ? dit Céline.
C'était comme s'il n'y avait plus de conversation possible. Il y avait eu tant de conversation, et maintenant c'était fini.
– Regarde Caton, dit Marta. Regarde à quel point il écoute.
– Il écoute parce qu'il habite avec moi.
– Il écoute parce qu'il se *trame* quelque chose, dit Marta.
Soudain Céline se rendit compte qu'elle ne pouvait pas parler. C'était comme si Marta l'accusait de trop réfléchir comme une fille, de ne pas réfléchir au pouvoir proprement dit, et cela contrariait beaucoup Céline parce qu'en réfléchissant comme une fille elle se sentait réfléchir au pouvoir avec le plus d'acuité.
– Je suis malheureuse, dit Céline après un long silence.
– Ce n'est pas mon problème, dit Marta.
La déclaration était si absolument blessante parce qu'elle était très claire et aussi très cruelle – mais Céline n'eut pas le temps d'y réfléchir parce qu'à ce moment-là Lorenzo rentra dans la

maison, le bras en sang. Le duel, dit Beaumarchais, avait été très excitant et amusant. Ils avaient tous oublié d'apporter quelque chose pour délimiter les distances, alors ils avaient dû utiliser deux carnets qu'il avait dans sa poche. Aussi, les mouvements de Lorenzo étaient incroyablement drôles parce qu'il avait une nouvelle paire de bottes très coûteuses avec lesquelles il n'arrivait pas vraiment à marcher, mais qui bien sûr, à ce stade, étaient impossibles à retirer.

Le sang ressemblait à de la peinture sur sa salopette. Il était presque sûr que le bras de Lorenzo était OK, dit Beaumarchais, remontant l'escalier plus ou moins à la hâte, renversant une fragile fougère en allant aux toilettes, à la recherche d'alcool et de pansements. L'atmosphère était lugubre mais euphorique. Saratoga descendit, furieuse d'avoir loupé tout un épisode dramatique. Personne n'évoquait le mari de Julia, Dolan. On ne savait pas trop où il était, quelque part dans la forêt, ou avait-il disparu dans la nuit noire ? Et comme toujours Céline se dit que c'était incroyable que jamais rien ne soit jamais résolu par un duel, quand bien même le duel était censé être la résolution absolue – de la même manière que rien n'était jamais résolu, se rendait-elle compte soudain, par la conversation.

21

Ce soir-là, Céline sortit dans la forêt. Elle se sentait très seule. Elle ne pouvait s'empêcher de penser à Marta, et à leur dernière conversation. Peut-être que toute conversation vous laissait souillée, se disait Céline, uniquement parce qu'on ne disait pas la vérité ou parce qu'on exagérait, ou qu'on se rendait compte plus tard que l'autre personne vous avait menti ou avait exagéré aussi. Et peut-être est-ce pour cela qu'une conversation est si souvent un événement, quelque chose qui s'installe en vous. Mais aussi il était possible qu'une conversation vous blesse parce que ce qui y avait été dit était vrai.

Tant d'efforts pour penser à d'autres personnes ! Le désir ardent qu'on avait d'eux, la déception qu'ils nous causaient ! C'était toujours très difficile d'établir un contact avec quelqu'un d'autre. Elle n'aurait vraiment pas été très étonnée que les gens du futur tentent de s'envoler à jamais de cette planète, pour disparaître dans le ciel noir et incrusté.

Elle commençait à se demander si peut-être il n'était pas temps pour Saratoga de venir vivre avec elle à la ville, puis elle pensa à la façon dont les gens parlaient en ville et elle voulut que Saratoga reste à l'écart pour toujours.

Céline voulait croître vers le monde, à la manière dont des algues croissent vers ce qu'elles peuvent rencontrer. Elle voulait que l'invisible soit en mesure de circuler parmi le visible. C'était quelque chose qu'elle ressentait depuis toujours.

Elle s'avança parmi les petits arbres américains.

– Continue à penser à d'autres choses, dit une voix.

Il y avait toujours eu beaucoup de voix dans sa tête, mais celle-ci semblait différente de toutes les autres voix dans sa tête. Elle ne savait que faire. Elle regarda derrière elle en direction des fenêtres de la maison, chatoyantes dans le crépuscule vert.

– Genre, pense à ça, dit la voix.

– Ça quoi ? dit Céline.

– La forêt, dit la voix. Le monde.

– Vous écoutiez ? dit Céline.

– Ce n'est pas difficile, dit la voix.

Pendant un moment, Céline resta plantée là, parce qu'elle comprenait que cette expérience, si elle essayait d'en parler, paraîtrait extrême, voire folle, alors qu'elle ne se sentait pas folle.

– Je ne suis pas d'accord, dit-elle.

– Ah bon ? dit la voix.

Ce qu'elle voulait dire, dit Céline, était qu'il était parfois très difficile de comprendre quelque chose d'autre.

Elle comprenait qu'elle parlait soit à un esprit, soit à elle-même soit possiblement aux deux, mais dans tous les cas elle appréciait la conversation, aussi décida-t-elle de continuer.

Par exemple, quand elle lisait les nouvelles traductions, celles des langues orientales sur le début des choses, dit-elle, elle n'était pas sûre de comprendre.

– Continue, dit la voix.

Comme, par exemple, il n'y avait rien, et ensuite il y avait quelque chose, dit-elle. C'était ce qu'elles disaient. Il n'y avait rien et ensuite il y avait la poussière. Puis cette poussière commençait à s'amalgamer, elle commençait à *prendre*, à la manière dont la mayonnaise commence à s'épaissir. Peut-être qu'*émulsion* serait plus précis, une sorte d'épaississement vers la densité. Ou une autre façon qu'ils avaient de présenter ça, dit Céline, était que soudain quelque chose respirait : sa propre impulsion. Ça s'élevait par le pouvoir de la chaleur. Et c'était très petit – comme un chinchilla, ou la façon dont l'odeur d'une cigarette qui se consume entre les doigts d'une personne pendant qu'elle écrit un message de l'autre main est très petite.

– Qu'est-ce que tu essayes de dire ? dit la voix.

– Juste que je trouve difficile de penser comme ça.

– Pense de la même manière que tu voudrais que quelqu'un pense en se mettant à ta place, dit la voix. Avec compassion et une agilité d'acrobate.

– Mais est-ce réellement possible ? dit Céline. Peut-être n'est-ce même pas bien d'essayer de penser en se mettant dans la peau de quelqu'un d'autre.

– Il ne s'agit pas de toi, dit la voix, il s'agit de tout ce qui est extérieur à toi. Si tu te souviens de ça, tu trouveras un moyen de le faire.

– Oui, mais si tout s'en retrouve juste aplati ?

Le soleil à présent essayait de se coucher.

– Rappelle-toi la tendresse, dit la voix.

Pendant un long moment, Céline ne dit rien. Elle était seule mais elle ne se sentait pas seule, elle se sentait entourée, et c'était une sensation délicate. C'était comme si tout un monde entier était capable de parler avec elle. Elle pensait à quelque chose qu'elle avait entendu dans la bouche de Claude, son marin scientifique. Il avait récemment donné une série de conférences sur l'océan. Il avait parlé de la mort de Titere. Titere avait été assassiné au cours de la guerre qu'il avait espéré gagner, après des années de combat, si bien que maintenant les îles étaient sous la coupe de ses ennemis, dirigés par un roi appelé Tu – et l'histoire de Titere, disait Claude, l'avait amené à des conclusions bouleversantes. Il s'était maintenant rendu plus d'une fois dans ces îles. Et ce qui l'avait frappé avec le plus de force n'était pas juste la beauté et l'étrangeté de ces lieux, mais aussi les différences qu'il avait notées entre son premier voyage et les suivants. En les voyant pour la première fois, il s'était dit que c'était le paradis, mais maintenant il n'en était plus sûr. Bien évidemment, continuait-il, on y fabriquait des objets magnifiques, des choses merveilleuses, comme les dieux emplumés, le dieu Ku avec ses nombreuses dents, qui était le dieu de la guerre, ou les costumes de ceux qui portaient le deuil, avec leurs plumes de pailles-en-cul, leurs coquillages à perles et les habits en écorce estampés de sang, naturellement on y créait toutes ces choses qui étaient la preuve d'une intelligence et d'un raffinement qui à de nombreux égards dépassaient les leurs, mais ce dont il voulait parler c'était la façon dont ces choses faisaient partie d'une société qui était aussi violente et perturbante. Il s'était dit qu'elles existaient en dehors de l'histoire, disait Claude, mais il avait tort. Ces îles, comme les cent États de l'Europe, représentaient un maximum de diversité sur un minimum d'espace. Cela conduisait à la beauté, mais cela conduisait aussi à l'histoire, et l'histoire gagnait toujours.

– Essaye de réfléchir d'une manière qui soit neutre, l'interrompit la voix. Juste quelque chose qui doucement parle.

Céline se tenait à l'intérieur de la forêt.

– Vous êtes encore là ? demanda-t-elle à la voix.

Il semblait que peut-être elle ne l'était plus.

Titere savait chanter très merveilleusement, se souvenait Céline. Elle n'avait jamais connu quelqu'un d'aussi concerné par la douceur et la politesse. Une fois, il était revenu d'une promenade vespérale dans le parc, où il avait entendu, avait-il dit avec étonnement, au moins sept couples ensemble – et en se rappelant ça, elle se rappela aussi avec une sorte de honte combien Sasha avait aimé la baiser devant les fenêtres, la pousser contre une fenêtre, la baiser par-derrière, en faisant semblant d'apprécier la vue.

22

Puis l'été s'acheva. L'État s'effondra et, parce qu'il s'était effondré, l'ordre de fermer les tribunaux disparut aussi. Tous les avocats revinrent de la campagne, reposés, bronzés et perfides. Cela fut un moment d'activité frénétique, au cœur duquel se trouvait Yves, bruyant comme une machine, s'assurant que ses dépositions étaient lues dans les bureaux idoines. Une semaine plus tard, un juge décida que les deux affaires seraient instruites comme une affaire unique, et feraient l'objet d'un unique procès. La décision semblait de mauvais augure.

La ville était un vaste intérieur. Chaque pièce empestait le moisi et la vieille nourriture. Après le duel, le bras de Lorenzo avait cessé de fonctionner. Il était allongé à l'intérieur, à se plaindre. Julia se sentait mal à nouveau, maintenant qu'elle était sur le point d'accoucher. Dans les rues, des gens vendaient des liqueurs inconnues et des cachets pilés. Se défoncer était la seule façon de faire face. Personne n'adressait la parole à qui que ce soit, sauf de manière très légère, sur un ton lourd de menaces. Céline voulait partir de la maison de Marta, mais elle n'avait nulle part où aller.

– Est-ce que tu embauches un avocat ? demanda Céline à Beaumarchais. De grâce, dis-moi que nous avons un avocat.

– Nous n'avons pas besoin d'un avocat.

– De grâce, dis-moi que tu ne vas pas assurer toi-même ta défense, dit Céline.

– J'assure notre défense à tous, dit Beaumarchais.

Puis il se tut.

– Tu sens l'odeur de merde ? Est-ce que je pue la merde ? dit-il.

Il souleva sa chaussure vers son visage, tel un contorsionniste.

– De la merde de chien, dit Beaumarchais.

23

Le procès était un événement social majeur. L'histoire de l'infidélité, puis du kidnapping et de la libération de Julia opérait sur la culture comme un algorithme, comme s'il pouvait être la solution qui pourrait interpréter tout ce que les gens ressentaient : la faim, la folie et la peur. Céline avait beau être habituée à ce battage publicitaire, elle détestait ça. La façon dont les gens parlaient de l'affaire avec une telle abstraction et une telle distance amusée lui donnait l'impression d'être encore plus exposée, et cette exposition ne semblait que plus absolue parce que, après leur dispute à la campagne, Marta n'était plus là avec elle. Céline avait traversé toutes les épreuves avec Marta, et maintenant soudain Marta avait disparu.

La raison profonde de tout cet intérêt public était, semblait-il, difficile à définir, et en fait l'horreur de toute cette histoire, se disait Céline, était qu'il était impossible d'analyser précisément sa signification. On ne pouvait pas savoir, et en fait personne ne saurait jamais, quelle haine était la racine, le socle. Était-ce la haine des riches ? Ou de Céline et Julia ? Ou de la police ? Ou de toutes les femmes, de leurs corps merveilleux et par conséquent exaspérants et humiliants ? Et peut-être que ce n'était rien de tout cela, que c'était en fait quelque chose d'autre, que Céline ne pourrait jamais imaginer, qui donnait à son histoire son énergie.

Dans l'étuve de la salle du tribunal, Yves ouvrit le procès en énonçant les principales charges retenues contre elles. Sur le bureau devant lui étaient posés ses propres pamphlets, bruissant d'étiquettes bigarrées. Il parla pendant sept heures. Quand il eut fini, il s'assit, tremblant à tout rompre. Idéalement, se dit Yves, il aurait entièrement quitté la scène, tel un comédien enveloppé dans le rideau de velours. Son discours avait utilisé le mot *sentiment* onze fois, et *honte* quatorze fois. Vingt-trois personnes s'étaient mises à pleurer, y compris Yves lui-même.

Il était très possible que le véritable sujet, à la façon dont c'était toujours le vrai sujet, fût le langage. Car toute réalité était une illusion et ne pouvait être produite qu'en mots. Et par conséquent, ce qu'il fallait faire disparaître, c'étaient les mots.

24

Il y eut un soir pendant le procès où Céline se rendit à une fête – en entrant à travers des colonnades de fougères et de fontaines – et dans la foule un petit homme se présenta à elle. Il était écrivain, dit-il. Il avait écrit ce roman, *Messages*... Puis il se tut. Il était gonflé de silence. Ses sourcils se rejoignaient presque.

Céline pensait beaucoup et elle pensait aussi que l'horreur d'être un humain était que l'on discutait trop peu, parce que la quantité de détails nécessaire pour tenir une conversation – pas même tenir la conversation proprement dite mais simplement fournir le contexte nécessaire pour entamer la conversation, comme les dates, les lieux, les noms – était trop épuisante pour être répétée. Elle voulait parler de ce qu'elle avait ressenti en écoutant Yves parler d'elle et de son monde, ou quand les pamphlets à son sujet avaient recommencé à circuler ou être mentionnés – car il s'avérait qu'être accompagnée par ce double éternel qui était produit par les mots d'autres personnes était toujours étrange et perturbant – mais elle n'avait aucun moyen de discuter de ce sentiment avec l'écrivain sans une telle quantité de préparation et d'informations, si bien que la perspective l'épuisait d'avance. Alors au lieu de cela elle dit qu'elle avait lu son roman et qu'elle l'avait apprécié. C'était très brillant, la manière avec laquelle il multipliait le point de vue. Il ne sembla pas perturbé par ce compliment soudain et en fait trouva l'éloge si naturel qu'il répondit en s'inscrivant immédiatement en faux. Ce n'était pas ainsi qu'il voyait les choses, lui dit-il. Son roman était une arme. Et non pas de la décoration. Était-ce ainsi qu'il concevait tout écrit ? dit Céline. Il ne répondit pas. Il semblait avoir cessé de parler pour toujours. Vous devriez parler à Beaumarchais, dit-elle. Beaumarchais ne pouvait plus être pris au sérieux après sa dernière pièce, dit-il. Sa première était bonne, mais la suite n'avait pas été à la hauteur.

C'était très effrayant. Elle n'en revenait pas qu'il fût si cruel mais ensuite comprit qu'il était aussi un véritable écrivain, il avait été brûlé par l'esprit de la littérature, alors on ne pouvait pas vraiment le juger pour la violence de sa pensée.

Elle regarda autour d'elle, cherchant de l'aide. De jeunes assistantes partout distribuaient des boissons et écoutaient.

25

C'était comme si le problème était la façon de raconter une histoire, et personne ne savait plus comment raconter une histoire qui n'exclurait pas ou ne blesserait pas d'autres personnes. Beaucoup d'histoires se chevauchaient et c'était peut-être ça, se dit Céline, qui était excitant mais dangereux aussi. Il y avait toujours un mouvement entre arrière-plans et premiers plans, de sorte que l'on ne savait jamais exactement où l'on se trouvait dans le tableau.

Elle se demandait s'il fallait qu'elle parle de ça à Beaumarchais. Il semblait avoir besoin de cette information. C'était bien sûr tellement difficile de rester au fait de toutes les informations ! Ce n'était pas sa faute à lui, en un sens, mais quand même, il était en retard sur son temps.

Le problème qu'avait Beaumarchais, se disait Céline, en le voyant plaider le lendemain, était que les accusations contre eux étaient très abstraites et même sociologiques, et ce n'était pas une échelle à laquelle il pouvait imaginer les humains réfléchir. Cela le tourmentait et même l'irritait, et dans la vaste salle de tribunal avec sa mauvaise acoustique, il avait aussi du mal à se faire entendre. Mais il y avait quelque chose de magnifique chez lui, après tout, se disait Céline, c'était le calme avec lequel il pouvait décrire des choses qu'habituellement les gens ne voulaient pas qu'on décrive.

Il était très important, dit Beaumarchais, de se rappeler à quel point les gens se comportaient lamentablement et étrangement en privé. Et une forme de comportement sexuel qui paraissait difficile à comprendre était qu'un homme puisse vouloir être humilié par un autre homme, ou par une femme déguisée en homme. Mais en fait ce n'était pas si étrange. De même que ce n'était pas si étrange qu'une personne ne puisse pas supporter ce désir qu'elle avait, si elle voulait punir l'objet de son désir pour avoir provoqué cet amour de l'humiliation. Le désir était très surréaliste. À titre personnel, dit Beaumarchais, il ne jugeait personne. Ce qu'il jugeait en revanche était toute tentative d'attirer le désir dans le royaume public de la censure. Les avocats ici présents s'essayaient à quelque chose d'atroce et mortel. Ils voulaient que tout fût transparent. Mais c'était là une perversion d'un ordre plus vaste. Si on leur donnait gain de cause, dit Beaumarchais, alors s'ouvrirait une nouvelle ère qui serait dévastatrice et barbare, où l'opinion publique déciderait de tout. Il comprenait que lui-même avait été un de ceux qui avaient fait le plus pour instituer ce monde, avec les pamphlets qu'il avait fait paraître. Mais ce n'était que de l'art, dit-il. Un monde de transparence totale, conclut Beaumarchais, ne serait pas seulement épouvantable mais aussi sans doute inhabitable.

Céline trouva cela très beau, mais aussi insuffisant, compte tenu de la situation. Il se faisait vieux sans renoncer à ses opinions passées, celles qu'il avait inventées dans sa jeunesse. Il vivait comme si le temps n'existait pas. Tandis qu'elle était là sur un haut plateau, à contempler le temps. Or vieillir véritablement, se disait Céline, c'était renoncer à toutes les théories que l'on avait inventées au prix de tant d'efforts. D'amples processus se produisaient toujours, de nombreuses histoires se chevauchaient, et c'était uniquement de cette manière, en se débarrassant de ses idées, que l'on pouvait rester en phase avec ces processus et ne pas être abîmé, voire tué.

26

Il n'empêche, c'est un tel choc, de découvrir à quel point le temps a passé, et toute la nouveauté qui a par conséquent pénétré l'univers. Elle peut arriver très abruptement, cette connaissance, et c'était quelque chose qui arrivait très souvent de l'autre côté de l'océan, en Amérique et sur d'autres continents – comme quand Washington avait envoyé un diplomate dans la vallée de la Mohawk pour discuter avec Louis Cook.

Louis avait perdu du poids mais avait toujours la même coupe de cheveux – la tête rasée, le crâne luisant. Il s'excusait si la conversation paraissait lente. Il avait récemment attrapé un virus et se sentait patraque, dit-il. Quoi qu'il en soit, il avait toujours Montour, son interprète. Montour était toujours sa voix, après tout. Il espérait que ça irait si c'était surtout Montour qui parlait.

Et donc Montour demanda au diplomate de Washington ce qu'il avait apporté. Le diplomate leur montra la ceinture de wampums, quelques fusils. Naguère, c'étaient des cabanes entières remplies de cadeaux, dit Montour, parlant à la place de Louis. C'est ce que les gens offraient. Sinon, comment pouvait-on savoir qu'ils parlaient avec leur cœur ? Il comprenait cela, répliqua le diplomate, mais Louis et son peuple étaient dorénavant des sujets. Donc les choses étaient différentes. Il ne comprenait pas, dit Montour. Honnêtement, il n'avait aucune idée de ce qu'il avait voulu dire.

Comme le diplomate ne répondait pas, Louis ramassa lourdement la ceinture de wampums et la lui rendit, puis adressa un hochement de tête à Montour. Il ne voulait plus utiliser de wampums, dit Montour. Dans ce cas, dit le diplomate, que voulaient-ils ? Montour resta silencieux. Ils allaient plutôt écrire au chef, dit Montour. Ils ne voulaient pas que qui que ce soit interprète mal ce qu'ils étaient en train de dire. Même si ce qu'ils étaient en train de dire était très simple : ils n'étaient pas une nation étrangère.

C'était toujours la même leçon en matière de pouvoir, partout. Tout se chevauche et, dans tout monde, il existe toujours un autre élément que l'on aura manqué.

Puis Louis commença à fourrager dans un sac et en retira une plaque en argent ovale, une des médailles de la paix de Washington – frappée d'un dessin figurant un homme orné de plumes et peintures de guerre saluant un homme en costume avec un fusil. Cela aussi, il le lui rendit.

Le diplomate hocha la tête, puis commença à se diriger vers son équipe, qui attendait au bord de la rivière.

C'était tellement abrupt, tellement dénué de politesse et de respect, que Montour lui hurla de revenir.

En fait, ajouta Montour, peut-être pouvaient-ils transmettre un message supplémentaire bien précis. Le problème avec les Américains et en particulier avec leur patron, dit Montour, c'était qu'ils voulaient détrousser les autres peuples, tout en faisant croire que ce n'était pas du vol. Ils voulaient dépouiller les peuples avec le consentement de ceux-là mêmes qu'ils dépouillaient.

Alors ils pouvaient aller se faire foutre, dit Montour.

27

Ce que voulait dire Céline, songeait-elle, c'était ceci. Elle avait commis l'erreur de confondre intensité ou pur vivant avec le contemporain – et cela avait signifié habiter constamment un espace de prédiction, une obsession pour les petites prédictions concernant le futur, et non seulement elle ne voulait plus être dans cet espace, mais il serait de toute façon impossible d'habiter cet endroit éternellement. Donc ce ne pouvait être ce qu'elle voulait, de vivre aussi intensément que possible. Il fallait que ce soit ailleurs.

Si bien que cela n'avait pas d'importance qu'Yves perde le procès contre elle et ses amies, que le juge ait prononcé un non-lieu. Certains succès étaient des indices d'une fragilité plus grande. Il était tout à fait évident, se disait Céline, qu'il y avait un système, et que ce système permettait certaines options à certaines personnes et les refusait à d'autres. Donc les gens avaient raison d'être épuisés et consternés – même quand ce n'était pas le cas dans la situation précise où une femme était persécutée par son ex-mari.

Mais il semblait que personne d'autre ne comprendrait cela d'une façon aussi extensive qu'elle. C'était comme si elle disposait d'un savoir exotique mais n'avait aucun moyen de le communiquer à qui que ce soit – à la manière de ce que ressentirait une hajja en revenant auprès de sa famille.

Après leur victoire, Lorenzo insista pour qu'ils aillent fêter ça dans un des derniers casinos ayant ouvert. L'endroit était saturé de miasmes et de sueur. À la porte, une fille vomissait derrière un palmier nain. Hernandez s'approcha de Céline pour lui dire avec une légèreté amusée qu'il était soudain en faillite, manifestement, si bien qu'il jouait à présent une dernière partie, pour tenter de tout regagner. Il parlait très rapidement, comme s'il y avait quelque stupéfiant dans son organisme.

Les gens buvaient un punch à base de plantes et amer, quelque chose qui ressemblait à du pulque, local et dangereux. Qui rendait difficile la concentration sur le jeu. Elle se trouvait hypnotisée par de petites choses, comme une guêpe verte qui s'était posée sur l'assiette dont elle se servait comme cendrier puis qui disparut dans un tunnel noir qu'elle avait elle-même creusé. Dans la cuisine, derrière le bar, une femme étalait de la pâte sur une table, l'aplatissant jusqu'à ce qu'elle recouvre les bords, puis la déplaçant, l'ajustant, tel un joueur de billard envisageant un trick-shot.

Peut-être était-ce en raison de la présence de l'argent, et parce que le besoin d'argent était trop éprouvant. Elle le ressentait avec trop d'acuité. Céline se leva et s'éloigna, pour regarder en silence par la fenêtre, dans une cour en contrebas, où il y avait une fontaine et une statue en bois improvisée de ce qui avait pu être une déesse, imparfaitement drapée, sa partie inférieure recouverte sous des bouquets frais de myosotis et de romarin. Dans son anxiété, cette idole la toucha droit au cœur, tout en la déroutant aussi, de la même façon qu'elle était déroutée par les sentiments d'autres personnes ou leurs croyances dont elle ne pouvait comprendre la provenance.

Céline voulait un autre monde, mais il semblait impossible pour quiconque de pouvoir un jour accéder à un autre monde.

– Tu te souviens de ce que tu as dit une fois ? lui dit Julia, soudain à côté d'elle, léchant de la glace à la cuillère. La première fois qu'on s'est rencontrées ?

– Moi ? dit Céline. Non.

– Tu as dit, dit Julia, *Veux-tu savoir ce qu'il va nous arriver ? Tu feras ceci, et je ferai le contraire. Et nous perdrons l'une et l'autre.*

Trois

1

Un après-midi, Céline apprit la mort d'Hernandez, des suites d'une longue maladie. La nouvelle fut pour elle une délicieuse surprise, comme si la mort du célèbre producteur était une victoire personnelle de sa part sur quelqu'un qui n'avait cessé de lui nuire, mais elle ne parla de ce délice à personne d'autre – en partie parce qu'elle avait honte de la violence de ce sentiment, mais aussi parce qu'on était entré dans une époque où l'on ne parlait pas ouvertement des événements. À la place, la rumeur de sa mort souilla simplement petit à petit toute la ville.

Ce goût du secret tenait au fait qu'il y avait une révolution partout. Dans cette atmosphère nouvelle, les gens voulaient savoir qui était *vertueux* et qui était *en disgrâce* – et si la disgrâce est une catégorie universelle, il s'avérait que les raisons pour lesquelles quelqu'un pouvait se trouver en disgrâce étaient très fluctuantes, comme parler dans une langue étrangère ou prendre un taxi. Il n'était jamais évident de savoir quel groupe serait le prochain à être accusé. On pouvait demeurer fidèle aux ébénistes ou aux organisateurs de soirées jusqu'à ce que soudain ceux-ci soient tous emprisonnés, alors il fallait envisager sa possible évasion.

C'était la raison pour laquelle personne ne voulait parler ouvertement d'Hernandez. L'aura finale d'Hernandez et ses projets étaient le luxe, avait affirmé Yves dans un entretien, or le luxe était passé de mode. La révolution avait été magnifique pour Yves.

D'avocat radical il était devenu ministre de la Sécurité intérieure. Son visage repoussant était dépourvu de pitié. Si bien que strictement personne ne chantait les louanges d'Hernandez. Et si Céline ne voulait nullement défendre Hernandez, elle trouvait néanmoins surprenant que rien de particulier ne demeure d'aucun de ses spectacles. Il avait été si puissant, il avait eu une telle présence sur la scène avec son ample chevelure et ses habitudes scandaleuses d'embrasser les assistantes dans les toilettes, laissant des robes sur leur bureau en suggérant qu'elles les essayent. Et maintenant, il était tellement absent. En un sens, cela effrayait Céline, comme si, bien qu'elle-même eût toujours douté de sa valeur à lui, il était toujours perturbant de découvrir que sa valeur avait été créée en se transmettant d'une personne à l'autre et avait pu se dissoudre dès qu'elle était restée en position stable, ou au moment où quelqu'un avait publiquement refusé ladite valeur – ainsi Yves pouvait dire : *Hernandez ? Pourquoi est-ce que tout le monde s'est emballé à propos d'Hernandez ?* Et tout le glamour associé naguère à Hernandez avait tout simplement disparu dans l'atmosphère craintive.

Elle trouvait cela très perturbant de penser à Hernandez maintenant qu'il était mort. La chute d'un ennemi n'était pas quelque chose qu'elle pouvait apprécier si elle survenait pour des raisons qui n'étaient pas celles pour lesquelles elle le détestait, et en réalité il était tout à fait évident que la machinerie qui avait permis qu'il fût éliminé pouvait aussi l'éliminer, elle. Si bien que lorsque Beaumarchais demanda si elle voulait l'accompagner à l'enterrement, elle s'étonna à la fois que Beaumarchais pût être attaché à Hernandez au point de vouloir être à son enterrement, mais qu'elle aussi eût envie d'y aller.

L'enterrement avait lieu dans les faubourgs est. Il faisait inhabituellement chaud. Dans les arbres, des grenades balafrées de plaies d'eczéma suintaient parmi leurs branches. Dans le vestibule, il y avait le petit bruit soporifique des forgerons au loin dans l'air saturé. C'était toujours émouvant de voir que chacun faisait l'objet de l'attention de quelqu'un, se dit Céline, quand bien même la personne avait pu être infecte. Le dernier assistant d'Hernandez,

Josef, était là. Il aimait toujours le théâtre mais était maintenant copiste dans un des comités gouvernementaux, dit-il à Céline. Cela ne lui plaisait pas. Ce qu'il aimait le plus c'étaient les représentations – mais il trouvait les représentations modernes décevantes, par rapport à celles qu'il avait aimées auparavant. Puis il alla s'asseoir à côté d'une vieille femme seule qui enroulait et déroulait un bout de ficelle entre ses mains irritées. C'était apparemment la mère d'Hernandez. Personne n'avait jamais rencontré sa mère, ni même ne la savait encore en vie.

Quand la cérémonie commença, Beaumarchais se leva pour prendre la parole et Céline fut étonnée de voir combien ses mots semblaient sincères et personnels – comme le fait qu'il n'arrêtait pas d'imaginer Hernandez, alors que lui-même se sentait mourir, disant *putain je vais mourir*, comme Hernandez l'aurait raconté après coup dans l'une de ses histoires, dit Beaumarchais, si ce n'était pas lui qui était mort. Puis il fut interrompu par l'arrivée de Jacob, très en retard, invoquant sur un ton empressé la circulation ou son emploi du temps.

Jacob était lui aussi devenu superpuissant en cette époque de crise. Il avait fini par compenser son apparence quelconque par un poste clef au sein du gouvernement révolutionnaire, au titre de ministre des Terres conquises à l'ennemi. Tous les efforts qu'il avait investis dans l'écriture avaient finalement fait éclore cette unique fleur : la fleur de l'influence. Et c'était par conséquent un moment d'étonnement total pour tous les gens présents, son apparition à l'enterrement d'Hernandez. Il était difficile de savoir si Jacob était venu par nostalgie sentimentale, délectation qu'Hernandez soit mort ou afin de noter les noms des refuzniks présents. Cela ajouta un frisson plus grand au discours de Beaumarchais qui, comme tant de discours dans la boîte noire de la littérature, portait sur la fin de la littérature, la mort de la valeur – parce qu'il est toujours plaisant de croire à la mort de l'écriture, surtout si vous croyez également que la société autour de vous se meurt. Si une forme artistique entière est morte, alors personne n'a à s'inquiéter que quelqu'un, quelque part, soit en train de créer une œuvre d'une valeur nouvelle et fabuleuse, mais en fait, vous êtes personnellement absous de toute responsabilité quant à l'existence absente de la forme artistique.

Sur la place, dehors, tandis que tous les gens attendaient un taxi, Jacob s'approcha et commença à rôder autour de Céline. L'amitié suivie qu'elle avait pour lui était compliquée.

– La nouvelle liste sera publiée dans quarante-huit heures, dit-il. Quitte la ville. Fiche le camp d'ici.

– Mais pourquoi ? dit-elle.

– Ou alors arrange-toi pour te faire retirer de la liste, si tu veux rester, dit Jacob. Ce que j'en ai à foutre. Fais-toi *effacer*, c'est tout.

La vie de Jacob était devenue une série de réunions, avec des agendas et des dossiers, et il aimait beaucoup ce pouvoir. Cela semblait miraculeux aux yeux de Jacob, l'urgence de la conversation que ce pouvoir nouveau lui conférait. Partout où il allait, il y avait ce pouvoir du papier : le pouvoir d'autoriser ou de condamner. On aurait dit le futur.

– Partir où ? dit-elle.

– Je n'en ai aucune idée, dit-il.

Elle comprit très clairement que, s'il avait toujours été gentil avec elle, en fait il ne se souciait absolument pas d'elle.

– Mais je ne peux pas partir, dit Céline.

2

La scène en cours était morne. Céline avait l'impression que le monde était devenu une série de séquences avant et après, toutes dépendantes du changement fondamental le plus radical – à savoir que cette révolution avait donné à certains intellectuels un pouvoir inconsidéré, et c'était étonnant et aussi terrifiant. Ils s'exprimaient si bien et étaient si violents !

On pouvait voir cela dans la querelle entre Jacob et Yves. Ils avaient jadis été amis, mais le pouvoir les avait à jamais séparés. Yves avait été nommé à la tête de la sécurité intérieure en raison de sa dévotion totale au système. Ses sourcils étaient encore châtains mais les cheveux sur sa tête étaient maintenant blancs. Cela donnait à son visage de crapaud un effet encore plus dérangeant. Il était célèbre pour sa froideur juridique, l'extravagance de son réseau de surveillance et la pureté de sa croyance en la révolution, et c'était cette pureté qui avait provoqué sa rupture avec Jacob, qui n'avait jamais tout à fait pu renoncer à son passé d'écrivain, d'esthète ayant jadis fréquenté les soirées, il y avait bien longtemps, et dont le propre ministre aux Terres conquises à l'ennemi avait la réputation d'être plus hésitant et prudent en matière de terreur absolue. Leur querelle était un thème qui, d'une certaine manière, infestait la vie de tout le monde. Dans le journal officiel, Yves avait écrit qu'avant la révolution, Jacob avait travaillé comme espion policier – ayant signé un contrat avec le chef de la police, Lenoir le traître, dans une station-service de banlieue, moyennant un versement de cinquante dollars. Lenoir lui-même avait complètement disparu de la ville. Il y avait une récompense de mille dollars pour tout renseignement le concernant. Ensuite Yves avait écrit que Beaumarchais avait lui aussi été un sbire de la police. La dénonciation l'enivrait. En réaction, Beaumarchais avait vigoureusement provoqué Yves en duel. Personne ne savait si le duel était encore à la mode ou pas.

Cela n'avait pas tellement d'importance parce que tout le monde s'accordait à dire que Beaumarchais était fini. Il était en faillite, toujours à courir après l'argent que les Américains lui devaient depuis nombre d'années. Il avait une lettre de l'assistant de Washington qui disait que l'affaire était classée. En ville, personne ne le publierait. Il continuait d'écrire en secret, dans son journal : des lettres furieuses qu'il n'envoyait jamais, des passages où il rapportait avec malveillance des conversations entendues par hasard. Il consacrait de longues heures à son écriture, comme il ne pouvait plus le faire sur un script. Les femmes et hommes nouveaux au pouvoir, écrivait-il, avaient tout donné aux gens et leur avaient pris un seul privilège – celui d'écrire mal. Mais bien sûr, ajoutait-il, sans ce droit, qui était aussi un luxe, il était impossible d'écrire quoi que ce soit digne d'intérêt. Il redoutait tant d'enrager son public, concluait-il, qu'il était par conséquent devenu le maître d'un nouveau moyen d'expression : le moyen d'expression du silence.

Un jeune auteur de scripts était venu le voir l'autre jour, dit-il à Céline, en lui disant qu'il vénérait ce qu'il faisait. C'était incroyablement poignant, dit Beaumarchais, de savoir combien cela jadis lui aurait fait plaisir. Mais il était trop tard.

– Je ne veux pas être vénéré, avait-il dit au petit crack, dit Beaumarchais. Je veux juste qu'une de mes pièces soit montée.

Elle comprenait le sentiment. Elle n'avait presque plus d'argent. Elle était dépendante de cadeaux et de l'aumône. Elle louait un appartement deux pièces pour elle et Saratoga dans les quartiers est et avait faim chaque jour, sans pouvoir payer Caton, son assistant. Pour l'instant, il restait parce qu'il n'avait nulle part où aller.

Les trattorias, l'élégance, la boisson manquaient à Céline. Son service de porcelaine consistait désormais en sept assiettes dépareillées et une cuvette. Tant de choses semblaient passées de mode : comme les gens offrant des massages sur le trottoir, ou les vendeurs de croissants. Et puis elle avait cette sensation d'une chose très proche d'elle, ayant presque une texture, à toucher plutôt qu'à connaître par la pensée ou la parole. À la manière dont quelque chose peut frôler une personne et lui effleurer la joue. Elle n'avait pas de mot pour cette sensation. Dans le chaos, elle était au fur et à mesure devenue de plus en plus superstitieuse. Elle avait une vieille robe, quelque chose de très doux et naturel, et elle la mettait chaque fois qu'elle devait se rendre dans un bureau du gouvernement.

Et pendant ce temps, les gens continuaient de disparaître. Chaque semaine circulait une nouvelle liste de gens soupçonnés d'être des ennemis du peuple. Cela avait été amusant quand les fascistes avaient dû fuir ou avaient été assassinés, comme Lenoir, ou son ex-mari Sasha disparaissant de l'autre côté de la frontière, pour réapparaître à Rotterdam, même Antoinette terrée seule dans une prison avait eu droit à une sorte de justice – mais de plus en plus la situation était trop instable pour être drôle.

Et le plus grand vide, c'était Marta. Marta était allée à Milan, après la disparition de son mari. Avant d'être effacé, celui-ci avait fondé une Académie des Sciences, puis avait fait don de sa collection considérable à l'État, y compris ses fossiles d'animaux. Il s'était avéré que l'État avait considéré que ce n'était pas suffisant. Parfois Céline pensait à Marta tous les jours. Il n'y avait personne dont elle appréciait les goûts et les opinions autant que Marta. Et puis parfois elle ne pensait pas à elle pendant un mois, parce que tout était tellement encombré, éparpillé, défait.

Claude était parti voyager, ou n'était jamais revenu de voyage. Izabela était retournée à Varsovie où elle était prise dans une autre révolution, et il semblait qu'elle allait y rester pour toujours. Des amies de Céline, il ne restait guère que Julia. Elle semblait avoir un meilleur sens des relations mondaines. Après le procès, Lorenzo avait quitté la ville pour travailler sur une nouvelle pièce à Vienne, et lui et Julia avaient petit à petit décidé que c'était terminé entre eux. Puis la révolution avait éclaté, et le mari de Julia s'était enfui dans ses propriétés de l'autre côté de l'océan, aussi avait-elle profité de l'occasion pour obtenir le divorce, puis avait épousé un radical, un commissaire à la Raison. Le commissaire était très gentil ; c'était un beau-père très attentionné avec le fils qu'elle avait eu avec Lorenzo, et ils étaient très heureux ensemble. Pendant ce temps, Lorenzo racontait furieusement des conneries à leur sujet et à propos de leur bonheur domestique aux soirées entre exilés et aux premières théâtrales, même si lui aussi s'était marié et était apparemment très content.

Finalement, Caton est venu dire un matin qu'il partait. Il allait rejoindre le mouvement. On lui avait offert un poste dans l'un des comités.

– Mais tu n'es pas obligé de partir, dit-elle. C'est aussi chez toi. Tu peux rester ici.

– C'est chez vous, rectifia-t-il.

– Mais tu y habites, dit-elle.

– Vos maisons n'ont jamais été mes maisons, dit-il. Ça vous arrange bien de présenter les choses ainsi. Il faut que vous réfléchissiez plus clairement aux choses. J'ai toujours eu des idées différentes.

– Des idées sur quoi ? dit-elle.

– La liberté, dit Caton.

Il paraissait soudain sincère, comprit-elle, sincère comme il ne l'avait peut-être jamais été.

– Est-ce que c'est toi qui m'as dénoncée ? dit-elle.

– Qu'est-ce que c'est que ces conneries racistes ? dit-il. Bien sûr que non. Et puis, qu'est-ce que vous voulez dire : qui vous a dénoncée ?

Il était impossible de savoir s'il fallait le croire ou pas. Il s'arrêta à la porte.

– Il vous faut une stratégie de repli, dit-il.

3

Quand la révolution éclata, personne ne menaça Céline parce qu'elle était elle-même une radicale, avec des amis radicaux. Elle avait fondé des comités pour examiner et défendre les droits des femmes. Elle avait participé à des campagnes de sensibilisation. Jacob l'avait publiquement désignée comme une alliée du peuple. Mais depuis ce schisme entre Jacob et Yves, il y avait des gens qui se croyaient plus radicaux que d'autres, et il s'avérait que ces puristes voulaient mettre un terme définitif à sa façon à elle d'être radicale – à sa pensée radicale et à son entourage.

Chaque jour elle trouvait cela curieux que le même type de pamphlets soit publié à propos d'elle, rédigés par les mêmes plumitifs, le même murmure indéfini de l'écriture, sauf que maintenant les écrivains étaient conseillers spéciaux au sein du gouvernement.

Ils utilisaient les mêmes techniques pour produire un effet nouveau. Les citations qu'ils inventaient maintenant concernaient ses convictions politiques à elle, le fait par exemple qu'elle avait ri avec Jacob quand il avait mentionné les pénuries de produits agricoles et le droit du travail. *C'étaient des problèmes à court terme*, avait-elle dit, *pourquoi se souciait-il tant des problèmes à court terme ? Il ferait mieux de s'inquiéter de l'univers.* Ce qu'ils n'appréciaient pas, manifestement, c'était l'amitié, ou la manière d'être qui était celle de Céline – très douce et liée à d'autres racines, le don qu'elle avait pour former des complices.

Ce qui était la raison pour laquelle il y avait à présent de petites milices assises devant chez elle, l'air de s'ennuyer, des groupes d'enfants avec des armes à feu, assis sur des chaises de jardin dépareillées. L'atmosphère était intense. C'était très perturbant parce qu'à plus d'un titre Céline était plus radicale que ceux qui étaient officiellement radicaux, dans sa compréhension de là où était le pouvoir, et de la façon dont il était distribué. Elle savait cela depuis qu'elle avait dix-huit ans, à l'époque où les écrits à son sujet avaient commencé. Mais le problème était qu'elle avait passé trop de temps parmi les riches, elle-même avait naguère été riche, et en fin de compte c'était ce genre d'histoire qui était jugé – et peut-être que les radicaux avaient raison, se disait Céline, du moins en théorie.

Elle commençait à avoir des petites douleurs dans le bas du dos, dans le haut du dos. Ses parents devenaient fous à la campagne parce que son père était en train de mourir d'une maladie ennuyeuse en phase terminale. Sa mère envoyait des messages chaque jour, car elle savait, écrivait-elle, que Céline voulait être tenue au courant.

En ville, des gens ravagés arpentaient les avenues. Si vous approchiez de quelqu'un, la personne traversait la rue ou faisait semblant de ne pas vous voir. C'était une époque où personne ne savait comment envoyer un message à quelqu'un d'autre car envoyer un message nécessitait de savoir où vous alliez l'envoyer et aussi où vous-même vous trouviez, et rien de tout cela ne semblait stable, si bien que peut-être, songeait Céline, n'enverrait-elle plus jamais un seul autre message.

Pendant un temps, elle tint une liste dans un carnet des gens qui avaient disparu et de ceux qui n'avaient pas disparu. Elle s'y employait même si elle se faisait un nouvel ami – mais ensuite presque immédiatement cet ami disparaissait, alors elle cessa complètement d'écrire des noms.

4

Saratoga avait dix-sept ans, presque le même âge que Céline quand celle-ci était arrivée en ville. Cela signifiait que la comparaison provoquait chez Céline une forte anxiété. Avoir un enfant détruisait tant de vous-même, semblait-il. Cela détruisait énormément, mais cela vous reconstituait de tant de manières que vous n'auriez pu prévoir. Saratoga avait de longs cheveux blonds et semblait innocente mais était en fait implacable et mystérieuse. Elle connaissait les maths et la géométrie, le latin et la théorie politique, ainsi qu'un énorme assortiment de poètes européens. Ses habits se combinaient en un look permanent, comme un sarouel avec des boucles d'oreilles guillotines, et la confiance en soi, ou l'indifférence, de ce look donnait à Céline l'impression d'être vieille d'une manière presque reposante.

Mais cela ne lui arrivait-il jamais d'avoir incroyablement peur ? dit Céline à Saratoga, tandis qu'elles étaient assises dans une salle déserte à boire un quatrième espresso. Était-elle la seule à réfléchir en ces termes ?

– Maman, dit Saratoga.

Elles habitaient un monde de parole différent de toute autre conversation qu'elle avait pu expérimenter, se disait Céline. Même avec Marta, elle ne s'était jamais sentie aussi silencieuse, mais si intensément communicative, tout en étant forcée de reconnaître que la manière qu'avait Saratoga de parler et de penser était si différente de la sienne qu'il lui serait impossible de l'apprendre. En fait, le sentiment qu'elle éprouvait était très proche du désir ou, se corrigea Céline, il s'avérait peut-être que la sensation que l'on croyait naturelle d'éprouver avec un amant était en réalité une réplique du sentiment authentique que l'on éprouvait pour sa fille, car il était tellement naturel pour elle de tenir Saratoga dans ses bras, sur un lit, sur un canapé, et de lui chuchoter doucement à l'oreille qu'elle l'aimerait éternellement.

Pour Saratoga, le monde coulait de source, comme une petite toile de fond à travers laquelle elle pouvait évoluer librement, exactement comme Céline l'avait voulu quand elle l'avait envoyée parmi les forêts et leurs plantes, et cela lui avait apporté une sorte de liberté générale et un côté sauvage. Donc Céline avait toujours adoré ça, le fait que ça semble participer de la façon dont elle l'avait éduquée sans père, mais en même temps Saratoga en tirait cette confiance en elle que Céline trouvait troublante, voire dérangeante. Saratoga n'appréciait pas les écrivains qui gravitaient autour de Céline. Dans leurs livres, dit Saratoga, ils écrivaient toujours au sujet de l'éducation des filles, sans comprendre ni connaître une seule fille. Alors que chaque fois que des écrivains traînaient ensemble, ils parlaient toujours de façon obsessionnelle du futur, de qui serait lu dans le futur ou à quoi ressemblerait le futur – mais ils ne voyaient jamais combien ils étaient toujours limités dans leur façon d'aborder la question. Le vrai futur n'était pas ce qui allait se produire dans un mois ou même dans un an, mais le futur futur, disait Saratoga : extra-terrestre et incommunicable. Mais ils ne le voyaient jamais, parce qu'ils étaient incapable de réfléchir assez sauvagement.

Il était impossible, pensait Céline, de savoir si l'inquiétude qu'elle éprouvait concernait réellement Saratoga ou en fait la concernait, elle.

– Il faut qu'on s'en aille, dit Céline.

– Il faut que toi tu t'en ailles, dit Saratoga.

– Mais si je m'en vais, tu vas où ?

– Tu sais que Hugo veut que je m'en aille avec lui ? dit Saratoga. C'est-à-dire qu'il veut que je l'épouse.

Hugo était charmant et atroce. Il venait de Londres. Il jouissait d'une modeste célébrité en tant qu'auteur d'un rapport alertant sur les atrocités que les Britanniques commettaient en Inde, et devait maintenant retourner en Orient pour superviser une enquête. Mais avant que cette mission commence, il était venu illégalement participer à des enchères. Le gouvernement vendait tout ce qui avait survécu aux décombres des maisons des gens. Hugo s'était rendu sur place parce qu'il aimait à la fois la porcelaine et les histoires d'horreur. Et ensuite il avait fait la connaissance de Saratoga.

– Certes, dit Céline, j'imagine que c'est un repli possible.

Il était difficile de dire ce que Hugo voulait vraiment dire quand il parlait. Saratoga l'appréciait parce qu'il était d'un monde complètement différent. Il ne comprenait aucune de ses références à elle et c'était libérateur. Mais c'était aussi un vrai jasoos, dit-elle.

– Jasoos ? demanda Céline.

– C'est un mot que Hugo a appris, dit Saratoga. Ça veut dire que je ne lui fais pas confiance.

– As-tu jamais fais confiance à l'un d'entre eux ?

– C'est que…

– Parce que offrir son âme à un homme, je ne le recommanderais pas, dit Céline.

– Tu dis toujours ça, dit Saratoga. Et je ne l'ai jamais fait.

Sur ce, Saratoga termina son café d'un trait.

– Ce café a un goût bleu, dit-elle. Tu vois ce que je veux dire ? Il a un goût bleu, c'est tout.

– Non, dit Céline.

– Mais pourquoi as-tu peur ? dit Saratoga. Je veux dire, non : oublie ça. Je comprends pourquoi tu as peur. Voilà ce que je veux dire : *qu'est-ce que tu vas faire ?*

– Je n'en ai aucune idée, dit Céline. Tes grands-parents deviennent fous. Mon père n'arrête pas d'attaquer ses infirmières. Ou je ne sais quoi. Selon ma mère. Alors puis-je aller où que ce soit ?

– Mais il faut que tu essayes, dit Saratoga.

Céline sentait que les mots qu'elle utilisait de plus en plus ne s'enveloppaient pas autour d'une situation donnée. C'étaient de petits fragments qui étaient peut-être jolis et séduisants, mais ils n'arrivaient pas à faire ce qu'elle voulait qu'ils fassent.

La seule personne à qui Céline pouvait penser, susceptible de l'aider, était Jacob.

5

Au cours des dernières semaines, cette guerre généralisée entre les radicaux et les radicaux plus purs s'était réduite à un argument précis. Certains, comme Jacob, voulaient abolir l'esclavage dans les îles atlantiques, et par conséquent soutenaient la révolution en cours sur place sous ses nombreuses formes, tout en imprimant des tracts, pamphlets et affiches pour la défense des droits des personnes noires. D'autres radicaux, les puristes, comme Yves, ne se souciaient que d'économie et refusaient de reconnaître l'importance des droits d'autres peuples, si cela devait entraver les systèmes de production des nations. Ils avaient déjà été putain de généreux avec les Juifs, disaient-ils. Alors peut-être que tout le monde pouvait maintenant cesser de discutailler pour se montrer plus pragmatique. Ils n'avaient pas de temps à perdre avec des gens qui se tournaient les pouces, à imaginer des futurs idéaux.

Leur problème était que le futur arrivait à des vitesses inégales et qu'il commençait à brouiller les histoires qu'ils racontaient. En Hispaniola, l'ex-esclave Toussaint, en travaillant à la révolution, s'était maintenant donné un nom supplémentaire, Louverture : un nom qui évoquait une brèche, une illumination ou une trouée. C'était un nouvel ajout à sa légende, et il semblait impliquer que les impuissants étaient peut-être capables de faire n'importe quoi, qu'ils se battraient éternellement – parce que si vous avez une fois travaillé dans une plantation, enfoncé jusqu'aux genoux dans la merde indigo puante, alors l'odeur des reins de l'homme blanc dont vous tailladez le corps replet ne vous importunera pas plus que ça, vous préférerez l'odeur des reins de cette personne au marécage et au propriétaire taré. Et présentement, une nouvelle histoire avait été ajoutée à sa légende – Toussaint venait, disait-on, de trahir les Espagnols.

L'histoire disait qu'un diplomate nommé Ulises – le diplomate ayant jadis été en poste à Paris, de nombreuses années auparavant – avait été dépêché de Madrid pour faire affaire avec Louverture. Les Espagnols voulaient instaurer un réseau de colonies américaines, et ils voulaient l'aide de Louverture. Mais entretemps Louverture avait aussi fait la connaissance d'un homme d'affaires qui lui avait proposé, moyennant des honoraires, de pouvoir voyager incognito à bord de vaisseaux espagnols et avait commencé, au nom de Louverture, à fomenter des révolutions parmi les gens noirs contre leurs ennemis communs. Le projet de Louverture, bien sûr, était de persuader les Espagnols de leurs meilleures intentions, tout en empochant un peu d'argent, sans parler de créer une révolution pour les esclaves, et comme le diplomate Ulises était une créature délicate dépourvue de duplicité, il accepta tout de suite ce plan. Mais ce qu'Ulises ignorait c'est que le même soir, avec tout l'argent espagnol transféré sur ses comptes, et l'homme d'affaires parti pour ses voyages révolutionnaires, Toussaint Louverture chevauchait dans la nuit vers un autre rendez-vous, son mouchoir rouge ceint autour de la tête par des nœuds délicats, tel un très élégant esprit de la terreur, cette fois-ci pour retrouver le consul français, à qui il avait promis de combattre à leurs côtés à la fois contre les Britanniques et les Espagnols s'ils pouvaient lui garantir l'affranchissement des esclaves. Mais tout d'abord, dit-il, et il dit cela très doucement, en kreyòl, il y avait une chose que le consul devait savoir, au cas où il envisagerait de la lui faire à l'envers. Aucun d'eux ne pourrait jamais gagner contre les Noirs. Pas un seul putain de gros Blanc.

C'était ce genre d'histoire que Jacob et ses ennemis trouvaient très déroutant, et qui par conséquent rendait l'atmosphère en ville très violente et difficile à décrypter pour Céline. Comprendre la loyauté de Toussaint Louverture leur semblait très difficile, comme si l'idée de révolution était plus étendue que l'idéal qu'ils avaient tous en commun. Si bien qu'il pouvait à tout moment leur faire une entourloupe – il pouvait s'incruster en profondeur dans le tableau ou en sortir, avec une sorte de technique supérieure.

6

Le matin où Céline alla voir Jacob, elle se réveilla avec un bouton de fièvre sur une lèvre et une plaque d'eczéma à l'aisselle. Il lui avait dit qu'en temps que ministre des Terres conquises à l'ennemi il devait surveiller un camp de réfugiés installé à l'extérieur de la ville, aussi lui avait-il proposé de la rencontrer du côté d'un des quais du fleuve, une fois qu'il en aurait terminé.

Elle le retrouva dans l'air matinal, comme si tout était magnifiquement normal et dépourvu de toute menace.

Ils marchèrent ensemble le long de la berge, observant les gens qui installaient les botillerías, avec leurs assortiments de verreries et de panneaux peints. Il était son ami, dit-elle, c'était à ce titre qu'elle voulait lui parler. En réponse, le visage de Jacob resta aussi neutre que possible. Peut-être hocha-t-il la tête, ce n'était pas clair du tout.

Jacob lui demanda si elle voulait boire un verre. Il était onze heures du matin, répondit-elle. Absolument, dit Jacob.

Elle avait l'habitude d'être détestée, dit-elle à Jacob. Elle avait vécu avec des menaces de mort, des pamphlets, des slogans, tout le monde parlant d'elle avec malice et délice. Assurément il s'en souvenait. Alors pourquoi, dit-elle, serait-elle maintenant sur la liste ? Cela ne tenait pas debout. Elle était une radicale. Tous ses amis étaient des radicaux. Ah, dit Jacob, il aurait vraiment aimé pouvoir l'aider. Mais elle avait été dénoncée. Cela le mettait dans une situation très délicate. La liste était fondamentalement intouchable. Céline demanda qui précisément l'avait dénoncée, car si elle savait cela, alors peut-être pourrait-elle se défendre. Jacob répondit par fragments qui étaient si elliptiques qu'elle ne pouvait pas le comprendre. Tout en politique, croyait-elle soudain comprendre, consistait peut-être à ne jamais terminer ses phrases. Le pouvoir véritable consistait toujours à autoriser d'autres gens à interpréter une personne conformément à la façon dont on souhaitait qu'elle soit interprétée, sans rien dire du tout. Céline le regarda, puis recommença. Une fois, dit-elle, elle l'avait vu à une de ses soirées, et il pleurait dans un coin – s'en souvenait-il ? – il pleurait à cause de ce que quelqu'un avait écrit à son sujet. Et s'il avait été dans cet état simplement à cause d'une *revue*… Jacob haussa les épaules. Il rejeta l'insinuation. C'était vrai, dit-il, il avait vraiment cru avoir la vocation. Il avait vraiment cru qu'écrire était le moyen d'inventer une société meilleure. Et en un sens cela avait été le cas. Les livres faisaient tout. Les livres créaient l'opinion, les livres apportaient l'instruction dans toutes les classes de la société, les livres détruisaient le fanatisme et renversaient les préjugés qui avaient subjugué tout le monde. Mais maintenant, les livres, c'était fini.

Elle s'avisa que la façon qu'il avait de parler la gênait énormément, elle se sentait presque encombrée – et elle regarda autour d'elle en quête d'une forme de réconfort ou de reconnaissance de sa douleur, mais le paysage se contentait de défiler, les saules, les bateliers et leurs cris, les écureuils.

Mais en un sens elle ne comprenait pas cela, poursuivit Jacob, manifestement irrité, comme si c'était à Jacob qu'on avait causé du tort et non pas à Céline. Elle continuait de former des comités pour l'éducation féminine, ou à commander des rapports sur les droits des femmes. C'était comme si, dit-il, elle ne croyait pas en la révolution. Elle semblait penser que ce dont on avait besoin c'était de *davantage de livres*.

– Je pensais juste, dit-elle, que ce que signifiait la Constitution c'était que c'était une Constitution pour tous, pour toute la communauté.

– Je ne pense pas, dit Jacob, qu'il t'appartienne de dire ce que signifie la Constitution.

Il s'arrêta à un étal de salamis et s'acheta un panini.

J'essaye de t'aider, dit Jacob. Je t'apprécie vraiment. J'essaye d'expliquer. Pourquoi ne peux-tu voir ça ?

C'était d'autant plus effrayant qu'elle se rendait compte que Jacob croyait sincèrement à tout ça, et elle sentit soudain qu'elle allait se mettre à pleurer et ne voulait pas qu'il la voie pleurer.

Alors Céline dit qu'elle devait se rendre à un autre rendez-vous, et elle gravit les marches de la berge jusqu'à remonter au niveau de la rue. Pendant quelques minutes elle resta là, tandis qu'il arrivait quelque chose à son corps, qui semblait être une série de palpitations. Puis petit à petit elles s'estompèrent et elle monta dans un taxi qui passait, pour regagner la ville. Elle regarda la ville défiler, tous les bureaux, les théâtres, les coins de rue, les autels éphémères en l'honneur des morts installés dans des vitrines et sur des rampes ou sur le trottoir – de petits portraits sur papier, ou des madones en cire enveloppées de l'espèce de tissu utilisé pour envelopper les boulettes. Elle se sentait vraiment bizarre, dans sa tête c'était un vrai bazar.

Il était possible, se disait-elle, qu'elle n'ait plus que quelques jours à vivre.

7

Pendant vingt-quatre heures, Céline n'eut plus qu'une seule pensée frénétique, se suicider et tuer Saratoga, faire ingurgiter une dose de poison à Saratoga, puis s'ouvrir les veines dans le bain. Sur ce, Julia lui envoya un message : *là où il y a des femmes, il y a de l'espoir*. Deux heures plus tard elle vint la voir. Elle avait un nouveau look, qui était sévère néoclassique : une robe droite monochrome, lugubrement informe. Elle avait aussi les cheveux coupés ras et décolorés. Ce qui lui donnait un air encore plus vulnérable, quand bien même elle avait trouvé un moyen d'accéder à un véritable pouvoir. Son mari lui avait annoncé la nouvelle, dit-elle.

– J'essaye de réfléchir à ce qu'on peut faire, dit Julia.

– Je viens de voir Jacob, dit Céline.

– Ce n'est pas une initiative utile pour nous, dit Julia.

C'était en partie, expliqua Julia, parce qu'il lui avait déjà rendu un service – l'avait aidée à préserver la forêt à la campagne. Elle en était devenue propriétaire quand son ex-mari avait disparu de l'autre côté de l'océan à bord de son hors-bord. Mais il y avait aussi quelques industriels, amis avec les radicaux, qui voulaient acheter la forêt pour la brûler et construire des usines. Et Jacob avait été vraiment incroyable, dit-elle, la façon dont il avait défendu l'idée que sa forêt à elle était un espace partagé par tous et devait par conséquent être protégé, mais cela signifiait également qu'elle ne pouvait pas retourner voir Jacob. Elle ne pouvait pas de nouveau lui demander un service.

Et plus important, ajouta-t-elle, elle n'arrêtait pas d'entendre que c'en était fini pour Jacob.

– Comment ça, fini ? dit Céline. Je viens de le voir, genre hier. Il est partout.

– Non, je pense que c'est fini pour lui, dit Julia. Ou presque. C'est ce que j'entends dire. Il est sur le point de se faire arrêter.

– Mais pourquoi ? dit Céline.

– Les affaires avec les esclaves, dit Julia.

Cela semblait incroyable à Céline que ces discussions aient lieu avec Julia – elle avait un mordant nouveau, de l'aplomb et des manières vives. Ou peut-être n'était-ce pas réellement nouveau, peut-être avait-ce toujours été là, mais d'une certaine façon les événements qu'elle avait vécus ne lui avaient jamais laissé l'occasion de l'afficher, et un aspect de l'injustice constante de l'univers était qu'une fois qu'on avait connu une personne dans un contexte ou à une époque, c'était un effort d'imagination presque impossible de lui accorder de nouvelles formes d'attention.

– Donc OK, dit Céline. Mais alors, à défaut de Jacob, alors…

– Il faut qu'on voie Yves, dit Julia.

– Yves ? dit Céline. Celui qui a déjà essayé de nous détruire ?

– Il est ministre de l'Intérieur, dit Julia. On ne va pas se soucier de son *passé*.

Céline se rendit compte qu'elle se sentait mal. À l'intérieur de sa lèvre inférieure il y avait maintenant tout un foyer d'aphtes, comme des piments séchés. Elle se demanda si elle reverrait un jour ses parents. Le matin même sa mère lui avait envoyé un message pour lui dire que son père avait failli mourir ce matin. Il était tombé dans l'escalier et s'était entaillé la tête. Elle était contente qu'il ne comprenne plus ce qui se passait autour de lui. Cela le bouleverserait trop, écrivait sa mère. Elle ne comprenait pas pourquoi sa mère lui écrivait comme ça, se disait Céline. Elle ne ressentait rien du tout, sinon un détachement total.

Peut-être, se disait Céline, était-ce parce qu'il y avait une sensation en elle qui était quelque chose comme une *absence d'issue*. Dans chaque schéma d'enfermement où elle s'était de force retrouvée depuis qu'elle était jeune, s'était-elle toujours dit, elle avait aussi toujours cru pouvoir trouver une porte de sortie. Et pourtant, voilà où elle en était, en cette époque future, et il s'avérait que peut-être toutes les portes de sortie avaient disparu. C'était comme une histoire dans laquelle le héros tente de s'échapper du laboratoire fou du méchant, tandis que toutes les portes en métal se referment autour d'eux. Elles avaient disparu avant même de pouvoir prendre conscience de son besoin de s'échapper.

8

Yves était maintenant installé dans les anciens bureaux de Lenoir. Toutes les pièces étaient de petits cubes, avec un éclairage sale, et le bureau était un assemblage austère de carrés et de rectangles : tiroirs, étagères et classeurs en rangs symétriques impeccables, chacun empli de dossiers.

C'était typique d'Yves d'être à ce point dans les méthodes super modernes.

Quand Céline et Julia arrivèrent, il était en rendez-vous, leur dit-on. Elles eurent donc quelques instants pour apprécier la beauté novatrice de ce bureau : propre et anguleux, comme un vaisseau spatial. Il y avait sur la table une pile de magazines imprimés sur du papier magnifique. Céline en prit un. Les livres, c'était fini, les gens disaient ça tout le temps, mais il y avait encore des magazines partout, et peut-être était-ce logique. Les magazines étaient le contraire de la littérature – ils ne doutaient de rien, l'univers qu'ils décrivaient était complètement irréel, et c'était pareil ici dans ce bureau, se disait Céline : un monde porté à une surface d'abstraction anormale.

Puis Yves entra, et dès qu'il vit Céline, tout l'effet s'effilocha. Il fut soudain une chose ébouriffée dans un intérieur précis. C'était une grosse erreur de ne pas apprécier quelqu'un en raison de son look, se dit Céline, avec sa main tremblotante et ses traits de grenouille, mais il était aussi impossible de démêler son look de sa façon de penser, comme une sorte d'allégorie médiévale.

Cet aspect négligé avait empiré ces derniers temps, quand la petite copine d'Yves l'avait abandonné. Un soir, dans l'atmosphère sanglante de carnaval, il s'était saoulé dans un bar clandestin et était reparti avec une autre femme – quand bien même, insistait Yves, ils ne s'étaient embrassés que légèrement avant qu'elle lui dise qu'elle était mariée et pensait de toute façon peut-être ne pas du tout aimer faire l'amour. Il pensait chaque jour à sa petite copine perdue. Chaque soir, il tâchait de rester dehors le plus longtemps possible, pour ignorer l'épreuve pénible consistant à se déshabiller et aller se coucher seul. Ce qui lui valait une mine épouvantable.

Yves les regarda en hochant la tête puis indiqua d'un geste fier les dossiers disposés autour d'eux. C'était le système le plus avancé en matière de collecte d'informations ayant à ce jour été inventé, dit-il. Dans chaque dossier se trouvaient des mémos, des formulaires, des registres contenant les rapports sur des réseaux d'espions, des ouvriers dissidents, des budgets agricoles, ainsi que la vie sexuelle des gens. Après tout, continua-t-il, ignorant l'agitation de Céline, c'était l'ère de l'information. Ils écrivaient même des slogans sur les billets de banque : la loi punissait le contrevenant, la nation récompensait l'informateur. Si quelqu'un avait des doléances, il s'en référait aux autorités. Car dès qu'une chose était écrite, elle devenait réelle et pouvait être traitée. Le seul problème était que tout ce papier imposait de l'organisation.

Dehors, sur la place, des gamins traînaient, l'œil vitreux et le cheveu long. Cela faisait un contraste macabre avec les quadrillages de cette pièce, et peut-être était-il impossible d'y réfléchir. Voulaient-elles qu'il leur commande quelque chose à manger ? dit Yves. Ils se nourrissaient ici plus ou moins exclusivement de plats à emporter de chez Balthazar. Ils travaillaient vingt-quatre heures sur vingt-quatre. Céline haussa les épaules. Il demanda à un de ses assistants de leur monter quelque chose. Puis il se retourna vers Céline et Julia. Il ne semblait pas pressé de leur demander le motif de leur visite, probablement parce qu'il savait pourquoi elles étaient là et ne voulait pas en parler.

Julia commença ses explications mais Yves l'interrompit. Il ne les aiderait pas, dit-il. Il admirait le mari de Julia, bien sûr, mais non. Il ne pouvait rien faire.

Ce devait être une sensation magnifique pour Yves, songea Céline, d'être capable de leur parler avec cette espèce d'autorité sauvage – voire peut-être déconcertante, quelque chose d'addictivement doux mais aussi d'écœurant.

C'était très clair, dit-il, la façon dont les gens raisonnaient. Tout ennemi devait être supprimé. Et il était évident que Céline était une ennemie, vu la façon dont elle attaquait toujours le régime en public, la façon dont son nom à elle était utilisé par des femmes écrivant de folles prophéties contre les comités pour leurs erreurs et limitations.

Il n'y avait donc pas, dit Julia, la moindre possibilité de faire quelque chose de noble en secret ?

Yves la regarda avec componction. Il détestait les secrets, dit-il. Bientôt l'intimité n'existerait plus et il s'en réjouissait. Comme quand Jacob avait publié son pamphlet sur la vie éthique et la société nouvelle – savaient-elles ce qui s'était passé ensuite ? Une de ses petites amies avait envoyé des messages aux quatre femmes qui se croyaient l'unique autre petite copine, et aussi à sa femme. Et quand il l'avait vue aux courses de lévriers, et lui avait dit *ma foi, c'était une chose agressive plutôt inattendue*, elle avait souri et dit : *Mais assurément tu ne voudrais pas vivre une vie de secrets ? Si la société nouvelle doit naître des cendres de l'ancienne vie, alors assurément il faut tout brûler et faire table rase de l'ancienne vie.*

– Et tu admires cette folie à la mords-moi-le-nœud ? dit Céline.

Elle comprenait que, compte tenu de sa position, il était idiot d'être si directe mais elle se sentait aussi très en colère, parce qu'il était évident que, comme elle s'y était attendue, Yves ne l'aiderait jamais et que par conséquent elles s'étaient rendues vulnérables pour rien.

Un assistant les interrompit en apportant à manger du restaurant d'en bas. Yves laissa son assistant repartir, avant de répondre avec une sauvagerie totale.

Il savait que les gens comme elle considéraient qu'il était important de savoir les trucs, dit Yves. Mais ce qu'il fallait comprendre, c'était que personne n'avait besoin de savoir quoi que ce soit. Pas besoin de connaître les textes classiques, ou l'histoire de l'art. Elles pouvaient passer la totalité de leur temps libre aux peep-shows si elles voulaient. Les classiques c'était fini, dit-il.

Il prit un paquet de pelmeni à la sauce piquante et commença à manger.

– Ce qu'il faut, dit Yves, c'est que tu sois vigilante avec ton âme à tout instant. Aimes-tu ton enfant plus que le régime ? Aimes-tu ton mari plus que le régime ? *Aimes-tu le vin et le massepain au chocolat plus que le régime ?* Parce que si c'est le cas, tu n'entreras pas en terre promise.

Personne ne parla pendant un certain temps. Cela arrivait souvent maintenant, les interruptions soudaines quand les gens se parlaient. On commençait une conversation et puis elle devenait impossible et on s'arrêtait.

9

Pourquoi Céline n'avait-elle pas prédit ça ? C'était une question qu'elle avait coutume de se crier à elle-même dans les monologues qu'elle se tenait la nuit, mais il était également possible que toute prédiction soit impossible. Tout le monde avait en tête des diagrammes de réseaux du monde et ces diagrammes de réseaux devaient être réécrits chaque jour. Tout le monde croyait vivre au centre du monde. Mais en fait les centres proliféraient partout et étaient infinis. Certaines personnes savaient déjà cela, c'étaient les plus modernes, et l'une d'elles continuait d'être Céline, et une autre était un marchand ayant jadis rencontré Louis Cook et fait affaires avec lui en pays mohawk. Au fil des ans, le marchand avait cheminé vers le sud et était maintenant quelque part en Louisiane, en terres marécageuses, parmi les alligators et les routes perdues. Il était d'origine française, mais en fait il n'avait vraiment plus aucune idée de nationalité. Il était sauvage, flasque et baraqué. Son visage commençait à ressembler de plus en plus, se disait-il, à une bite et des couilles. Il essayait d'oublier ça. Et la raison pour laquelle il devenait plus contemporain que d'autres personnes plus jeunes ou plus dans le coup était l'intuition qu'il essayait maintenant d'expliquer dans un rapport à ses patrons, là-bas, de l'autre côté de l'océan.

C'était comme si, écrivait-il, il y avait cette pression sur la carte. Elle avait l'air vide, mais elle n'était pas vide. Il y avait une espèce de force invisible. Cela signifiait que s'il était possible qu'ils y fassent de grandes choses, qu'ils détournent le commerce des Iroquois dans le Nord, il fallait aussi bien y réfléchir.

Pendant quelques minutes, il cessa d'écrire. Une bouilloire cabossée dégageait de la vapeur à côté de lui. Il se refit une tasse de vieux thé.

Il voulait leur raconter une histoire, écrivait-il. Récemment il avait essayé d'aller au nord, de remonter le fleuve, avec un groupe de trois autres hommes d'affaires. Et il avait été arrêté. Les gens qui l'avaient arrêté parlaient en sioux, demandant qui ils étaient, d'où ils venaient, où ils allaient. Il était de toute évidence pris au piège, écrivait-il. Mais il avait répondu en langue dakota, et quand les Sioux avaient fait la liste des marchands qu'ils connaissaient, par chance son nom y figurait. Ce qui apparemment l'avait aidé. Il les avait, semblait-il, rencontrés des années auparavant. Trois de ces personnes avaient alors nagé jusqu'à sa pirogue, et ils avaient tous continué de remonter le fleuve. Peu après, ils avaient été pris dans un haut fond, et avaient traîné la pirogue jusqu'à un campement. Le campement était lakota. S'était ensuivie une longue discussion avec leur chef, Black Buffalo, après quoi les Lakotas avaient pris toutes les marchandises qu'il prévoyait de vendre – ses étoffes, tabac, haches, vermillon, poudre et balles de fusil. Il était très affligé, écrivait-il, et voulait continuer de remonter le fleuve, mais ne pouvait pas. Black Buffalo gouvernait ce territoire, disait-il. Avec de la chance, ils avaient réussi à s'échapper du campement, et avaient passé une nuit cachés à l'intérieur du tronc pourri d'un arbre mort. Ils étaient revenus en ville. Un de ses associés semblait avoir subi une morsure d'araignée susceptible de s'avérer fatale.

Ce qu'il voulait dire, écrivait-il, c'était qu'il y avait cette pression sur la carte, et qu'il était probablement important d'y réfléchir. La relation qu'ils avaient le plus besoin d'établir était avec ces Lakotas. S'ils arrivaient à nouer une relation avec eux, alors ils pourraient couper le flux d'argent vers le nord, voire, surtout, ils pourraient d'une façon ou d'une autre s'emparer de ce pays. S'ils pouvaient importer des marchandises via la Floride et les acheminer jusqu'au Pacifique, alors ils disposeraient d'un continent entier, disait-il. Le problème c'étaient les Espagnols. Et les Britanniques et les Américains. Toutefois sa conclusion était la même. Ils devaient s'emparer de la Louisiane, mais tout d'abord il fallait entamer une espèce de mission diplomatique auprès des Lakotas.

Il s'arrêta, puis recommença, cette fois-ci dans un nouveau cahier, un cahier pour lui seul, qu'il avait commencé pour ses propres besoins thérapeutiques.

Il avait du mal à dormir, écrivait-il. Il était actuellement quelque part en amont du fleuve Missouri / Mníšoše. Cela l'aiderait beaucoup de savoir exactement ce qui se passait au pays. Il voulait qu'on lui confirme qu'une forme de chaîne logistique subsistait encore. Tout était très désastreux, de ce qu'il entendait dire. Ce n'étaient pas des manières de conduire les affaires. Il avait vraiment peur, écrivait-il.

10

C'est si difficile de réfléchir, si vous êtes pris au piège dans une situation mortelle ! Si Céline restait, elle se ferait tuer. Mais elle ne voulait pas partir parce que c'était sa ville, ses amies et sa fille y habitaient. D'un point de vue plus pratique, elle ne savait pas comment partir. Tous les itinéraires étaient barrés. Si bien que la ville avait beau être mortellement dangereuse, elle devait néanmoins encore y habiter. Et désormais le paysage qu'elle connaissait depuis toujours provoquait terreur, nostalgie, pitié et amour, alors qu'avant ce n'était qu'ennui et irritation.

Le lendemain de son entrevue avec Yves, Beaumarchais lui dit qu'il avait lui-même une conversation prévue le soir même avec Yves, non pas dans l'intimité de son bureau, mais sur scène, dans le cadre d'un congrès d'écrivains qu'Yves avait organisé. Il pensait que ce serait sa dernière fois sur une scène, dit Beaumarchais. Il aurait énormément apprécié le soutien de Céline. Elle avait pensé ne plus jamais se montrer en public avant de pouvoir s'échapper, mais aussi elle aimait Beaumarchais, elle considérait que l'amitié était une valeur plus importante que toute autre, et donc même si elle risquait de se faire tuer, cela ne semblait pas être une raison de ne pas vivre comme elle avait toujours voulu vivre. Et donc Céline l'accompagna.

Ce fut la dernière fois qu'elle eut affaire à la langue, songea Céline.

Depuis quelques semaines, Yves publiait une série d'articles dans les journaux officiels, faisant valoir qu'il était temps que tous les signes disent ce qu'ils signifiaient. Il n'y avait rien de plus important, écrivait-il, que cette question de la représentation. C'était un problème très abstrait, mais il semblait que c'était précisément cette dimension abstraite qui la faisait paraître si dangereuse et si vivante, et la raison pour laquelle tant de gens par conséquent avaient le sentiment qu'ils se devaient d'être présents au congrès qu'Yves avait organisé. Il se tenait dans une enceinte sportive aménagée pour l'occasion, avec le public assis en hauteur, contemplant en contrebas les vieilles lignes et les traces de chaussures sur le terrain. Partout régnait une odeur atroce de viande – couenne de porc, sauce piquante – combinée aux arômes plus doux de beignets et de noix et noisettes grillées.

Il pensait que tout le monde serait d'accord avec lui, commença Yves, pour dire que le miroir habituel était trop petit pour le héros central de leur époque. Le miroir habituel ? dit Beaumarchais. Le roman, dit Yves, la pièce de théâtre, je ne sais quoi. C'était trop petit pour contenir le reflet du genre de héros assis ici parmi eux, les futurs géomètres de cette planète. Il était absolument d'accord, dit Beaumarchais, ne sachant que répondre d'autre. Décrire le nouveau héros de l'époque, ajouta Yves, ignorant Beaumarchais, nécessiterait un nouveau type d'écriture, quelque chose qui permettrait aux lecteurs de comprendre la force historique des vérités nouvelles. Alors, ne serait-il pas d'accord pour dire que dans ses intrigues, continua Yves, il n'y avait aucune notion de l'armée révolutionnaire en tant que masse, il n'y avait nulle tentative de représenter des milliers de soldats armés avançant telle la lave ? Il n'y avait que des individus, avec leurs névroses personnelles.

Il était tout à fait évident que Beaumarchais était poissé, qu'en le regardant, les gens s'écartaient de lui, et Céline compatissait chaleureusement et désespérément, quand bien même elle aussi se sentait s'écarter de lui. Ses raisons à elle toutefois étaient différentes des raisons pour lesquelles le public à présent le détestait. Même si la langue se retournait maintenant contre lui, Beaumarchais ne renoncerait jamais, et c'était pour cela que lui et Céline disparaissaient chacun aux yeux de l'autre. Parce que Céline s'en allait, elle ne quittait pas seulement un lieu mais le langage, alors que Beaumarchais ne pouvait pas s'extraire de ce qui était son moyen d'expression.

À la place du vieux réalisme, dit Yves, il voulait une nouvelle forme de représentation : une œuvre qui dépeindrait les traits les plus généraux et universels d'une époque, les représentant par le truchement de personnages uniques qui seraient à la fois particuliers et abstraits, des personnages qui combineraient la plus grande généralisabilité avec une richesse intérieure énorme. Il était tout à fait désolé, dit Beaumarchais, mais il ne comprenait pas ce mot, *généralisablilté* ?

La vie changeait à une telle vitesse, continua Yves, si bien que le temps qu'un écrivain ait terminé une œuvre, il se rendait compte que son héros avait déjà changé. C'était pourquoi les formes classiques, transférées à cette époque-ci, à cette époque extraordinaire, créaient des hypothèses erronées, et, plus important, des fins erronées.

– Il nous faut un héros, dit Yves. Quelqu'un à placer parmi cette constellation de Robinson Crusoé, Don Quichotte, Hamlet, Œdipe…

– Et Figaro ? dit Beaumarchais.

– Figaro ? dit Yves. Vous voulez dire le Figaro de votre pièce ?

– Je crois que c'est Hernandez, dit Beaumarchais, qui a dit que c'était Figaro qui avait tué le système.

– Qu'est-ce qu'on s'en cogne d'Hernandez ? dit Yves avec une soudaine sauvagerie. Si je voulais l'avis d'Hernandez, je lui demanderais, putain. Sauf que bien sûr je ne peux pas, vu qu'il est mort.

Beaumarchais parut très secoué et contrarié par cette violence. Il estimait qu'il était important de se souvenir, dit Beaumarchais, combien il avait été radical. Sous l'ancien régime, par exemple, il avait été notoirement censuré.

Yves dit qu'il n'avait pas souvenir de la moindre censure. Ce dont il se souvenait, dit Yves, c'est qu'Antoinette avait été une des amies de Beaumarchais. Il avait été, de fait, ami intime avec de *nombreuses femmes*. En outre, ajouta-t-il, il y avait désormais une différence cruciale entre ce qui s'était passé à l'époque et ce qui se passait maintenant. Avant la révolution, le mauvais goût n'était qu'un défaut personnel. Maintenant cependant c'était quelque chose de pire, dit Yves. C'était un crime contre-révolutionnaire.

Absolument, continua Beaumarchais, mais tout de même, il était important de ne pas le considérer comme quelqu'un *couronné de succès*. Il n'avait jamais été que lui-même, paresseux comme un âne, n'appartenant à aucun groupe. Mais ce n'était pas vrai, dit Yves. N'ayant pas du tout connu le succès, poursuivit Beaumarchais.

– Vous avez eu droit à un opéra, dit Yves. *On a tiré un opéra de l'une de vos pièces.*

– Tout le monde a droit à son opéra, dit Beaumarchais, cela ne fait pas de vous quelqu'un couronné de succès ! Ils n'ont même pas fait figurer mon nom au générique, c'est dire combien j'étais insignifiant.

Beaumarchais avait le souffle court. Son corps était si immense et sensible sur cette scène, à côté d'Yves. Il était parfaitement conscient d'être fini, et c'était une sensation énigmatique, une sensation visible au grand jour, quelque chose de presque similaire à la sensation d'être désiré, tant elle était intense. Il était submergé de nostalgie. Il avait toujours aimé cette ville. Chez lui, en province, ils avalaient encore le thé à la petite cuiller, un morceau de sucre calé derrière une molaire. Tant de médiocrité, une telle existence comme dans les marais n'était pas pour lui. Il voulait la nuit et les terribles gueules de bois. Il n'arrivait pas à croire que la ville n'était plus à lui. Il avait toujours voulu de la place, mais à présent la place lui avait été prise et c'était une perspective qu'il n'avait jamais imaginée.

Céline le regardait du haut des gradins et éprouvait une pitié lancinante, comme si le réel était quelque chose de trop tranchant et dangereux pour que qui que ce soit y touche.

– Plus on parle, dit Beaumarchais, plus je comprends la révolution.

– Ce n'est pas, dit Yves, quelque chose qui peut être compris.

– Bien sûr, dit Beaumarchais, tâchant de continuer. Mais, si je devais un jour la comprendre, ce serait par le truchement de ces conversations.

Il était vrai, répliqua Yves, qu'il était très difficile d'analyser la profondeur de sa propre complicité. Pour être à la hauteur du système de surveillance généralisée de l'État, il fallait toujours s'espionner soi-même. Bien sûr, ajouta-t-il, il reconnaissait que dans une certaine perspective, une perspective très limitée, ce qui était en train de se passer semblait très regrettable – mais dans une perspective plus vaste, c'était très différent. Il faudrait peut-être des générations entières pour découvrir la signification réelle de la révolution.

Céline avait envie de vomir, comme une astronaute. Elle laissait tout langage derrière elle, à la manière dont une astronaute laisse la terre derrière elle. Et au moins, bien qu'à l'article de la mort, songeait Céline, elle comprenait sa mission.

11

Elle marcha dans les rues pendant quelques heures puis rentra chez elle dans le noir, se sentant profondément seule, et redoutant le silence de l'appartement, au cas où Saratoga dormirait ou serait sortie avec Hugo. Si ce n'est qu'en fait, de manière très perturbante, elle constata qu'elle n'était pas seule – car Yves était dans son appartement.

– La serrure était cassée, dit-il.

Aux yeux d'Yves cela semblait une explication rationnelle.

– Où est Saratoga ? dit-elle.

– Qui ? dit Yves.

Au moins se sentit-elle un peu soulagée de penser que Saratoga n'était pas là et que par conséquent il ne pourrait lui faire de mal, s'il était venu faire du mal à quelqu'un, mais aussi Céline se rendait compte à présent que, comme elle était seule, il était plus probable que ce soit à elle qu'il fasse du mal.

Il était très tard, dit-elle. Peut-être pourrait-il revenir demain parce qu'elle était super fatiguée. Oh mais lui aussi était tellement fatigué, dit-il. Il travaillait toute la nuit, chaque nuit. Et en fait ce soir, comme d'habitude, il avait travaillé, après le congrès, et en travaillant il avait pensé à elle, à leur conversation, et l'idée lui était venue de venir la voir.

Il s'interrompit, comme s'il s'attendait à ce qu'elle continue, puis se remit à parler avant qu'elle trouve le moyen de prendre la parole.

Il ne s'était pas attendu à ce genre d'endroit, dit-il, en regardant l'appartement dépouillé. Les conditions de sécurité étaient atroces. Comme la *serrure*, par exemple. Se rendait-elle compte à quel point il était dangereux de vivre dans un endroit si fragile ?

Il y avait très peu de lumière dans la pièce, uniquement celle de la lune venant de l'extérieur, qui était en gros trop faible pour que Céline y voie clair. Elle essaya néanmoins de regarder Yves et de ne pas le quitter des yeux, parce qu'elle sentait qu'il était important de le garder à l'esprit et de ne pas le laisser devenir plus monstrueux ou abstraitement terrifiant qu'il ne l'était, si bien que, si elle pouvait se concentrer sur lui en sueur, ou sur la façon dont ses cheveux lui tombaient dans les yeux, cela le maintiendrait dans la bonne proportion.

Elle était en train de se dire qu'elle ne savait pas où était Saratoga. En temps normal cela l'aurait préoccupée, mais pour l'instant elle espérait qu'elle ne reviendrait pas tant qu'Yves ne serait pas reparti.

Il aurait voulu que quelqu'un lui donne un médicament, dit Yves. Parfois il s'inquiétait d'être trop énergique, qu'il y ait trop de lui et qu'il se répande, il débordait – le comprenait-elle ? – il ressentait ce droit maintenant, dit-il, et il regrettait vraiment qu'il n'y eût personne pour l'aider.

Ce doit être atroce, dit Céline, et elle dit cela le plus gentiment possible sans qu'il fût évident que sa voix n'était pas entièrement la sienne, elle vibrait aussi de peur, et elle refusait de lui laisser entendre cette peur à haute voix. Mais il était important de parler parce qu'elle essayait entretemps d'estimer la violence dont il était capable.

C'était juste, dit-il. Pourquoi ne l'appréciait-elle pas ? Il était vraiment gentil avec les gens qui l'appréciaient. Mais elle n'avait jamais voulu être son amie.

– Mais c'est toi qui m'as détestée, dit-elle.

Il était étonnant de découvrir que, même si elle comprenait qu'il s'agissait là d'une espèce d'événement psychotique, son processus de réflexion la poussait à toujours vouloir savoir ce que voulait dire l'autre.

– Ma foi, ç'a été une belle connerie, dit Yves. Parce que maintenant, regarde-toi.

Il était bien sûr très possible qu'Yves n'eût pas du tout l'intention de lui faire du mal, que tout ce qu'il voulait fût de la terrifier en faisant étalage de son pouvoir, mais il était également possible qu'il fût mortellement dangereux.

Au moins, se dit Céline, tâchant de se calmer, il était encore assis. Il était assis et elle était debout, ce qui signifiait qu'elle disposait d'une espèce d'autoprotection.

– Tu as l'air d'avoir tellement peur, dit Yves.

Le sens était peut-être bienveillant, cependant le ton était assassin.

C'est alors que Saratoga entra dans la pièce à grande vitesse et à grand bruit, à l'intérieur de quelque drame qui lui était propre, et soudain s'arrêta, déconcertée, en voyant un homme qu'elle ne connaissait pas dans leur appartement. Yves s'interrompit lui aussi. Il la regarda, et quelque chose en lui parut se dissoudre. C'était comme si c'était incroyable pour lui que quelqu'un soit entré dans cette pièce dans laquelle il avait finalement tout le pouvoir – comme si quelque chose avait à présent altéré l'équilibre de la pièce à quoi il n'était pas assez fort pour résister.

– Vous êtes qui ? dit Saratoga.

Il se leva, lentement. Par rapport à elle il paraissait soudain vieux, il n'y avait plus de pouvoir en lui.

– Je suis le ministre de la Sécurité intérieure, dit-il.

Il semblait s'efforcer d'être fier de ce titre, comme si c'était un titre à connotation glorieuse. Mais Saratoga demeurait immobile. Et donc, au lieu d'attendre de voir quelle impression ultérieure il serait susceptible de faire, Yves hocha finalement la tête pour lui-même, puis passa devant elle et referma la porte.

Et Saratoga resta là, à regarder Céline, à la façon dont n'importe qui regarde une personne en se disant qu'il y a une confusion nécessitant d'être dissipée. Il fallut un certain temps à Céline avant de trouver une façon de répondre – uniquement après que la porte eut claqué et qu'elle eut entendu les pas d'Yves dans la rue assoupie.

Céline finit par répondre à la question de Saratoga, en la serrant très fort contre elle, sans la lâcher.

12

Le lendemain après-midi, une après-midi d'un rose improbable, Céline alla voir Julia. Elle se sentait tout le temps si craintive et malheureuse qu'elle commençait presque à éprouver de l'affection pour sa terreur, comme si au moins elle lui appartenait, comme si c'était quelque chose dont elle pouvait s'occuper. Elle trouva Julia tenant un bout de papier à la main. Céline la regarda de près. En cette période, un bout de papier était soit très bon soit très mauvais.

Julia dit qu'elle était excitée. Elle avait parlé à son mari. Et son mari avait trouvé une place à Céline, sous un pseudonyme, pour un transport jusqu'à Boston. Départ dans une semaine.

– Mais je n'ai pas une semaine, dit Céline.

– Alors cache-toi, dit Julia.

– Et genre quoi ? dit Céline. Je ne te reverrai jamais ?

– Eh bien, non, dit Julia.

Elles se regardèrent fixement.

– On ne sait pas du tout, dit Julia.

– Mais Saratoga alors ? dit Céline.

– C'est comme elle veut, dit Julia. Si elle veut une place aussi, il y en a une.

– Il y a une place ?

– Il y a une place.

C'était presque impossible d'y réfléchir. Qui aurait besoin de s'évader ? C'était insensé que tout simplement elle y songeât. Tout ce qu'elle aimait et détestait était là, il en avait toujours été ainsi, et donc cela paraissait invraisemblable qu'on lui dise qu'il était possible qu'elle ne revoie jamais cette ville.

– Quoi de neuf de ton côté ? dit Céline. Dis-moi tout. Comment va ton mari ?

Si c'était sa dernière conversation dans la civilisation, alors elle voulait qu'elle dure pour l'éternité, et aussi que ce soit le genre de conversation qu'elle avait toujours eue, sans le ton urgent et terrifié. Et il semblait que Julia comprenait cela, et elle fit un mouvement vers elle.

– Figure-toi que je l'ai surpris en train de lire du porno l'autre jour, dit Julia. C'est vraiment horrible.

– Parce que tu n'aimes pas ça ?

– Parce qu'il veut en parler, pour s'expliquer. C'est comme quand il est super jaloux, mais dans l'autre sens. Je ne veux pas en parler.

– Parce que tu n'aimes pas ça ?

– Parce que ça n'a pas d'importance. Il n'y a rien à dire. Mais il a besoin d'en parler. Ça me détruit la tête.

– Quel genre de porno ?

– Du porno américain. Avec de la violence tribale et tout le tintouin. Et maintenant, chaque fois qu'on est au lit ensemble, il dit qu'il ne peut pas s'arrêter d'y penser.

– Mais tu t'en fiches ?

– Pourquoi me soucierais-je de son imagination ? Je n'ai pas épousé son imagination. Je l'ai épousé pour son *visage*.

Partir, se disait Céline, était tellement pesant parce que c'était l'équivalent du poids de tout ce qu'on laissait derrière soi, le détail infini de ses amitiés. Du vivant, il y en avait tellement et il était étrange de se dire que cela continuerait d'arriver au milieu de tant d'agonies, et aussi qu'elle continuerait de vivre même sans cette toile de fond. Et de fait, il s'avérait qu'une ville n'était pas tant une toile de fond qu'un petit réseau, et il semblait impossible de se dire qu'elle pourrait vivre de la même manière ailleurs, même si en fait c'est ce que font les gens, et c'est ce qu'elle ferait.

– Mais où je me cache ? dit Céline. Je ne peux pas me cacher dans cette ville pendant une semaine.

– Va à la campagne, dit Julia. Utilise une des petites cabanas dans la forêt.

– Dans ta forêt ?

– Ce n'est pas vraiment ma forêt, la corrigea Julia. Personne ne possède une forêt.

Et cela parut soudain idéal à Céline, de devenir quelque chose d'invisible à l'intérieur d'une forêt verte. Cela semblait la progression la plus naturelle au monde.

13

Céline rentra à la maison pour parler en urgence à Saratoga. Elle avait très envie qu'elle l'accompagne, mais elle avait encore plus envie qu'elle soit heureuse, et il était possible que ce fussent deux souhaits contradictoires. Elle trouva Saratoga en train de lire un livre de science-fiction. Elle lui tapota doucement l'épaule, elle repoussa le livre. C'était une page décrivant un voyage sur la lune. Ça avait l'air très beau, l'idée d'un voyage sur la lune. Il y avait des gravures sous du papier mouchoir, comme une pellicule d'eau. Quelqu'un flottait dans un panier parmi les étoiles.

– Il va peut-être falloir résoudre ça plus vite que prévu, dit-elle.

– Qu'est-ce que tu veux dire par là ? dit Saratoga.

– Je veux dire ce que tu vas faire, dit-elle. Ce que nous allons faire. Je pars pour l'Amérique. Julia a tout organisé.

– Genre quand ? dit Saratoga.

– Genre maintenant, dit Céline.

Saratoga la regarda pendant plus longtemps que ce à quoi Céline s'attendait.

– Mais je pense qu'il est possible que je parte en Inde avec Hugo, finit par dire Saratoga. C'est que, je ne sais pas. Je n'y ai pas vraiment réfléchi. Je t'aime. C'est juste que je ne veux vraiment pas de l'Amérique.

– Tu ne penses pas que l'Amérique pourrait être dingue ? dit Céline.

– C'est que, sûrement, dit Saratoga. Mais pas avec eux.

– Quoi eux ?

– Je veux dire les fascistes, dit Saratoga. Ceux qui sont partis.

– Je ne suis pas une fasciste, dit Céline.

– Je sais mais quand même, dit Saratoga.

Céline était désespérée. Elle comprenait que tout ce qu'elle avait toujours souhaité pour Saratoga, tout le futur qu'elle avait imaginé, était maintenant périmé et hors de propos, et qu'en fait tout ce qu'elle avait le sentiment de perdre n'était pas du tout important, que la chose réelle était l'existence de Saratoga, solide et imperméable, avec ses propres souhaits et décisions. Mais en même temps elle ne pouvait pas s'empêcher d'être furieuse contre cette urgence générale qui semblait les séparer à jamais.

– Hugo veut m'épouser, dit Saratoga.

– Je sais, dit Céline.

Elle réessaya.

– Je ne veux pas que tu épouses quelqu'un parce que tu as le sentiment de n'avoir aucune autre option, dit Céline.

– Parce que tu as fait ça.

– Parce que j'ai fait ça.

– Mais ce n'est pas ma seule option, dit Saratoga. Ou ce n'est pas comme ça que je vois la chose.

Céline regardait le livre de Saratoga et elle se sentit soudain aussi instable que le langage, instable à la façon dont les mots flottaient là, de petites bavures d'encre sur une surface dépourvue de couleur.

– Donc tu ne viendras pas avec moi ? dit-elle. D'abord je vais chez Julia à la campagne. Ensuite je vais en Amérique.

– Maman, je t'aime tellement, dit Saratoga. Mais je ne viendrai pas avec toi.

Il y eut une longue pause.

– Tu te souviens de l'endroit où elle habite à la campagne ? dit Céline.

Saratoga la regarda comme si elle était folle.

– Bien sûr que je m'en souviens, dit Saratoga.

14

Le lendemain matin, Céline quittait la ville sans Saratoga mais avec une assistante qui s'appelait Yvette, toutes deux dissimulées derrière les vitres teintées d'un véhicule officiel. Le véhicule et l'assistante avaient été fournis par Julia. L'assistante avait été accusée de sabotage et de trahison, et Julia voulait la sauver elle aussi. Elle n'avait même pas dit au revoir à Beaumarchais, se dit Céline, et cela la contrariait parce qu'il était possible, quand on ne disait pas au revoir à quelqu'un, que cela signifie qu'on ne reverrait jamais la personne, et cela la perturbait énormément que ce pût être le cas entre elle et Beaumarchais, comme s'il fallait toujours que ce fût vrai qu'ils pouvaient se parler niaisement et s'irriter avec leurs opinions dingues. Mais maintenant peut-être que ça n'arriverait plus jamais.

Quand elles arrivèrent chez Julia à la campagne, elles s'engagèrent sur un sentier qui s'en éloignait, si bien qu'au lieu d'aller vers la maison, elles s'enfoncèrent dans la forêt. Céline, l'espace d'un instant, fut sur le point de regarder derrière elle, de regarder en direction de la maison, mais ensuite elle se rendit compte qu'en fait elle voulait la laisser disparaître, et la raison, c'est qu'elle lui rappelait trop Saratoga. Et donc le véhicule continua de s'enfoncer dans la forêt, sur une piste catastrophique, puis s'arrêta devant une petite maison. Elle était sombre et plus ou moins barricadée de planches. Elle sentait la viande avariée. Le conducteur les laissa avec une boîte de lait et un sac de haricots secs.

Elle ressentait un tel abattement ! Il y avait cette peur en elle de s'être éloignée de manière permanente de Saratoga – comme s'il y avait un mur de temps érigé entre elles, qu'il y aurait certaines choses que Céline voudrait faire avec Saratoga, ou pour elle, mais ne pourrait que s'y préparer. Alors que seule Saratoga pourrait les mettre en œuvre, de l'autre côté du mur.

Ses rêves étaient fiévreux, avec de nombreux scénarios de chasse et de nombreuses fois où elle perdait Saratoga et n'arrivait pas à la retrouver, et elle se réveillait le cœur battant très vite.

Il n'empêche, Céline vécut dans cette forêt, en attendant leur traversée. Toutes les causes autour d'elle poursuivaient leur vie élaborée – les causes proches et les causes lointaines. Chaque matin, elle sortait dans la forêt exotique et c'était presque amusant de constater que, comme elle n'avait jamais vécu dans une forêt, la nature exotique de certains arbres provenant d'un autre continent n'était pas du tout exotique pour elle, parce qu'elle ne savait rien et par conséquent n'avait pas d'attentes. Elle aimait apprendre la forme des feuilles, et commença à découvrir qu'elle était en train d'apprendre une petite liste de bosquets, parcelles enchevêtrées de ronciers. Chaque jour, quand elle sortait, il y avait des fois où elle ne savait pas où elle était exactement, mais ensuite elle revenait à un endroit dont elle se souvenait. C'était comme apprendre une langue, la façon dont on lisait un texte que l'on comprenait à peine et ensuite soudain on trouvait un mot que l'on aimait particulièrement, et à partir de ce mot on commençait à comprendre aussi d'autres mots.

Un jour, elle trouva un bouquet d'arbres parmi lesquels des villageois traînassaient, les yeux au sol, comme s'ils avaient perdu quelque chose. Leur manière de se déplacer était très douce et attentionnée, comme une sorte de chorégraphie. Elle s'approcha et demanda à une femme ce qui se passait. Ils cherchaient des champignons, dit-elle. Céline essaya de suivre leur regard. Tout ce qu'elle arrivait à voir n'était que superficiel. On pouvait déceler leur présence grâce à des signes minuscules, expliqua la femme, tâchant d'aider Céline. Il y avait de petits mouvements dans le sol tandis qu'ils poussaient, dit-elle, ou aussi certaines plantes qui poussaient à la base des arbres, avec les champignons. Parfois, dit-elle, il était aussi possible de détecter leur présence en raison de la moisissure sur une souche ou d'une ligne de crottes d'animaux. Céline resta plantée là, immergée dans la scène. L'air dégageait une odeur d'humidité végétale, comme quelque chose de comestible.

Chaque fois que Céline se retournait dans la forêt, elle était désorientée. C'était comme s'il n'y avait personne d'autre au monde, quand bien même des gens partout pouvaient déjà être à sa recherche – des groupes de soldats, des gens ivres qui la tueraient s'ils la trouvaient. C'était très perturbant de se sentir à ce point en danger et isolée.

Elle allait marcher parmi les mûriers et les ajoncs, et relisait tous les messages de Saratoga qu'elle avait toujours conservés, pendant qu'Yvette partait à la recherche de quelqu'un susceptible de leur vendre des œufs ou des fines herbes.

Une semaine, semblait-il, durait l'éternité, quand vous viviez dans la peur.

15

La veille du départ prévu, Céline entendit des mouvements dès qu'elle sortit de la cabane. Elle regarda parmi les arbres. Des soldats marchaient vers la cabane, arrivant de l'autre bout du champ. Ils étaient de petites taches dans l'air. Elle fit volte-face et alla derrière la cabane, puis courut, s'enfonçant dans la forêt. Il avait plu et les feuilles dégouttaient doucement. Il y avait tout un petit système hydropneumatique en activité et elle entra dans le système proprement dit. La profondeur de sa peur l'étonna, même si cela faisait des semaines, voire des années, qu'elle était dans un état d'anxiété permanente – si bien que le fait que cette anxiété se transformât en quelque chose de bien plus concret et spécifique était déroutant.

Un vocabulaire détaillé d'histoires d'évasion – empreintes de pieds, bruits, marques – lui revenait, et elle essaya de penser de cette manière, mais c'était difficile. Elle laissait de sombres empreintes de pieds sur l'herbe mouillée. Elle s'enfonça davantage dans les bois, où le sol était plus feutré. Elle essaya de se déplacer avec légèreté mais vite. Elle voyait les masses indistinctes bigarrées des soldats en tenue qui s'approchaient parmi les arbres.

Elle finit par arriver à une sorte de secteur caché et s'allongea par terre, parfaitement immobile, sous une canopée de fougères. Elle resta étendue là, à regarder la surface. Elle sentait l'odeur du sol qui gonflait, pourrissait et s'amusait. Une petite colonie d'insectes éphémères y vivait. Le sol était quelque chose qui bruissait et communiquait. Elle attendit comme ça un long moment, à l'horizontale, contre la terre. C'était comme si les fougères s'étiraient au-dessus d'elle, comme si elle et les fougères avaient trouvé un accord, aussi fou que cela puisse paraître.

Puis elle perçut de nouveau une voix.

– N'aie pas peur, dit la voix. Mais l'histoire n'est qu'une question d'échelle. Et pour l'instant ton sens de l'échelle est *épouvantable*.

Ce n'était bien sûr pas la première fois qu'elle entendait des voix de la sorte, néanmoins c'était effrayant. Les soldats l'effrayaient et maintenant cette voix l'effrayait, comme elle avait été effrayée par la voix qu'elle avait entendue dans la forêt de nombreuses années plus tôt, avant la naissance de Saratoga, et aussi après le duel de Lorenzo. Et peut-être précisément émergeait-elle chaque fois qu'elle avait très peur.

– Qui êtes-vous ? dit-elle.

– J'essaye de te parler, dit la voix. J'essaye de te consoler.

– Continuez, dit-elle.

– Simplement : souviens-toi d'où proviennent toutes choses, dit la voix. Remonte aussi loin que ça.

– Mais comment ? dit-elle.

– Imagine une explosion, dit la voix, qui ait eu lieu partout au même instant. Il n'y avait pas d'atmosphère du tout et donc il n'y avait pas non plus d'odeur, pas de sons. Il n'y avait que de la chaleur. Pense à une après-midi quand il fait si chaud que personne ne bouge dans les piscines, et traverser jusqu'au pool-house est un effort trop gigantesque parce que l'air semble épais et brûlant – et ensuite augmente cette chaleur : c'est peut-être comme ça que tu seras capable de te faire une idée de la chaleur à ce moment-là.

C'était très étrange parce que même si l'expérience qu'elle faisait était une expérience du langage, il était aussi tout à fait certain qu'il n'y avait pas de langage ni le moindre bruit un tant soit peu audible : juste une petite brise allant et venant dans les feuilles.

– Je suis désolée mais *qui êtes-vous* ? dit Céline.

– Maintenant, dans cette chaleur, continua la voix, tout ce qui pourrait exister c'est un minestrone de particules, comme le minestrone le plus épais que tu puisses imaginer. Mais tout finit toujours par se refroidir, et à un moment donné, peut-être après quelques centaines de milliers d'années, les choses ont changé. Le gaz s'est stabilisé avec la gravité. Ce qui s'est passé ensuite ce sont les galaxies, les étoiles et les planètes, comme ta terre. Et puis un jour un éclair a frappé le fluide bouillant sur la terre et quelque chose de nouveau a commencé à se produire. Quelque chose s'est mis à vivre.

– Je suis désolée, dit-elle à la voix. Mais je n'ai pas le temps maintenant pour de l'histoire ancienne. Regardez-moi. Je veux uniquement du super contemporain.

Il y eut un silence.

– Ne prends pas ça pour toi, soupira la voix. Il n'y a pas que toi. Mais il te faut une meilleure théorie du *pervers*. Vous semblez tous croire que le pervers c'est quand quelqu'un applique à mauvais escient une catégorie, comme tomber amoureux d'un pied au lieu d'une personne, mais si vous pouviez voir notre façon de penser…

– Qui est ce *nous* ? dit-elle.

– … alors vous comprendriez que l'esprit de l'univers est un summum de perversité, une structure striée de comparaisons et de rapprochements qui sembleraient uniquement incongrus s'ils étaient perçus selon vos catégories. Tu te rendrais compte, par exemple, qu'il a été très difficile de te retrouver dans cette forêt, tu ressembles tellement à un arbre.

– Je pense… dit Céline.

– Les humains existent depuis, quoi, à peine trente mille ans ? Et la planète sur laquelle vous vivez a quelque chose comme 4,5 milliards d'années. *Fais le calcul*, trésor.

– Mais je ne vis pas dans cette perspective, dit Céline.

– Tu peux néanmoins essayer, répondit la voix.

La lumière commençait à diminuer.

– Et ensuite il faudra que tu t'en ailles, ajouta-t-elle.

– Mais *j'essaye* de m'en aller, dit Céline.

– Il faut que tu ailles plus loin, dit la voix.

Céline avait l'impression que de nombreuses heures s'étaient écoulées, et elle se rendit compte que les bruits des soldats avaient disparu. La voix aussi semblait avoir disparu. Puis la nuit tomba.

Céline retourna à la cabane. Elle se sentait profondément alourdie, comme s'il s'était passé quelque chose en elle, ce que l'on ressent avec un narcotique ou un virus. Le lendemain, elle se réveilla tard. Pendant un long moment, elle resta allongée, à réfléchir. Aucune de ces pensées n'avait de mots. C'était une série d'images incroyables, qui s'agrandissaient, s'agrandissaient – et ce n'était pas évident pour elle, la façon dont cette série se terminerait.

16

Puis Céline et Yvette traversaient l'océan pendant la saison des ouragans, en vue de rallier l'Amérique. Elle était en suspension, entre deux états, et dans cette suspension, cela semblait très naturel de réfléchir à toute l'histoire qui avait eu lieu avant.

Parce qu'un des effets du vieillissement était qu'on accumulait davantage d'expérience de vie, c'était bien naturel, mais aussi cela diminuait l'importance de nombreux événements de sa jeunesse, des événements qui, avait-elle considéré, la définiraient toujours. Soudain la conspiration pour installer Rosen au pouvoir ou ses efforts pour défendre Julia passaient pour des incidents qui ne seraient peut-être pas les seules histoires susceptibles d'arriver la concernant, et si c'était triste, même si elle se sentait inquiète, c'était aussi presque grisant.

Peut-être était-ce là, se dit-elle, ce que la voix dans la forêt avait dit.

Ce à quoi elle pensait le plus c'était Marta, et à ce que Marta faisait à Milan. Elle regrettait de ne pas le savoir. C'était comme si Marta était au bout d'un très long tunnel, et que sa silhouette diminuait à chaque heure. Il lui apparaissait de plus en plus nettement que c'était Marta qui l'avait séduite la première, puis Marta était partie. Bien sûr, ce n'était pas toute l'histoire, mais elle avait le sentiment que c'était l'histoire maintenant. Elle ne savait pas exactement pourquoi cela semblait important. Et puis un soir, elle se dit qu'elle avait trouvé une réponse ou une approche, qui était le fait très simple que Marta était une femme et qu'elle en était une elle aussi. Si Marta avait été un homme, c'est tout du moins ce qu'il lui semblait, elle aurait considéré cette personne qui l'avait séduite et l'histoire qu'elles avaient subie ensemble comme quelque chose d'ordinaire, voire dégoûtant – comme si elle n'était qu'une héroïne de plus, abandonnée sur son île bleue. Mais comme Marta n'était pas un homme, comme leurs propres possibilités de liberté étaient égales, cela permettait qu'émerge un autre type de sentiment. Elle voulait de la légèreté, se disait Céline, c'est ce qu'elle avait toujours voulu, et ceci était la seule légèreté véritable – quand chacun avait un pouvoir égal. Et donc il s'ensuivait que c'était utopique précisément parce qu'elles s'étaient mutuellement blessées. L'aspect totalement ordinaire du fait de se blesser était ce qu'il y avait de si beau et de si libre.

Dans le même temps, les ouragans continuaient. Et tout continuait de lui revenir, dans le bruit violent – des choses minuscules, comme Julia lui disant une fois que peut-être elle ne serait pas d'accord, mais elle n'aimait la carpe que quand elle avait mariné trois jours dans la grappa. Ou, très vieux et plus capable d'y voir clair, il y avait son père se servant de poulet. Il n'arrêtait pas de faire tomber le morceau de poulet à côté de son assiette, et quand on le lui faisait remarquer, il répondait, pas le moins du monde déconcerté, *mais c'est comme ça qu'on le mangeait à la campagne quand j'étais petit.*

Jusqu'à ce que finalement vienne la lumière et qu'un rivage gris soit visible. Le bateau s'en approchait par à-coups. La mer à l'aube était comme de la vase : morbide, lugubre, ordures. Ils arrivèrent à un port aux couleurs criardes. Elle espérait beaucoup que c'était enfin l'Amérique et qu'elle pourrait s'estimer à l'abri.

Il lui apparut que pendant longtemps, voire toujours, les hommes avaient voulu qu'elle soit étonnée d'éprouver de la solidarité ou de la liberté avec les femmes, si elles se désiraient mutuellement ou créaient du pouvoir ensemble – tandis que l'expérience de ce désir et de ce pouvoir était que c'était entièrement naturel et par conséquent presque quelconque. Elle refusait de déprécier ça en s'en étonnant. Bien sûr, elle n'était pas naïve, ni innocente. Elle comprenait les structures géantes auxquelles elle était censée se soumettre et qui constituaient une vaste violence sauvage dans l'atmosphère, couleur bonbon et vénéneuse, mais elle ne voyait toujours pas une raison d'être étonnée quand elle éprouvait de la douceur et de la liberté avec une autre femme. S'étonner aurait été dire que c'était rare. Tandis qu'en fait il y avait de nombreux moments dans toute l'histoire, se disait Céline, ou en tout cas il avait certainement dû y en avoir, où de petits aperçus d'utopie avaient été possibles.

17

Pas étonnant que Céline pense aux voix qu'elle avait entendues dans la forêt, ou qu'elle se sente si perturbée. Il était tellement effrayant d'être élue ! Elle voulait parler à quelqu'un de ce qu'elle avait entendu mais n'avait personne. Marta lui manquait, ç'aurait été bon de parler avec Marta, se disait-elle. Et puis, petit à petit, elle comprit que l'autre personne qui lui manquait c'était Claude.

Il lui semblait que Claude aurait su quoi penser de ces voix. Il avait une espèce d'aura des élus lui aussi. Ce qu'elle voulait dire c'était : seuls très peu de gens pouvaient réfléchir aux voix, parce qu'en fait c'était une époque d'écriture. Tandis que Claude était ouvert et poreux, comme une pièce d'étoffe.

Les histoires que Claude se racontait devenaient de plus en plus transparentes. Il revenait à présent de son dernier voyage sur l'océan, lui avait-il récemment écrit, et s'était arrêté sur l'île où il avait jadis rencontré Titere, et qui appartenait désormais à Tu. Là, il avait accepté de ramener en Europe un marin qui avait vécu sur les îles pour apprendre leurs langues, comprendre leurs végétaux. Le projet du marin était de rapporter une petite boîte de semis, qu'il planterait dans une pépinière. Il avait des arbres à pain, des palmiers nains, des cosses de vanille, des bananes. Le tout entassé dans un tonneau, prêt à être embarqué.

Avant que le bateau reprenne la mer, ils étaient allés voir le roi pour une dernière audience. Tu avait offert des cadeaux au marin : un collier avec de tout petits poissons et une pagaie, comme du cuir de tatou entaillé et zigzagant. En réponse, le marin avait commencé à s'adresser au roi, lui disant que maintenant qu'il s'en allait, il voulait lui donner un conseil. Il estimait que la société ici avait besoin d'être plus ouverte. Il disait cela tout à fait dans l'intérêt du roi, avait-il ajouté, car assurément d'ici peu émergerait du peuple une résistance à cette oppression. Il se demandait si c'était en raison de leur terrible isolement. Tout autour, avait-il dit, il n'y avait que la mer. C'était peut-être cet isolement qui laissait perdurer une société si ancienne. Mais ils ne pourraient pas compter beaucoup plus longtemps sur cet isolement. Il y aurait de nombreuses invasions futures.

Et Tu avait répondu, écrivait Claude, que bien sûr, aux yeux des Blancs, la mer était absence et terreur, car ils ne comprenaient pas. S'ils étaient nés ici, ils auraient pu comprendre les choses différemment. La mer et les îles ne s'opposaient pas. Tout ce qui se passait ici pouvait se passer aussi bien sur terre que sur l'eau. Par exemple, le petit atoll là-bas, avait dit Tu, c'était là que le dieu de la mer avait lancé son javelot un matin, il l'avait lancé si fort qu'il avait disparu à perte de vue. Et puis ce soir-là, après que le soleil s'était couché, on l'avait vu brûler dans le ciel, disparaissant à travers la face de la lune.

– Mais ça c'est un mythe, avait dit le marin.

– Faut-il que j'explique tout ? avait dit Tu.

Puis il avait donné congé au marin avec son tonneau de graines, disait Claude, et l'avait autorisé à se prosterner en guise d'adieu.

C'était une des histoires préférées de Céline, maintenant qu'elle s'éloignait de tout.

18

Il s'avéra que le bateau de Céline avait accosté non pas en Amérique mais, à la place, sur l'une des îles dispersées dans un des archipels d'à côté. Ils étaient dans une ville portuaire décatie sur Hispaniola – parmi les bateaux à plantain, les gréeurs, les navires de guerre et les importateurs de légumes. Ils devaient rester au moins une semaine, lui fit-on savoir, le temps que le bateau soit réparé.

Du bateau, elle fut escortée dans une rue qui empestait l'abattage animal et le cacao. L'air était très lourd sur son corps. Il y avait des échafaudages partout et aussi des bâtiments ayant été ravagés par les flammes, et avec difficulté elle essaya de faire correspondre ces images à celles qu'elle avait déjà de cet endroit d'après des articles et des conversations, cet endroit dont l'argent avait été pillé par tant de familles qu'elle connaissait. Il y avait des cabarets, des bodegas à rhum et un coiffeur, devant lequel quatre têtes de cire présentaient quatre perruques. Autour d'elle, elle entendait des gens parler en kreyòl, et si ça ressemblait parfois à la langue de Céline, en même temps elle n'arrivait pas à complètement le comprendre, et elle avait honte d'être si limitée.

Bien sûr, elle avait applaudi quand Jacob avait fait son discours contre les propriétaires de plantations – quand ils voulaient faire valoir leurs votes au Parlement mais ne permettaient pas que le vote soit étendu à leurs esclaves. Elle avait beaucoup applaudi la façon dont il avait mis en évidence leur incohérence et leur malice. Mais avoir un intérieur magnifique, comprenait-elle, avec sa pensée morale compatissante, n'était pas suffisant. Cela supposait des efforts bien supérieurs, si on voulait prêter attention à d'autres gens.

On la conduisit à un hôtel bon marché, dont le gérant était un ancien Européen. L'après-midi, il l'emmena se promener en ville. Il se mit à lui raconter des histoires de ses périples en mer. Il parlait sa langue avec une étonnante aisance. Elle l'interrogea à ce sujet et sa réponse fut inattendue. Il avait été marin, dit-il en haussant les épaules. Ou, en gros, pirate. Pendant longtemps, lui dit-il, il avait détesté la mer. Mais ensuite il s'était rendu compte qu'il appréciait plutôt cette vie parce qu'il adorait apprendre de nouvelles langues. Partout où ils s'arrêtaient, il parlait aux gens. Il tenait un carnet. Genre, quel type de carnet ? demanda Céline. Quel genre de mots ? Par exemple, dit le pirate-hôtelier, sur une île, un homme émettait un son tout en faisant le geste de poignarder, et le son ressemblait à *ma-te*, comme tuer en espagnol. Il avait donc supposé que c'était aussi le mot pour dire tuer. Ou alors un oiseau de paradis pivotait autour d'un palmier et ensuite l'homme l'avait montré du doigt, en émettant un nouveau son qui semblait plus proche de *manoo*, et donc il l'avait également noté.

Mais comment, dit Céline, avez-vous su ce que ça voulait dire ? Il la regardait. Comment avez-vous su, continua-t-elle, si ce son signifiait oiseau, plutôt que voler, ou tuer un oiseau, ou complètement autre chose ? Il la regardait. C'était peut-être vrai, dit-il. C'était une énigme.

Il parut soudain déconcerté. Il avait beaucoup apprécié cette vie, dit-il. La vie de marin. Ils rentrèrent à l'hôtel. C'était peut-être la raison pour laquelle il admirait les révolutionnaires de l'insurrection ici, ajouta-t-il – et il la regarda fixement, comme s'il s'attendait à ce qu'elle soit mal à l'aise ou en désaccord avec la déclaration d'admiration qu'il venait de faire.

Au lieu de cela, Céline soutint son regard souriant – mais en même temps, dans ce fouillis linguistique, elle ne pouvait pas nier être un peu perturbée, non par quelque peur de révolution ou d'insurrections, mais par quelque chose qui lui venait soudain à l'esprit à propos des noms. Elle repensait à Caton, et elle avait honte de ne pas avoir la moindre idée du nom véritable de Caton. Maintenant cela semblait très important et très mal, cet effacement de son nom. Mais en même temps elle-même appréciait la distance entre elle et son propre nom, avec l'image qui l'avait accompagnée depuis qu'elle avait dix-huit ans, son petit hologramme, son double. En Europe elle avait toujours été connue, ou on avait cru la connaître. Les gens croyaient savoir avec qui elle aimait coucher ou quel genre de chocolat elle aimait boire, ils croyaient savoir comment elle aimait baiser ou être baisée, et cette connaissance supposée des opinions des autres la concernant était un fardeau qu'elle devait porter chaque jour. Tandis qu'ici, dans cet état de suspension, elle sentait la possibilité d'autres états, comme la légèreté, ou la prolifération. Elle était perturbée par la moindre image d'elle-même, et souffrait lorsqu'on la nommait. Elle voulait des amitiés dont serait absente toute image : abolir l'horreur de l'adjectif. S'il fallait utiliser des adjectifs, se disait-elle, que ce soit à propos d'une personne, d'un morceau de musique ou de toute autre sensation, vous étiez du côté de l'image, et par conséquent de la domination, et par conséquent de la mort.

Il n'empêche, Caton aussi lui manquait. Elle avait causé beaucoup de tort à Caton, et maintenant il était trop tard.

– Donc vous avez payé combien pour votre visa de transit ? dit le pirate-hôtelier.

Céline le dévisagea dans le vestibule crasseux de l'hôtel.

– Quel visa de transit ? dit Céline.

19

Il s'avérait que personne ne pouvait rallier l'Amérique en venant de cette zone de guerre sans un visa de sortie ou un visa de transit. S'agissait-il de deux documents différents ou d'un seul et même document, ce n'était pas clair, et il y avait beaucoup de confusion et d'anxiété, le chagrin fondamental inhérent au fait d'exister dans un système bureaucratique. Beaucoup de gens avaient rêvé de vivre dans une société super moderne et maintenant ils découvraient à leur grande horreur un aspect du super moderne – à savoir que le pouvoir radical était toujours dépendant des frictions de sa paperasserie, et par conséquent l'idéal du pouvoir total n'avait d'égal que l'expérience de son échec. Cela signifiait que si cette ville avait semblé être un lieu d'activité, l'essentiel de cette activité était en fait inutile ou une forme de procrastination. Beaucoup de gens voulaient quitter l'île mais il était difficile d'en sortir et peut-être même impossible. Cela dépendait des contacts que vous aviez.

Cela paraissait toujours étonnant, l'influence que les mots pouvaient avoir sur un monde solide.

L'anxiété était partout palpable. Une des fenêtres de l'hôtel donnait sur la mer, sur son petit horizon fin. Il semblait de plus en plus important de traverser cet horizon. Les gens essayaient les consulats et les ambassades. Ils se rendaient dans les bureaux de voyages pour voir s'ils pouvaient arranger les choses. Beaucoup de gens promettant avoir de l'influence se révélaient opérer dans des studios en haut de minuscules escaliers, ou dans les corridors sombres d'entrepôts vides. Entretemps les journaux étaient partout, avec leurs colonnes de vaisseaux censés arriver ou partir, si ce n'est que chaque jour les listes changeaient et les seuls bateaux qui partaient ne partaient pas pour la bonne destination, ou réclamaient plus de paperasse que ce que quiconque pouvait fournir.

Et pendant ce temps, tout continuait, chaud, gris et tropical.

20

Un soir, un homme d'affaires demanda à Céline si elle voulait aller voir un spectacle. Les effets gore étaient apparemment spectaculaires, dit-il. Cela semblait être une occasion pour Céline de discuter de son visa de sortie et peut-être même d'obtenir quelque chose, parce que d'apparence cet homme était élégant, efficace et même gentil, ou tout du moins certainement pas épouvantable. Par conséquent elle dit oui et, en se rendant au théâtre, mentionna son problème de visa immédiatement, mais il se contenta de dire qu'il y aurait le temps de discuter de cela plus tard, et immédiatement le soupçon qu'elle avait été conditionnée à ressentir pour un homme revint – où tout était toujours remis à plus tard, non discuté, tenu secret –, le soupçon que les motifs d'un homme étaient toujours salaces, souillés ou incohérents.

La pièce était très violente, les effets spéciaux dépourvus de toute subtilité. À la fin, le nouvel ami de Céline dit qu'il avait dit à un ami de les retrouver ici, quelqu'un lui aussi arrivé récemment sur l'île. Il scrutait la foule grouillante. Il finit par faire des gestes tout excités à l'intention d'un homme qui s'arrêta à une certaine distance, avisa Céline, puis s'inclina en faisant un sourire qui semblait indiquer qu'il la connaissait.

– Ulises, dit l'homme d'affaires, en les présentant l'un à l'autre.

– Mais on se connaît, dit Ulises.

Il était affirmatif, sauf que pendant un moment Céline ne sut pas qui il était – et, se dit-elle, elle n'avait sans doute aucune raison de se souvenir de lui, elle vieillissait à grande vitesse, et quand une personne vieillit, beaucoup de noms se perdent. Ulises tenta d'éclaircir les choses. Il avait fait sa connaissance bien des années auparavant, dit-il, à l'époque où il était ambassadeur pour son gouvernement dans sa ville. Il était toujours venu à ses soirées. Mais maintenant, dit-il, il était là.

Très progressivement, Céline commença à reconnaître une

personne dont elle se souvenait, à l'intérieur de ce qui était devenu son corps. Elle avait vu Ulises pour la dernière fois une vingtaine d'années auparavant, à l'époque où elle commençait à vivre plus librement et avait besoin d'hommes comme lui pour toutes les intrigues et les contre-intrigues, et elle s'était servie de lui pour faire passer le message de Sasha à Antoinette. Il avait vieilli théâtralement et en même temps n'avait pas du tout vieilli.

Ulises dit qu'il était en train de négocier avec Toussaint Louverture et ses troupes, pour le compte du gouvernement espagnol. Il se disait que Louverture était maintenant à la solde des Français. C'était très déroutant. Puis il se pencha vers elle et dit, comme pour lui confier quelque chose de très décevant, qu'il était ici avec sa femme. C'était très étrange, la façon dont il avait dit ça – comme s'il y avait une quelconque nécessité à l'alerter à ce sujet, comme s'il vivait dans une espèce de scénario kitsch.

21

Au dîner, les fenêtres étaient ouvertes sur un canal puant. Le mot le plus populaire utilisé était *transit*. Il régnait partout une langueur frénétique. Un associé du gouvernement de Toussaint Louverture était aussi présent, ne parlant pas politique mais écriture. Il cita un poème qui venait d'être publié dans un magazine, un poème qui l'avait beaucoup ému – comme quoi parfois ils avaient l'impression d'être au cœur d'une fiesta, mais au cœur de la fiesta il n'y avait personne. Au cœur de la fiesta il y avait le vide, dit-il, ou le néant, un trou. C'était difficile à traduire. Mais au cœur de ce vide il y avait une autre fête.

Céline sentait qu'elle l'appréciait. Elle voulait lui parler, mais elle était accaparée par Ulises, assis à côté d'elle. Ulises évoqua les visas, puis laissa entendre que son pouvoir était important. Il la regardait d'une manière très dégoûtante, comme si elle était soudain vulnérable dans cette ville, loin de l'autre ville qu'elle avait considérée être chez elle, et par conséquent exposée à une attaque totale. Mais peut-être était-il aussi possible qu'il s'agisse d'une leçon importante, que c'était un moyen de lui montrer que c'était à elle de s'en aller, loin de sa ville, de la culture qu'elle avait jadis connue.

Céline se tourna de l'autre côté pour parler à la femme d'Ulises, qui ne buvait que de l'eau et ne mangeait rien. Il faisait trop chaud ici, dit-elle, comme si cela expliquait tout. Elle dit son nom à Céline, mais il était très difficile d'entendre car elle parlait tout bas. Céline lui demanda de répéter son nom, mais de nouveau elle n'entendit pas distinctement la réponse. Elle sentit qu'elle ne pouvait pas demander une fois de plus. Il semblait impossible de lui parler, mais il n'y avait personne d'autre à qui parler parce que la femme d'Ulises était la seule personne à qui parler, capable de la protéger d'Ulises lui-même. La solitude de Céline était assise à côté d'elle, ou sur son épaule, lourdement, une petite réfugiée dense. Céline l'interrogea sur la lecture. La femme d'Ulises répondit qu'elle ne lisait jamais de livres. Lire était ennuyeux, dit-elle. Ce qu'elle aimait, c'étaient les spectacles.

Cela paraissait tellement mystérieux, se dit Céline, d'être là, et qu'Ulises aussi soit là, ce petit fragment du passé. C'était comme si soudain il était possible, alors qu'elle effectuait son mouvement d'éloignement, que de nombreuses autres forces convergent vers sa route. Puis l'associé de Louverture se leva, s'excusa, et laissa tomber un message gribouillé à côté de l'assiette de Céline en quittant la salle.

22

En se réveillant, elle sentit la gueule de bois. Elle resta étendue à contempler le plafond. Elle regarda le message à côté d'elle, du contact de Louverture. Il disait qu'il viendrait la voir très tôt le matin. Elle se remit sur le dos, et observa une tache au plafond. Puis tout soudain elle se leva pour aller retrouver Yvette.

Ensemble elles s'enfoncèrent dans la campagne. La campagne était un dictionnaire de plantes qu'elles n'avaient encore jamais vues – et toutes, semblait-il, aimaient la dissimulation, la confusion, le camouflage. Elles examinèrent des plantes de montagne, des câpriers, de minuscules plants de piment, des lianes qui étiraient leurs racines parmi les pierres, des plantes aux feuilles de velours qui apparemment respiraient la nuit, des plantes sensibles qui se rétractaient au moindre son d'une voix humaine. Des cosses éclataient, dans la chaleur, en un bruit sec, comme d'une puce écrasée sous un ongle. Elle commença à faire de petits dessins pour elle-même dans un carnet abîmé, déjà tout gribouillé de listes de choses à mettre dans la valise et d'adresses d'urgence. Ils commençaient comme des fleurs et se terminaient comme des monstres.

Il n'empêche, manifestement l'œil n'était pas satisfait par ce qu'il voyait, il voulait davantage, il voulait écouter aussi.

Dans l'après-midi, ils retournèrent en ville. Dans sa chambre, Céline s'étendit dans la chaleur. Au bout de quelques instants Yvette entra pour lui dire que quelqu'un l'attendait. Céline se sentit mal. Elle se dit que ce devait être Ulises. En fait, c'est l'associé de Louverture qui entra. Il était déjà venu la voir deux fois, dit-il. Céline ne savait pas si c'était une manière de reproche, mais elle n'eut pas le temps de s'interroger parce qu'il enchaîna très vite. Il était venu leur apporter un visa, à elle et son assistante. Bien sûr, il ne demandait rien en échange, ajouta-t-il à la hâte. Il avait juste éprouvé de la compassion pour elle. Ce n'était pas convenable, la façon dont les hommes la traitaient.

Il semblait très difficile de savoir dans quelle mesure il était vraiment sincère ou ce qu'il voulait réellement. Elle l'appréciait mais trouvait aussi risible sa façon de penser. Il était comme un petit dentiste ou un comptable, dans son idée des femmes et de la protection. Le problème n'était pas le fait qu'Ulises ait voulu la baiser, voulait-elle dire. Le problème était que l'idée aurait dû paraître complètement absurde. Mais en même temps elle avait besoin de ces visas et les voulait à tout prix.

– Merci, dit Céline.

Elle se leva et le regarda fixement. Elle ne l'invita pas à rester. Cela parut le contrarier, ce qui n'empêcha pas Céline de continuer de le regarder fixement.

Il était nécessaire, quand on était une femme seule, d'être aussi peu courtoise, se dit-elle, parce que sinon il y avait tant de contresens. Quelle que fût la façon dont vous vous comportiez, vous pouviez être détestée.

– Mais vraiment, merci, dit-elle.

Deux jours plus tard, elle poursuivait son évasion vers l'Amérique.

23

Quelque chose chez Céline se désagrégeait, et c'était peut-être son sens des parties et du tout. Il semblait de plus en plus difficile de relier toutes les parties à un tout, en une espèce de problème de topologie. Et si le tout de quelque chose ne pouvait jamais être exprimé ? se demandait-elle. Tout était lambeaux, interdépendance, relâchement, désinvolture et consommable, comme une liste de courses, une chose à compléter et retrancher et sur laquelle on pouvait gribouiller. C'était comme si elle rassemblait de nouvelles informations au fil de sa procession bille en tête, loin de ce qu'elle avait imaginé être un centre, si bien que si elle avait naguère eu autour d'elle en orbite les noms de Marta, Jacob, Beaumarchais, Yves et Julia, maintenant de nouveaux noms entraient dans l'espace qu'elle comprenait. Et cela lui paraissait important d'essayer d'interpréter ces nouvelles histoires, comme l'histoire que les gens rapportaient d'une récente visite à Washington d'une délégation de chefs américains. Cette délégation était conduite par Louis Cook, le colonel mohawk. Céline n'avait encore jamais entendu son nom. Il était venu, disaient les stations d'informations, pour réclamer que quelque chose soit fait contre les colonies américaines illégales.

Louis Cook était un héros. Il avait les cheveux blancs, mais il faisait encore cinquante pompes chaque jour.

Quant à Washington, tout le monde disait que c'était une mauvaise période pour lui. Il passait des journées au lit, à se plaindre de sa bedaine. Pendant deux semaines, il y eut de copieux dîners en l'honneur de la délégation dans les salles de banquet de grands hôtels, pourtant personne n'arrivait à faire sortir Washington de sa chambre. Finalement, le jour où Louis Cook annonça qu'il quittait la ville et allait régler ce problème avec davantage de violence et de sang, Washington prit contact pour qu'ait lieu une réunion. La raison pour laquelle il avait été réticent était tout à fait évidente pour les commentateurs. Les gens faisaient valoir dans les journaux que la plus haute valeur dans ce pays était la liberté, et que la plus haute liberté qu'un Américain pouvait posséder était la liberté de s'installer où bon lui semblait. Cela plaçait Washington dans une position très délicate, et il n'aimait pas devoir argumenter à partir de positions délicates.

Céline était très intéressée par cette histoire, comme elle était toujours intéressée par toute histoire sur le pouvoir, et la façon dont il s'exerçait. Mais bien sûr il est toujours difficile de tout savoir d'une histoire. Elle connaissait la phrase que Louis avait transmise à Washington, quand bien même elle ignorait que Montour, son interprète, était maintenant trop vieux et malade pour être là, si bien que Louis n'avait plus que lui-même avec qui parler. Washington parlait de la liberté américaine, dit Louis, mais c'était uniquement la liberté d'exproprier.

La réflexion de Louis cependant était moins philosophique. Il n'était que chagrin. Il était impossible, songeait Louis, de faire comprendre à Washington que les banditti et les courtiers de Yazoo ne se contentaient pas de dérober les terres, mais qu'ils les laissaient appauvries – usées, en jachère. Leurs cochons et vaches piétinaient les cultures. Les cerfs migraient. Et en même temps il avait ce problème avec les Lakotas, à l'ouest. Ils s'enrichissaient, alors que son peuple au nord vivait dans des hameaux de plus en plus réduits. Il comprenait que, dans une certaine mesure, tous les gens étaient imaginaires pour tous les autres, néanmoins il était déçu.

Nonobstant, il refusait de montrer son chagrin. Il était le plus âgé parmi les gens présents, et il savait qu'il était important de ne jamais laisser paraître en public son chagrin. Donc tout ce que les journalistes virent, c'est Washington qui étalait une vaste carte sur une table, puis dessinait des lignes dessus avec un luxueux crayon rouge – dont un pot était désormais toujours disponible sur son bureau.

24

Céline arriva à Boston et s'avisa immédiatement que le voyage qu'elle avait entrepris, quel qu'il fût, était encore et toujours entaché du problème de l'argent. De toute évidence, ce n'était pas une surprise, beaucoup de gens se retrouvaient dans un désert, ou dans un nuage, essayant de s'enfuir, mais quoi qu'il en soit, dans chaque cas, du talent était requis pour poursuivre ce périple, et c'était en partie l'argent – ou bien avoir déjà de l'argent, ou bien être capable d'en trouver, de même qu'on avait toujours besoin du maximum de langage possible.

À Boston, Céline vendit tout ce qu'elle avait dont elle n'avait pas un besoin immédiat. Elle fut présentée à plusieurs familles qui la trouvèrent exotique et trouvèrent aussi qu'il était difficile de parler avec elle, mais elle leur vendit ses habits, étoffes, dentelle, ainsi que les derniers articles de porcelaine qui lui restaient du premier service qu'elle avait acheté, et il était très difficile de voir la porcelaine disparaître – les différentes assiettes, la jatte. Mais ensuite une des femmes à qui elle vendait la porcelaine dut prendre la mesure de sa détresse, et elles s'assirent ensemble, et cette femme lui dit que, des années plus tôt, un incendie avait ravagé leur maison, pendant la guerre contre les Britanniques, et qu'ils avaient tout perdu. Bien sûr, continua la femme, ce n'avait pas été la catastrophe, ils étaient tous sains et saufs, elle, son mari et leur fille – mais ce qui la contrariait, c'était qu'ils avaient perdu deux caisses de vêtements pour bébé ainsi que les premiers dessins que leur fille avait faits. Elle était leur unique enfant, le seul enfant qu'ils auraient jamais, dit la femme à Céline, et penser à ces dessins maintenant disparus, dit-elle. Penser à ces dessins maintenant disparus.

Cette période avait beau être excitante, c'était comme si elle était aussi remarquable du fait de ce que tous les gens perdaient chaque jour, se disait Céline, si bien que, tandis que dans les journaux des gens essayaient d'imaginer la vie moderne comme quelque chose d'austère et de propre, sans fées ni sorcières mais avec de nouvelles croyances en la pureté de classe et la noblesse de la révolution, ce qui se passait réellement, c'était ce sentiment intime d'un effacement général.

Entretemps, elle essayait d'améliorer son anglais en lisant les journaux. Il y avait beaucoup de mots qu'elle ne connaissait pas, alors elle essayait de comprendre les phrases à partir de petites particules et des mots de liaison, ou de soudains chevauchements avec sa propre langue. Elle conservait un cahier où elle consignait les mots qu'elle pensait connaître, et chaque fois qu'elle attendait quelque chose ou s'ennuyait, elle sortait son cahier et le lisait, comme son pirate-hôtelier à Hispaniola. Disposer seulement d'un vocabulaire réduit avait un effet étrange sur la lecture, comme si ces articles ou rapports qu'elle lisait la mettaient sur la piste d'un mystère que ceux qui parlaient la langue avec plus d'aisance ne remarqueraient sans doute jamais. Il était manifeste que les gens ici avaient peur de beaucoup de choses, ils avaient peur des gens du Nord, de l'Est, de l'Ouest et du Sud, ils avaient peur de la population noire, des gens des îles ou de ceux qui avaient échappé à l'esclavage dans le Sud, ils avaient peur des Mohawks et des Sioux et, en réaction à cette peur, ils semblaient proposer une violence totale contre les gens qui leur faisaient peur, ce qui ne semblait pas rationnel à Céline, et pas le moins du monde sympathique, même si les gens qui pensaient ces choses-là pouvaient aussi, elle le savait, être très bienveillants et attentifs de différentes manières.

C'était une contradiction, et plus ça allait, moins Céline appréciait l'état de contradiction.

Avec l'argent économisé, ainsi que la somme supplémentaire acquise grâce à la vente de ses affaires, elle chercha un endroit où habiter. Au dos d'un journal elle lut qu'une ferme était à vendre à la campagne, dans l'arrière-pays, près d'une ville qui s'appelait Albany. Elle ne savait pas du tout où se trouvait Albany et dut chercher sur la carte. Elle envoya un message pour dire qu'elle allait la prendre. Elle engagea un chauffeur pour l'emmener dans le nord de l'État jusqu'à une gare. De là, elle se mit en route avec Yvette et un guide, un Mohawk, sur un sentier tracé à travers un bois – au milieu de plantes parasites et de vignes sauvages. Cela lui rappela Claude, ce que Claude avait dû ressentir quand il était sur les îles et en mer, obligé de comprendre un monde qu'il n'avait jamais pensé devoir comprendre. Il y avait des bosquets de rhododendrons, des violettes, des lys blancs, toutes sortes de roses, puis des ruisseaux avec des plantes aquatiques. Elles arrivèrent finalement à un village. Les bruits aussi étaient inimaginables. Il y avait des poules de bruyère et d'autres oiseaux dont elle avait lu le nom mais qu'elle n'avait jamais vus.

Et puis elles trouvèrent la maison, à côté d'un petit bosquet d'érables et d'une immense grange. Il y avait une porte dans le mur de sa chambre, qui donnait sur un champ.

Tout lui était complètement étranger mais d'une certaine manière familier, et elle finit par comprendre pourquoi une semaine plus tard, alors qu'elle marchait dans les bois. Les arbres d'ici, remarqua-t-elle soudain, étaient les mêmes que dans la forêt autour de la vieille maison de Julia – les arbres américains qui avaient été plantés dans leur nouvelle campagne exotique, bien des années auparavant.

25

Pendant quelques semaines, Céline et Yvette mirent tout en place pour faire pousser des légumes et des fruits. Yvette lui montra comment semer des graines, comment trouver des herbes, comment arroser, et elle trouva qu'apprendre ainsi, recueillir de nouvelles informations, était un état rassurant. Sinon Yvette passait une bonne partie de son temps hors de la maison, dans le bourg voisin, à initier des réseaux de vente pour ce qu'elles faisaient pousser, si bien qu'en son absence Céline commença à faire quelque chose qu'elle n'avait encore jamais fait, en l'occurrence écrire. C'était tellement magnifique d'être toute seule ! Quand elle avait fini de travailler dans leur jardin, elle retournait à l'intérieur et se mettait à écrire. Elle aimait s'en mettre plein les mains, tout comme elle aimait le jardinage – parce que les plumes ici étaient différentes des plumes auxquelles elle était habituée, et donc elle avait souvent les mains noircies et tachées d'encre. Elle essaya tout d'abord d'écrire juste de petites phrases décrivant ce qu'elle ressentait. Son manque de confiance en l'avenir, écrivit-elle, l'obligeait à limiter ses aspirations à la seule sphère quotidienne. Elle esquissait ce genre de phrase puis s'arrêtait, puis recommençait. Il était impossible de connaître les types de phrases susceptibles d'être utiles pour cette époque, ou, à défaut d'être utiles, possédant tout du moins une certaine gravité.

Tout ce qu'elle écrivait, elle le détruisait le jour même. Elle aimait fabriquer du langage, mais ne souhaitait pas le conserver. Rien de bon ne pouvait émaner de phrases qui étaient autorisées à exister d'elles-mêmes.

Elle commença à écrire de très courtes histoires, constituées de deux ou trois paragraphes. Elle trouvait cela plus facile d'écrire indirectement. Ses histoires étaient des fantaisies, des caricatures. Elles se déroulaient dans une espèce de futur, elle y figurait avec une galerie de créatures fantastiques, et pendant un certain temps elle s'appliqua à ces histoires, comme si elles pouvaient lui enseigner quelque chose d'important. Puis elle ressentit du doute.

Dans cette nouvelle maison, elle se sentait purifiée parce qu'elle était seule. Les fenêtres étaient pleines de coccinelles. Il y avait neuf points sur leurs ailes. Elles se rassemblaient sur les rebords de fenêtres, ou dans les lézardes à côté des marches d'escalier. Elle aimait s'étendre au soleil et écouter la vibration floue de leurs ailes aux châssis des fenêtres. En mourant elles laissaient de petites enveloppes sèches qui dévalaient l'escalier.

Et puis un matin, Yvette vint lui parler de son éventuel départ. Elle avait rencontré quelqu'un au bourg, dit-elle. Elle se disait qu'elle aimerait peut-être partir fonder une famille. Mais elle serait tout à fait navrée de devoir quitter Céline, dit-elle.

Le matin où Yvette partit, Céline resta assise dans la maison et se rendit compte peut-être pour la première fois de sa vie qu'elle n'avait personne autour d'elle, non seulement pas d'amis ou d'ennemis mais personne pour la seconder et personne pour gérer son agenda. Cet état de fait s'étendit et s'approfondit au fil des semaines suivantes. Parfois, une fille venait l'aider mais habituellement il n'y avait personne. Elle appréciait ce vide. C'était certes souvent reposant d'avoir quelqu'un qui fait les choses pour vous, comme nettoyer une maison ou bêcher un carré de légumes, mais aussi, réalisait-elle, les assistants l'avaient toujours rendue anxieuse. Elle n'aimait pas le fardeau d'être responsable du temps de quelqu'un. Les voir plantés là, à attendre vos ordres ! Aussi, leur présence dans un foyer rendait le foyer à la fois plus et moins accueillant, comme si le foyer était placé sur la scène d'un petit théâtre, et elle comprit finalement que c'était ce que Caton avait exprimé, au moment où il avait choisi de sortir de sa vie à elle, quand il lui avait dit que les maisons de Céline n'avaient jamais été les siennes. Ce n'était jamais un foyer, si quelqu'un y était employé. L'argent corrompait tout.

Dans les temps morts de l'après-midi, après s'être occupée de son potager et de quelques animaux, elle essayait de lire de vieux romans, ceux qu'elle avait jadis aimés, mais elle les trouvait à présent ennuyeux, pleins de petites ruses et d'inexactitudes. Elle les mit de côté, en pile sur un rebord de fenêtre. À la fin de l'été, ils étaient transformés en poussière, talc et jasmin dans la chaleur.

26

Quand il commença à faire plus froid, elle se rendit au bourg pour acheter des vêtements chauds. Elle acheta des mocassins à certains des Mohawks. Elle n'avait encore jamais vu ce genre de chaussures. Ces gens étaient parmi les derniers survivants, lui dirent-ils, des Iroquois – après les guerres américaines. Ils vivaient plus loin dans la vallée. Elle trouva qu'il était très facile de leur parler. Elle était là, et ils discutaient.

Ils avaient très peu d'argent, dirent-ils. Tout était très dur. D'abord, il y avait le problème des Américains, qui leur avaient pris tout ce qu'ils possédaient. Et maintenant il y avait les problèmes des ports méridionaux, comme La Nouvelle-Orléans. Tout transitait par là. Ils ne pouvaient vraiment pas faire grand-chose.

Elle leur proposa un peu d'argent à elle et ils la regardèrent, médusés. La prochaine fois qu'elle vint en ville, elle leur apporta une bouilloire à la place. C'était très drôle de leur parler avec son accent à elle, à quoi ils répondaient avec leur propre accent – eux tous communiquant dans une langue d'adoption. C'était comme si cette langue devenait quelque chose de nouveau et d'excitant à parler, et une deuxième langue pouvait être quelque chose de bien plus élastique qu'une première langue, si bien qu'en fait les gens qui pensaient parler cette langue couramment, parce que c'était la seule langue qu'ils connaissaient, ne l'utilisaient pas avec la même exubérance ou la même élégance.

Ils lui racontèrent ainsi des histoires au sujet de la terre sur laquelle ils habitaient. Elle avait été formée, dirent-ils, quand une femme était tombée du ciel, à la façon d'une graine d'érable tombant au sol, sur l'eau en dessous. Les animaux avaient essayé de l'aider à survivre, dans cette eau atroce. Ils avaient essayé de plonger jusqu'au fond de l'eau, où se trouverait peut-être un peu de boue. Un rat musqué avait fini par émerger avec un peu de boue entassée sur sa patte. Puis une tortue était arrivée et avait dit à la femme de lui étaler la boue sur le dos, afin que la terre se forme. La femme était si ravie qu'elle avait commencé à danser à la surface de cette terre, et plus elle dansait, dirent-ils, plus la boue se répandait et se répandait, jusqu'à ce que son île-tortue devienne un monde. En réponse, Céline leur raconta elle aussi les histoires qu'elle préférait, qui n'évoquaient pas le début du monde mais des tentatives de comprendre ce que pouvait bien être le réel : comme l'histoire d'un homme qui croyait toujours vivre une histoire amoureuse, ou celle d'un homme qui un jour avait voyagé jusqu'à la lune.

Il y avait une femme en particulier avec qui elle devint amie. Elle s'appelait Catherine. Elle travaillait comme interprète, dit-elle. Elle était issue d'une famille d'interprètes. Son père, un certain Montour, était à l'article de la mort. En fait, ajouta-t-elle, il aimait toujours parler dans la langue qu'elle parlait. Elle était sûre qu'il trouverait cela très intéressant de rencontrer Céline par ici.

Ils se retrouvèrent tous le lendemain, dans leur petit camp, à la sortie du bourg. Montour était assis au milieu d'un énorme tas de couvertures. Des chiens circulaient autour de lui. Il parlait superbement la langue de Céline, avec l'espèce d'élégance qui peut souvent arriver quand quelqu'un parle une autre langue, avec plus d'attention que quelqu'un qui l'utilise au quotidien.

Elle comprenait qu'il était interprète, dit Céline. C'était un métier très difficile, dit Catherine. Bien sûr, pas toujours, pas quand les gens voulaient se comprendre mutuellement, mais la plupart du temps ils ne voulaient pas se comprendre, ce qui rendait la tâche bien plus difficile. Il ne voulait pas toutefois qu'elle pense que c'était impossible, ajouta Montour. C'était juste, dit-il, qu'il fallait être très fort, pour être interprète. Il fallait beaucoup de force pour transporter quelque chose d'une personne à une autre.

– Quel genre de force ? demanda Céline.

Montour parut avoir besoin de réfléchir à ce qu'il allait dire car, durant quelques instants, il resta silencieux.

– De ne pas insister, finit-il par dire. Ne pas insister sur le fait d'être une chose seule.

Elle n'était pas certaine d'avoir compris correctement, si cette phrase énigmatique était délibérée ou causée par des problèmes de traduction, mais avant qu'elle reprenne la parole, il s'adressa à sa fille dans leur langue. Apparemment, il avait besoin de se reposer, dit Catherine à Céline. Mais il voulait dire qu'il était content que sa fille ait une telle amie. Montour sourit de cette traduction. Cela avait de toute évidence beaucoup plu à Catherine, et l'amour entre eux était manifeste – et Céline était soulagée que cette vision la rende heureuse plutôt que seulement désespérée vis-à-vis de son monde avec Saratoga.

L'année commençait à se terminer, et Céline trouvait cela très étrange que quelque chose d'aussi dynamique que sa vie précédente s'achève – mais en même temps, l'horreur qu'elle avait vécue continuait aussi, ailleurs, si bien qu'en fait rien n'était terminé du tout. Chaque fois qu'elle était au bourg, elle demandait au bureau de poste si quelqu'un lui avait envoyé des lettres. En disant quelqu'un, elle entendait Saratoga, mais pendant des mois il n'y eut pas un seul message.

Quand le printemps commença, insensiblement, Catherine lui apprit à faire du sucre à partir des érables, en fichant des goutterelles dans les troncs d'arbres, en plaçant ensuite un seau en dessous. Dans les soirées fragiles, elles étalaient la sève dans des auges basses et le lendemain matin brisaient la glace. En dessous se trouvait une espèce de concentré, qu'elles faisaient évaporer sur des pierres brûlantes au-dessus du feu.

Quelque chose était en train de s'achever, se dit Céline, et c'était très possiblement son histoire.

Et puis, une après-midi, elle était devant sa maison, à tailler un gigot d'agneau qu'elle allait rôtir pour le dîner. Soudain, derrière elle, une voix grave se fit entendre, parlant sa langue avec un accent atroce.

– Je n'ai jamais vu boucherie si superbement exécutée, dit la voix.

Elle se retourna immédiatement dans la forêt américaine et, à son grand étonnement, vit la silhouette élégante de Lorenzo. Il était venu, dit-il, pour la ramener dans le monde.

27

Céline avait considéré être arrivée à la fin de son histoire. Ce n'était pas du tout le finale qu'elle avait imaginé, mais cela semblait en être un qu'elle allait devoir accepter. Mais à présent il semblait aussi que l'histoire ne pouvait pas se terminer, pas même ici dans la forêt américaine, mais allait se prolonger en boucles, pompons et extensions supplémentaires.

Le lendemain matin, Lorenzo se chargea de l'acheminer chez lui, à Philadelphie. Il était devenu drôle, chaleureux, et il était étonnant de faire le rapprochement entre ce Lorenzo et le Lorenzo qui avait été avec Julia, des années auparavant. C'était comme si elle avait acquis, dans ce contexte étranger, un nouvel ami sorti de l'ombre de l'ancien. Il avait renoncé à l'écriture de pièces, dit-il. L'atmosphère en Europe était trop tendue. Avec sa nouvelle femme, il était venu ici, et écrivait maintenant un manuel scolaire sur la littérature italienne. Il donnait aussi dans l'arnaque en tâtant de la spéculation foncière. Son obsession était la Louisiane. Il pensait qu'elle représentait un gros potentiel en vue de futures négociations.

Dès qu'ils arrivèrent en ville, il l'emmena dans une librairie de South Street – là où tout le monde, dit-il, traînait. C'étaient tous des exilés, comme Céline, mais il s'avérait qu'exilé était une catégorie grandement ambiguë, parce que les gens ne devenaient pas des exilés en même temps, et ce décalage de l'arrivée était un symptôme de la manière dont chacun était un exilé pour des raisons asymétriques, voire contradictoires. Ils étaient donc tous là, les rouges et les blancs, les réactionnaires et les radicaux, mais dans la perspective de l'Amérique, ces différences tendaient à se troubler, voire à s'estomper entièrement. Cela rendait les amitiés déroutantes, le fait que ces gens vivent tous ensemble, mêlés et mélangés, parce qu'à la fin il leur semblait que le simple fait de parler la même langue était très important, peut-être plus important que de savoir si on était d'accord politiquement avec quelqu'un ou si à un moment donné on voulait la mort de ce quelqu'un.

Cela fut tout d'abord très déprimant pour Céline, ce monde dans lequel Lorenzo l'introduisait. Chacun semblait aussi obsédé par l'écriture que d'habitude. La seule différence était que, alors que les écrivains qu'elle avait connus concevaient l'écriture comme quelque chose d'utopique et de prometteur, les jeunes écrivains exilés tendaient à voir la littérature comme nimbée d'un halo de malheur. Ils plaidaient dans des critiques anonymes pour l'expressionnisme, la crudité, les codes, le plaisir hystérique de l'horreur. La mort, semblait-il, avait envahi l'image, et les rendait radieux.

Tous se pressaient autour d'un écrivain appelé André – le dernier auteur loué comme étant original. Il y avait toujours un écrivain nouveau ! songeait Céline. Il y avait toujours un nouvel élément dans une série infinie ! André parlait couramment de nombreuses langues anciennes et lointaines, mais le plus frappant était peut-être sa beauté inhabituelle pour un écrivain, grand et élancé, avec de hautes pommettes, une plaisante barbe de trois jours, une coiffure précisément ondulante, ce qui le rendait étonnant et difficile à juger parce que personne ne croyait véritablement que quelqu'un d'aussi beau pût aussi être un écrivain de talent. Mais c'était vrai. André croyait en un projet international. S'il revenait un jour dans la ville qu'ils avaient naguère considérée comme étant chez eux, disait-il, il se consacrerait à l'étude de l'histoire de chaque langue, parce que toutes les langues se valaient, aucune n'avait plus de valeur que les autres. Il avait failli se faire tuer par les radicaux mais avait réussi à s'enfuir en bateau, via Lisbonne, puis New York. Au cours de ce périple, il s'était lié d'amitié avec Washington, ce qui lui conférait un prestige radical.

Céline trouvait très déroutantes l'agitation ici dans la librairie et les conversations en appartements. C'était comme s'ils avaient tous traversé l'océan, un petit diagramme de flèches fulgurantes, pour se retrouver piégés dans une spirale, infinie et ennuyeuse. Les gens poursuivaient des conversations comme s'ils avaient encore quelque influence sur les événements à des milliers de kilomètres de là où ils étaient, alors qu'en fait ils étaient hébétés, complètement écartés de cette histoire. Chaque jour, quelqu'un se mettait à parler des listes – la liste des gens qui avaient interdiction de revenir, la liste des gens qui avaient été tués. Bien sûr, ils essayaient de trouver une logique à ces listes, de revendiquer un pouvoir qu'ils avaient jadis eu sur les événements. Mais ce qui rendait cela encore plus surréel, c'était que les journaux mettaient tellement de temps à arriver, que les événements que les journaux prédisaient ou rapportaient si frénétiquement avaient toujours déjà eu lieu, ou s'étaient révélés impossibles.

Un jour, Céline lut que Julia et son mari avaient été arrêtés et emprisonnés pour une durée indéterminée. Pendant un certain temps, elle ne put pas continuer de lire quoi que ce soit, parce qu'elle pensait tout le temps à Julia et à ce qu'elle ressentait sans doute. Des semaines plus tard, quand elle se trouva en mesure de lire à nouveau, elle lut immédiatement que Jacob avait été exécuté. Ensuite, dans un journal plus ancien, qui était arrivé bien plus tard, elle lut que Sasha – qui avait essayé de revenir clandestinement chez lui pour des raisons que personne ne comprenait – avait lui aussi été arrêté, puis tué. Ce qui la bouleversa plus qu'elle ne s'y serait attendue. Puis elle lut qu'après la période récente de troubles sauvages, Yves avait disparu. Tout était mouvement et incertitude, et il était étonnant que même Yves lui inspirât ce genre flou de mélancolie.

Pendant de nombreuses années, peut-être, une personne peut traverser la vie sans penser à la mort – mais à un certain moment on se met à penser constamment à la mort, et même si elle était très soudaine, cette liste des morts, elle n'était pas plus dramatique, se disait Céline, que l'expérience de la plupart des gens, que ce soit dans le cadre d'une guerre ou pas. Soudain, pour tout le monde, il y a un moment où beaucoup de gens que l'on connaît meurent ou commencent à mourir. Si bien que ce n'était peut-être pas bizarre qu'elle pense avec affection même à des gens qu'elle avait détestés, parce qu'elle les avait connus vivants, ils l'avaient accompagnée dans sa vie à elle, et il y avait toujours quelque chose de tendre dans le fait de vivre, même s'agissant d'Yves, Jacob et Sasha, avec leurs ambitions et leur violence.

Un jour, Lorenzo vint lui dire qu'il y avait un message pour elle à la librairie, et pendant les instants qu'il lui fallut pour marcher dans les rues détrempées, elle porta en elle la lumière chaude de Saratoga. Mais au lieu de ça c'était d'Izabela en Pologne – une lettre qu'on lui avait fait suivre à travers l'océan – écrite dans l'espèce de style qu'elles avaient jadis utilisé pour s'échanger des messages, avec un vocabulaire intrigant et des sentiments futuristes, mais Céline se sentait maintenant étrangement loin de ce type d'écriture. La situation, écrivait Izabela, était pure anxiété. Leur petite révolution intelligente semblait terminée. Mais ce qu'elle voulait lui dire, écrivait Izabela, c'était que Céline lui était apparue dans un rêve ! D'une manière ou d'une autre, elles étaient en voiture ensemble. Ensuite, soudain, Izabela se rendait compte qu'elle ne savait rien des parents de Céline. Et Céline disait : *Oh, tu penses sûrement à des choses comme le testament contesté et tout ça*. Et c'était la fin du rêve, écrivait Izabela. Sur une autre page, elle avait ajouté un paragraphe supplémentaire. Elle n'arrivait à penser à rien d'autre qu'à la révolution, à l'argent, aux parlements. Elle passait son temps à attendre de voir quels amis seraient tués, et quand. Elle aurait donné n'importe quoi pour rejoindre à nouveau Céline dans ce restaurant où elles étaient allées une fois, écrivait Izabela, celui près de chez Céline. Et elles prendraient certainement la soupe à l'oignon.

Céline lut cela dans la librairie bruyante. Izabela lui manquait, parce qu'Izabela était le signe d'un mode de vie, mais se sentait coupable parce que cette lettre ne l'intéressait pas du tout. Elle était submergée par l'absence de Saratoga. Tout ce qu'elle avait de Saratoga était le dernier portrait qui avait été fait d'elle avant qu'elle quitte la ville, où Saratoga était vêtue très simplement, dans de la mousseline blanche, comme tout le monde, et il déroutait énormément Céline, ce portrait, parce qu'elle y ressemblait exactement à Claude, et elle était tellement habituée à oublier la paternité de Saratoga, comme si elle était née de nulle part, que la ressemblance déconcertait Céline, voire la contrariait.

Elle voulait quitter cette étrange version de la société et retourner chez elle, à la campagne, mais sentait aussi que cela décevrait Lorenzo. Alors elle s'obligeait à rester. Un soir, Lorenzo donnait un dîner en l'honneur de l'un des assistants de Washington. Céline détesta l'ambiance générale. Tous les hommes ici semblaient être las de leur femme, mais au lieu d'en être dérangés et de réfléchir à la manière de remédier à une telle situation, ils semblaient l'apprécier, ou tout du moins considérer que c'était normal, et considérer par conséquent qu'aucune femme ne devait jamais parler. Donc Céline parla surtout à Lorenzo. Il considérait que c'en était fini de l'Europe, dit-il, mais en même temps, il parlait la langue d'ici sans la moindre élégance et c'était humiliant de devoir être dans ce monde où personne ne comprenait ses blagues. Face à eux, André, le jeune écrivain, décrivait un écrivain inconnu qui, à son avis, était le plus grand écrivain vivant, lequel n'avait rien publié et n'écrivait pas de romans, ni de poèmes, ni même d'essais, il n'écrivait dans aucune forme particulière, hormis un journal qu'il montrait par fragments aux amis, et ces fragments, dit André, étaient de petites phrases décrivant le temps qu'il faisait et les mouvements intérieurs de son esprit. Il était possible, entendit-elle André ajouter, que le journal soit la forme contemporaine la plus importante, parce que c'était une forme du vide, des brèches.

C'était de l'intérieur de cette conversation de surface que Céline se rendit compte que Lorenzo lui tendait une porcelaine. Tout d'abord, elle ne comprit pas. Il voulait lui donner ça, dit-il. Elle regarda fixement la porcelaine. Il y avait une jatte et une petite assiette. Les deux pièces étaient décorées de rayures peintes en bleu. Il avait vu deux éléments de son service en porcelaine dans une maison à Boston, dit-il, à l'époque où il enseignait là-bas à l'université. Il les avait immédiatement reconnus, grâce au bleu international qu'elle avait toujours apprécié. Aussi les avait-il rachetés, pour les lui offrir.

Surprise de sa propre réaction, abasourdie, Céline fondit en larmes.

Le lendemain, elle décida de finalement s'en aller, de regagner toute seule le paysage américain. Chez elle, elle essaya de réfléchir à ce petit moment de société créé par Lorenzo et à la raison pour laquelle elle se sentait si malheureuse. Certains sentiments semblaient être réagencés en elle. Et peut-être que, de fait, tout ce qui lui tenait à cœur avait été reconfiguré, mais il fallait beaucoup d'énergie pour accepter cela et le comprendre. Peut-être était-ce d'une manière ou d'une autre lié à la façon d'exister aux confins les plus lointains du moment présent. Cela n'avait rien à voir avec le futur, elle le savait, le futur n'était pas un concept avec lequel on pouvait réfléchir, et peut-être qu'en fait, de manière bien plus importante, il fallait changer d'échelle, l'agrandir plus que ce à quoi elle aurait jamais pu s'attendre.

Elle adorait les plantes dans son nouveau jardin, les arbres géants. Elle aurait peut-être aimé devenir un arbre, se disait-elle, comme dans une histoire fantastique.

Elle commença à répondre à Izabela, puis se rendit compte qu'elle ne pouvait pas. Toutes les lettres étaient impossibles, de la même manière qu'elle n'avait pas voulu que Lorenzo la ramène dans ce monde. Tout ce qu'elle avait vécu avait tourné autour de ses amitiés et de leurs interactions. Et maintenant elles s'estompaient.

28

En s'enfuyant d'Europe, en traversant l'océan, Céline s'était vue comme en déplacement à l'intérieur d'un nuage, quelque chose de nécessaire mais par conséquent dénué de signification. Elle était en transit, et le transit était dépourvu de signification. Mais peut-être se passait-il quelque chose de bien plus ample, se disait-elle, encore fallait-il qu'elle le voie. Peut-être que Lorenzo avait raison, d'une certaine manière, en disant que la fin qu'elle avait imaginée ici en Amérique n'était qu'une fin apparente, une petite illusion de perspective, et il était possible qu'il y ait plus d'une fin : ou une série de fausses fins avant le véritable finale. Là où il se trompait, en revanche, c'est quand il pensait que cela impliquerait de réentrer dans le monde de la conversation.

Comme en guise de réponse, un matin, Catherine, son amie mohawk, vint chez elle avec de la nourriture en cadeau, pour fêter le retour de Céline. Elle apportait des assiettes en glaise bon marché, remplies d'un ragoût de citrouille, d'un chili à base de haricots noirs et de fleurs de citrouille frites. C'étaient des goûts nouveaux, jusqu'alors inconnus de Céline. Aussi des petits paniers de frêne noir tressé, des bandelettes de frêne noir entrelacées.

Ceci marqua le début d'une période d'éducation et de délices.

Catherine avait une fille qui parfois venait s'asseoir avec elles près du hêtre, ou à regarder les vieux érables, et plus Céline leur parlait, plus elle pensait à Saratoga. Soudain elle trouva cela terrible de ne pas être avec Saratoga, ou près d'elle. Elle lui manquait d'une manière qu'il lui était presque impossible à définir. Ce n'était pas plus fort que lorsque jadis une amante lui manquait, comme Marta, dans la pleine désolation de vouloir savourer quelqu'un qui n'était pas là. C'était à la fois plus corporel et plus abstrait, une espèce d'absence qui vous accompagnait constamment.

Elle commença à écrire des messages à Saratoga chaque semaine, bien que ne sachant pas du tout s'ils lui parviendraient. Et entretemps elle passa l'été à parler avec Catherine. Elle commença à apprendre sa langue, de la manière la plus lente qui soit. Elles nommaient les choses ensemble, et elle les notait par écrit.

Un jour, Céline sortit marcher dans les bois. Elle trouva de petites fleurs blanches, entièrement blanches. C'étaient les plantes les plus étranges qu'elle ait jamais vues, blanches de la tige aux feuilles et aux pétales. Elle en toucha une et la plante parut charnue. Elle poussait dans l'épaisse pénombre, sur un tapis de feuilles mortes. Ce soir-là, elle en rapporta à Catherine pour qu'elle les examine et lui dise ce que c'était. C'était une pipe fantôme, dit Catherine. Céline n'avait encore jamais vu une plante comme ça : cette chose albinos. Cela semblait impossible qu'une telle chose arrive à se maintenir en vie, sans la moindre lumière du soleil.

Petit à petit, Céline commença à avoir l'impression de voyager moins dans un nuage, ou à travers le désert, que sur un pont dans le brouillard. Elle était sur une sorte de pont en bois branlant, suspendu en hauteur, en montagne. Si elle pouvait traverser jusqu'au bout, alors elle arriverait dans un endroit incroyable. Mais chaque fois qu'elle faisait un pas sur le pont, quelqu'un ayant besoin d'elle ou voulant lui parler venait la tirer par la manche. En tout cas, on ne remarquait jamais qu'elle était sur ce pont. Le pont c'était son secret.

Y avait-il là, se demanda Céline, un sens plus large ?

Au fil de ses leçons avec Catherine, elle commença à saisir que si elle devait comprendre les mots, alors elle allait devoir penser d'une façon différente. Il existait un fruit à coque appelé *pigan* ou *pegan* ou *pican*. Il n'y avait aucune chance, se disait-elle, qu'elle arrive à orthographier correctement aucun de ces mots – les mots semblaient trop imbriqués et glissants pour son système de sons habituel. Il y avait un mot pour décrire la force qui transformait le champignon en fleur du jour au lendemain à travers le sol. Il y avait un mot pour décrire l'herbe aux bisons quand elle était mûre. Ce qu'elle trouvait le plus difficile c'était la façon dont le monde se divisait entre l'animé et l'inanimé. Il y avait une façon de parler à une personne qui n'était pas la même que lorsqu'on parlait à un cahier.

C'était un autre verbe. Elle n'avait jusqu'alors jamais eu besoin d'apprendre ça, comme Izabela avait naguère décrit les petits mots que le russe avait pour un mouvement répété et un mouvement unique, pour un mouvement à pied ou un mouvement en véhicule, mais si Izabela avait trouvé exaspérantes de telles différences, Céline trouvait charmantes les formes inhabituelles d'ici.

Certains mots semblaient intraduisibles, ou ne pouvaient être que paraphrasés en des formules si étirées qu'un mot ne donnait plus la même impression qu'un mot dans sa langue à elle, comme si dans cette langue un mot pouvait contenir toutes sortes d'implications supplémentaires. Ou il y avait des mots qu'elle ne pouvait pas comprendre du tout, comme le mot que Catherine n'avait de cesse d'utiliser, quelque chose comme *dodem* ou *dodet*, pour décrire le fait qu'un ours veillait sur elle et sur le monde. Céline ne savait pas du tout si cet ours était réel ou immatériel. Il semblait difficile d'expliquer la distinction, et peut-être n'y en avait-il pas.

Si elle avait dû définir le pont sur lequel elle était, se disait Céline, il aurait eu quelque chose à voir avec la connaissance nouvelle que Catherine lui apportait, ou la nouvelle immensité dont elle prenait conscience, par ici, dans les forêts. Cela ne semblait désormais plus excentrique de concevoir une forêt comme un endroit qui était peuplé – ou de croire que l'on pouvait parler avec le soleil, les animaux ou les plantes, à la façon dont elle avait entendu des voix auparavant. C'était comme si le monde était une toile de fond pour des voix, et qu'il n'y avait pas de raison pour qu'une voix unique soit toujours produite par une seule chose visible.

Et Céline se rendait compte très simplement que si cette rupture, ou cet élargissement, ne l'alarmait pas, c'était parce qu'elle avait déjà inventé de nouvelles versions d'elle-même en deux occasions au moins, voire trois. Les hommes autour d'elle parlaient de changement – mais toujours avec ce vaste matelas de sécurité autour d'eux. Dans n'importe quelle crise, il était toujours possible pour un homme de se séparer de sa femme, de commencer un nouveau boulot ou de s'installer dans un nouveau pays, et par conséquent de ne jamais connaître la véritable terreur de la ruine. Si cette sécurité masculine l'avait parfois tellement tentée qu'elle avait été jalouse de ce pouvoir supplémentaire dont ils disposaient, elle avait compris que le fait d'avoir ces réinventions qui lui étaient imposées lui permettait peut-être l'accès à une sagesse plus vaste, aussi dérangeante fût-elle.

29

On a parfois besoin d'un élément nouveau pour avoir la confirmation qu'on a changé et un jour cela arriva à Céline. Elle était dans cette nouvelle humeur cosmique quand André, le jeune écrivain, vint la voir à la campagne. Elle le regarda, étonnée. Elle était assise dehors, sur un banc, avec Catherine. Il semblait complètement exotique et dépourvu de naturel, par ici, à la campagne.

– Pourquoi êtes-vous ici ? demanda-t-elle.

Ce qui rendait André particulièrement inhabituel, bien plus que son allure et sa douce chevelure, c'était son idée que tout futur dépendait de la compréhension de l'Inde et de l'Amérique, des frontières et des périphéries. Il fallait penser Sud, Ouest et Est, estimait-il. Sa passion était anthropologique, et cela le rendait adorable, d'une certaine manière.

Il croyait que c'était entendu entre eux, commença-t-il à bafouiller. Partout où il allait, il tâchait de prendre le plus de notes possible, dit-il, surtout il voulait comprendre ce que les gens d'ici pensait des esprits. Et Céline avait dit qu'elle pourrait peut-être lui présenter certaines personnes qui habitaient dans les environs. Ils étaient convenus de cette visite des semaines auparavant, dit-il, à l'occasion d'un des dîners de Lorenzo. Elle le regarda : il était encombré de tout un équipement – carnets de croquis et peintures, pinceaux, et de nombreux carnets et plumes. Il lui avait aussi apporté du courrier qu'elle avait reçu à Philadelphie, dit-il, et Céline sentit un formidable espoir monter en elle, mais sentit aussi qu'il fallait tout d'abord qu'elle démêle ce qui était en train de se passer là.

– Mais on s'était entendus sur quoi ? dit-elle.

– Sur le fait que je viendrais ici, dit-il, pour parler avec les Américains.

– Je n'ai jamais dit ça, dit-elle.

– Nous étions avec Lorenzo, dit-il.

Il était sincère et insistant, et puis aussi, il était là. Il semblait impossible de lui demander de repartir.

Céline se tourna vers Catherine et se mit à traduire dans son anglais maladroit tout ce qu'André venait de lui dire. Cela ne semblait, dit Catherine, pas si facile d'expliquer à quelqu'un comme lui. Il y avait des esprits, bien sûr, mais c'étaient aussi des animaux, et elle n'était pas certaine qu'il serait capable de réfléchir de cette manière. Mais qu'est-ce que ça signifiait ? demanda André. Ma foi, dit Céline, traduisant pour Catherine, qui commençait à parler beaucoup plus vite que d'habitude, se perdant dans ses réflexions, cela signifiait que les animaux aussi avaient une vie sociale, comme les humains. La raison pour laquelle cette conversation était si difficile à expliquer, ajouta-t-elle, essayant d'aider André, était que Catherine ne faisait pas de distinction entre le monde de la nature et le monde des humains, ou entre le monde des humains et le monde des esprits. Tous ces mondes étaient peuplés d'âmes, et les âmes pouvaient toujours communiquer avec d'autres âmes. Même si, ajouta-t-elle, traduisant toujours, la seule communication vraiment parfaite serait entre des âmes d'une même communauté. Dès que des formes se déplaçaient parmi d'autres formes – que ce soit un humain parlant à une plante ou un champignon parlant à un jaguar – on avait encore besoin de diplomatie et de traduction.

André dit qu'il ne comprenait pas exactement comment fonctionnait ce mouvement entre différents plans. Mais bien sûr, dit Céline. La façon de voir le monde qu'il aimait, où il observait un monde en dehors de lui, le tout ordonné et en catégories, rendait impossibles les genres de choses que Catherine pouvait faire quand elle réfléchissait ou parlait. Catherine avait des métamorphoses. Alors qu'eux avaient seulement la *littérature*.

Il avait l'air inconsolable – comme si l'information qu'on lui fournissait était insatisfaisante, ou tellement étrangère qu'elle en était douteuse. Néanmoins, il nota tout cela. C'était comme si une limite dans la compréhension d'André avait été atteinte, et si cela le troublait, d'une certaine manière, cela plongeait Céline dans un état vibrant, et même de pouvoir. Elle était navrée que ce garçon soit venu de si loin pour la voir, avec sa sincérité, lui trop mignon pour que d'autres gens le prennent au sérieux. En fait, elle l'aimait bien.

Céline essaya de calmer le jeu.

– Que disais-tu à propos de courrier ?

– Ah mais oui, dit André.

Et il sortit de sa poche un message qu'il lui tendit, sans lever la tête de ses notes.

30

La lettre était enfin de Saratoga. Parfois les lettres semblaient incroyables dans leur opiniâtreté à atteindre les gens. C'étaient des animaux tellement déterminés ! L'adresse était gribouillée, surchargée de timbres énigmatiques, de codes postaux et d'écritures d'inconnus. Il semblait qu'à un moment donné elle avait été pliée en quatre.

Elle quittait son mari, annonçait Saratoga. Elle demandait le divorce. Elle avait trouvé la situation sur place très perturbante, écrivait-elle. Il y avait une anarchie et une sauvagerie européennes totales. Il était tout à fait évident qu'à une certaine distance – la distance d'un océan par exemple – une personne ne pouvait pas être représentée par une autre personne. Il ne pouvait donc pas y avoir de justice dans un tel système. Mais surtout, elle se rendait compte qu'elle n'appréciait pas Hugo. Elle l'avait cru spirituel, écrivait-elle, mais elle se trompait. Aussi revenait-elle en Europe. Puis elle ajoutait que sa mère lui manquait beaucoup et qu'elle pensait à elle tout le temps. Elle regrettait de ne pas recevoir davantage de messages d'elle.

Céline relut les phrases de Saratoga de nombreuses fois. C'était comme lorsque les cartes de tarot vous confirmaient un complet changement de vie. Il lui semblait évident, et même indiscutable, que cela aurait été une erreur de continuer de vivre séparée de Saratoga. Cela participait certainement de la signification nouvelle dont elle s'approchait, dans son nuage. Bien sûr, il était possible que, comme la lettre avait mis quatre mois pour arriver jusqu'à elle, le temps qu'elle-même arrive en Europe, de nouveaux changements soient survenus dans les projets de Saratoga ou dans les projets de l'univers. Mais c'était, assurément, le genre de risque que le message exigeait.

Elle regarda le bout de papier abîmé. C'était comme un petit fragment de Saratoga qu'elle pouvait sentir dans sa main.

31

Le lendemain, Céline retourna à Philadelphie pour préparer son départ d'Amérique. Dans la librairie, elle trouva Lorenzo en train de manger des sandwichs au saucisson et à la moutarde, relisant une de ses vieilles pièces.

– Je retourne en Europe, dit Céline.

– Mais tu viens à peine d'arriver, dit Lorenzo.

– Ça fait six mois que je suis là, dit Céline. Ou en fait, non, plus que ça. Je ne me souviens plus.

– Mais c'est rien, dit Lorenzo.

En tout cas, ajouta Lorenzo, il trouvait que c'était une combine très dangereuse. Il y avait tellement de déception possible, en rentrant. Lui-même avait pensé aux gens qu'il connaissait jadis. Ils avaient tous tellement changé, dit-il, étaient tous si peu dignes de confiance. Il était difficile de savoir ce qui resterait du monde qu'on avait connu, si on rentrait.

– Tu sais que Julia a été arrêtée ? dit Céline.

Lorenzo observa un long silence.

– Le truc c'est que, finit par dire Lorenzo, tout le monde sait que Julia fera n'importe quoi. Je ne m'inquiète pas pour Julia.

– Pourquoi est-ce que chacun croit connaître tout le monde ? dit Céline.

– C'est que… dit Lorenzo.

Lorenzo reposa un morceau de sandwich, utilisant la couverture du texte de sa pièce en guise d'assiette, comme avant de se lancer dans un discours déterminant.

– Je n'ai pas *demandé*, dit Céline.

Elle se sentit soudain inspirée par la fureur, comme si la fureur était l'élément manquant qui lui permettrait d'entrer dans son véritable finale.

– Comment se fait-il que chacun pense connaître quoi que ce soit des autres ? dit Céline.

– J'ai couché avec elle, dit Lorenzo.

– Et alors quoi, putain ? dit Céline. Tu crois que ça veut dire que Julia te connaît aussi, uniquement parce qu'elle sait combien tu aimes lui lécher le trou du cul ?

De nouveau Lorenzo se tut, cette fois-ci avec une lourdeur d'un genre différent.

– Tu vois ? dit Céline. Les gens détestent que les autres parlent d'eux. C'est une terreur absolue.

Et ils avaient raison, continua Céline plus doucement, en s'asseyant en face de Lorenzo, ils avaient absolument raison de redouter cela, parce qu'être le sujet de conversation d'autres personnes était la première leçon sur la mort que quiconque recevait, la première leçon en matière de réification, de transformation en quelque chose qui était vous mais aussi pas vous, en même temps. Et pourtant, quand les gens parlaient d'autres gens, la conversation lui paraissait si précise, si absolument précise et pertinente, de la même manière, conclut-elle, qu'il croyait complètement comprendre Julia.

– Je suis désolé, dit-il. Tu as peut-être raison. En fait, je suis sûr que tu as raison.

Céline était exaltée. C'était un autre de ces moments où émerge d'une conversation une voix à laquelle on ne s'attendait pas, et dont on ne peut pas penser qu'elle est entièrement nôtre, quelque chose émergeant d'une certaine manière d'un état entre deux personnes, quand une conversation était quelque chose d'authentique contenant des énoncés sincères et pas seulement un exercice en matière d'adressage indirect ou de subterfuge, et cela était très rare.

– Le fait est, termina-t-elle, que tu n'as pas le droit de parler de Julia.

Une semaine plus tard, Céline repartait d'Amérique et commençait à retraverser l'océan en tirant des bords – tandis que les prévisionnistes et les analystes continuaient de décrire ce qui allait arriver ensuite. La monarchie reviendrait au pouvoir, disaient-ils. Ou il y aurait un communisme de guerre. Peut-être y aurait-il d'abord une dictature militaire. Tout cela était évident. Parce que c'était toujours possible, avec une analyse méticuleuse et patiente, de prédire ce qui se passerait dans le futur.

Quatre

1

La façon dont change une personne est un mystère, la façon dont n'importe quelle forme change en une autre forme est un mystère. Certaines personnes, néanmoins, ne changent pas du tout, et peut-être est-ce là le plus grand mystère, et assurément la plus grande tristesse. Être transformé c'est vivre le bonheur véritable.

Pendant un certain temps après son retour en Europe, Céline eut l'impression qu'elle se changeait en quelque chose de muet et de fantastique aussi, parce que laisser derrière soi le langage comme elle le laissait c'était assurément entrer dans un royaume du fantastique. Autour d'elle, beaucoup de gens croyaient en des dieux ou en la politique, et cela semblait leur apporter beaucoup de réconfort, mais Céline, elle, ne trouvait là nul réconfort. Son instinct était plus étrange. Lorsque les gens parlaient d'un nouvel ordre des choses, elle trouvait cela difficile à comprendre, ce qu'ils disaient, et de plus en plus elle avait tendance à penser que si elle ne comprenait pas quelque chose qui semblait évident aux autres, c'était parce qu'il y manquait une étape logique à l'intérieur de ce qui semblait au monde si cohérent et sacré.

On pourrait croire que si quelque chose de majeur change en vous, alors ce sera évident pour vous et aussi évident pour les autres. Mais en fait cela peut prendre longtemps avant que ces changements soient évidents – à vous et au monde. Le monde est très occupé et ne peut pas être attentif aux changements de tout un chacun ! Si bien qu'en réalité c'est toujours à vous qu'il incombe de remarquer dans quelle mesure vous êtes en train de changer, et cela peut prendre longtemps, parce qu'en fait vous participez de la marche frénétique du monde.

Pour Céline, cependant, une expérience si extraordinaire lui arriva qu'il fut finalement très facile pour elle de remarquer que tout était différent à l'intérieur d'elle, et à l'intérieur du monde aussi.

2

Un soir, par une nuit au clair de lune après les révolutions, Céline, Izabela et Julia revenaient en ville après une virée dans la campagne. C'était un été sombre et chaud, et Céline et Julia étaient venues s'installer chez Izabela, quelque part au beau milieu de la forêt européenne, qui était maintenant un vaste flou autour d'elles. En voyageant, elles parlaient de la lune, cet énorme disque barbouillé dans le ciel, et de la vie qui était peut-être tout autour d'elles dans l'univers, inconnue.

– Il n'y a que deux possibilités, dit Izabela. Soit nous sommes seuls dans l'univers, soit nous ne le sommes pas. Et les deux me terrifient tout autant. Parce que si nous sommes seuls, c'est super terrifiant. Mais s'il existe d'autres êtres, alors que font-ils ? Nous observent-ils ? Sont-ils en train de nous écouter ? Sommes-nous en fait un zoo pour les distraire et les édifier ?

Elles contemplaient la lune désolée et le vaste espace noir tout autour. Il était impossible de voir ce qui se passait sur la lune, de même qu'il était probablement impossible depuis la lune d'observer les activités sur la terre.

Arrivées à la maison, elles sortirent des sofas dans le jardin et mangèrent du chocolat et des biscuits, qu'elles firent passer avec des alcools forts. À un moment donné au cours de la nuit, Julia trinqua à la plante en elles qui était de l'alcool. Et de fait elles burent tant qu'elles s'endormirent toutes dehors, encore habillées, éclairées par les étoiles géantes.

3

Le lendemain matin, comme l'aube s'insinuait, Céline s'éveilla tôt. Elle eut l'impression qu'il y avait eu des changements petits mais certains dans l'aspect du monde : comme des fleurs différentes dans le jardin, et des champignons. Il était possible que ce fût simplement un effet atroce du trop de boisson de la veille, aussi se rendit-elle dans la maison pour trouver de l'eau. À sa grande terreur, le calendrier disait qu'on était maintenant en l'an 2251. Elle ressortit pour le dire à ses amies mais fut interrompue par quelque chose qu'elle trouva dans la cour : une construction qui ressemblait à un bateau, décorée de milliers de minuscules ballons argentés. La matière dans laquelle ces ballons étaient faits paraissait moelleuse, mais quand elle la toucha, elle constata qu'elle était étonnamment solide, une sorte de métal hautement malléable qu'elle n'avait encore jamais vu. Elle ouvrit le véhicule et s'assit à l'intérieur. L'habitacle était multicolore et très mignon.

Ensuite, alors qu'elle s'apprêtait à sortir, il se mit à flotter en s'élevant régulièrement dans les airs.

Au début, elle fut presque enchantée par la sensation nouvelle. Elle regarda par le hublot le ciel qui s'approchait. Puis elle regarda en bas, et dans les rues il n'y avait que des gens ou juste le vide. La ville était devenue infinie – des petits bâtiments, des usines, des stades pour slaloms et courses – jusqu'à ce que l'on finisse par voir les champs à l'extérieur de la ville et le véhicule oscilla au-dessus de nombreux minuscules chevaux.

Elle se mit à quitter la basse atmosphère. Elle vit successivement la Méditerranée, puis la mer Noire, suivies de l'Iran et de l'Inde, jusqu'à ce que le Japon passe devant le hublot de sa fusée, et quelques heures plus tard tout l'océan Pacifique émergea, mais il disparut aussi et fut remplacé par le continent américain. Elle pouvait clairement distinguer toutes ces révolutions de la terre, et finalement vit l'océan Atlantique, puis l'Europe réapparaissant au hublot, mais elle ne pouvait plus distinguer les différents pays, parce qu'elle était trop haute.

Tout cela se produisit très tranquillement, comme peut-être le temps que cela pourrait prendre de rester au lit toute la journée à lire, après avoir terminé un long projet. Et entretemps elle continuait de filer vers le haut dans le ciel noir scintillant. Mais ensuite, abruptement, alors qu'il semblait que la dérive pouvait durer indéfiniment, la fusée se renversa – comme n'importe quel véhicule pourrait se renverser sur une route en chantier abandonnée dans le noir – et elle se sentit plonger vers le bas. Ses oreilles se débouchèrent et elle hurlait sans se rendre compte exactement qu'elle hurlait. Tout était incroyablement étrange – mais le plus étrange fut qu'en regardant à travers le hublot elle aperçut la lune soudain devant elle : sa surface blanche, maintenant elle la voyait de près, aux couleurs vives et très élaborée. Elle détourna de nouveau le regard, parce qu'elle se dit que ce devait être impossible. À un moment, quand la pression et la vitesse parurent insupportablement trop intenses, elle entendit un bruit de ruée et de gonflement soudain et vit autour d'elle les ballons argentés gonfler jusqu'à atteindre une densité géante – si bien que le dirigeable, qui jusqu'alors se précipitait vers le bas en une vertigineuse confusion, commençait maintenant à ralentir, et finit par atterrir en douceur sur une étendue de sable.

Elle sortit, et regarda en l'air. L'espace d'un instant, elle se sentit en sécurité parce que c'était assurément enfin son monde et par conséquent elle allait pouvoir retrouver le chemin de la maison, jusqu'à ce qu'elle lève la tête au ciel. C'est alors qu'elle se rendit compte que cette étoile était la terre, et Céline vomit.

4

La lune était jolie mais bizarre aussi, et couverte de feuillage et de fougères, comme une surface feutrée de lumières. Elle traversa les prairies toutes de fleurs sauvages. Elle eut l'impression de marcher pendant des heures, mais il était difficile de comprendre le temps ici sur la lune, parce que tous les effets de lumière étaient différents. Il y avait une fleur qui ressemblait à un ajonc mais sentait plutôt la jonquille ou le fumier. Elle se pencha en avant pour l'examiner de plus près, mais ensuite hésita, par anxiété, peut-être, ou prudence.

– Vas-y, tu peux me toucher, dit une voix.

Elle resta plantée là, en silence. Partout où elle allait, se dit-elle, y compris sur la lune, des voix retentissaient autour d'elle. Elle attendit que celui ou celle qui avait parlé se manifeste. Rien n'apparut. Au bout de quelques minutes, elle décida de continuer de marcher. Il fallait qu'elle retourne à son vaisseau spatial, se dit-elle. Elle n'avait pas envie de voir les paysages de la lune. Elle voulait rentrer à la maison.

Puis ce qui semblait être une personne s'approcha d'elle. Elle ne pouvait pas dire si cette personne était un homme ou une femme, et peut-être, songea-t-elle, cela n'avait pas d'importance. La personne était très grande, avec une peau aux couleurs sinistrement vives, vêtue d'un sobre ensemble blanc, quelque chose d'ajusté avec une grande précision. On aurait certes pu supposer que cette personne était humaine, il était par ailleurs impossible, remarqua Céline, de comprendre comment se déplaçait cette personne.

– S'il te plaît, dit-iel. Nous vous observions.

– Qui êtes-vous ? dit Céline. Et aussi, qu'entendez-vous par *observer* ?

– Je m'appelle Harper, dit Harper. On peut voir ce qu'on veut sur cette planète.

– Je suis perdue, dit Céline. Je viens de la terre. J'ignore comment je suis arrivée ici.

– Nous appelons cette planète la terre, dit Harper, mais vous l'appelez la lune. La lune est un monde comme le vôtre. Et votre monde est notre lune.

Il y eut un silence pendant que Céline essayait de se calmer.

– Reste avec nous, dit Harper. Viens voir.

5

Céline avait très peur, mais la peur est une sensation très confuse et peut être interprétée de nombreuses façons. Sa peur était proche de l'excitation. Céline se disait qu'il était possible qu'ici, sur cette planète, quelque chose s'agitât en elle, quelque chose de vivant. C'était comme s'il y avait un nouveau mode de vie ou de pensée qu'elle avait essayé d'accomplir sur terre, et ce qui était en train de se réaliser ici, aussi incroyable et hallucinatoire, était un moyen de lui dire d'être fidèle à cette vision, de ne pas la laisser filer.

Aussi Céline dit-elle oui à Harper.

6

Harper lui fit signe de monter dans un véhicule flottant qui attendait non loin. Dès qu'ils furent dedans, il commença à bouger mais d'une manière apparemment immobile. C'était comme si le paysage se déplaçait, mais pas le véhicule, qui passait au-dessus de prairies, de jungles ou de vallées, puis à un moment donné le véhicule se volatilisa tout simplement autour d'eux dans l'air mauve et fragile, révélant une collection de tentes, de petits pavillons et autres structures espiègles, un parc d'attractions que Harper appelait une ville. Elle était entièrement faite dans un matériau qui étincelait au soleil – une lumière qui semblait plus pure que sur terre, sans doute parce que l'air n'était pas autant contaminé par toute cette poussière et ces exhalaisons humaines.

Céline demanda à Harper comment il était possible qu'elle puisse parler leur langue.

– Nous pouvons parler toutes les langues que les humains ont utilisées, dit Harper en haussant les épaules. Entre nous, nous préférons utiliser la langue que nous avons mise au point, avec des couleurs, des parfums autant que des sons. N'importe quoi peut parler avec n'importe quoi.

– Une plante, par exemple ? dit Céline.

– Naturellement, répliqua Harper, les plantes se parlent entre elles. Aussi les montagnes parlent aux renards. Tout parle à tout : les algues aux tomates, les lézards aux nuages. Il leur faut faire attention, bien sûr. Chaque élément est un diplomate qui parle à d'autres diplomates.

– Je trouve les langues très dures, dit Céline. Je veux dire, je trouve ça très dur d'apprendre une nouvelle langue : j'ai tout le temps honte de mon mauvais accent.

– Accent ? dit Harper.

– Les différentes nations n'ont-elles pas des accents différents ?

– Eh bien disons, dit Harper.

– Ou différentes villes alors ?

– Personne ici n'habite dans une seule ville, dit Harper. Tout est portatif.

Puis Harper fit signe à Céline d'entrer à l'intérieur d'un pavillon au néon.

7

Le pavillon se révéla être la plus grande maison que Céline avait jamais vue. Apparemment Harper partageait cet espace avec de nombreux autres extra-terrestres, comme si une maison était toujours une fête. L'ambiance était très sympathique, même si les relations entre ces extra-terrestres étaient dures à comprendre pour Céline, ce qui peut-être n'aurait pas dû être étonnant, se dit-elle, puisqu'il est toujours difficile d'entrer dans une fête, quand les gens semblent vous résister ou du moins adopter une attitude de réserve. Céline crut tout d'abord que les êtres présents existaient en une variété de couleurs : du noir foncé au crème, en passant par le rouge, le vert et le bleu. Puis elle se rendit compte qu'elle n'avait aucun moyen de savoir de quelle couleur était leur peau parce que ces extra-terrestres ne portaient pas d'habits au sens où elle l'aurait compris, mais à la place une espèce de voile semi-transparent qui les moulait, sur lequel ils pouvaient projeter la couleur ou l'illusion de vêtement qu'ils voulaient, si bien qu'il était en fait possible qu'ils n'aient pas de peau du tout.

C'était un monde, semblait-il, basé sur d'extravagantes couleurs. Au dîner, on servait de petits cachets qui contenait, expliqua Harper, tous les éléments nutritifs dont ils avaient besoin. Les cachets étaient mauves, roses et brun-roux. Autour de Céline les murs étaient d'une variété de couleurs d'une profonde densité : un bleu marine pâle, un vert pimpant, le violet le plus foncé qui était d'une certaine manière aussi irisé. C'étaient comme des tapisseries, si des tapisseries avaient été pressées et moulées en petites vagues, des carrés abstraits de couleur épaisse. Ils étaient en velours, jacquard, nylon, laine bouclée, fourrure synthétique ou quelque chose qui ressemblait à tout cela.

– Mais que faites-vous tous ici ? demanda-t-elle. Comment vivez-vous ?

Tout le monde se mit à rire.

– C'est l'endroit le plus heureux de l'univers, dit Harper. Nous n'avons pas besoin de faire quoi que ce soit. Je comprends que ça puisse paraître bizarre. Les humains sont toujours obligés de faire des choses. Alors qu'ici toute production et reproduction est effectuée sans le moindre effort – via des *media*, en code.

– Je ne comprends pas, dit Céline.

– Pense à un livre, dit Harper. Ou à un portrait. Un *medium* est quelque chose qui permet à une autre chose de prolonger sa vie au-delà des frontières habituelles. Un *medium* est un endroit où la vie se multiplie.

– D'accord, dit Céline, mais ce ne sont que des images, que des mots.

– Penses-y peut-être juste en ces termes, dit Harper. Depuis ses débuts, l'univers a toujours essayé de trouver le meilleur moyen de se pourvoir en informations sur lui-même. Plus l'univers pense, plus il s'organise graduellement, dans des *media* de plus en plus perfectionnés. Les premiers *media* étaient des molécules, et des cellules, jusqu'à ce que graduellement elles prennent la forme de minuscules organismes, puis d'animaux, de champignons et de plantes jusqu'à ce que bientôt le code prenne la forme de petites communautés. Puis c'est devenu du langage, comme les livres, les magazines et les potins. Puis le langage est devenu images. Puis nous voici là.

Céline le scrutait d'un regard affolé et craintif.

– Viens avec moi, dit Harper.

Harper la fit sortir du pavillon, la conduisit dans une avenue qui était faite d'une sorte de verre étincelant, jusqu'à une structure semblable à une illusion d'optique, comme si un gratte-ciel avait été courbé jusqu'à former un demi-cercle. Enclos à l'intérieur se trouvait un ensemble d'autres bâtiments. Des fenêtres il y avait de petites vues sur des nuages et des galaxies, apparaissant juste de temps en temps à côté d'eux tandis qu'ils marchaient.

– Tu vois ? dit Harper.

Et ils pénétrèrent dans les bâtiments de l'usine.

8

Dans certains bâtiments il y avait des rangées d'objets ou de machines. Mais dans d'autres bâtiments il n'y avait rien, ou presque rien – juste des écrans sur lesquels des nombres apparaissaient et disparaissaient à grande vitesse. Après avoir traversé à pied un hangar à fusée, Céline aperçut ce qui semblait être un système d'écriture élaboré logé à l'intérieur d'une espèce de jardin botanique. Il y avait un air humide parfumé, des palmiers nains et des insectes sauvagement bigarrés, et à l'intérieur de ce feuillage dense se trouvait une série de mains qui étaient faites en minéral poli, peut-être du zinc ou du granite, attachées en rangs à des tiges, toutes écrivant à grande vitesse sur des plantes qui se déroulaient en quelque chose ressemblant à du papier.

– Mais que se passe-t-il ? demanda Céline.

– Ils font des livres, dit Harper. Ils écrivent des histoires.

– Mais c'est une machine, dit Céline.

– Il y a bien longtemps, dit Harper, nous nous sommes rendu compte qu'une histoire n'avait pas besoin d'*auteur*. Les mains c'est une espèce de blague.

– Mais qu'est-ce qu'elles écrivent ? dit Céline, qui essayait de lire les livres tandis qu'ils s'imprimaient.

– Ah, des romans, dit Harper. Et puis des descriptions des planètes, des histoires de sables, de rocs et de lichens. Celle-ci, par exemple, est en train d'écrire un roman sur votre terre.

Les mains qui écrivaient semblaient très délicates, avec de longs doigts et des ongles vernis d'un orange fluo lumineux.

– Mais est-ce qu'une machine, demanda Céline, peut vraiment écrire un roman ? Est-ce qu'elle peut penser à ses propres compositions ?

– Bien sûr, dit Harper. Qu'est-ce que tu as cru, que tu n'étais pas du code, toi aussi ?

Harper lui fit ensuite signe d'entrer dans une nouvelle salle qui semblait éclairée par ses propres murs. Il y avait de grandes fenêtres donnant sur des sables du désert avec des cactus rabougris et autre verdure. Dans cette salle, divers extra-terrestres se déplaçaient autour de tables sur lesquelles se trouvaient des flasques, des cornues, des robinets. En attendant, il y avait des cloisons partout, délimitant différentes zones, toutes transparentes les unes aux autres.

– C'est ici que nous nous reproduisons, dit Harper.

Il y eut un silence pendant lequel Céline ne parvint pas à comprendre.

– Nous ne faisons pas de nouveaux êtres à l'intérieur d'un corps, dit Harper. Nous préférons les inventer dans ces espaces ouverts colorés.

– Mais pourquoi ? dit Céline. Il n'y a pas plus grand plaisir que de faire un enfant à l'intérieur de soi, et d'être toujours avec lui.

– Précisément pour la raison que tu viens de décrire, dit Harper. Pourquoi arranger les choses d'une manière si limitée ?

Harper semblait chatoyer de plaisir.

– Si tu veux comprendre la lune, ajouta Harper, voilà ce qu'il faut que tu étudies : notre méthode de reproduction. C'est ce qui rend notre bonheur possible parce qu'elle nous permet d'être libres.

C'était très étrange de sentir que l'on comprenait soudain ce qui était en train de se passer, songea Céline, quand aussi on ne comprenait pas du tout ce qui se passait.

Un extra-terrestre donnait une boisson turquoise à un extra-terrestre miniature, puis lui montrait comment se faire rayonner en une série de teintes translucides.

– C'est votre enfant ? demanda Céline à cet extra-terrestre.

– Ah mais non, dit l'extra-terrestre.

– Tous les adultes s'occupent de tous les enfants, expliqua Harper.

– Mais vous l'aimez ? dit Céline. Je veux dire : pouvez-vous aimer ce petit être ?

– Bien sûr, dit l'extra-terrestre. Pourquoi pas ?

9

Cette nuit-là, Céline s'étendit sur un sofa, tandis que des lumières palpitantes dérivaient dans l'air. Une fontaine s'écoulait délicieusement dans une sorte de cour intérieure à côté d'elle. L'atmosphère était très chaude. Il semblait y avoir du silence, et en même temps il y avait une sorte de musique de fond répétitive dense, comme le bruit fait par les cigales dans le crépuscule vert et noir.

Céline essayait de déterminer ce qu'elle ressentait. C'était comme si, ici dans le futur, sur la lune, une chose à laquelle elle avait pensé lui était démontrée, ou du moins était offerte à sa considération.

– Mais comment suis-je passée de là-bas à ici ? se dit Céline à voix haute. C'est ça que je ne comprends pas.

– Est-ce vraiment si étrange ? dit une voix.

Ça semblait être un progrès qu'elle n'ait plus peur de ces voix invisibles, mais en même temps c'était perturbant. Elle regarda autour d'elle dans l'obscurité planétaire. Cela semblait provenir de la fontaine, se dit-elle.

– Vous avez parlé ? demanda-t-elle à la fontaine.

Céline fixait la cascade miniature d'apparence innocente.

– Demande-moi n'importe quoi, dit la fontaine.

– Pardon ? dit Céline.

– Demande-moi n'importe quoi, je veux aider.

– Je suis juste, commença Céline.

Puis elle s'arrêta. C'était indescriptible.

– Je comprends, dit la fontaine. Ça te paraît très perturbant. Mais ce n'est peut-être pas si perturbant, peut-être que ce qui se passe ici n'est pas si différent de ce que tu connais.

– Ça reste quand même, dit Céline, très troublant. Par exemple, parler à de l'eau, ou je ne sais quoi.

– Je veux dire, vraiment ? dit la fontaine. Après tout, tu as des histoires racontées par des sofas, par des pièces de monnaie, par des jupons et des poches. Pourquoi pas aussi bien par d'autres choses ?

– Mais ça c'est dans les *romans*, dit Céline.

Il y eut un silence, comme si la fontaine se sentait gênée ou rabrouée. Puis la fontaine fut soudain une soupière en porcelaine, aux rebords à collerette et jabot. Elle se métamorphosa tout simplement, alors même que Céline la regardait fixement, à la façon dont une animation se transformerait – et Céline s'avisa en la fixant avec stupéfaction qu'elle avait toujours trouvé que la soupe était quelque chose de troublant. Peut-être, se demanda-t-elle, était-ce le fait que la soupe n'avait pas de bord, ou le fait que les éléments contenus dedans étaient improuvables ou indéterminés. C'est incroyable, quand on y pense, de considérer que simultanément à l'intérieur de l'élégante forme dure d'une soupière se trouve une soupe informe clapotante, tout comme le sang existe à l'intérieur d'un corps ou le million de mots à l'intérieur d'un livre.

– Il n'y a pas de raison, dit la fontaine, que certains êtres parlent et pas d'autres.

– Faut croire, dit Céline.

– Et en fait, poursuivit la fontaine, les voix n'ont pas besoin de venir d'un endroit précis. Je veux dire, je peux me faire entendre de n'importe où, même quand on ne peut pas me voir. L'univers est une collection de voix qui peuvent se faire écho et parler.

– Mais comment ? dit Céline.

– Comment quoi ? dit la soupe.

– Comment ça ? dit-elle. Ce que vous venez de dire ?

– Je veux dire, dit la soupe, comment tout ce que tu veux ? Parfois tu marches dans la rue et ensuite tu te mets à chanter. Et ensuite tu t'arrêtes. C'est comme ça, voilà tout.

Comme pour illustrer son propos, ou peut-être simplement par caprice, la soupe acquit soudain un grand nombre de têtes, et se mit à siroter un cocktail kitsch avec une grande concentration sévère, jouant avec un parasol miniature en papier juché sur le rebord du verre.

C'était effrayant de tomber dans les mains de quelque chose d'aussi surnaturel, songea Céline, tout comme c'est aussi effrayant de se retrouver seul à une soirée avec une célébrité et de soudain ne plus voir ses amis. Il n'empêche, si cet être se met à vous parler, dans quelque langue que vous compreniez, s'il met ses mots devant vous à la façon dont, dans la vie normale, quelqu'un pourrait vous offrir une assiette de fettuccine, alors vous devriez certainement écouter ces mots.

– Je ne suis toujours pas certaine que cela réponde à ma question, dit Céline.

– Je comprends, dit le buveur de cocktail. Toute histoire commence par la question du *comment*. Mais ce que les gens veulent vraiment c'est une histoire qui transforme le comment en *pourquoi*. Bon, cette sorte d'histoire est impossible. C'est comme l'histoire de l'univers. Il n'y avait rien, et ensuite il y a eu quelque chose. Il n'y avait pas d'espace, et ensuite il y a eu l'espace. Il y avait l'espace là où il n'en existait pas, à la façon dont un bébé crée un espace à l'intérieur d'un corps. Il n'y avait pas le moindre *pourquoi*.

– J'ai toujours du mal, dit Céline.

– Euh, vraiment ?

Et la tête devint une bouteille de sauce, qui se déversa dans l'espace qu'elle avait quitté, et soudain c'était de nouveau une fontaine, qui s'écoulait en arrière-plan.

De nouveau, il n'y eut rien, là où il y avait eu quelque chose.

10

Le lendemain, Céline s'éveilla tôt et alla se promener le long d'une espèce de canal, à travers des roseaux marron foncé, sous un ciel bleu. Elle émergea dans une piazza où de nombreux extra-terrestres étaient réunis, pris dans ce qui semblait être une sorte de conversation excitée parce qu'elle était conduite en une série de notes et de couleurs vives, mais quand elle s'arrêta pour demander à Harper, qui parlait avec un ami d'un côté de la foule, ils lui dirent qu'en fait tout le monde était un peu anxieux à cause de cette arrivée d'une étrangère parmi eux.

– Vous voulez dire moi ? demanda Céline.

– Je veux dire toi, dit Harper.

Céline s'approcha de l'un des habitants de la lune.

– Est-ce qu'on peut parler ? dit-elle.

– Bah, bien sûr, répondit l'extra-terrestre. Pourquoi pas ?

– Je me disais juste, dit Céline. C'est que je n'étais pas certaine que vous voudriez bien. Si vous pensez que je suis dangereuse.

– Vous êtes magnifique, dit-iel.

– Merci ? dit Céline.

– Absolument, dit l'extra-terrestre. J'adore.

Il y avait une transpiration ou un éclat doré à sa surface. Iel était très élégant, se dit Céline.

– Moi c'est Céline, dit Céline.

– Moi c'est Mica, dit l'extra-terrestre.

C'est ainsi que commença son amitié avec un extra-terrestre.

Le reste de la journée, Céline et Mica discutèrent. Lorsqu'ils en eurent marre de discuter, Mica lui montra de petits bâtiments, des jardins et des déserts sauvages en poudre de silicone ou en diamants. Le lendemain matin, ils se retrouvèrent et continuèrent de discuter. Ces conversations se poursuivirent pendant quelques jours. C'était un paradis de conversation, songea Céline. S'il arrivait à Mica d'être en retard, elle commençait à se faire du souci. Elle n'avait jamais discuté avec quelqu'un de manière si abstraite. Mica lui apprit à s'habiller à la manière extra-terrestre, à apprendre les secrets de la projection. Parfois c'était facile, et elle portait des petits chemisiers et un pantalon de tweed avec de minuscules nœuds à la taille, ou des robes en imprimé à motif licorne ou tourbillon psychédélique. Et puis il y avait des jours où rien ne sortait correctement et elle se traînait en pantalon de survêtement ou en pyjama. Mais soudain elle découvrit une façon de se donner des pantalons violets en taffetas ou un tee-shirt orange moulant avec une jupe plissée orange en organza. Leur apparence quotidienne devint un projet commun. Ensemble, ils aimaient varier ce qu'ils portaient, pour égarer tout le monde sur la lune, par exemple ils projetaient une sévérité absolue quand ils se sentaient d'humeur particulièrement frivole, ou une délicate légèreté lorsqu'ils parlaient des choses philosophiques les plus sombres. Chaque fois qu'elle demandait à Mica s'iel ne voulait pas passer du temps avec quelqu'un d'autre, Mica répondait qu'il n'y avait personne d'autre avec qui iel avait davantage envie de discuter qu'avec Céline.

Ç'aurait été une amitié, s'il y avait eu des amitiés sur la lune, se dit Céline, sauf que très probablement cela n'existait pas. L'effet était effrayant mais aussi excitant.

Elle se rappelait Montour et ce dont ils avaient parlé avec Catherine, en Amérique. Il était possible, se disait Céline, que ce soit une situation qu'il aurait reconnue et elle voulait être à la hauteur de ses idéaux à lui – ne pas insister, ne pas être une chose unique, mais laisser n'importe quoi vous habiter. Néanmoins, il avait raison : c'était très fatigant.

– Je crois que j'ai encore des problèmes d'échelle, dit Céline. J'ai une fois parlé avec quelque chose qui…

Elle s'interrompit. Elle réessaya.

– Je veux dire, j'ai déjà essayé de réfléchir à ce problème, dit-elle.

– Je comprends, dit Mica. C'est très déroutant. Mais combien de temps tes pensées resteront-elles fixées sur la terre ?

Elle parut réfléchir un long moment.

– Je vais te montrer quelque chose, dit Mica.

Iel la fit alors entrer dans un autre bâtiment que Céline n'avait pas remarqué parce qu'il était transparent, mais de l'intérieur, les murs semblaient densément tissés à partir de sortes de mailles opaques. Ils changeaient de couleur selon l'angle du soleil. Il y avait un grand carré découpé dans l'un de ces murs, si bien qu'on pouvait toujours voir l'univers : tendre et gigantesque. Tandis que sur un autre mur, avec des rangées de sièges transparents éclairés à contre-jour faits dans un matériau clair et cotonneux, on pouvait voir de petites scènes se déroulant sur les murs, bougeant lentement comme un zootrope. C'étaient toutes des scènes en provenance de la terre, dit Mica. Céline vit des explorateurs, des batailles, des fermiers endormis dans des vergers, beaucoup de chiens. Elle demanda à Mica ce que c'était.

Tout ce qui se passait sur terre migrait ici, expliqua Mica, de la même manière que des rumeurs ou des mondes pouvaient migrer, comme des graines. La totalité de l'histoire humaine projetait de petites images et de petits sons, des petites copies, qui traversaient l'espace jusqu'à eux.

Il y avait de longues séances de forêt, de nature ou de déserts, juste des feuilles qui bougeaient en faisant une sorte de bruissement, ou le vent, ou un bison traînassant posément au loin. Mais aussi Céline put voir Marta, lisant et relisant les messages qu'elle lui avait envoyés, et ensuite Beaumarchais, à l'agonie, tout seul, avec une cruche d'eau croupie à côté de son lit. Des images de partout apparaissaient. Dans la forêt américaine, de grands animaux se reposaient.

Plus Céline vivait cette expérience, plus elle avait l'impression d'être à l'orée d'une compréhension décisive, comme si elle allait être capable de voir sa planète très précisément et très frénétiquement, à la manière dont peut-être un mécanicien de l'imprimerie pourrait comprendre une machine à imprimer – complètement et avec une précision affable. C'était une vision d'action à distance qui avait pu paraître jadis sinistre ou troublante mais qui dans cet endroit paraissait rationnelle et évidente – une vision de causes et d'effets s'approchant et s'éloignant les uns des autres, tous les pamphlets, vaisseaux, bactéries, mots, images, le tout enchevêtré, liquide et excitant. Toute l'histoire, y compris l'histoire des mots, s'avérait-il, relevait en réalité de l'histoire naturelle.

Le lendemain, ils retournèrent dans cette espèce de salle de spectacle, et en fait pendant plusieurs jours, plus d'une semaine, Céline s'assit dans cette chambre avec Mica à côté d'elle, sur une banquette moelleuse, à regarder ce qui se passait sur terre.

11

Céline pensait tout le temps à ses conversations avec Mica. Sa proximité avec un extra-terrestre lui semblait désormais familière et presque anodine. La maison dans laquelle elle habitait avait toute une série de fenêtres et elle s'asseyait à ces fenêtres et se laissait envelopper par les brises. Chaque brise, comprenait-elle, avait sa propre personnalité. Il y avait des vents espiègles, des vents sobres et des vents qui réfléchissaient très distinctement et philosophiquement. Entretemps, au loin, la terre se levait vertement, puis disparaissait.

Il y avait quelque chose que Céline trouvait totalement charmant dans le fait de vivre avec cette nouvelle perspective. Même si aussi les corps lui manquaient, se disait-elle. Sentir contre elle le corps robuste de quelqu'un transpirant lui manquait. Mais peut-être était-ce vieux jeu de sa part, de se languir tant du désir, tout comme elle trouvait ça vieux jeu quand les gens avaient besoin de savoir qui était une femme et qui était un homme. Tous les aspects de la vie avaient été faussés par cette relation.

C'était comme si elle-même se transformait en extra-terrestre, et l'idée était divertissante et séduisante.

Et puis un matin, Harper vint la voir, traînant derrière lui un Mica abattu.

– C'est vrai, ça ? dit Harper.

– Quoi est vrai ? dit Céline.

– Que vous avez regardé la terre, avec Mica, dit Harper.

– Euh, oui, bien sûr, dit Céline.

La colère était un nuage autour de Harper. Pendant un long moment, personne ne parla.

– Ne vous fâchez pas contre Mica, dit Céline.

– Je ne suis pas fâché contre Mica. Je veux dire, non, je suis très fâché contre Mica. Mais en fait je suis fâché contre toi, dit Harper.

Ce n'était pas tant les visites secrètes à la salle de spectacle, dit Harper. C'était ce que ces visites représentaient. Quelque chose de terrible avait été introduit sur la lune par Céline, continua Harper. Une tendance à se retirer du monde et à l'amitié exclusive était partout, comme un virus – si bien que l'on voyait des duos lisant ensemble ou tout simplement parlant, comme cela ne s'était encore jamais fait, de plans communs, de projets et de souhaits d'avenir. Tout cela, dit Harper, avait commencé quand Céline avait séduit Mica.

– Mais je n'ai jamais séduit qui que ce soit, dit Céline. Je n'ai jamais voulu que ça arrive.

Harper se tut. Ils comprenaient, dit Harper. Néanmoins cela était en train d'arriver, et de nombreux habitants de la lune étaient en colère et inconsolables. Ce n'était pas évident, ce qu'ils avaient l'intention de faire. Ils laissèrent le malheur de cette phrase finale entacher l'air autour d'eux. Puis Harper haussa les épaules et disparut.

C'était terrible de se rendre compte que même ici il y avait une société, se dit Céline, avec tous ses ennuis et ses situations fâcheuses. Elle comprenait pourquoi Harper était si en colère. Personne n'aurait dû être obligé de penser au désir, et certainement pas sur la lune. Mais aussi, elle n'avait nulle intention de culpabiliser pour un sentiment qu'elle n'avait pas délibérément provoqué.

– Allons quelque part, insista Mica.

Mica prit la main de Céline et la fit monter à la surface d'une dune lunaire, d'où elle put voir le ciel en expansion et toutes ses étoiles. C'était comme si un alignement de lustres s'éloignait dans toutes les directions. Puis soudain Mica lui prit la main et ils plongeaient du bord de la lune, dans l'espace pourpre.

– S'il te plaît, dit Céline.

Il était très difficile d'avoir le genre de conversation qu'elle voulait avoir, alors qu'elle était en train de flotter et de faire des galipettes tout en douceur. Ils étaient dans une espèce de poche ou de pli qui était au-dessus de la lune mais encore à l'intérieur de son atmosphère, et cela signifiait que la gravité était une force très ténue offrant une résistance agréable tandis qu'ils nageaient à l'intérieur de l'océan d'air. Si bien que même si la conversation était malcommode et mélancolique aussi il y avait ce constant délice comique qu'il était difficile d'ignorer.

– Regarde autour de toi, dit Mica.

Il était évidemment vrai que la vue était magnifique et éblouissante, dit Céline. Elle ne contestait nullement la beauté de l'univers. Sauf que ce n'était pas ce qu'elle voulait. Elle ne souhaitait pas s'attacher.

– Je t'ai tout montré, dit Mica.

– Mais je ne te l'avais pas demandé ! dit Céline.

Elle se sentit soudain incroyablement fatiguée, même si, bien sûr, se déplacer était cette nouvelle chose flottante, ne nécessitant pas le moindre effort. La fatigue ne tenait qu'à ce qui se passait entre eux et cela bien sûr était invisible et aussi bien plus terrible que la gravité. C'était cette nécessité de s'expliquer vis-à-vis des autres, quand tout ce que vous vouliez était quelque chose de plus proche de la solitude. Il s'avérait que c'était toujours difficile, songeait Céline, quand une personne avait envie de vous. Cela n'avait pas d'importance que ce soit un extra-terrestre, un homme ou une femme. La tâche consistait toujours à essayer d'anticiper quelles règles ou suppositions on avait pu enfreindre sans le savoir, et peut-être que le fait d'avoir accepté les invitations de Mica à parler et ensuite être en train de les rejeter était d'une certaine manière immoral ou tout du moins non civilisé, mais elle ne pouvait s'en empêcher. Il y avait tant de lois dans l'univers qui pouvaient être enfreintes invisiblement et silencieusement mais aussi fatalement.

– Je ne veux pas d'amour, dit Céline.

– Qu'est-ce que l'amour ? demanda Mica.

– C'est l'impossible ! s'écria Céline.

Mais ensuite elle se rendit compte aussi que savoir ce qu'on veut est une force merveilleuse, et si cela signifie que vous allez créer de la peine ou même la fin d'un monde, il ne peut être dit que c'est votre faute, ni que c'est quelque chose que vous devriez refuser.

Elle aimait ses amis mais elle aimait aussi quelque chose de plus que ça. Il y avait une valeur qu'elle trouvait plus grande que le désir, quelque chose ayant à voir avec les voix qu'elle entendait, quelque chose qui ne lui était devenu clair qu'ici sur la lune, et peut-être que cela la rendait moins appréciable mais c'était vrai. Elle était la femme qui partirait.

– Je ne veux pas de toi, dit Céline. Je t'apprécie beaucoup mais je ne veux pas de toi.

– Parce que tu ne me connais pas, parce que tu as peur, dit Mica.

– Ce n'est pas ça, dit Céline. Je ne veux de personne. Je veux dire, je ne veux pas être avec quelqu'un. Pourquoi est-ce si difficile à comprendre ?

Mica pleurait et les larmes étaient de petites gouttes de gel, qui scintillaient à la lueur des étoiles, au loin.

– Tu pourrais m'emmener avec toi, dit Mica, avant de faire un geste vers le ciel, où la petite terre trônait dans l'air noirci.

Céline ne répondit pas. Pendant un certain temps ils flottèrent délicatement dans l'atmosphère, faisant des roulades et des mini-plongeons, pendant que Céline pensait à la terre, à ses fêtes, à ses langues, ses meurtres, ses kidnappings et son argent. Il était soudain évident qu'il n'y avait pas moyen qu'elle reste ici. Elle ne pourrait jamais le moins du monde se sentir chez elle sur la lune.

– Tu es merveilleux, dit Céline. Tu es fantastique. J'aimerais pouvoir.

– Alors pourquoi pas ? dit Mica.

Céline fit des cercles façon dauphin et finit à côté de Mica délicatement dans l'air vaste.

– Parce que tu mourrais là-bas, dit-elle.

12

Céline se hâta de retourner à sa maison lunaire dans la nuit bleue. Soudain la peur vibrait en elle. Il y avait des lumières qui se déplaçaient au loin et elle sentait des mouvements autour d'elle, des plantes bouillonnant dans les étangs. Elle avait ce sentiment très sûrement et très urgemment que quelque chose se fomentait contre elle. Vite elle retrouva ses anciens vêtements, et pendant un moment tâtonna pour les enfiler, car cela faisait bien longtemps qu'elle n'avait eu à se vêtir de la sorte. Quand elle émergea, elle eut l'impression d'avoir perdu un temps important : elle entendait des sons dans l'atmosphère, d'atroces vibrations qui étaient, supposa-t-elle, la manière qu'avaient les habitants de la lune pour que la planète se retourne contre elle.

Dans le noir elle avança comme elle put à travers une série de décors de dessins animés. Quand elle arriva finalement à son vaisseau spatial échoué, il était pris dans une sorte de jungle qui avait poussé tout autour. Il y avait des milliers de plantes et de lianes. Et Céline restait là, immobile, parce qu'elle se rendait compte qu'elle ne savait pas du tout comment faire partir ce véhicule. Les ballons argentés semblaient embroussaillés, froids et vieux. Au loin, la terre poursuivait ses molles rotations et ses nuages étaient des tourbillons magnifiques dans la pénombre. Il y avait une fine pluie.

Puis Céline eut une idée, et cette idée était la conversation.

– Aide-moi, dit-elle à un arbre vertement dégoulinant.

Pendant un terrible moment il y eut du silence. Puis enfin l'un des arbres répondit.

– T'aider ? dit l'arbre.

– S'il te plaît, aide-moi, répéta Céline.

– Mais comment ?

– Il faut que je quitte cette planète, dit Céline. Je t'en supplie.

Pendant un long moment rien ne reparla et elle craignit qu'il ne se passe rien. Des lumières changeaient au loin comme de petits bâtons fluorescents. Elles semblaient s'approcher en une espèce de horde qui grossissait peu à peu. Tout paraissait frénétique et inhabituel. Puis petit à petit les plantes commencèrent à s'écarter en ondulant, jusqu'à ce que son vaisseau spatial se révèle dans une clairière.

– Merci, dit-elle.

Elle s'assit à l'intérieur du vaisseau. Pendant quelques secondes, elle fut souffletée par les vents. Les vents étaient énormes. Il n'y avait rien d'autre que le son du vent. Puis enfin commença un bruit comme une sorte de raclement, puis un glissement, et le vaisseau se mit à léviter en équilibre instable en pénétrant dans l'atmosphère.

13

Céline continua de regarder devant tandis que le véhicule se frayait un chemin à travers l'atmosphère trouble. Pour finir, elle décida de regarder en bas. Elle était très en hauteur. C'était comme si elle pouvait voir la surface de la lune se dissiper en une blancheur abstraite, comme si la lune essayait de se ressaisir maintenant que Céline était partie. Mais elle n'eut pas le temps d'examiner cela de plus près car, dans une embardée, le véhicule disparut de l'atmosphère de la lune, si bien que soudain il traversait l'obscurité en filant.

Il sembla que plusieurs heures avaient passé. Quelque part, le soleil illuminait le système solaire. Pendant ce temps, elle se concentrait pour essayer de comprendre dans quelle direction elle volait. Parfois elle était tête en bas. Puis elle plongeait verticalement vers la terre. Puis la terre se perdait et Céline ne savait pas du tout où regarder pour la voir, et elle avait l'impression qu'il était possible qu'elle passe complètement à côté de la terre et aille disparaître dans l'obscurité infinie. Pendant un long moment, elle eut l'impression d'être statique, juste en suspension parmi les étoiles et les autres planètes, et elle commençait à se dire que peut-être elle allait rester là, à flotter quelque part entre la terre et la lune, ou peut-être continuerait-elle à flotter et disparaîtrait-elle au-delà des autres planètes, jusqu'au bord du système solaire dans l'obscurité infinie, jusqu'à ce qu'elle se sente tomber brutalement en cascade dans l'atmosphère de la terre, dans laquelle elle ralentit, comme flottant, à la façon dont un petit objet pourrait ralentir sur terre quand on le fait tomber dans un bol de pâte à crêpes.

Alors Céline se mit à pleurer de soulagement.

Elle était revenue au paysage qu'elle connaissait. Elle apercevait la maison d'Izabela à la campagne, et la fusée descendit en tournoyant, puis suivit la route qui la ramena en ville.

Cinq

1

Ce fut peut-être un an après son voyage sur la lune que Céline et Saratoga revinrent dans leur ville. Leurs retrouvailles avaient été compliquées. D'Amérique, Céline avait suivi des messages de Londres à Amsterdam, et d'Amsterdam à Genève, puis de Genève était retournée à Londres où elle avait fini par rejoindre Saratoga. Pendant longtemps, elles avaient vécu à la campagne, dans la pluie verte et britannique, jusqu'à enfin rentrer et se dire que leur propre ville était toujours fantastiquement identique à elle-même – même si les deux parents de Céline étaient maintenant morts (son père d'une maladie cérébrale, sa mère dans une collision sur la route deux semaines plus tard), et le système de gouvernement dans sa totalité avait une fois de plus changé et tant de gens avec qui elle s'était disputée s'étaient volatilisés ou avaient été effacés, comme Beaumarchais, Jacob et Sasha, et en particulier Marta, dont on disait qu'elle avait quitté Milan et vivait maintenant à Naples, ou peut-être en Sicile, et qui figurait souvent dans les rêves les plus douloureux de Céline. Mais les gens mangeaient encore des pancakes dans les rues et affublaient ces pancakes de noms spéciaux, comme si les pancakes étaient une invention récente. Et pendant ce temps, des jeunes gens se querellaient à propos de littérature, la fausse littérature et la vraie littérature, et c'était réconfortant parce que c'était l'éternelle même dispute, avec juste des personnages différents, parlant maintenant d'un retour à l'ordre et d'un amour du classique après la violence et les châtiments des années précédentes.

C'était presque amusant de voir à quel point un gouvernement pouvait être fragile, une petite machine qu'on pouvait éteindre et allumer très rapidement. Bien sûr, la révolution se croyait toujours permanente, qu'elle ferait des choses incroyables au temps, mais pour être permanente de la sorte, il aurait fallu persuader tellement de gens en plus, pas juste se convaincre entre soi, mais aussi les épouses, les petites copines et tout particulièrement les enfants qui étaient trop jeunes pour être dans la révolution proprement dite. Peut-être est-ce ce qui contrarie et démotive tous les prophètes, qu'on ne puisse pas faire avec le temps les choses incroyables qu'on veut faire, qu'on ne puisse pas faire en sorte qu'une révolution participe de la façon dont les gens vivent leur vie au quotidien. Pour ça, il faudrait qu'une révolution devienne domestique – et c'était une condition que les révolutionnaires dans cette ville devaient au plus haut point redouter, parce que le domestique était le lieu des femmes. Et maintenant, il ne leur restait plus de temps.

Tandis que pour Céline le temps devenait de plus en plus vaste, comme si elle était sur le point de faire une découverte majeure, à la façon dont elle avait découvert quelque chose de gigantesque sur la lune. Céline avait essayé de s'en aller et maintenant était revenue – mais en réalité elle était toujours en train de partir. C'était ce que la lune lui avait enseigné, songea Céline. Elle disparaissait toujours et il semblait qu'elle pouvait s'éloigner de plus en plus.

Avec l'argent dont elle avait hérité après la mort de Sasha, Céline avait acheté deux propriétés pour elle et Saratoga. Elle était devenue très précise et efficace avec l'argent. En ville, elles trouvèrent un petit appartement. Tandis qu'à la campagne elles achetèrent le bien délabré de Julia. La maison elle-même avait été détruite quand Julia et son mari avaient été envoyés en prison pendant la catastrophique période de terreur. Tout ce qui restait, c'était la terre sauvage elle-même. Maintenant que Julia avait réémergé dans le monde, elle avait passé ce modeste accord avec Céline. Le projet était en partie un cadeau de Céline à Saratoga. Saratoga avait des idées qu'elle voulait mettre en œuvre concernant le sol, les prés et les plantes. En plus des forêts elle étudiait l'astronomie, et terrifiait les hommes qui voulaient coucher avec elle en leur parlant de planètes et d'explosions de gaz. Mais c'était aussi pour Céline une nouvelle forme de vie.

Elles commencèrent à tracer les plans d'une maison avec une forêt attenante. Puis Céline se rendit compte que tout ce dont elles se souciaient réellement c'était la forêt. La nouvelle maison devint quelque chose de plus petit, comme un studio – une petite structure composée surtout de fenêtres, entourée de verdure. Saratoga était devenue amie avec l'homme qui s'occupait du Jardin national, et il l'avait présentée à un importateur qui lui apportait des plantes que personne n'avait jamais vues en Europe, qu'il avait transportées avec Claude des îles dans l'océan. Chaque mois, cet importateur venait sur place superviser ce qui se passait. Saratoga mélangeait graines et plantes en folle profusion et c'était très excitant, cette impression qu'il n'y avait jusqu'alors jamais rien eu d'aussi dépenaillé.

Peut-être que cela paraissait particulièrement futuriste parce que dans la ville proprement dite le temps semblait s'être arrêté. Bientôt il n'y aurait plus que des musées et des galeries marchandes. C'était comme s'il y avait un nouvel étirement du présent, se disait Céline, en se déplaçant ici et là, si bien que la traditionnelle division de toute histoire entre passés ancien et récent s'appliquait maintenant au présent lui-même : le présent ancien et le présent survolté – et ensuite le présent futur, juste hors de portée. Un soir, en ville, Céline essaya de se faire livrer à manger par le Balthazar, mais il s'avéra que le bistro avait fermé. Tout son personnel avait disparu – y compris le gérant, avec son petit carnet plein de secrets. Il venait de fermer, apprit Céline, et ne réouvrirait jamais.

2

Certaines histoires arrivent en raison de causes qui sont très visibles et c'était souvent, songeait Céline, la façon dont la plupart des histoires lui arrivaient. Mais d'autres histoires sortent de nulle part. Et Napoléon était sorti de nulle part.

Napoléon était maintenant responsable de tout, et, aussi surprenant que cela soit, tout le monde semblait néanmoins content du résultat, après la folie et le sang d'avant. C'était un soldat qui était aussi un dictateur et cela semblait être, pour beaucoup, la meilleure solution au problème actuel du pouvoir. Dans un discours célèbre, il avait dit qu'il voulait que ce royaume dure mille ans, et on avait l'impression qu'il était possible que cela arrive. Comme tous les autres, il aimait encore les tueries, mais il préférait tuer les gens d'autres pays plutôt que du sien. À cette période, Toussaint Louverture étendait sa révolution contre les esclavagistes et les propriétaires de plantations à Hispaniola. Le dictateur, pendant ce temps, voulait exterminer Louverture et tous ses affidés. Il prévoyait des guerres immédiates en Europe, en Afrique, en Amérique et dans le Pacifique. Manifestement il n'y avait nulle part où il ne voulait pas un empire, et donc il y avait maintenant aussi des nouvelles de partout qui devaient toujours être décodées, comme si à l'intérieur de chaque cerveau se trouvait un petit modèle du globe – vaste et incompréhensible.

Les projets de tout un chacun étaient éclipsés par Napoléon. Il fallait faire des choses susceptibles de vous attirer ses bonnes grâces et certainement éviter qu'il vous prenne en grippe, et la possibilité que cela arrive semblait infinie, parce qu'il n'était jamais évident de savoir jusqu'à quelles profondeurs iraient ses passions – les gens affluant vers des compétitions sportives dans le crépuscule rose, les enfants patinant sur les étangs dans le parc… N'importe quoi était potentiellement susceptible de l'intéresser, ou de l'ennuyer, et cela rendait l'ambiance très angoissante.

Mais Céline avait le sentiment qu'elle pouvait s'affranchir de cette attention, quand bien même elle avait encore cette aura de célébrité. Elle avait passé la quarantaine, et cela signifiait qu'elle ne faisait plus partie de la culture, toujours à avoir un avis sur tout, comme si elle en avait été mise à l'écart très silencieusement, et c'était très reposant. Longtemps auparavant, elle aurait pu ne pas trouver cela reposant mais plutôt tragique, voire alarmant, mais maintenant qu'elle vivait dedans, cette liberté du vieillissement était très séduisante. C'était comme quand elle avait trouvé difficile d'écrire un journal ou ses mémoires : il n'y avait rien, d'une certaine manière, quand elle disait *je*. Elle pouvait être n'importe qui.

Elle était la personne qui s'éloignait. Elle était une flèche disparaissant au loin et elle trouvait ce mouvement magnifique.

Bien sûr, des choses ordinaires se produisaient encore. Elle s'était mise à coucher parfois avec André, le jeune auteur qu'elle avait rencontré en Amérique, mais la distance dont elle faisait l'expérience entre elle et André était encore la distance entre elle et ce que les gens pouvaient bien entendre quand ils parlaient du monde. La conversation d'André portait sur toutes ses intrigues dans le monde, les nuits qu'il passait dans l'immeuble de bureaux sur les quais que Napoléon avait édifié, à rédiger des projets pour des systèmes juridiques, ou son projet de vendre aux Américains le territoire nouvellement conquis de Louisiane. Comme le dictateur avait besoin de dollars pour financer ses guerres impériales, et que l'Amérique avait besoin de terres pour son expansion contre les Mohawks et les Sioux, cela semblait être un échange évident. Il avait vécu là-bas, après tout. Il comprenait que le fonctionnement du commerce était bien plus fluide et multiple que ce qu'ils imaginaient, de la même façon que les rivières étaient multiples, mais les Américains ne comprenaient pas la profondeur des contacts entre les différents peuples et par conséquent sous-estimaient leur pouvoir. André croyait toujours en cette perspective internationale, en dépit de la peur que lui inspiraient Napoléon et son pouvoir infini. Pendant ce temps, le dictateur désapprouvait son amitié avec Céline. Il avait de l'antipathie pour toutes les femmes, ou du moins toutes les femmes intelligentes. Et assurément une femme sans mari dérangeait Napoléon et le rendait malade. Il admirait la vertu domestique.

Rien de cette intrigue n'intéressait Céline. Une ville, pensait-elle, était un espace où il y avait de trop nombreux esprits réfléchissant dans l'espace même où elle réfléchissait, tandis qu'André ne pouvait pas quitter la ville plus de vingt-quatre heures.

– Qu'est-ce que tu veux ? lui demanda-t-elle un jour.

– Oh, tu sais, dit André. Je veux être heureux. La vie, la liberté, la poursuite de… la poursuite de…

Les préoccupations de Céline étaient différentes. Être en lien avec le contemporain n'était plus désirable pour elle, pensait-elle, ni peut-être même possible. Il y avait en elle une vision de la lune.

3

– Pourquoi ai-je commencé cette chose avec André ? dit Céline un soir à Julia. Qu'est-ce qui m'a pris ? Pourquoi suis-je allée coucher avec lui ?

– Tu es malheureuse, dit Julia.

– Je suis malheureuse, dit Céline.

– Tu n'apprécies pas ce gamin ?

– Bien sûr que je l'apprécie, dit Céline.

– Mais mais mais, dit Julia.

C'était à une soirée près du parc du Gant. Il y avait encore un peu de lumière. Dehors une brume régnait parmi les feuillages. Les arbres secs étaient parés de potentialités.

Julia s'était remariée pour la deuxième fois : son troisième mari était un banquier. Contrairement au Commissaire, son deuxième mari, il ne s'intéressait pas au fils qu'il avait acquis avec Julia. Il avait des réunions avec le dictateur chaque semaine pour discuter de problèmes de crédit international, parce que le dictateur avait avant tout besoin d'argent. Il semblait qu'à cette époque de leurs vies, Julia avait tout été, aristocrate, puis révolutionnaire, puis contre-révolutionnaire, puis démocrate, et maintenant si riche qu'elle était unique. Elle portait de petites sandales, des bagues d'orteils en diamant, pour attirer l'attention sur ses cicatrices, suite aux morsures de rats aux pieds, subies lorsqu'elle avait été emprisonnée pendant la terreur. Ses robes étaient super simples, de petites tuniques en mousseline qui ne recouvraient pas sa poitrine ni ses bras, et, de fait, étaient de la même couleur que sa peau, si bien que de loin elle donnait toujours l'impression d'être vraiment nue, avec ses cheveux ramenés en arrière, comme si elle sortait de l'océan après avoir nagé. C'était évidemment une attitude sauvage triomphale mais aussi quelque chose dans ce style dérangeait Céline, cela donnait une certaine impression d'inauthenticité, et il lui vint à l'esprit que c'était peut-être lié à la façon dont Julia existait à maints égards dans la vie pour les hommes, mais ensuite Céline s'en voulut – parce qu'il n'était jamais possible de juger une autre femme au regard des façons dont elle essayait de survivre. C'était tellement épuisant de ne pas se voir à travers l'esprit d'autres gens que vous pouviez parfois avoir l'impression que toute femme ne pensant pas comme vous était conquise ou séduite, et il était important de penser à ne pas prendre de haut les autres femmes, parce que qui savait quelle stratégies secrètes elles poursuivaient ?

Peut-être, continua Céline, était-il plus pertinent de dire qu'elle s'ennuyait. Sa vie sexuelle, par exemple. Elle trouvait, dit Julia, qu'André était gentil.

– Ouais mais non, dit Céline. Ce n'est pas ça. C'est plus : il n'est jamais dans la bonne tonalité. Un soir, par exemple, il est rentré tout fou et m'a dit de me mettre à quatre pattes.

– On est obligées de parler de ça ? dit Julia.

– On aurait dit qu'il jouait un rôle, dit Céline. Et le jeu d'acteur c'est tellement ennuyeux. Puis il s'est mis à remonter ma robe mais en s'y prenant si mal que j'ai dû le faire moi-même.

– Santa Maria, dit Julia.

– Tu connais cette sensation ? dit Céline. Quand tu es en train de baiser et, en fait, absente, genre tu te sens seule ? Et tu es trop consciente des bruits alentour ?

Les plantes dans la pièce inspiraient et expiraient, elles étaient de petits poumons.

– Bon, qu'est-ce que tu veux ? dit Julia. Comment veux-tu vivre ?

– Je veux tout laisser derrière moi, dit Céline.

Julia s'apprêtait à répliquer mais elle fut distraite par une dispute qui avait lieu dans la file d'attente devant les toilettes. C'était Yves – leur ennemi mortel, qui travaillait maintenant comme plume de l'ombre, sur des mémoires de politiciens – assailli par un jeune homme que Céline ne connaissait pas. Le jeune homme traitait Yves de bourreau, de psychopathe.

– J'étais *avocat*, disait Yves.

Le visage d'Yves semblait avoir été ravagé par la terreur, ou le vieillissement, ou peut-être que les deux revenaient au même. Il était maintenant entièrement chauve et l'effet sur ses traits était radical.

– Tu étais au gouvernement ! disait le jeune homme. Tu étais ministre.

– J'ai été à ce poste pendant moins d'un an, disait Yves. En réalité j'étais avocat. Qui se souvient des choses comme ça qui remontent à si longtemps ?

– Putain c'est le passé récent, hurlait le jeune homme.

Regarder Yves, c'était faire l'expérience d'une longue descente dans l'irréalité, se dit Céline, dans des éléments qui ne pourraient jamais se réconcilier, et pourtant elle se trouvait aussi étonnamment mais assurément navrée pour Yves en cet instant, tout en éprouvant de la joie face à son humiliation et à la possibilité que la justice fût possible sur cette planète, alors qu'elle pensait à tous les gens qu'elle avait aimés et qui étaient maintenant morts. Et il semblait que quelque chose de similaire arrivait à Julia, car au moment où elles se retournaient, elle se mit à parler à Céline d'un spectacle de bienfaisance à la Comédie qui s'était tenu au bénéfice de Josef, un ancien employé du comité pour l'efficacité intérieure. Elle parlait comme si elle le connaissait, mais Céline ne s'en souvenait pas. Il travaillait pour Hernandez, dit Julia, qui semblait soudain hésitante dans sa façon de parler. Celui, continua-t-elle, qui était incroyablement petit. On l'avait récemment retrouvé, habitant du côté des canaux des quartiers sud, dit-elle. Céline lui demanda pourquoi il y avait une œuvre de bienfaisance pour cet employé de bureau. Parce que, dit Julia, il avait sauvé beaucoup de gens.

– Sauvé qui ? dit Céline.

Parfois dans une conversation, il y a un moment qui est soudain étiré, collant et vivant, et en cet instant Céline et Julia se regardèrent, et Céline remarqua avec étonnement que Julia semblait se retenir de pleurer. Mais avant qu'elles puissent continuer, un homme s'approcha et les interrompit, sans bien remarquer qui il interrompait, car ce qu'il voulait faire c'était se présenter à Julia. Cela signifia que Céline eut le temps de le regarder et, pendant un long moment, elle ne put se souvenir pourquoi elle le connaissait, il semblait à la fois très reconnaissable et très quelconque, jusqu'à soudain se rendre compte que c'était l'ancien chef du bureau de la censure, l'homme qui avait interdit puis couvert d'éloges la pièce de Beaumarchais, et qui avait eu si peur d'Antoinette. Il avait réussi à survivre, et il était là. Il avait l'air égaré, avec de grandes éraflures de rasage sur son cou marbré. Julia lui adressa un sourire abstrait, d'une manière conçue pour indiquer qu'elle était occupée avec Céline, et il s'éloigna d'un air contrit, puis soudain vit avec qui Julia discutait, alors Céline et lui se regardèrent, s'immobilisèrent, absolument muets, sachant combien il serait difficile d'avoir une discussion qui conviendrait au temps écoulé entre eux, à la fugacité de leur relation. Aussi s'en alla-t-il.

Cela mit Céline mal à l'aise, comme si quelque chose de terrible venait d'arriver. Elle n'avait pas vu cet homme depuis plus d'une décennie, voire deux, et c'était très perturbant de le voir ici, car il représentait quelque chose de tellement mineur dans sa vie antérieure, mais en même temps cela signifiait qu'elle était soudain en train de se remémorer des endroits où elle n'était pas allée depuis très longtemps, des petites places et maisons ou les ponts au-dessus du fleuve. C'était horrible d'être à ce point emmurée dans son passé !

Dans ces miasmes, elle essaya de trouver une sorte de normalité ou de clarté.

– Tu n'as jamais répondu à ma question, dit Céline.

– Quelle question ? dit Julia.

– Qui a sauvé cet employé de bureau ?

– Il a sauvé Beaumarchais, dit Julia. Il adorait le théâtre. Il travaillait pour Hernandez. Et il t'a sauvée, toi aussi.

– Mais qu'est-ce que tu veux dire ? dit Céline. Je croyais que c'était toi qui m'avais sauvée. Tu ne te rappelles pas ?

C'était comme si l'Histoire était une substance qui pouvait fuir de chaque décor. Il suffisait d'appuyer très délicatement sur une surface et ce terrible liquide, se dit Céline, suinterait toujours.

Mais elle aussi disparaîtrait de l'Histoire, se dit Céline. Elle était une flèche qui disparaissait dans l'obscurité.

4

Il pourrait certes sembler que réfléchir au pouvoir est une tendance inhérente à certains moments, comme lorsqu'un dictateur est partout, néanmoins il est aussi possible que ce soit universel. Cela se présente juste différemment et avec plus d'acuité selon les endroits. Dans l'océan, pendant que Céline essayait de comprendre sa nouvelle situation dans la ville qu'elle aimait encore, Tu était simplement aussi perplexe que Céline. Il était là, roi de toutes ces îles, et sa confiance diminuait chaque jour un peu plus. Il se rendait compte qu'il était très difficile de se maintenir au pouvoir dans un espace aussi surpeuplé, et assurément bien plus dur que ce qu'il avait imaginé, et il avait le sentiment que le monde qu'il voulait créer s'évaporait et lui échappait.

À présent, Tu contrôlait de nombreuses îles dont il espérait qu'elles se considéreraient comme étant un seul territoire. Il apparut à son grand désarroi que ce territoire était encore fracturé par la vieille pensée, comme si chaque île était un endroit séparé. Tandis qu'à la vérité, voulait faire valoir Tu, un endroit pouvait avoir son identité tout en faisant partie d'un ensemble plus vaste, ou peut-être plus précisément être les deux consécutivement et en boucle. Et s'il était possible pour le peuple de penser de la sorte de manière abstraite, s'inquiétait-il, il s'avérait qu'il y avait trop de factions et de petites coteries pour que son idéal paraisse vrai. En même temps, il y avait de nombreux Européens, des gens complètement étrangers à ces discussions, qui ne cessaient de revenir et de vouloir le pouvoir pour eux.

Tu sentait que ce qu'il devait réellement faire c'était écrire une Constitution pour une fédération, mais l'écriture d'une Constitution supposait des consultations, des comités, et il n'était pas sûr d'avoir l'énergie pour tant de politique. Au lieu de cela, pensait Tu, il ferait quelque chose d'absolu et d'unique. Il allait construire un temple nouveau, gargantuesque.

Avec l'aide de conseillers, il développa une construction extraordinaire, avec de nombreux niveaux cachés, et très vaste. Mais ensuite se posa le problème de l'endroit où l'édifier. Les gens semblaient avoir de nombreux liens tribaux et ça les mettait en colère, parce que tous les liens tribaux ne pouvaient être honorés, ce qui rendait les disputes sur le lieu de construction du temple de plus en plus éprouvantes pour tout le monde. Il devint évident que personne ne considérait réellement appartenir à un seul peuple, ou en tout cas pas de la manière unique que Tu avait espérée. Finalement il ordonna que le temple soit construit sur un îlot n'ayant jamais été habité par qui que ce soit. Quand il fut terminé, il fut consacré par une cérémonie qui se tint dans le plus grand secret. À partir de ce moment-là, il fut interdit de visiter l'ancien temple. L'ancien temple fut envahi par les mauvaises herbes.

Mais les problèmes auxquels Tu s'était heurté en construisant le temple n'avaient pas disparu. Le nouveau temple n'acquit jamais l'espèce de gravité qu'il avait espéré lui insuffler. Il était trop virginal, disaient les gens. Il manquait quelque chose. Le vieux temple semblait plus intéressant, et donc, petit à petit, les gens y retournèrent en secret pour y placer des offrandes, ou de petits fétiches. Finalement, Tu mourut, et chacun revint prier ouvertement à l'ancien temple, et personne ne retourna plus au temple nouveau, si bien qu'il finit par être recouvert de mauvaises herbes et ignoré.

Puis il y eut des petits temples partout, exactement comme avant.

5

Céline rompit avec André le soir du spectacle en l'honneur de Josef, l'employé de bureau qui avait sauvé tant de gens. La soirée avait une tonalité frénétique, comme si tout le monde s'inquiétait qu'à un tel événement soient diffusées trop d'informations du passé. Sur place, Céline scruta le public et c'était comme regarder un cimetière, se dit-elle. Tout fonctionnait par strates. À la surface, il y avait les vivants mais en dessous se trouvaient les strates invisibles des morts disparus : tout au fond, les morts du régime antérieur, puis les analystes morts, les civils morts, les conspirateurs révolutionnaires, et pour finir les morts les plus récents, qui avaient tenté de résister au coup d'État. C'était incroyable de voir combien les morts pouvaient être vieux. Les morts vieillissaient très vite. Et pourtant, ce qui était peut-être plus incroyable que la présence des morts était la présence des vivants – ces incroyables rangées de survivants imprévisibles…

Le dictateur s'assit dans la loge impériale, qui était ornée de bandes de tissu à baldaquin, et cloutée d'abeilles d'or. Il s'assit à côté de sa femme, l'air de s'ennuyer.

Céline essayait de réfléchir à la façon dont elle allait pouvoir parler à André de leur séparation, mais la dépression semblait rendre André trop délicat. Il s'avéra, dit-il, que Napoléon ne voulait pas de lui sur l'affaire de Louisiane. À la place, il finalisait ça avec Rosen.

– Rosen ? dit Céline. Genre, mon ami Rosen ?

– Le roi de la finance, opina André.

Rosen avait préservé son aura de plus grand financier d'Europe.

Ma foi, c'est sûr que Rosen, dit Céline, se sentant de plus en plus vieille, connaissait tout le monde. Il était très malheureux, dit André. Il pensait vraiment que ce serait sa grande occasion.

Puis Julia arriva et Céline se tourna vers elle parce qu'il y avait quelque chose de très lourd en elle, dont elle avait besoin de discuter.

– Tu ne m'as jamais dit, dit Céline. Ce que tu t'apprêtais à dire.

– À quel propos ? dit Julia.

– À propos de Josef, dit Céline.

– Dit quoi ?

– Comment il m'avait sauvée, dit Céline.

Lentement Julia s'autorisa à s'approcher de la conversation.

Tout cela concernait la liste, dit Julia. Avant qu'elle soit transmise au comité des exécutions finales, la liste était traitée par le comité de l'efficacité intérieure, et Josef avait travaillé dans ce comité après la mort d'Hernandez. Très vite, il avait trop culpabilisé pour y travailler. Au début, il avait délibérément commis des erreurs dans le classement, comme des noms mal orthographiés, de sorte qu'un avocat pouvait ensuite établir que son client avait été identifié à tort. Le problème était que les dossiers s'étaient très vite épaissis. Et puis un matin, lui arrivèrent les papiers condamnant Céline, Beaumarchais et tous les acteurs et les studios – or Josef adorait les vieux studios. Alors Josef élabora un plan aussi fantastique que courageux. Il travaillait tard au bureau jusqu'à ce que tout le monde soit rentré à la maison, il froissait ensuite en boules les papiers incriminants et les trempait dans l'eau pour les ramollir et les rendre plus compacts, puis il les avalait.

– Pardon, quoi ? dit Céline.

– Exactement : les avalait, dit Julia.

Il prenait ces petites boules de fibre de papier et d'encre de seiche, dit Julia, et les mangeait, comme des croquetas. Mais au bout de quelques jours de ce régime, il s'avisa que cela allait le rendre trop malade. Il y avait trop de papier à manger. À cette époque, chaque soir, dit Julia, il se rendait aux bains publics, près du fleuve. Et cela lui donna une nouvelle idée. Le lendemain soir, il réitéra l'exercice en mettant les pages dans l'eau, mais au lieu de les manger, il fourra les boulettes trempées dans ses poches. Au crépuscule, il se rendit aux bains publics et, dans la vapeur qui sentait la sueur, le sperme et qui sait quoi, il mouilla encore plus ces boulettes, puis les jeta par la fenêtre d'une cabine de bain, qui donnait directement sur le fleuve jaune. Pendant des jours, dit Julia, il refit cela, jusqu'à ce que tous les dossiers aient disparu avant d'être transmis au comité des exécutions finales.

– C'est tout récemment, termina Julia, qu'un journaliste a découvert cette histoire.

Avant que Céline réponde, Josef se leva de son siège sous les applaudissements. Céline l'observa de très près. Il paraissait étonnant que ce petit homme l'ait sauvée, et soudain elle se rappela la maison d'Hernandez, et un jardin, et un petit garçon.

Josef commença un discours tapageur. Durant cette période sanglante, de sinistre mémoire, dit-il, il avait eu le plaisir de sauver de nombreuses victimes du couperet révolutionnaire, au péril de sa propre vie. Puis il s'interrompit car il était en train de tousser. Chaque matin, continua-t-il, il venait travailler au comité. Chaque jour, il tamponnait les documents et les classait, si bien que le lendemain quelqu'un pourrait être tué. Ce n'était de toute évidence pas la même chose que de tuer quelqu'un, pas du tout la même chose : tamponner un document rédigé par quelqu'un d'autre, autorisant le meurtre d'une personne par une autre personne. Mais en même temps, il n'était pas non plus évident que ce ne soit pas la même chose. Aussi avait-il décidé d'agir. Comme il aurait été content, poursuivit Josef, si sa résistance n'avait pas aussi impliqué la nécessité cruelle de risquer les vies, plus d'une fois, de ses camarades du comité. Il devait reconnaître que, sans leur courageuse humanité, tous ses efforts auraient été inutiles. Très officieusement, ils fermaient les yeux sur ses larcins, continua Josef, et, par leur silence, s'associaient aux gloires et aux périls de son entreprise. Mais les tigres qui avaient bu le sang des hommes, conclut-il, bien que saisis par la peur et le soupçon, n'étaient pas assez vigilants pour le soupçonner. Son aspect négligé et sa frêle carrure lui donnaient un air de simplicité qui le faisait paraître insignifiant à leurs yeux. Il avait osé être humain à une époque où l'humanité était un crime.

Les gens se levèrent pour l'applaudir et l'ovation dura quatorze minutes, orchestrée par le dictateur.

Très doucement, Céline retira sa main de celle d'André.

– Il faut qu'on se sépare, dit-elle.

6

Ce soir-là, il y eut un dîner après le spectacle, dans un salon réservé, avec vue sur l'obscurité du parc. Tout dans ce salon était dans l'épouvantable nouveau goût majestueux. C'était lustré et doré. Une frise de hiéroglyphes impénétrables avait été réalisée au pochoir sur les murs.

La rumeur courait que Napoléon viendrait boire un verre. Il devait passer prendre le mari de Julia pour aller discuter de la dernière offre de Rosen – une espèce de crédit croisé innovant qu'il avait inventé, pour aider à financer le dictateur dans ses projets de prises de contrôle à l'étranger. La présence imminente du dictateur rendait l'atmosphère instable, avec des conversations très rapides. Mais Céline avait du mal à se concentrer. Rien de tout cela ne l'attirait plus. Elle avait l'impression de s'estomper, se dit-elle, comme si les couleurs à l'intérieur de ses contours disparaissaient, si bien qu'elle était en même temps là et pas là.

André essayait d'expliquer sa théorie de l'écriture à Claude et Lorenzo. Lorenzo était finalement revenu d'Amérique, lassé de sa vie intellectuelle. Il avait toujours sa barbiche et était toujours bel homme, mais ce qui avait jadis été du muscle s'était maintenant affaissé en une sorte de tonneau d'embonpoint. Il terminait un projet secret qu'il ne voulait montrer à personne. Un réseau de fictions, lui disait André, constituait en soi la base fondamentale de la société, et l'histoire qu'il voulait raconter reconstruirait ces relations, leur donnerait forme. Lorenzo le regardait fixement. Si bien que, en somme, toute histoire était identique à de la science-fiction, dit Lorenzo. Non, ce n'était pas ce qu'il voulait dire, dit André.

Pendant ce temps, Julia se plaignait auprès de Céline d'un nouveau livre de mémoires que Claude avait écrit – qui entrait avec pédanterie dans les détails de ses guerres intellectuelles avec des scientifiques morts de longue date.

– À quoi bon citer tous ces noms, dit-elle, *alors que personne ne connaît aucun de ces noms* ?

Céline comprenait ce qu'elle ressentait. Tant de gens publiaient des mémoires sur la vie d'avant. L'ex-femme d'Hernandez venait de faire paraître des mémoires qu'il avait écrits, accompagnés d'un assortiment de ses lettres. Il avait écrit ces lettres avant la révolution, et donc on y parlait des morts de manière obscène, lascive, moqueuse et de toute évidence véridique. Elles n'avaient pas été réécrites, comme on aurait pu le faire d'une histoire, par respect pour leur destin.

– De quoi parlent-ils ? dit André à Lorenzo, tout en jetant un coup d'œil à Céline.

Il se sentait fou de chagrin.

Et il était tout à fait d'accord avec eux, dit Lorenzo. Il ne fallait pas vénérer le passé. À ce propos, ajouta Lorenzo, il avait récemment récupéré de vieux magazines dans une boîte de rangement. Lui-même écrivait quelque chose sur le passé, dit-il, son premier et peut-être seul livre, et donc s'était souvenu qu'il avait ces magazines et s'était mis à les lire. Il se sentait très perturbé, dit-il. Toutes ces disputes qu'ils avaient eues entre eux, ou avec les gens qu'ils n'appréciaient pas, paraissaient tellement limitées. Il ne se rappelait pas les livres au sujet desquels ils s'étaient disputés, et même quand il s'en souvenait, il ne comprenait pas pourquoi ils avaient accordé tant d'importance à ces livres, au point d'en faire des sujets de dispute. C'est ainsi qu'il s'était rendu compte que les gens les plus intelligents qu'il avait connus n'avaient jamais rien produit d'autre que de la conversation.

– Mais quid des œuvres ? s'exclama André.

– L'ambiance, dit Lorenzo, importe bien davantage que toute œuvre.

C'est alors que Céline vit Josef se lever pour s'en aller. Il était très tôt, c'était par conséquent inattendu, mais, disait-il, il se sentait très fatigué. Et Céline soudain s'avisa qu'il était urgent qu'elle le remercie, même si cela semblait déplacé, de lui expliquer qu'elle avait toujours ignoré sa bravoure, grâce à laquelle elle avait pu s'échapper. Elle se précipita vers lui à la porte. Elle était prête à faire ce qu'il voulait pour lui, dit-elle. Ils restèrent face à face, se regardant droit dans les yeux. Il y avait manifestement de nombreux moments dans la vie où la conversation était impossible et celui-ci en était un. Au bout d'un moment, Josef tenta de dire quelque chose. Il avait fait ce que n'importe qui d'autre aurait fait, dit-il. Il était tout simplement heureux, dit-il, tout simplement heureux.

Un chauffeur de taxi entra pour dire qu'il était arrivé – et Josef disparut à jamais, dans la nuit absolue.

Céline attendit là un long moment, se contentant de regarder la rue absente. Puis elle fut interrompue par le tapage d'un groupe arrivé en retard au dîner. C'était le dictateur avec sa femme – et ensuite derrière lui, de manière très magique, Céline aperçut la silhouette fantastique de Marta.

7

Céline la regarda fixement. Elle ignorait depuis combien de temps elle ne l'avait pas vue. Ça semblait complètement naturel qu'elle fût là, et aussi spectral, et déconcertant.

– Je ne savais même pas que tu étais en ville, dit Céline.

– Eh bien, me voilà revenue, dit Marta.

Ses yeux souriaient follement et c'était magnifique. Céline s'apprêtait à la prendre dans ses bras et à l'emmener dans un coin pour qu'elles puissent parler sans que l'on regarde, mais soudain le dictateur et sa femme se présentèrent et Marta s'éloigna.

Napoléon était tout menu, avec des poignets très délicats. Il était si maigre que quand il parlait, tout son visage bougeait. Il voulait lui parler, dit-il à Céline, car ils allaient être voisins. En ville ? dit-elle. Non, bien sûr que non, dit-il. Ils allaient être voisins à la campagne. Il venait d'acheter une maison tout près de la sienne. Il espérait ne pas avoir à le regretter, dit-il. Il avait entendu dire par André que n'importe qui venu de n'importe où rendait visite à Céline, y compris des gens qui ne l'appréciaient guère, lui.

Il semblait très mal à l'aise et irritable.

Ce n'était pas vraiment une maison, ce qu'elle avait à la campagne, dit-elle. C'était plutôt une forêt. Pratiquement personne n'y venait. Ils étaient au courant, dit-il. Il avait ouï dire que ce qu'elle faisait de son terrain était un sacré bazar.

– Vous n'aimez pas le bazar ? dit-elle

– Nous n'aimons pas, dit Napoléon.

– *Il* n'aime pas, dit sa femme.

– Nous avons des visions différentes, dit le dictateur.

Il était évident qu'il voulait qu'elle dise quelque chose de plus servile. Le dictateur n'appréciait pas les femmes et aimait l'ordre – alors avoir une femme qui produisait un espace purement anarchique, et en particulier un espace proche d'un espace que lui-même possédait, était très certainement quelque chose qu'il n'appréciait pas du tout. Mais en plus de cela, il semblait y avoir dans le ton qu'il employait une sorte de malveillance sur laquelle elle se serait peut-être attardée davantage, cette névrose concernant les étrangers et la critique, si elle n'avait pas été préoccupée par l'absente présence de Marta, et aussi n'avait pas été indifférente, d'une certaine façon, à ce que le pouvoir voulait.

– Nous en reparlerons, dit le dictateur.

Puis Napoléon partit discuter avec le mari de Julia et sa femme le suivit avant que Céline ait pu lui dire quoi que ce soit. Elle regarda autour d'elle avec insistance à la recherche de Marta mais ne la vit pas, aussi alla-t-elle retrouver Julia pour lui demander où était Marta. Elle avait dû partir, dit Julia. Elle avait dit qu'elle essaierait de revenir plus tard. Elle n'en était pas sûre.

Ce fut soudain comme une soirée d'autrefois.

– N'est-ce pas incroyable ? dit Julia. Je veux dire incroyable que nous soyons encore toutes ici ?

Et Céline acquiesça, quand bien même ce que cela signifiait d'être *ici,* sentait-elle soudain, était très difficile à définir.

8

Dans l'atmosphère du dictateur, manifestement chacun avait du mal à comprendre comment agir, comme si toute action était devenue floue ou plus déroutante. Il pouvait s'étendre autant qu'il le voulait, pas seulement dans la ville mais à travers les continents et les océans. Tout était sinistre étrangeté. En Amérique, Louis Cook devait penser aux dernières initiatives qu'il allait prendre tout en sachant que ses réflexions étaient rendues floues par cette force extérieure supplémentaire qui, bien qu'étant aussi invisible, déformait tout, à la façon dont un aimant ou une autre force déforment les choses qui ne peuvent les voir.

De nouveaux virus circulaient partout. Certains des camps

étaient complètement désertés, ou alors il n'y avait plus qu'un gîte avec deux personnes dedans, blafardes et délirantes. Quant à Louis, il était presque méconnaissable à cause d'une maladie du foie et peut-être aussi d'un cancer de la gorge. Néanmoins, il insistait pour lire ses communications. Les communications ce matin étaient une lettre et un journal. La lettre provenait d'un marchand dans le Sud, qui demandait s'il pouvait venir lui rendre visite. Il avait entendu dire que le peuple de Louis Cook avait été fort mal traité par les Américains, et voulait lui proposer un éventuel marché. Ils pourraient peut-être instaurer une sorte d'avant-poste commercial ou de dépôt, pour réduire le pouvoir de Black Buffalo et des autres chefs lakotas. Cela intéresserait peut-être aussi Louis, pensait-il, de savoir que les terres du Sud étaient sur le point d'être vendues aux Américains. C'était en tout cas ce qu'on lui avait…

Louis jeta la lettre.

C'était l'époque où les morts lui apparaissaient souvent. Ce qui était perturbant, c'est que lors de leurs visites ils semblaient avoir leur dégaine du temps où eux aussi étaient à l'agonie. Souvent c'était Montour, son vieil interprète. Mais plus récemment, ç'avait été Washington, avec son eczéma et sa terrible bedaine. Il y avait tant de liens dans une vie et c'était étonnant de découvrir combien on devenait indifférent à tous ces liens tandis que le temps les reléguait au loin !

Il se tourna vers le journal. Dans les journaux, ils parlaient aussi de la possibilité de cet accord entre Français et Américains. Les Américains, manifestement, étendaient leur territoire où bon leur semblait. Ou en tout cas c'était leur plan.

Tout le monde autour de Louis pensait que, pour ce qui était de passer des accords, il avait fait son temps. Ils prenaient des décisions sans lui.

Louis prit un nouveau carnet vierge. Il écrivait de plus en plus dans des carnets, tant il lui était difficile de parler. Il croyait au principe de l'amitié, écrivit-il. Il pensait qu'ils devaient tous participer à une grande réunion quelque part, les Mohawks et les Lakotas et tous les autres peuples. Il voulait parler à Black Buffalo et à tous leurs alliés, et parvenir à des conclusions. Il fallait qu'ils réfléchissent à la carte des lacs et des grands fleuves. Tout cela leur appartenait encore, dit-il. Leur problème était leur isolement réciproque. Il ne voyait pas de raison pour que l'avenir soit nécessairement apocalypse et ténèbres. Il fallait juste trouver une solution différente.

Écrire tout ça l'avait épuisé. Il essayait de se souvenir comment s'écrivait *solution*, et décida qu'il n'y arrivait pas. Au lieu de quoi, il alla vomir dans un seau, à l'extérieur.

9

Vivre était épuisant, mais il y avait maintenant un nouvel élément dans la panoplie des forces avec lesquelles elle pouvait agir, songeait Céline, à savoir cette présence de Marta, ou l'amitié – et cela ajoutait une excitation confuse à sa pensée, chaude et dorée comme la lumière de la lampe. Elle avait souvent rêvé de Marta, mais maintenant elle rêvait à elle toutes les nuits. Dans ces rêves, elles parlaient non pas d'elles ou de ce qui était arrivé par le passé mais de petites choses : des gens qu'elles appréciaient, des gens qu'elles détestaient. Chaque matin elle envisageait de lui écrire, puis hésitait. Elle ne savait pas comment écrire à Marta maintenant, parce qu'elle ne voulait pas qu'il y ait le moindre malentendu. Elle ne voulait pas reproduire la manière dont elles avaient été l'une avec l'autre au temps de leur jeunesse. Néanmoins, elle lui manquait. Et pourtant, en même temps, elle s'inquiétait d'être rejetée, et chaque matin qui passait sans un message de Marta était épouvantable et contrariant.

C'était terrible de se voir reléguée à cette sorte de condition, cette interprétation constante des moindres frissons dans les méthodes de communication. Toutefois, les jours passaient et rien ne lui venait de Marta.

En revanche, elle reçut un message de Claude, une petite phrase : il pensait à elle, après l'avoir vue à ce dîner l'autre soir, des souvenirs très précis parfois lui revenaient de leur amitié, des souvenirs de joie. C'était si précieux ! disait-il. Et il voulait lui dire ça. Ou un soir elle alla boire des verres avec un avocat exilé russe dans un nouveau lieu près de l'usine de crayons. Il lui confia que son épouse ignorait où il était en ce moment. Et elle se souvint que, pendant longtemps, lorsqu'un homme disait cela, elle croyait vraiment être, contrairement à l'épouse, la destinataire de la vérité, alors que maintenant elle savait que ce n'était pas le cas. Souvent en réalité l'épouse savait tout. Et le fait qu'un homme mente à son épouse signifiait presque toujours qu'il vous mentait à vous aussi.

Elle avait tourné le dos au désir. La ville était un désert. Mais peut-être l'amitié était-elle plus intéressante que le désir, et dans la ville il y avait maintenant Marta – si Marta voulait qu'on la retrouve.

10

Un mois après que Céline avait revu Marta, Lorenzo publia le livre auquel il avait travaillé depuis son retour en ville, son premier et seul livre, une sorte de mémoire du passé récent en une série de portraits – pas de héros et de protagonistes célèbres mais d'apparatchiks secondaires et d'authentiques partisans. Tout était en même temps vrai et complètement inventé. De véritables noms étaient intégrés dans des situations improbables. Des gens inventés accomplissaient des actes qui avaient réellement eu lieu. Ça ne ressemblait à rien de ce qu'il avait écrit jusqu'alors, et cela fut aussitôt traduit dans de nombreuses villes européennes. Très vite, Lorenzo fut haï dans la ville. C'était en partie à cause de sa gloire internationale, mais c'était aussi à cause du comique prononcé et de l'ironie de son livre. Tous voulaient du pouvoir et croyaient vivre au centre des choses. Et voilà qu'arrivait le livre de Lorenzo qui semblait ne strictement rien trouver d'intéressant dans leur empire ou leur pouvoir.

Aussi ne fut-il pas étonnant qu'une série de rumeurs se propage immédiatement, selon lesquelles de nombreux passages avaient été piqués à d'autres écrivains – jusqu'à ce que le président de l'Association des Écrivains finisse par écrire un long essai dressant une liste de cinquante-sept de ces plagiats imaginaires, reprochant à Lorenzo ses erreurs stylistiques et intellectuelles, terminant en traitant Lorenzo de rareté ethnographique. La chose étonnante fut que Lorenzo publia alors en réponse un texte extravagant, et par conséquent courageux, qui attaquait ses accusateurs.

C'est exactement au moment de cette sortie que Marta écrivit un message à Céline, lui demandant si elle l'avait vu – comme si elles pouvaient encore distinguer un petit esprit doré planant au-dessus d'elles, qui était l'esprit de la résistance.

Ce qui les avait rapprochées, c'était quelque chose d'aussi suranné que l'ego de Lorenzo.

Les accusations à son encontre, écrivait solennellement Lorenzo pour sa défense, étaient une tentative de liquider un livre et un auteur, ce qui reflétait une décadence du goût plus vaste. Ses critiques, écrivait Lorenzo, étaient d'une ignorance militante. On l'avait décrit comme étant une *rareté ethnographique*, écrivait Lorenzo. Il comprenait que c'était là une façon de signifier qu'il était juif, ou du moins étranger, et il était reconnaissant de l'insulte raciste, car elle montrait très simplement que le véritable problème ici était le nationalisme. Et les interprétations nationalistes de quoi que ce soit, écrivait Lorenzo, découlaient logiquement de l'espèce d'instabilité psychologique paranoïaque et irrationnelle qui voyait des fantômes partout. Au lieu de cela, ajoutait Lorenzo, il aurait préféré qu'il puisse y avoir un autre modèle de pensée, où toutes les zones d'influence seraient constamment en train d'agir et de réagir les unes par rapport aux autres en une sorte d'expérience chimique – un nuage de relations sans correspondance avec les frontières ni définitions.

Le lendemain, le président de l'Association des Écrivains poursuivit Lorenzo en justice pour diffamation concernant sa formule *d'une ignorance militante*.

Le procès eut lieu dans un des nouveaux tribunaux qui avaient été construits en lisière de la ville, près des infrastructures sportives. On s'attendait à ce que Lorenzo soit tué. Céline et Marta s'assirent publiquement à côté de lui, les deux dernières amies qui lui restaient. En fait, le procès ne dura que deux jours, car il y avait trop peu de preuves pertinentes. Le juge décida d'un non-lieu au terme d'un jugement dont la lecture ne lui prit que sept minutes, et Lorenzo fut relâché.

Ce qui suivit pour Lorenzo fut un mois de fête, tandis que davantage d'articles continuaient d'être écrits contre lui, comme si nombre d'écrivains du régime étaient étonnés par le fait qu'une institution comme un tribunal soit demeurée indépendante de leurs opinions, ainsi que le fait miraculeux que Lorenzo lui-même continue, nullement troublé par leurs accusations.

Et à l'intérieur de la longue fiesta de Lorenzo, Céline et Marta commencèrent à se revoir et se mirent à laisser ce petit esprit doré de résistance se poser à côté d'elles – elles purent faire cela parce qu'il y avait cette raison supplémentaire, comme un rideau par-dessus leurs pensées, l'idée qu'elles étaient là uniquement pour s'occuper de Lorenzo. Si bien qu'en secret leurs deux âmes pouvaient communiquer entre elles sans gêne ni timidité.

Lorenzo savourait sa toute récente notoriété. Il était trop vieux pour se soucier des autres, disait-il. Et de fait, c'était en réalité Céline qui lui avait enseigné ça, disait-il. Enseigné quoi ? dit-elle. Qu'il était impossible de se soucier des opinions d'autrui, dit Lorenzo. Parce que personne ne connaissait qui que ce soit. Ce qui signifiait qu'on ne pouvait jamais être blessé par ce que les autres pouvaient bien penser.

Le monde était une série de mystères, convint Marta.

– Tenez, je vous ai déjà raconté cette histoire ? dit Lorenzo. Un soir, je suis sorti du casino pour retrouver une fille dont j'étais amoureux. C'était il y a si longtemps, à l'époque où j'avais quitté la province pour m'installer à Venise.

– Venise c'est la province, dit Céline.

– *Partout* c'est la province, répliqua Lorenzo. Il faisait nuit noire et je suis monté dans la mauvaise gondole. Dans cette gondole se trouvait une fille de Turin. Son père s'était remarié et sa belle-mère voulait la marier à un très vieux milliardaire. Comme la fille avait refusé, sa belle-mère l'avait enfermée. Mais la fille s'était débrouillée pour convaincre un assistant de la libérer, et de la faire venir en cachette à Venise. Elle venait d'arriver. Et c'est alors qu'elle m'a rencontré.

– Et ensuite, que s'est-il passé ? dit Céline.

– Oh, rien, dit Lorenzo. J'étais amoureux de quelqu'un d'autre. Mais en réalité, c'était plus triste que ça. En venant à Venise, elle avait fini par perdre tout son argent. Elle n'avait rien. Elle m'a supplié de lui procurer un peu d'argent. Et cette nuit-là, alors que j'essayais de trouver un moyen de l'aider, les policiers l'ont embarquée. Je n'ai plus jamais eu de nouvelles d'elle.

– Quand était-ce ? dit Céline.

– Ne me demande pas ça, dit Lorenzo. Chaque fois que je suis mêlé à des histoires de dates, des choses terribles se produisent.

Lorenzo alluma une autre cigarette.

– Pourquoi je vous racontais ça ? dit-il.

– Personne ne connaît qui que ce soit, dit Marta. Chacun est un mystère.

– Je veux dire, bien sûr, ajouta Lorenzo, mais ce n'est pas comme si vous deux ne saviez pas déjà tout ça.

Puis il se leva pour aller vomir dans les toilettes.

Tout ceci était peut-être vrai, dit Céline à Marta en le regardant disparaître dans la foule, ce pourrait être philosophiquement parfait, il n'empêche, ce serait bien de connaître *quelqu'un*, après tout.

– Tu me connais, moi, dit Marta.

L'espace d'un instant, ce fut comme tout si le bruit autour d'elles se concentrait sur un seul point.

– Tu veux voir le jardin qui rend fou notre dictateur ? dit Céline. En fait, il ressemble davantage à une forêt. Tu veux voir notre forêt ?

Le lendemain, elles quittèrent la ville en voiture pour se rendre à la campagne.

11

Le jardin que Céline et Saratoga avaient construit n'était pas du tout réellement un jardin, mais plutôt une succession de confusions. Il y avait leur studio, ou pavillon. Et puis, tout autour, se trouvait une structure de plus en plus enchevêtrée, pas du tout entièrement faite par elles. Elles la concevaient comme un lieu d'expérimentation totale et de coquinerie mischling, une série d'explosions vertes. Tout était différé et à libération lente, comme si imaginer la façon dont un paysage pouvait être construit impliquait des chorégraphies bien au-delà des formes habituelles : nécessitant des mois, des saisons, voire des années. Il y avait des roses, du laurier, des eucalyptus. Tout était exercice de transplantation et de translation. Des amis d'Amérique leur avaient envoyé encore plus de graines américaines. Claude l'avait également mise en contact avec les activités d'exploration les plus récentes, si bien que désormais elles testaient des graines qui avaient été envoyées du port dans des boîtes, avec des petits bacs de plantes vivantes. De plus en plus, elles aimaient prendre ce qui était exotique et le faire pousser ici, comme les pointes plates tout en longueur du phormion. Il y avait des bosquets, des bois, des ruisseaux, puis des coins à l'écart avec des bancs ou des panneaux que Saratoga avait peints en rose. Chaque fois que quelqu'un leur rendait visite, Saratoga faisait de petits croquis ou plans pour aider la personne à se repérer si elle s'éloignait toute seule. Mais aussi, n'importe qui avait accès au paysage, sans invitation, comme cela avait été le cas de nombreuses années auparavant – juste pour s'y promener, en faire le tour, ou cueillir des champignons ou des fruits. Cela leur semblait magnifique de faire un endroit qui puisse être habité de diverses manières.

Dans tout ce qu'elle faisait, Saratoga voulait être moderne. Céline observait cela avec une admiration pleine de tendresse. Saratoga était excitée qu'un article ait été publié prouvant que les os américains géants de l'ancienne collection du mari de Marta n'étaient pas, comme tout le monde le croyait, des os d'éléphant, mais d'un animal aussi différent d'un éléphant, voire plus, qu'un chien différait d'un chacal ou d'une hyène. C'étaient apparemment les os d'un animal géant qui à certains égards ressemblait à un éléphant mais à de nombreux égards n'y ressemblait pas. Ce qui, bien sûr, prouvait non seulement qu'il y avait eu longtemps auparavant des animaux dont les gens vivant actuellement n'avaient absolument pas conscience de l'existence, mais aussi qu'à un moment donné dans l'histoire, ils avaient disparu. Cela prouvait que quelque chose pouvait se terminer une fois pour toutes, dit Saratoga, et pour elle c'était une façon très excitante de voir les choses.

– Mais pourquoi ? demanda Céline.

– Pourquoi quoi ? dit Saratoga.

– Je veux juste dire : cette idée ne te contrarie pas ?

– Pas du tout, dit Saratoga.

Ou c'était comme la façon dont les gens parlaient de Manhattan, ajouta-t-elle, comme si cela pouvait aider à expliquer des choses pour Céline. Il y avait le projet de faire de cette ville un quadrillage de pâtés de maisons, dit-elle. Céline lui posa la question qui lui paraissait évidente, à savoir qui donc aurait envie de vivre à l'intérieur d'un quadrillage. Mais la question n'était pas du tout évidente pour Saratoga. Cela lui paraissait tout simplement magnifique, cette idée de grandeur, dit-elle. Il n'y avait rien de pire que préserver le passé à jamais. Et de toute façon, continua Saratoga, elle ne disait pas qu'il fallait tout détruire. Il n'y avait pas de raison pour que de nouvelles choses ne puissent pas exister à côté de choses historiques. Peut-être que tension et contradiction n'étaient que les éléments d'une qualité nouvelle, plutôt que le refus de toutes les autres qualités. Et si cela pouvait arriver dans une ville, cela pouvait arriver dans une forêt.

Céline se sentait excitée par cette jeunesse et cette nouveauté. La confiance qu'elle mettait dans le futur était très séduisante.

Mais avec Marta, il se produisait autre chose. En arrivant, elles commencèrent par passer autant de temps à l'intérieur qu'à l'extérieur, à lire des livres. Ou plutôt, Marta lisait des livres à voix haute, et Céline écoutait. Elles avaient tendance à prendre tout ce qui leur tombait sous la main, comme les livres de biologie et d'astronomie de Saratoga. La terre n'était qu'une planète parmi d'autres, lurent-elles dans un manuel, ce n'était qu'une planète parmi d'autres flottant dans un volume d'air infini. Puis elles renoncèrent à l'astronomie au profit de fictions. Les histoires qu'elles choisirent étaient des aventures, des fantaisies. Elles décrivaient des traversées vers de lointains pays et en particulier d'autres planètes, comme celle de l'homme qui avait réussi à voler jusqu'à la lune.

Au sujet de la lune, Céline garda le silence. Il était possible qu'elle ne puisse jamais dire à quiconque ce qu'elle avait vu sur la lune. La lune était son intérieur.

Marta était préoccupée par les êtres extra-terrestres que ce voyage décrivait. Car comment une personne pourrait-elle ne fût-ce que reconnaître un extra-terrestre, si elle devait en voir un ? L'hippogriffe, par exemple. Saurait-on qu'il s'agit d'un hippogriffe si un hippogriffe s'approchait de vous d'un pas pesant ?

– Je comprends plus ou moins, dit Céline. Tu veux dire : s'il y avait un extra-terrestre sur cette planète maintenant, ce pourrait aussi bien être un arbre ? Ou du moins, à nos yeux, ressembler à un arbre ?

– Quelque chose dans ce genre, dit Marta. Je ne sais pas exactement.

Elles lisaient des livres et ensuite en discutaient parce qu'elles essayaient d'éviter toute conversation susceptible d'être sans sujet clairement défini – et susceptible par conséquent de très facilement devenir une conversation sur elles-mêmes. Elles avaient été séparées pendant si longtemps, et c'est toujours difficile de revenir auprès d'une personne qu'on a aimée, surtout lorsque la personne a vécu une vie différente de la vôtre et que vous n'êtes même pas sûre de pouvoir décrire précisément ce que vous avez vécu sans elle. Pour l'heure, elles existaient simplement côte à côte, et découvraient qu'elles préféraient bien plus ce mode de vie que le fait de vivre séparées – même s'il était inattendu non pas seulement de vivre cette nouvelle vie ensemble, mais de s'être même retrouvées. Cela semblait tellement inhabituel pour quelqu'un de retrouver une autre personne. Il était bien plus habituel de perdre une fois pour toutes et à jamais.

Ensuite, petit à petit, elles se mirent à passer de plus en plus de temps dehors. Elles sortirent avec Saratoga, dans la verte pénombre. Puis, quand celle-ci travaillait sur des croquis ou était en ville, elles explorèrent la forêt par elles-mêmes.

Peut-être que certaines choses seraient toujours impossibles à comprendre, dit Marta – comme le fait que c'était l'endroit qu'elle reconnaissait du temps jadis, à l'époque où elles venaient ici avec Julia, mais aussi un endroit complètement nouveau. C'était peut-être parce que les choses semblaient si différentes maintenant : tant de choses avaient brûlé, été replantées ou redistribuées.

Leur projet était de créer autant de nature sauvage et de mystère que possible, dit Céline. Comme un monde. Saratoga appréciait cet espace exactement pour cette raison, se disait-elle, son côté sauvage et sa folie. Mais elle avait aussi une autre raison intime, dit-elle. C'était quelque chose qui continuerait d'être vivant dans le futur après la mort de Céline. Et la raison pour laquelle cela serait vivant, c'est que c'était un mystère.

Autour d'elles, des abeilles voletaient et s'assemblaient en grappes.

Et aussi, ajouta Marta, il y avait ce bonus supplémentaire, à savoir que le dictateur détestait cela.

12

Dans le paysage qui les entourait, tout était espaces déboisés, usines à bois, dévastation vide. La nouvelle dictature encourageait par-dessus tout la propriété privée. C'était une époque de guerres et de gros sous, par conséquent toutes les lois restantes de protection des forêts, celles en faveur desquelles Jacob et leurs amis avaient plaidé, étaient à présent démantelées. Tous ceux qui possédaient une forêt y allaient au bulldozer pour faire de l'argent. Cela signifiait qu'il y avait des crues subites et une pléthore de chèvres.

L'idée de Saratoga était qu'une méthode de résistance serait de commencer à faire pousser des cultures vivrières ainsi que des plantes. Elle échangeait constamment des messages avec son agent en ville à propos des conditions correctes de culture. Tout le monde avait toujours considéré comme acquis que les plantes appréciaient de pousser parmi d'autres plantes similaires, mais Saratoga commençait à se demander si c'était vrai. Le principe de la forêt était mélange et profusion, et elle se demandait s'il était possible qu'il en soit de même pour toute autre plante. Elle imaginait une prolifération de différences, de minuscules intensités du détail. Mais pour tester cela, il leur fallait davantage de terrain.

Il se trouvait que Marta avait un réel talent dans la gestion des affaires. Elle inspectait les limites de leur territoire, réfléchissait à leurs prochains achats. Après tout, chacun vendait ses prairies et ses champs, et Marta faisait le tour, rachetant tout ce qu'elle pouvait. Un jour, elle revint avec une nouvelle proposition. Il y avait une espèce de maison appartenant à une famille à présent en faillite. Ils avaient été ruinés dans le chaos de la décennie. Autour se trouvait ce qui restait d'un jardin très guindé. Mais la raison pour laquelle elle voulait l'acheter est qu'il s'y trouvait une source d'eau, un ruisseau qui commençait en lisière de la propriété – qu'elles pourraient utiliser pour faire quelque chose de sauvagement aquatique, et qui fournirait aussi toute l'énergie dont la technologie de leur forêt improvisée pourrait avoir besoin.

Le seul problème, ajouta Marta, était qu'elle se situait juste à côté de la maison que Napoléon avait achetée avec sa femme. Il y avait des bataillons de sécurité tout autour, de longues rangées de véhicules garés avec des conducteurs endormis.

– Pourquoi devrions-nous nous en soucier ? dit Saratoga.

Une semaine plus tard, elles signaient le contrat.

Environ une semaine après, un membre des forces de police locales vint inspecter leur système d'écoulement des eaux. C'était inhabituel mais peut-être pas complètement irrationnel. Puis un inspecteur des eaux et forêts se présenta deux jours plus tard, pour évaluer leur système de mesures dissuasives contre le braconnage. Puis suivirent les contrôleurs de permis, les enquêteurs du comité sur la provenance des récoltes, et finalement les fonctionnaires de la santé, venus tester la qualité de l'eau. Après quoi commença la violence armée.

13

Un jour, Céline et Marta étaient sorties, marchant dans la forêt, poursuivant leur interminable conversation.

– Ça ne rime à rien, dit Marta, que Napoléon s'affole à ce point sur les jardins. Pourquoi s'affole-t-il à propos de *ce* jardin ? Je veux dire : pourquoi toi ?

– Ça ne rime à rien, mais c'est comme ça, dit Céline.

– C'est tellement vieux jeu, dit Marta, sa façon de penser. Qui a envie de belle ordonnance à la campagne ? On dirait qu'il veut des choses du temps jadis. Alors qu'en fait c'est super contemporain, la campagne.

Céline trouvait cette conversation avec Marta tellement sensuelle et tellement facile que cela lui donna envie de faire quelque chose qu'elle n'avait jamais fait avec qui que ce soit. Elle s'arrêta. Marta s'arrêta aussi. Céline esquissa ensuite un grand geste en direction de l'enchevêtrement des arbres.

– Est-ce que je peux… Je veux te dire quelque chose, dit-elle.

– Dis-moi ce que tu veux, dit Marta.

Pendant un certain temps, Céline plongea son regard dans les arbres, cherchant de l'aide.

– Parfois ils me parlent, dit-elle. Je sais : c'est fou.
– Te parlent qui ? dit Marta.
– J'ai des visions, dit Céline. Comme si la forêt parlait.
Marta y réfléchit pendant un long moment.
– Ça ne me paraît pas fou, dit Marta.
Et Céline était sur le point de continuer lorsqu'elles furent interrompues par une vision de violence : une sorte de signe ou de message vicieux de la part du dictateur. Un homme était étendu sur la route, avec un bras qui semblait être à un angle terrible par rapport à son corps.

Elles se penchèrent pour lui venir en aide. L'homme ne pouvait pas parler. Il avait perdu beaucoup de sang, qui formait une flaque noire. Marta s'agenouilla à côté de l'homme blessé dont elle posa la tête sur ses genoux. Elle lui parla très doucement. Pendant ce temps Céline courut chercher quelqu'un pour les conduire en ville. La manche de chemise de l'homme était imbibée de sang noir et il était difficile de dire ce qui s'était réellement passé, ce qu'il restait de son bras.

Une fois qu'elles eurent déniché un médecin et que le médecin l'eut examiné en pansant la blessure le plus soigneusement possible, elles lui parlèrent. Il se promenait dans leur forêt, dit-il, lorsqu'un homme s'était approché et lui avait tiré dessus. C'était terrifiant. L'homme au pistolet lui avait dit qu'il était sur un terrain privé appartenant au dictateur – et avant qu'il puisse parler, il lui avait tiré dessus. Il croyait pouvoir se promener n'importe où dans la forêt, dit-il.
– Bien sûr que vous pouvez, dit Céline.
– Mais regardez, dit l'homme.
Avec raideur il montra son bras brisé, puis perdit connaissance.
Ce soir-là, Céline envoya un long message à Julia. Elle lui expliqua ce qui était en train de se passer – les divers contrôles de permis, et maintenant cette terreur organisée par l'État. Tout était fou, écrivit-elle. Julia lui répondit immédiatement pour leur dire ce qui se passait en ville. C'était bien pire qu'elle le pensait, dit-elle. Qu'avait-elle fait à Napoléon ? Napoléon semblait la

détester. Il n'arrêtait pas de parler de Céline en public. *Comment se fait-il que cette personne soit encore en vie ?* disait-il. *Est-ce que quelqu'un pourrait m'aider, là ?* Personne ne savait s'il plaisantait ou pas, dit Julia.

Longtemps après avoir lu ce message, Céline eut du mal à parler.

– *Comment est-il possible que ça se produise encore ?* finit-elle par dire à Marta. Me voilà, avec une enfant qui est maintenant une adulte, alors que tous les gens de notre connaissance sont morts, ou presque tous. Tout ce dont je me souviens a disparu. Et il y a encore des gens qui voudraient que je sois morte. *Peux-tu m'expliquer ça ?*

Elle éprouvait les sentiments habituels du moment : elle était gonflée à bloc, en délire, contrariée. Mais en même temps elle devait reconnaître, après longue et précise réflexion, que ses sentiments étaient presque enveloppés dans quelque chose de plus doux et de plus enivrant, un sentiment plus près du soulagement. Finalement il semblait que Céline avait un ennemi à sa hauteur. Il y avait eu Sasha, Hernandez, Yves… Elle avait vu en chacun d'entre eux un individu à vaincre, physiquement ou par la ruse, mais peut-être était-il possible que ces hommes aient tous été des ombres d'un principe plus vaste, et chez le dictateur au moins ce principe plus vaste était visible : malveillant et effrayant mais aussi très clair.

14

Le dictateur était la célébrité absolue, et ça c'était quelque chose qu'il encourageait. Ses idées et entretiens étaient rapportés dans tous les journaux. Il aimait voir son image partout – sur des affiches dans la rue et des drapeaux géants, ou que son nom soit écrit en toutes lettres par des formations d'enfants brandissant des flambeaux. On pouvait facilement en conclure qu'il était fou mais peut-être était-ce injuste. Autour de lui il y avait des psychopathes avec des slogans tels que La Guerre est l'Hygiène Suprême du Monde, et il les trouvait toujours irritants. Il aimait la guerre mais il préférait la science. Il avait l'impression d'avoir loupé sa vocation. Il était devenu célèbre pour ses invasions militaires, déferlant à travers les montagnes gelées ou par les marais, mais ce à quoi il pensait maintenant ce n'étaient pas les manœuvres proprement dites, mais les plantes rares devant lesquelles il était passé dans ses véhicules blindés, qu'il n'avait pas eu le temps d'observer.

Il se sentait vieux, intelligent, seul et incompris. Et aussi, sa position était bien plus précaire que ce que les gens pensaient. L'État n'avait pas d'argent et lui-même n'avait pas d'argent. C'était pourquoi il avait souvent des rendez-vous avec des milliardaires comme Rosen. Ils finalisaient constamment des accords internationaux – des accords qui devaient se conclure en secret, pour que les fonds spéculatifs cessent de miser contre lui. Cette manie du secret et cette fragilité se combinaient pour le rendre paranoïaque. Il voulait la guerre totale, et la guerre dépendait de l'argent qui semblait invisible et instable.

Il n'avait confiance en personne. Il gardait autour de lui une toute petite coterie de gens qui affectaient de penser en indépendants, tout en étant toujours d'accord avec lui, bien que râlant ensuite à ce propos dans les antichambres et les cours intérieures, parce qu'il est toujours difficile de parler à quelqu'un qui est névrosé mais aussi en possession du pouvoir ultime.

Bon, et l'une de ces personnes, bien sûr, c'était André. Un jour, après que Céline l'avait quitté et avait, semblait-il, quitté la ville pour de bon, Napoléon demanda à André s'il était encore en contact avec elle. Avec Céline ? répondit André. Absolument pas. Bien sûr, ils avaient des amis d'amis, mais pour autant… Il y avait des révolutionnaires de l'autre côté de la frontière, dit le dictateur, dont il avait entendu dire qu'ils intriguaient en vue de le tuer. Il essayait de récolter des renseignements. Il avait le sentiment que Céline était d'une certaine manière impliquée elle aussi, dit le dictateur. Elle était amie avec beaucoup de gens là-bas, grâce à ses contacts étrangers.

Il était vrai, dit André, que sa propriété à la campagne était quelque chose que tout le monde voulait voir. Il avait entendu dire qu'elle devenait légendaire, les gens venaient y faire la fête.

C'était toujours comme ça dans l'atmosphère que créait le dictateur. C'était un aquarium dans lequel émergeaient les histoires.

– Exactement, dit le dictateur. Je suis carrément d'accord. La campagne.

André sentit soudain que d'une certaine manière, en essayant juste de faire la conversation, il était allé trop loin. Mais il était impossible de dire quoi que ce soit. Tout langage était corrompu. Il tâcha de réfléchir à un moyen d'effacer ce qu'il venait de dire, mais il avait, semblait-il, créé une petite machine à l'intérieur de Napoléon, qui désormais ne pouvait plus être arrêtée.

Napoléon fixa André pendant un long moment avant de finir par hocher sèchement la tête et dire qu'il avait du travail. Il lui demanda en sortant d'appeler un de ses assistants. Puis il griffonna un message.

Deux jours plus tard, une version plus officielle de ce message était apportée à Céline, l'accusant de spéculation internationale et d'espionnage, lui ordonnant de se présenter devant le comité exécutif.

15

Tous les membres du comité exécutif étaient nommés par le dictateur, si bien que ce qui ressemblait à un comité neutre opérait comme une minicellule terroriste, sur ordres de Napoléon. L'accusation de spéculation internationale qu'ils portaient contre Céline était la procédure classique pour attaquer les ennemis du dictateur. C'était en partie parce qu'elle était suffisamment vague pour être utile en cas d'urgence, mais aussi parce que le dictateur y croyait. Il avait besoin d'argent et de toute évidence il y avait beaucoup d'argent partout ailleurs, sur terre – mais pas pour lui. Il s'ensuivait logiquement, se disait Napoléon, que la spéculation illégale sévissait dans des domaines qu'il ne comprenait pas.

Les réunions du comité eurent lieu dans un nouveau bâtiment administratif. C'était splendide et dégoûtant. Il y avait des espaces vides ou morts partout, avec des tuyaux sciés et des murs non enduits, parmi lesquels circulaient des concierges et des assistants tâchant de donner une impression de préoccupation frénétique.

En recevant le message lui demandant de se présenter devant le comité, Céline avait estimé que ce n'était pas sérieux. C'était un document d'hystérie, et par conséquent très comique. La période n'était pas au véritable passage à l'action, se dit-elle. Aussi n'était-elle pas venue avec un avocat, ni n'avait préparé ses réponses, ni réfléchi à ce qu'elle pourrait proposer en échange de sa propre sécurité, et cela signifiait qu'elle fut très secouée quand ils se mirent immédiatement à parler vite et brusquement, lui posant des questions détaillées pour savoir à quand remontait la dernière fois qu'elle avait vu son ami Rosen, le milliardaire juif, ou comment elle avait payé le nouveau terrain qu'elle venait d'acheter, des questions tellement détaillées qu'elle ne pouvait pas toujours donner des réponses appropriées, tout en comprenant que d'une certaine manière on ne pouvait pas répondre à ces questions car c'était un voile qui dissimulait un pouvoir plus vaste.

Elle avait passé sa vie à inventer des stratégies, se dit-elle, soudain complètement abattue, à prendre de petites initiatives, contre-initiatives et petites feintes, et peut-être que maintenant c'était fini, tout ça. C'était vraiment idiot de sa part de ne pas avoir prédit que cela se terminerait ainsi – dans une salle dont les murs étaient des agencements infinis de casiers carrés, chacun rempli de papier lourd.

Ils n'arrêtaient pas de demander ce qui se passait là-bas, à la campagne, sur sa petite finca. Sa quoi ? demanda-t-elle. Sa propriété, dirent-ils. Elle y habitait, dit-elle. Qu'est-ce que c'était que cette question ? Ils se mirent à énumérer les gens venus lui rendre visite, dont certains qu'elle connaissait mais qu'elle n'avait pas vus depuis des années, et d'autres dont elle n'avait jamais entendu parler, mais plus elle essayait de réagir à chaque nom prononcé, plus les mouvements et réseaux des uns et des autres semblaient s'intriquer, si bien qu'il était presque impossible de ne pas donner l'impression d'un vaste réseau de sociabilité et de compromission, alors que dans le fond elle vivait toute seule. Il était très important qu'elle comprenne la gravité des accusations portées contre elle, dirent-ils. Mais quelles accusations ? dit-elle. Réponds à la question, dirent-ils.

Ils semblaient pressés que la réunion se termine, d'arriver à une certaine conclusion, ou tout du moins de lui faire dire certains mots. Comment donc, dirent-ils, pensait-elle échapper aux accusations de conspiration avec des forces extérieures ? C'était impossible, dit-elle. Pourquoi ? demandèrent-ils. Parce que, dit-elle, il était impossible de se défendre contre des accusations qui étaient imaginaires. Ils supposaient, dirent-ils, qu'elle souhaiterait supprimer cette phrase du compte-rendu. Bien sûr que non, dit-elle. Car c'était un aveu de traîtrise, dirent-ils.

Il y eut quelques conversations desquelles on ne pouvait s'extraire qu'en perdant quelque chose de très précieux, qu'on ne serait jamais capable de recouvrer, se dit Céline, tant le langage utilisé en eux était un mode d'expression malveillant. Et il semblait que celui-ci en était un.

16

Une semaine après la réunion, le comité exécutif écrivit à Céline qu'il l'avait jugée coupable de spéculation internationale et l'avait condamnée à l'exil définitif. Elle avait une semaine pour préparer ses affaires. Tous ses biens seraient confisqués et reviendraient à l'État.

Le choc transforma Céline en insomniaque. C'était comme si l'on faisait du mal à une enfant, et pas seulement à une forêt. Elle s'asseyait la nuit dans son lit pendant que Saratoga et Marta dormaient, essayant de comprendre ce qui venait de se passer, ou comment elle allait pouvoir leur dire que cette utopie qu'elles tentaient de bâtir serait bientôt terminée. Cela paraissait impossible. Ce n'était bien sûr pas la première fois qu'elle était mise sur liste noire et proscrite, mais cela semblait rendre ce qui arrivait encore plus impossible et encore plus terrifiant, parce que cette fois-ci elle avait l'impression que c'était la fin. Elle eut l'idée d'écrire à Julia, mais elle se sentit soudain trop épuisée. Il n'y avait pas d'échappatoire. Elle avait toujours voulu se voir comme quelqu'un de mobile et d'international, mais il s'avérait qu'elle ne pouvait pas imaginer une vie sans cet endroit qu'elle avait créé. C'était la seule idée du futur en laquelle elle ait jamais cru, et elle refusait de l'abandonner. Mais d'un autre côté, le pouvoir était absolu et implacable.

Pendant deux jours et deux nuits, Céline réfléchit. Elle se sentait évaporée. Il était possible que le miracle de sa survie soit en fait le phénomène bien plus ordinaire consistant à avoir tenu le coup, ce qui était une situation bien différente. Elle avait simplement survécu à sa propre vie.

Comme pour prouver cela, le lendemain matin, les journaux rapportèrent que Claude, qui était malade depuis des mois, avait fini par mourir. Et comme le dictateur, qui aimait à la fois la science et l'empire, avait fait de Claude un héros national, dont les expéditions sur les océans étaient apparemment aussi impériales qu'intellectuelles, il fut ordonné qu'il aurait droit à des funérailles majestueuses.

En attendant, il ne restait plus à Céline que trois jours.

Elle se trouva à raconter à Saratoga des anecdotes sur Claude, qui était son père après tout, même si Céline avait toujours dit à Saratoga que les pères étaient sans importance. Elle appréciait la curiosité de Claude, dit-elle. Il y avait eu une fois où elle avait observé Claude et Titere parler entre eux, ils pratiquaient tous deux la langue de l'autre, donc Claude parlait dans la langue de Titere et Titere parlait dans la langue de Claude, et elle s'était avisée qu'elle ne comprenait ni l'un ni l'autre, tout en comprenant parfaitement leur conversation.

– De quoi te souviens-tu ? demanda-t-elle à Saratoga. Est-ce que tu te rappelles quelque chose de quand tu étais petite ? Je veux dire, vraiment petite ?

– Je me souviens de quand j'allais me coucher, dit Saratoga. Je me souviens qu'en allant me coucher, j'étais contente parce que je vous entendais parler dans la pièce d'à côté.

Céline décida qu'elle se rendrait seule aux funérailles, ce serait sa dernière visite d'une ville qu'elle avait jadis tant aimée. Elle arriva tôt en ville, et alla donc pour la dernière fois dans son appartement, voir ce qu'il restait. Tout semblait poussiéreux et déplaisant. Accidentellement elle cassa une assiette en porcelaine. C'était la dernière pièce du service que Lorenzo avait conservé pour elle en Amérique, et elle se brisa en fragments triangulaires. En les ramassant, elle remarqua le petit objet que Claude lui avait jadis offert : l'hameçon que lui avait offert Titere. Elle l'avait emporté avec elle dans toutes les maisons et tous les appartements dans lesquels elle avait vécu, mais avec ses allers-retours entre la ville et la campagne, elle l'avait laissé ici, en ville. Mais à présent elle avait le sentiment qu'il fallait qu'elle le garde tout le temps avec elle. C'était une petite chose palpitante.

Aux funérailles, personne ne lui adressa la parole. Elle se tint là, au sein d'une foule. Puis soudain, dans le piétinement de la cohue des gens qui sortaient, Céline aperçut Caton, son ancien assistant, et superbement il lui sourit. Il s'avérait que Caton avait maintenant un bar à vin près du fleuve. De tous les gens qu'elle avait connus, il était celui qui avait toujours eu l'air jeune, mais maintenant le temps l'avait enfin marqué et l'effet était très émouvant. Il était content de la voir, lui dit-il, parce qu'il avait toujours voulu reparler avec elle, pour découvrir ce qui s'était passé. Elle ne savait pas trop, dit-elle, elle ne serait pas capable de décrire ce qui s'était passé. Pendant un long moment, Caton ne répondit pas. Il trouvait la vie très difficile, finit-il par dire. Elle était navrée, dit Céline. Elle viendrait le voir, dit Céline, dès qu'elle reviendrait en ville – même si, en disant cela, elle savait qu'elle ne reviendrait jamais en ville, et elle aurait pu parler davantage, mais quelqu'un les interrompit et Caton disparut dans la foule.

Et soudain Napoléon fut là, se tenant seul à côté d'un véhicule. Tout était comme dans un rêve et horrible, si bien qu'il paraissait entièrement logique d'aller le voir et d'essayer de lui parler. Divers hommes de main bloquèrent le passage de Céline. Il se tourna pour voir ce qui causait ce brouhaha. Elle lui dit qu'il fallait qu'elle le voie.

Il la regarda fixement, respirant lourdement, avec cet espace inhabituel entre eux, peuplé par la sécurité. Elle eut l'impression d'être une statue ou une performance illustrant la souffrance totale – et il parut apprécier l'idée de la regarder souffrir, parce qu'il pouvait la voir ce soir, déclara-t-il, avant d'être calmement reconduit à son véhicule démesuré aux fenêtres aveugles.

17

Céline se déplaçait dans le monde entier et se sentait chaque jour s'éloigner, s'éloigner. C'était comme si toutes les lumières qu'elle avait disposées autour d'elle s'éteignaient les unes après les autres, et qu'il était très important d'en conserver au moins une allumée pour garder un lien à son passé. Mais quelque chose ne cessait de l'interrompre si bien qu'elle perdait chaque jour des petites parties d'elle-même, se disait Céline, et le plus violent était peut-être ce bureau du dictateur, comme si c'était peut-être l'élément final d'une série – cet espace vide dans lequel on entrait après une longue succession d'assistants.

Son bureau était en fait tellement vide qu'en y entrant on avait presque l'impression qu'il ne contenait rien du tout. Son constituant principal était le papier : froissé en boule par terre, dans des dossiers ou empilé en tas. Au milieu se trouvait un bureau géant en marbre avec presque rien dessus, juste une assiette en porcelaine contenant des tranches d'orange sanguine et un pot de porcelaine rempli de crayons de couleur. Il y avait un tas de vieilles bottes dans un coin. L'effet général était tellement perturbant qu'elle eut encore plus peur.

Elle était la personne qui partait – mais elle ne laisserait personne lui ordonner de partir, se dit Céline. Elle voulait se déplacer librement de par le monde. Mais pour cela, semblait-il, il allait falloir qu'elle traverse cette scène d'étranglement absolu et qu'elle en sorte indemne. Et pour elle ce n'était pas évident de savoir comment cela pouvait se passer.

Le dictateur commença tout en douceur, en disant que c'était terrible, ce que les gens disaient d'elle, les gens disaient qu'il ne l'appréciait pas, alors que la vérité était qu'il l'appréciait beaucoup. Ça l'intéressait beaucoup de parler avec elle comme ça maintenant, toute la journée il avait attendu cette conversation, en privé, à partir du moment où elle était apparue devant lui. Et Céline se mit à trembler, très légèrement, mais une grande partie de son effort fut consacrée à ne pas laisser paraître qu'elle tremblait, et c'était une sensation terrible que l'univers pour elle en cet instant soit entièrement l'effort qu'elle faisait pour cacher sa propre peur. Si seulement elle était venue le voir plus tôt, dit le dictateur, cela aurait pu simplifier les choses. Alors que là, avait-il entendu dire, le comité avait pris sa décision, il lui avait ordonné de partir, les options qui s'offraient à lui étaient donc limitées. Après tout, dit le dictateur, il n'était pas un dictateur.

Céline resta silencieuse, quand bien même elle ne voulait pas l'être, elle restait silencieuse parce qu'elle ne savait pas du tout si elle pouvait trouver un chemin à l'intérieur de ce miasme de mots, et aussi parce qu'elle avait très peur et se sentait épuisée et redoutait que sa voix ne sorte pas clairement, sans que la peur soit audible dans ses intonations.

Pourquoi ne l'avait-elle pas aidé à s'en sortir ? dit-il. André disait toujours avoir eu tort à son sujet. Alors pourquoi ne l'avait-elle pas aidé ? Si elle l'avait aidé, peut-être aurait-il pu l'aider. Mais elle ne l'avait pas aidé. Elle avait été impossible.

Céline demanda, très calmement, comment elle aurait pu l'aider.

Soudain il fut féroce, et elle ressentit quelque chose d'assassin, parce qu'il n'y avait pas moyen d'entrer dans le flux des mots qu'il produisait comme généralement on peut entrer dans la conversation de quelqu'un d'autre. Elle aurait pu par exemple ne pas comploter contre lui, dit-il. En ne recevant pas des étrangers, sur une espèce de terrain sauvage qu'elle avait elle-même fabriqué, à côté de la maison où il habitait. Elle ne comprenait pas, dit-elle. Ce que lui ne comprenait pas, dit-il, c'est qu'ils aient pu un instant croire le mettre en faillite. C'était vraiment insensé de leur part. S'il avait eu plus de temps, ajouta-t-il, il aurait aimé l'écouter expliquer tout le complot.

– Qu'est-ce que tu veux ? dit-il dans une fureur sauvage. Est-ce que tu veux rester amie avec des gens qui me détestent ou est-ce que tu veux que nous te laissions tranquille ? Qu'est-ce que tu veux ?

Et maladroitement il frappa du poing sur la table, et il lui fit peur, ce geste, il était tellement théâtral, mais le voir en vrai générait une terreur en soi.

– Mais je veux juste disparaître, dit Céline.

– Eh bien disparais, s'écria-t-il. Qu'est-ce qui t'en empêche ?

– Je veux dire par là que je veux disparaître dans un lieu de mon choix, dit-elle.

Il sortit des cigarettes et cela sembla le distraire ou le calmer. Elle sentait l'hameçon de l'océan dans sa poche et cela parut la calmer aussi. Elle le tint serré dans sa main. Il venait d'Amérique, dit-il, ce tabac. Il lui offrit une cigarette. Elle dit non. Il était super fort, dit-il. C'était une chose qu'il admirait chez Toussaint Louverture, dit-il. La façon dont il organisait la production. Elle n'y connaissait rien en matière de tabac, dit-elle. C'était dommage, dit-il. Enfin bref, il collerait bientôt Louverture en prison. Cela paraissait incroyable, dit-il, que des gens aient pu vouloir donner la liberté à des gens comme lui. C'était irresponsable. Avait-elle déjà entendu parler kreyòl ? Sans doute pas, ajouta-t-il avant qu'elle puisse répondre, et il l'enviait parce que c'était une langue horrible. Il n'y avait aucune possibilité qu'elle exprime des idées abstraites. Cela n'avait rien à voir avec la langue qu'elle pouvait utiliser, dans ses célèbres conversations.

C'était comme s'ils avaient atteint un point très dangereux dans la conversation car elle s'approchait sans cesse du silence. Et elle ne savait pas comment opérer dans ce silence parce que c'était un silence qui transmettait en fait de trop nombreux messages. Elle avait l'impression de devoir faire quelque chose pour aider le dictateur, une phrase qui serait très claire et lui permettrait de la voir clairement.

Elle ne s'intéressait à aucun pouvoir d'aucune sorte, dit-elle. Mais elle ne pourrait pas vivre si elle devait aller ailleurs. La forêt était l'unique futur qu'elle s'était imaginé pour elle, et pour sa fille.

Durant un instant, elle crut avoir peut-être provoqué l'effet qu'elle voulait car pendant longtemps il ne répondit pas, et elle espéra l'avoir peut-être ému en évoquant sa situation, et qu'il pensait à ce qu'elle venait de dire et réfléchissait à la façon de l'aider. Mais il finit par parler et c'était encore une langue qu'elle ne pouvait pas parler, faite de transactions et de relations. Il n'y avait là rien de personnel, dit-il. C'était toujours tellement ennuyeux quand les gens prenaient les choses pour eux-mêmes à ce point.

– Je ne peux pas parler comme ça, dit-elle. Je ne sais pas parler comme ça.

Ils étaient debout face à face, très proches. C'était toujours épouvantable quand un homme était trop près, même si cela ne signifiait pas nécessairement quoi que ce soit de violent, mais il était aussi évident qu'il se délectait de cette insinuation érotique.

– Je veux dire, dit-il. Qu'est-ce que tu ferais ?

– Je ne comprends pas, dit-elle.

– Tu n'arrêtes pas de dire ça, dit-il, et je ne te crois pas.

Il était difficile de savoir à quel point il le pensait sérieusement, de même qu'il était toujours très difficile de comprendre ce que les hommes croyaient vouloir, et à quel point ils voulaient vous faire peur plutôt qu'attaquer, aussi réfléchit-elle à quelque chose à dire, qui ramènerait la conversation à une fréquence moins dangereuse, mais avant de trouver une formule, un fragment de phrase, elle vit qu'il avançait sa main très lentement vers elle, comme pour lui saisir la gorge.

– Je suis putain de sérieux, dit-il. Tu te crois si unique ?

La peur qu'elle ressentit était si pure qu'elle déferla sur elle ou fut comme une lumière enveloppante, et elle eut très clairement la sensation qu'elle allait mourir ou que quelque chose en elle allait mourir, alors elle perpétra un acte ultime pour tenter de résister, et ce ne pouvait pas être en recourant au langage car elle avait l'impression que tout langage s'était dissous ou avait disparu. Si bien que lorsqu'il avança la main comme pour l'empoigner, Céline le frappa, tenant toujours le petit hameçon dans sa main, cette concentration de potentiel. Elle le cogna brusquement et comme elle était plus grande que lui, l'hameçon entailla le côté du crâne, derrière l'oreille. Cela se passa si vite qu'il n'y eut finalement plus que l'instant présent, comme pour la première fois de sa vie, peut-être, sans anticipation ni souvenir pour l'enjoliver, si bien qu'elle éprouva une pure surprise face à ce qui venait de se passer, même si cela parut surprendre encore plus le dictateur, car il y avait de l'étonnement dans ses yeux, tandis qu'il tanguait un peu, puis tombait à la renverse. En tombant, il se cogna la tête exactement au même endroit, derrière l'oreille, sur l'angle pointu du bureau en marbre, et davantage de sang se mit à gicler. Étalé au sol, il leva les yeux et la regarda. Il sembla lui parler mais sans rien dire.

Elle sentait l'hameçon dans sa main, au creux de sa poche : un petit choc électrique.

Il y eut soudain partout des crayons de couleur renversés du bureau autour de son corps. L'un d'eux s'immobilisa bizarrement à côté de son visage. C'était l'agencement le plus violent qu'elle ait jamais vu, se dit-elle, ce désastre coloré. Et elle éprouva une sorte de pitié à le regarder s'éloigner d'elle, quand bien même il ne bougeait pas, mais quelque chose en lui était en train de s'éloigner, revenant à un endroit peut-être impossible à définir. Il faisait une sorte d'attaque ou était pris de convulsions. C'est alors que sa respiration cessa.

Céline sentait en elle ses nerfs envoyer des messages dans tout son corps. En relevant la tête, elle vit un assistant accouru après avoir entendu le bruit.

– Je crois qu'il est mort, dit Céline.

Un autre assistant arriva en courant. Ils la regardèrent.

– Il est tombé d'un coup, dit-elle. Je crois qu'il a fait une crise cardiaque. Il est tombé et s'est cogné la tête.

Elle s'attendait depuis si longtemps à un châtiment et à la terreur qu'être dans cette situation lui semblait absolu et inévitable, comme cela aurait pu l'être dans un rêve. Une seule pensée occupait son esprit, Saratoga, elle ressentait une telle tristesse à l'idée de peut-être ne plus jamais tenir Saratoga dans ses bras, ou de ne plus l'écouter parler, et la taille de cette tristesse était si grande que peut-être n'était-ce même pas de la tristesse mais qu'elle était en train de mourir elle aussi.

Mais ensuite elle se rendit compte avec étonnement que personne ne se souciait d'elle, ou des explications qu'elle essayait frénétiquement de préparer dans sa tête. Personne ne l'arrêtait ni même ne lui posait de questions. Eux-mêmes terrifiés et choqués, tous les chefs de bureau et tous les employés pensaient déjà à autre chose – non pas tant au cadavre au sol mais, de manière plus urgente encore, à eux-mêmes. Des gens entraient et sortaient du bureau, tâchant d'estimer ce qui allait se passer ensuite. Ils couraient pour communiquer en secret avec d'autres personnes. Le pouvoir était quelque chose de liquide qui pouvait se répandre partout, et c'était incroyable de voir à quelle vitesse cela pouvait arriver et à quel point c'était irrévocable quand cela arrivait.

Des gribouillages recouvraient la situation, des traits dessinés suggérant le mouvement, mais à l'intérieur de cette situation, il y avait Céline.

Il semblait soudain possible, en prenant un air assuré et innocent, de faire ce qu'elle voulait. Et elle sentait avec certitude qu'au bout de ces corridors gris il y avait Saratoga, à condition de pouvoir l'atteindre, et donc Céline s'avança dans cette direction.

Tranquillement elle sortit de la pièce. Elle descendit l'escalier, l'air le plus décidé possible, vengeresse meurtrière, mais c'est seulement quand elle émergea dans la rue et vit que personne ne la suivait qu'elle sentit le jaillissement de la vengeance absolue déferler en elle – à la manière dont un narcotique est délicieux au moment où il commence à infuser dans vos reins, votre foie et votre cœur.

18

Le lendemain, Céline reçut un long message d'Izabela à Varsovie. Elles avaient réussi à poursuivre leur correspondance pendant plus de vingt ans et, comme par magie, une autre lettre arrivait juste au moment où Céline était dans sa bulle de revanche.

Ici c'était gâteau à gogo et pâtisseries super lourdes, écrivait Izabela. Elle allait sûrement mourir très bientôt, écrivait Izabela, et cela la rendait heureuse. Mais cela n'était pas le motif de sa lettre. Elle avait pensé à quelque chose et se disait que peut-être seule Céline pouvait comprendre ce qu'elle essayait de dire.

Izabela avait l'impression, continuait-elle, que les gens croyaient que tout pouvait être exprimé par écrit. Et peut-être l'avait-elle cru elle aussi, certainement lorsqu'elle était aux soirées de Céline, il y avait tant d'années. Elles considéraient toujours à cette époque que le langage était partout. Mais de plus en plus elle avait le sentiment qu'il y avait quelque chose qui allait au-delà du langage, quelque chose vers quoi tendait le langage mais qui à jamais lui échappait.

Et si l'art véritable du langage n'était pas la littérature mais la *traduction* ? écrivait Izabela.

Elle avait réfléchi aux langues qu'elle avait utilisées tout au long de sa vie, et personnellement elle aimait ça quand les gens lui écrivaient ou lui parlaient dans plus d'une langue, mais en même temps elle était consciente de ne pouvoir véritablement s'exprimer que dans une seule, dans celle qu'elle avait apprise en premier. Et pourtant, voulait-elle ajouter, le fait qu'elle sache que Céline pouvait la comprendre, même quand elle écrivait dans une autre langue, semblait prouver quelque chose qu'elle avait toujours soupçonné à propos des langues, à savoir qu'elles devaient tendre vers quelque chose qui se trouvait entre les langues ou au-dessus ou en dessous des langues. Elle ne savait pas où exactement était située cette réalité que produisaient les mots, mais elle savait également qu'elle existait.

Tout le monde était obnubilé par les descriptions. Mais elle refusait l'idée que ce soit ça la vérité, écrivait Izabela. Elle croyait plutôt en la fantaisie : multicolore, légère et pure. Autrement dit, elle était sûre que l'on pouvait construire la vérité sur cette planète chaotique, même si c'était toujours avec du faux.

Peut-être que tout cela ne rimait à rien, écrivait Izabela en conclusion, comme si elle se sentait soudain gênée. Céline lui manquait. Ces soirées lui manquaient. Il était incroyable de se dire que si elles se revoyaient un jour, ce serait maintenant probablement dans un autre monde. Céline se rappelait-elle la manière dont Izabela s'asseyait dans son fauteuil préféré, parlant non-stop – même si ce n'était pas vraiment Izabela qui inventait ces phrases, c'était la conversation aux soirées de Céline qui les engendrait ?

C'était un long message et Céline mit longtemps à le lire, parce que l'écriture d'Izabela était incroyablement soignée mais aussi microscopique.

Elle éprouva une pointe aiguë d'amour inutile pour Izabela. Il était très probable qu'Izabela ait raison, qu'elles ne se reverraient jamais, et elle aurait voulu lui dire de vive voix combien elle appréciait sa façon de penser. Elle aussi voulait dire *adieu, l'écriture*, songeait Céline, mais d'une manière différente – laisser tous les objets où ils étaient, très simplement et naturellement, à la façon dont une fougère ou un champignon pourraient rester où ils sont.

Elle envoya ensuite en réponse à Izabela un message d'une ligne. *Si c'est la fin du langage*, écrivit Céline, *ça me dérange pas.*

19

Après la mort de Napoléon, le comité exécutif déclara l'état d'urgence. Il refusa d'autoriser une autopsie sur le corps du dictateur mais organisa à la place des funérailles majestueuses. Ensuite il annula toutes les commandes publiques, y compris chaque négociation et accord étranger.

Dans le chaos, André fut nommé diplomate responsable des négociations internationales. Il était super excité. Son projet était d'organiser un congrès mondial, avec des représentants de tous les pays, en vertu de sa nouvelle théorie de la représentation internationale. Il n'y aurait pas de lieu ou de bâtiment central pour ces congrès – ils se tiendraient dans le monde entier, dans une succession de centres qui changeraient.

Le futur c'était la diplomatie, selon André et ceux qui le soutenaient, l'équipe des financiers de Rosen et ses associés. C'était une série interminable de contrats négociés.

La première tâche d'André fut de superviser le retrait de toutes leurs troupes des océans Pacifique et Atlantique et de renoncer à leurs revendications de territoires étrangers. L'idée était qu'en échange de ce retrait ils négocieraient des accords commerciaux avec les Lakotas et les Dakotas au Sud, avec les Mohawks au Nord, avec le peuple de Toussaint Louverture à Hispaniola, les cultivateurs d'indigo sur les côtes indiennes, avec les îles vertes du Pacifique. Beaucoup de gens pensaient que c'était fou, mais il y eut soudain une atmosphère d'espoir et de vivacité, et il était impossible de contester une atmosphère.

La plupart des choses qu'il voyait maintenant, déclara André dans un entretien survolté pour un magazine, étaient complètement périmées. Il était désolé, mais c'était fini. La monarchie était morte.

André se sentait au top. Le soir, il étudiait les Constitutions venant d'Hispaniola. Ce que personne ne voulait jamais comprendre, songeait-il parfois, c'était qu'il n'y avait jamais rien de *constitutionnel* dans le fait d'établir une Constitution. Il fallait juste que ce soit fait, à partir de rien. Et à Hispaniola, ils semblaient comprendre cette vérité pragmatique. Il admirait beaucoup cela.

C'était comme si tout ce qu'il avait toujours imaginé comme étant réservé pour le futur arrivait soudain dans le moment présent, et toutes ces possibilités lui donnaient presque la nausée. Et si cela n'était probablement que temporaire, ce petit climat, alors il n'en était aussi, et peut-être justement pour cette raison, que plus précieux.

20

Pendant quelques semaines après avoir tué le dictateur, Céline vécut à la campagne dans un état de choc. Elle s'attendait à voir débarquer la police secrète à tout instant, mais personne ne venait et petit à petit il sembla qu'elle était libre de rester pour toujours à la campagne. L'histoire de la mort soudaine du dictateur, mort causée, d'après les journaux, par un surmenage frénétique, était à présent tellement répandue et acceptée que sa présence sur la scène n'était connue que de très peu de personnes, et même ces assistants qui savaient qu'elle avait été là ne souhaitaient pas du tout commencer à suspecter quoi que ce soit d'illégal, car ils n'avaient pas la moindre envie de complications. L'histoire était terminée, et par conséquent ils gommaient Céline du tableau. Seules deux personnes connaissaient l'histoire secrète : Marta et Saratoga. Si bien que petit à petit, ce qu'elle avait cru qui se passerait et ce qui s'était réellement passé se dissipèrent et se désagrégèrent, et elle se retrouva dans un finale merveilleux et inattendu.

Elle avait pensé que certains obstacles étaient à jamais permanents, mais peut-être que l'histoire était en réalité faite de bien plus de matériau fluide, pleine de clapotis et de désagrégations – de la même façon que le verre se révélait liquide dans l'atelier du souffleur de verre.

Elle se sentait de plus en plus exubérante, insouciante, excitée, tout en se rendant compte que c'était peut-être délirant ou déplacé. Elle avait l'impression de n'être dépendante de rien ni personne, de n'avoir besoin de l'argent, de la protection ou des bonnes grâces de personne, et c'était une situation très rare, une situation à laquelle elle avait aspiré depuis ses dix-sept ans.

Il y avait eu tant de fractures et de moments de changement absolu dans sa vie qu'elle avait renoncé à croire en toute continuité du moi. En revanche, elle avait cette sensation fondamentale d'une survie jubilatoire. Un jour, elle trouva un mot à l'intérieur d'un livre, que Saratoga, à l'âge de quatre ans, avait laissé comme message pour elle. Quand Saratoga avait glissé ce message à l'intérieur du livre, Céline avait imaginé que ce serait insupportablement poignant si un jour elle le retrouvait, mais elle fut étonnée de constater, maintenant qu'elle l'avait découvert et lu – ce petit message de Saratoga lui souhaitant un joyeux anniversaire et une excellente journée –, qu'il était uniquement gai, le délice d'un état étant invraisemblablement collé à côté d'un autre, et pas du tout attristant.

Après tout, l'habitat que le temps inventait pour quelqu'un était toujours irréalité. Chaque jour on pense que rien ne changera, que dans les cafés les serveuses seront toujours les mêmes ou du moins que, si elles sont remplacées par de nouvelles, celles-ci seront toujours d'une certaine manière reconnaissables. Et pourtant, un jour, soudain, c'est comme si le café était peuplé uniquement d'extra-terrestres, et le menu était écrit dans une langue nouvelle, et vous ne savez pas du tout à quel moment ce changement a eu lieu. Il était possible de trouver cela terrifiant mais il était aussi possible, songeait-elle, de trouver cela merveilleux.

21

Chaque jour elle se réveillait et allait marcher dans la forêt. C'était comme si elle était devenue de plus en plus magique, avec de petites couleurs faites par des fleurs, comme des lumières – sans commencement ni fin. C'était comme un système de lumières réfléchi dans un système de miroirs.

Puis elle se rendit compte que, bien que personne d'autre ne fût là, quelque chose de très étrange était en train de se passer. Toutes les histoires qu'elle avait jamais vécues, ou dont elle avait juste entendu parler, commençaient à tourner en boucle à l'intérieur les unes des autres. Le passé acquérait une fluidité qu'elle trouvait très séduisante, comme si un événement pouvait être rétabli avec toutes ses appréhensions et ses prédictions erronées encore attachées à lui comme autant de petites racines ou feuilles.

Soudain, par exemple, elle entendait Lorenzo racontant à Jacob qu'il aimait la façon dont Beaumarchais avait coutume de parler. C'était comme si Lorenzo était un hêtre, ou assurément tout ce qu'elle voyait devant elle était un hêtre. Il parlait tellement vite, bien plus vite que quiconque qu'il eût déjà rencontré, disait Lorenzo, et c'était comme ça qu'il faisait parler les acteurs à qui il faisait dire ses dialogues – de plus en plus vite, si bien que c'était complètement irréaliste, qu'ils aient pu penser à de telles reparties blagueuses et il avait raison de faire ça, disait Lorenzo, car le tempo de la comédie n'était pas comme le temps rationnel. Il tenait en fait à la capacité du comédien à répondre plus vite que quiconque dans la vie ordinaire. Il n'empêche, l'interrompait Jacob guère impressionné, n'aurait-il pu trouver quelque chose de plus intéressant sur quoi écrire que le désir ?

Rien de tout cela ne paraissait trop extraordinaire, songeait Céline, tout en écoutant la forêt, et peut-être que cela ne l'était pas. C'était comme si l'atmosphère rétablissait une idée complètement nouvelle de la famille, élargie et comique.

Il pensait que les gens ne comprenaient pas ce que Beaumarchais avait essayé de faire dans ses pièces, ajoutait Lorenzo. Tout dans son écriture était tellement irréel et extravagant, mais le véritable sujet était le pouvoir, pas le désir, disait Lorenzo. Peut-être, disait Lorenzo, lui-même ne le comprenait-il pas – et ce n'était pas si étonnant, la plupart des écrivains ne savaient pas du tout ce qui faisait l'intérêt de ce qu'ils écrivaient.

Céline continua de marcher. Tout le monde parlait en même temps. Quelque part sa mère parlait à Saratoga. Elle semblait parler depuis un camélia et en fait elle discutait de fleurs aussi, elle demandait à Saratoga quelle était la meilleure façon de les dessiner sans que ça fasse une masse indistincte inidentifiable. Et Céline entendait aussi Josef, un peu plus loin à l'écart, discutant des vieux studios, et également Izabela, qui parlait à André de révolutions. Pendant un long moment elle regarda autour d'elle, sans comprendre ce qui se passait. Quelque part dans l'obscurité des arbres, Julia se plaignait de Lorenzo, qui voulait discuter de ce qui s'était passé entre eux par le passé, ce qui en soi n'était peut-être pas un problème, disait-elle, mais Lorenzo avait aussi l'air tellement en colère. Néanmoins, s'il ressentait de telles choses, alors il était important pour lui de les dire, ajoutait-elle, et Céline se rendait compte qu'elle en aimait encore plus son amie, en raison de ce talent qu'avait Julia de ne pas éprouver de colère vis-à-vis des autres. Il était facile de surmonter la méchanceté, mais surmonter la colère était bien plus rare. Et surtout, il était difficile de surmonter la colère contre des gens qui refusaient de renoncer à une image qu'ils avaient de vous, image qu'ils s'étaient faite de nombreuses années auparavant, à une époque où vous étiez différente, dans une autre vie.

Céline avait été au centre d'une fête. Ç'avait été le petit bateau à bord duquel elle avait pris le large, des années auparavant. Mais au centre de la fête, il s'était avéré qu'il n'y avait personne. Il y avait un vide. Maintenant il semblait qu'au centre de ce vide il y avait une autre fête, et c'étaient les voix qu'elle entendait autour d'elle dans la forêt. Une voix, comprit-elle soudain, pouvait se produire n'importe où.

Quelque chose pouvait être encore en train de parler, s'avérait-il, même sans prendre la parole.

Et donc la fête continuait, et elle avait de plus en plus l'impression que la forêt produisait la fête, et la fête ensuite donnait une nouvelle vie à la forêt, quand bien même la fête n'existait pas du tout : c'était juste ce constant murmure de voix que Céline entendait, un chœur qui était spontané et miniature.

Ce soir-là, elle s'étendit dans le bain, au milieu d'une pièce vide. La fenêtre était ouverte. Elle voyait des étoiles. Des hortensias bleus viraient au mauve en séchant dans un vase. Puis Marta entra pour parler avec elle, et c'était incroyable, songea Céline, de constater à quel point elle ne ressemblait plus du tout à celle qu'elle avait été à vingt ans, tout en étant la même. Ce n'était pas qu'elle était plus belle qu'avant. Elle était simplement belle d'une nouvelle manière, qui était aussi identique. Céline ferma les yeux. Elle aimait laisser l'eau et son corps devenir interchangeables, simplement laisser l'eau la mettre en état d'apesanteur. Autour d'elles se trouvaient le jardin sombre et la forêt tout autour et les animaux.

– Tu te souviens de ton chien ? dit Céline. Tu te souviens de ce tout petit chien fou qui vivait avec toi ?

– Mon chien sauvage, dit Marta.

Et c'était bien sûr du bonheur, songea Céline. Le mot pour cela était très simple, et en aucun cas suffisant, mais c'était le bonheur.

22

Après le succès de la révolution à Hispaniola et après que quasiment tous les Blancs furent partis, un ministre vint voir Toussaint Louverture avec une mission pour leur république. Il semblait urgent de trouver une image qui représenterait la révolution. L'image pourrait ensuite se propager de par le monde, comme une graine, dit-il. Elle représenterait leur victoire pour les générations futures. Louverture était d'accord avec l'idée. Il travaillait sur une Constitution révisée, et s'inquiétait qu'elle prenne trop de temps. Une image serait peut-être plus rapide. Un comité fut nommé. Il était extrêmement important de faire une image pour commémorer ce moment, dit le ministre. Le problème allait être de trouver ce que l'image devrait représenter exactement. C'était très difficile d'essayer de représenter le peuple, parce que le peuple était multiple alors que l'image était unique.

Louverture lui-même trouvait ces discussions un peu ennuyeuses. Après les premières séances, il eut tendance à venir vers la fin. Il aimait l'action, disait-il. L'art était nécessaire, il comprenait cela, mais ça ne le fascinait pas. Pour lui, la chose importante était la révolution proprement dite, et non pas une quelconque image de la révolution. En fait, même s'il n'en parla pas au comité, il éprouvait une vive défiance vis-à-vis des images, la façon dont elles pouvaient être utilisées contre une personne. Il détestait toutes les combines pour les marchandises et les souvenirs que les gens venaient lui présenter, avec de petites reproductions de son visage sur des tasses, des affiches et des dessous de verre.

Le comité, néanmoins, était passionné dans l'attention qu'il portait à la théorie artistique. Il considéra diverses suggestions. 1. Toussaint Louverture de profil, sur un fond noir, avec ses insignes militaires. 2. Louverture entouré de ses officiers. 3. Une seule femme anonyme, brisant les fers qu'elle a aux chevilles. 4. Une foule de femmes anonymes, brisant les fers qu'elles ont aux chevilles. 5. Louverture avec les fantômes d'autres héros de la rébellion derrière lui. 6. Louverture chevauchant son cheval dans un défilé de montagne. 7. L'arbre de la liberté, qui serait aussi un portrait de Gran Bwa. 8. Une série d'images de Blancs en haillons : quittant l'île, en sang dans les marais, mourant dans des bateaux qui explosent. 9. Louverture en tant qu'Ogoun Fer, avec son bandeau rouge autour de la tête, les coins attachés en nœuds délicats.

Après deux semaines de discussions, ils présentèrent à Toussaint Louverture les options. Il les étudia pendant un certain temps. Il lui paraissait impossible de décider. Ce n'était peut-être pas ce qu'ils voulaient entendre, dit-il, mais peut-être devaient-ils commander plus d'une image ? Le comité trouva que c'était une idée très intéressante. Peut-être en effet la révolution ne pouvait-elle pas être représentée par autre chose qu'une série, ou une explosion – à la manière dont la jungle explosait de toutes parts, dans n'importe quelle combinaison. Le comité commença à rêver de peintures murales, une grande série. Une seule peinture ne suffirait pas. Il leur fallait un *enchaînement.*

Ce jour-là, Toussaint Louverture partit pour les montagnes. Après avoir chevauché quelques heures, il s'arrêta et regarda en contrebas. L'île, se détachant encore entre la mer et le golfe, était ornée de guirlandes de bancs de sable et de récifs, attachés à l'océan par de petites sennes. Tout autour de lui poussait et se multipliait. Des graines se dispersaient. Toutes les plantes évoluaient en harmonie avec le soleil. Elles besognaient pour réparer la terreur des plantations d'indigo, les champs que les Blancs avaient brûlés. Les plantes étaient le soleil transformé en quelque chose de luxuriant. Aussi Louverture s'étendit-il au milieu de lauriers, et ferma les yeux. Un petit vent fouillait les fougères en faisant un bruit de mer.

23

Il était si facile d'exister au sein de la nature qu'il était facile également d'oublier à quel point elle était étrangère, en tant que force. Un jour, Céline arriva devant une espèce de bosquet de trembles. Elle pensa que c'étaient des trembles, mais il était impossible de savoir si c'était un seul tremble qui bifurquait sauvagement ou de multiples trembles avec une seule âme. Elle se tint à l'intérieur du bosquet, essayant de l'imaginer dans cinq cents ans, ou même cinquante ans, et se rendit compte qu'elle en était incapable. Elle le regarda fixement, ou en observa l'intérieur, ses lignes abstraites et ses zigzags, à la manière dont elle avait jadis observé des étalages de porcelaine ou des cartes de tarot sur une table.

C'est seulement au bout de quelques minutes qu'elle s'avisa qu'un des arbres qu'elle voyait au loin était en fait non pas un arbre mais Saratoga, qui se tenait parfaitement immobile. On aurait dit qu'elle écoutait quelque chose.

Un instant, Céline fut sur le point de crier son nom, pour qu'elles marchent ensemble mais à la place elle ne dit rien. C'était inutile, songea-t-elle. Et elle regarda Saratoga s'éloigner, si bien qu'elle n'observait plus Saratoga mais l'espace où elle s'était tenue juste avant.

Ce fut un moment très dense, comme tous les moments, car il contenait tout.

La forêt autour de Céline était verte. Elle marchait dans la forêt. Alors Céline fut verte elle aussi.

RÉALISATION : NORD COMPO À VILLENEUVE-D'ASCQ
ACHEVÉ D'IMPRIMER SUR ROTO-PAGE
PAR L'IMPRIMERIE FLOCH À MAYENNE
DÉPÔT LÉGAL : OCTOBRE 2024 – N° 2023 (105291)
IMPRIMÉ EN FRANCE